Staread
星 文 文 化

向光

To the light.

山柚子 著

长江出版社

目录 Contents

第一章	边城少年	▶	001
第二章	他的世界	▶	061
第三章	养崽小店	▶	115

第四章	淤泥深处 ▶	163
第五章	此间月色 ▶	229
第六章	失落雨季 ▶	277
番外篇	如果，年少 ▶	333

晦暗的海底没有一丝光，
沉船残骸浸在海水里静静生锈，
少年慢慢仰头，看见尽头是温柔的月亮。

CHAPTER 01

边城少年

第一章

"沈迟……你知道边城吗？"

"知道。"

一头红发的少年摘下昂贵的耳机，懒懒地把外套穿在身上，不以为意地说："犯罪率全国最低，GDP 倒数第一，我一辈子都不会去的地方。"

当时，他是这么认为的。

九月，太阳将焦褐色的地面烤得发烫，红发少年拖着行李箱来到狭小的平房前。

平房的墙面像裂开的树皮般脱落，青苔覆盖在部分外砖上，只依稀能看出是白墙灰砖。

他的视线落在墙角细微的裂缝上，紧接着转到生锈泛红的防盗门上，一想到自己的手要敲上这扇门……少年便面无表情地转过了身。

他从没想过自己会从繁华的首都，坐三天三夜的火车来到边城。

他望向对面，路面坑坑洼洼的，修到一半烂尾了，卖菜的摊贩占据了坡道，就连网吧也只有一家。

他毫不犹豫地走进网吧。

正值中午，网吧的工作人员一边围坐在前台吃饭，一边感叹议论。

"你们看新闻没，我们省首富沈家的孩子居然是抱错的，孩子的亲生父母就是三中旁边卖早点的，两个孩子只是恰好在同一家医院出生，阴差阳错被护士抱错了。"

"你说的是季家吧，季家养的那孩子我见过，不仅从小成绩好，还特别孝顺，帮着父母卖早点，真是苦了这孩子了。"

"沈家养的孩子好像叫沈迟？听说沉迷游戏，不好好学习，脾气还差，让父母伤透了心。高考失利之后，沈家一气之下这才做DNA检测的。怎么说呢，真的假不了，假的真不了。"

她们讨论得起劲，直到一道冷冷的声音打断了谈话："不说话，没人当你们是哑巴。"

刚才还讨论热烈的前台顿时安静了，说话的人不禁面面相觑，不知道自己说错了什么。

少年看也没看前台一眼，冷冰冰地说了句："上机。"

他生得好看，眉目浓烈而张扬，红发衬得他的皮肤格外白皙，只是站在那儿便能吸引众人的目光，干干净净的打扮与周围弥漫着呛人烟味的环境格格不入。

收银员看着少年，小心翼翼地问："玩什么游戏？我们这儿热门的游戏都有，像《英雄联盟》……"

她的话还没说完，就被少年打断了："《绝地求生》。"

听到话后，收银员顿了下——《绝地求生》是款老游戏了，不能说冷门，可已经过了游戏的巅峰期，网吧里很少有客人玩，现在装这个游戏的机子也少。

"不可以？"少年拧起好看的眉。

"可以的，麻烦您出示下身份证。"她立马在电脑上敲打起来。

下一刻，一张身份证递了过来，她接过看了一眼，出生日期显示少年刚满十八岁。紧接着她看到身份证上的名字后愣住了，因为上面印着——沈迟。

沈迟走到网吧C区的位置，他看了看脏兮兮的座位，没有立即坐下，因为塑料椅子上有明显的污渍。

他抬头，发现其他座位也没好多少，电脑配置的还是上一代处理器，不少人边抽烟边玩，过道地板上积了层厚厚的烟灰，与他印象中整洁明亮的网吧截然不同。

他再一次切实地意识到，自己所在的不是首都燕城，而是地处西北边境的边城。

他抿了抿唇，看不出在想什么。最终，还是用报纸垫着坐下了。

其实，别人也没说错。

他只会打游戏。

他也只想打游戏。

沈迟从背包里拿出火车上没吃完的苏打饼干吃了两口，仔细地封好口后，才打开电脑，登上《绝地求生》。

《绝地求生》简称PUBG，每局游戏共有一百名玩家，地图上分布着枪械、头盔等物资，玩家跳伞后进行互相厮杀，消灭其他玩家才能取得胜利。

　　少年戴上自己的耳机，握紧鼠标，衣袖滑落，露出一截清瘦得吓人的手腕。

　　他按下鼠标，电脑画面缓缓开始加载。

　　因为PUBG对电脑内存和显卡的要求高，网吧电脑的配置明显带不动，于是他把画质调至最低。

　　一百名玩家共同乘坐飞机，飞机有一条既定的航线，在航线上玩家可以自由选择跳伞位置。

　　航线切在了地图西北角，沈迟落地捡了把S686[1]，弹匣里只有两发子弹，连倍镜[2]都不能装，然而他还是轻轻松松地拿到了游戏中第一个人头[3]。

　　接着是第二个、第三个……

　　九杀！

　　大概是沈迟玩得太专注，他边上的人侧头盯着他看："哥们儿，这破电脑开局五分钟也能九杀，你这外挂[4]哪儿买的？"

　　PUBG对于外挂的检测日益严格，只要账号被检测出开挂就会封号，甚至存在被误封的情况。庄州是有贼心没贼胆，今天却忍不住心动了。

　　沈迟没有回答，他全身心投入在游戏里，二十分钟后击杀掉最后一个人，取得了胜利。

　　当他松开鼠标时，手腕由于太过紧绷而微微战栗，连拧开水杯都费劲。他习惯每局游戏都用尽全力。

　　沈迟拉了下衣袖遮住手腕道："没开挂。"

　　庄州看着屏幕上显示的击杀数欲言又止，这个水平没两三年是练不出来的，比大多数主播都厉害，说没开挂他是不信的。

　　"想学吗？"少年忽然转头问。

　　庄州猛点头。

　　"换只手比较快。"沈迟收回了视线。

　　庄州："……"

　　这人一看就是朋友很少的类型。

---

1. S686：《绝地求生》游戏中的一款双管霰弹枪，近身威力巨大。
2. 倍镜：又称辅助镜、瞄准镜，游戏中枪支的配件，用于精确瞄准敌人。
3. 人头：个人战绩中的击杀数。
4. 外挂：一般指通过修改游戏数据而为玩家谋取利益的作弊程序或软件。

"你要是真有这个水平，怎么不去当游戏主播？"他不禁反驳。

似乎是被他的问题问住了，少年思索了一阵，认真地问了句："能挣钱吗？"

"当然能。"庄州不假思索地回答，"人气高的主播年入百万，人气低的主播只要签约了，一个月也有保底三四千的收入。"

少年摘下耳机，脸上露出思考的表情，显然是把庄州的话听进去了。

"不过主播是吃青春饭的，当也当不了一辈子。"庄州记得这个游戏刚火的时候捧红过好几批主播，但是现在游戏热度下降了许多，不少人不得不另谋出路。

"足够了。"沈迟慢慢地说了句。

"你很缺钱吗？"庄州疑惑地问。他看少年的穿着打扮也不像缺钱的样子。

"很缺。"少年垂眼。

今天是中小学开学的日子，网吧中间的大屏幕上正播放着优秀学生的讲话。

沈迟抬头向屏幕望去。

"在高中三年里，我付出了巨大的努力，很荣幸拿到了哥大金融系的录取通知书。"

巨大的努力……沈迟的唇角扯了扯。

庄州只是看了眼屏幕，便知道自己和屏幕里的人不是一个世界的，他疑惑地问沈迟："你笑什么？"

沈迟望着屏幕，语气平淡地回答："从前跟在我后面的，在班里是倒数，家里花了大价钱才给他弄进这个学校的。"

庄州心道，这人年纪轻轻的，口气还挺大。

此时，沈迟的手机一振。他打开手机，看见了他曾经的女朋友发的一条朋友圈。

陈霜霜："分手了。"

底下回复众多——

"之前就想说了，沈迟根本配不上你，如果不是家世好谁愿意捧着他，现在家世也没了。"

"他不会想不开吧？"

"失联好几天了。"

沈迟对这些人的话没什么感觉，陈霜霜名义上是他的女朋友，可两人都知道，他们的关系只是出于两家的商业合作，他们平时根本没说过几次话。

然而关切询问的消息纷至沓来。他很清楚自己的不受欢迎程度，这些消息与其说是关心，不如说是来看他笑话的。

他消息都懒得看了，直接发了条朋友圈。

亚洲第一枪神："有女朋友了。"

他发完，从背包里拿出水杯，准备从位置上站起来去接水。当他再次打开手机时，屏幕上显示出数十条回复。

"真的假的？"

"我怎么一点风声都没听到？！"

"在边城见面不方便的话，什么时候可以打语音认识一下，或者找个时间一起打游戏呗。"

……

沈迟看着最后一条回复挑眉，他就随口一说，他上哪儿去找女朋友。

正在这时，他抬眼瞄见饮水机旁的贴墙小广告——

你孤独吗？你寂寞吗？你是否在午夜梦回时渴望爱？心动小铺竭诚为您服务，不同类型、不同声线的虚拟恋人供你选择，一小时只要十元钱，让您体验网恋的快乐，给您提供心灵的港湾。

沈迟的视线在十元上停了停，这是他支付得起的价格，但他很快移开了目光，态度漠然。

即便被拆穿没女朋友，也没什么大不了，他这辈子不可能再回燕城，最多被人看笑话而已，没必要花冤枉钱。

他想通后便目不斜视地向饮水机走去，在即将与小广告擦肩而过时，还是鬼使神差地撕下了那张虚拟恋人小广告。

沈迟回到座位上时，口袋里多出一张小广告。

庄州瞥见少年口袋边上粉色的一角，还想细看时，红头发的少年警觉地扫视四周，眼神锋利得像只凶巴巴的小狼崽，他只能按捺住自己的好奇。

确定没人敢往自己的方向看后，沈迟这才打开印满粉色泡泡的纸张，按照上面的号码加上了客服好友。

【心动小铺】您好！请问亲对虚拟恋人有什么要求呢？

他思考了一会儿，把回答发了过去。

【亚洲第一枪神】女的。

【心动小铺】好的，我们店铺有甜美萝莉型、清纯校花型、高冷御姐型。请问亲需要哪款虚拟女友呢?

沈迟平常空闲时都在打游戏,很少有机会和女孩子相处,故谨慎地选择了听起来最容易相处的"清纯校花型"。

【心动小铺】亲的眼光真好,选择的是我们店的金牌女友呢,文字聊天一小时十五元,语音聊天一小时五十元,这边建议您包月。

【亚洲第一枪神】包月多少钱?

【心动小铺】包月每天一小时,只要五百元,相当于节省了整整一千元。

听起来是要便宜很多……

沈迟花光身上最后的五百元购买了金牌女友包月服务后,才意识到好像有哪里不对。他一开始明明只想花十元的,可钱已经转过去了。

【心动小铺】好的,已为您安排专属虚拟女友,请您添加图上这个号码的微信。

他压下后悔的念头搜索号码,没留意自己输错了最后一位,屏幕上顿时跳出来一个名字——严雪宵。

很好听的名字。

但他停顿的原因并不是这个名字好听,而是在燕城,提起"严"这个字,人们只会想到那个"严家"。与沈家不同,严家才是真真正正地高不可攀。

A国,普大。

"麦肯锡给我发了录取通知。"一位黑色卷发的女学生抱着课本,对座位上有着东方面容的青年说道。

青年身材挺拔,穿着白衬衣,五官是那样英俊,眉眼像墨一般漆黑,他温和地开口:"那很好。"

"Yan,你还要继续读博吗?"她鼓起勇气问。

她也想继续读下去,可经济条件不允许,在这个时代,能静下心做学术的人太少了,特别是哲学这个专业。

普大虽然以基础研究为主,没有设立热门的商学院,像一座复古修道院,但哲学毕业生一直很受金融行业的青睐。

班上一半的人选择去了投行,剩下一小半像她一样选择去了管理咨询行业,只有Yan依然在静静地看书,似乎没有为未来做丝毫打算。

青年微微颔首。

她愣了愣,她知道Yan半工半读,家境并不好,但即便是这样他也要继续读下去吗?

青年注视着她，不知为什么，明明很温和的一个人，可是在他面前她总会莫名紧张，她不敢再打扰，道别后匆匆离开。

青年收好《逻辑哲学论》，向校区外走去，一辆黑色的柯尼塞格停在了他面前。

他皱了皱眉。

司机下车，恭敬地为他拉开车门。

一个三十出头的男人叼着雪茄，坐在副驾上心虚地解释：“知道你不喜欢，可你们学校太偏了，这不是没来得及找便宜的车吗？”

"学校是做学问的地方。"青年敛了敛眸。

严济听到青年说的话也没生气，反倒熄了雪茄，连忙点头。

严家的地位是从刀不见血的商场中搏杀出来的，严家人天生流淌着逐利狠厉的血液，或许正因为此才血脉不丰。

可偏偏他这个侄子和家族里的其他人都不一样，对家里的生意不感兴趣，只喜欢哲学。

车辆缓缓驶动。

"对了，我把你的微信号给人了。"

青年的眉头皱得更深了："给谁了？"

"那孩子家世不错，还是燕大天体物理专业的高才生。你放心，肯定和你有话说。就当为了家里的生意应酬一下。"严济连忙补充，"你一个人在国外孤孤单单的，你妈很担心你，多个朋友也好。"

听到最后一句话，青年的表情稍稍有了点松动。

严济也抹了抹额头上的汗，他这个侄子只是看起来省心，脾气倔起来谁也没办法，家里面不让他念哲学研究生，他就两年没回过家，半工半读也要念完。

一个人在外，他真怕这侄子有心理问题，毕竟也没见过他有什么朋友。

"你记得通过一下人家的好友申请。"严济提醒。

青年打开手机，登上许久未用的微信，一条好友申请跃入眼帘——亚洲第一枪神请求添加您为好友。

他细长的手指触在屏幕上停住了。

沈迟等了十分钟也没等到通过的消息，他望着没有动静的微信界面，脑子里忽然闪过一个猜测——自己该不会被骗了吧？

他点开客服的头像质问。

【亚洲第一枪神】为什么还没通过好友申请？

【心动小铺】您再发一次呢？

他依言又申请了一次，在等待的时间里打开了直播网站的页面。

根据页面上的介绍，想要成为主播需要填写身份信息，并上传一段视频等待审核。

离审核下班的时间只剩半小时，沈迟飞快地提交了基本资料，然后点击录制按钮，争分夺秒地开始下一局游戏。

地图依然是一座海岛。

海岛地图面积大、物资少，为了节省寻找物资的时间，他选择在物资丰厚的机场跳下。

不只他一个人这么想，还有其他二十多名玩家同时开伞落在了机场。

他在游戏中一落地，便听见楼下传来激烈的枪声，震得他的耳朵阵阵发麻，他毫不犹豫地捡起了地上的AKM[1]。

他很早就在玩《绝地求生》，对每一款枪都很熟悉。AKM是一把后坐力很大的枪，安上瞄准倍镜后准星偏差大，但优势也很明显，伤害高、威力大。

他瞄准对面房顶上的一个人。

正当他要按下射击键时，他的身后突然传来一阵脚步声，不是游戏里的声音，而是来自游戏外。

他听见一个中年男人小心翼翼的声音："你是……小迟吧？"

听到声音的那一刻，沈迟的背脊顿时僵住了。

见没认错人，季爸松了口气："你没到家，我和你妈也不敢打你电话烦你，听邻居说你在这儿，我就过来了。"

"回家吧，你妈给你做了一桌子菜。"季爸的语气里透着讨好。

隔了半晌，沈迟垂眸回道："打完这一局。"

他没有中途放弃的习惯。

季爸望着游戏画面，似是想说什么，可对着少年的面庞，最后还是什么也没说，走到外面等着。

沈迟抿了抿唇。

他回过神，游戏里已经被对面的人打掉一半的血量了，他强迫自己把所有精力放在游戏上，最后干净利落地解决了面前的对手。

一局游戏通常要二三十分钟，可他只用了十五分钟便结束了战斗，赶在审核

---

1. AKM：AKM自动步枪。

下班前上传了视频。

完成一切后，他摘下耳机，从座位上站了起来。

季爸一直在网吧门口等着。沈迟走出网吧，跟着季爸向平房走去。

进了门，屋里比外观看上去更破旧。两室一厅，客厅的沙发套被洗得发白，仿佛轻轻一扯便会破个洞。

听到开门的声音，一个系着围裙的女人从厨房里走了出来，神情里有着藏不住的欣喜，声音哽咽道："回来了。"

"小迟，这是你妈妈。"季爸局促地向沈迟介绍。

女人一脸期待地看了过来。

沈迟望着女人那张和自己有几分相似的面容，只有听不出情绪的一句："房间在哪儿？"

空气仿佛在一瞬间凝结。

"在右边。"季爸讪讪地回答，拍了拍女人的肩低声解释，"孩子认生。"

"先吃饭吧。"季妈的声音仍然温柔，"我做了好多菜，不吃都要凉了。"

沈迟本来正提着行李箱往屋里走，可望见女人低头擦拭眼角，他停住脚步，僵硬地在桌边坐下。

说是特别多的菜，其实只是四菜一汤。

边城的菜味道辛辣，他在燕城长大根本吃不惯，强撑着吃了半碗饭就吃不下了，提着行李箱走到了卧室里。

卧室异常逼仄，摆了一张床和书桌便放不下其他任何东西，连衣柜也没有。他只能把行李箱放在过道。

门未完全合上，他听见门后小声的议论声。

"毕竟是在沈家娇生惯养长大的。"

"哎，这孩子性子有点冷，感觉难焐热，要是小舒还在就好了，成绩好又懂事，见到谁都是笑着的。"

"我想小舒了，不知道他在那边过得好不好。"

沈迟面无表情地关上门，关门声一响，门外的议论戛然而止，他无所谓地走向床边。

他知道自己向来不讨人喜欢。

反正，他也不在乎。

卧室没有窗户,他没开灯,漆黑一片,像是置身在黑暗的深潭里,压抑得让人透不过气。

一米七五的个头蜷缩在长度不到一米八的床上,沈迟屈着腿,把自己裹在被子里,闭上眼。

可这床对他而言太硬了,他怎么也睡不着。

黑暗中,手机屏幕突然亮了。

光亮覆盖在少年薄薄的眼帘上,他睁开眼,看到一条消息——严雪宵通过了你的好友申请。

严雪宵……

沈迟盯了一会儿屏幕才想起来了,这是他白天购买的虚拟女友。

他现在完全没有要说话的想法,手边有电脑的话,他会打开电脑投入到游戏中,可这房间里什么也没有。

他关了手机。

少年漠然地闭上眼,像是想到什么一般,突然睁开眼,从床上坐了起来。

花了五百元,不能浪费了。

他试着发过去一句。

亚洲第一枪神:"你好。"

隔了一阵,他收到回复。

严雪宵:"你好。"

然后,是良久的沉默。

沈迟没下单过虚拟女友,但也能敏锐地感受到对面业务不太熟练的样子,和客服口中的金牌女友完全不同。

他挑了挑眉。

亚洲第一枪神:"现在赚钱这么容易?"

他打完字,在即将按下发送时,记起对面是个女孩子,又默默删除了编辑好的内容,重新发了一句话。

亚洲第一枪神:"你是第一次做这个吗?"

普大的图书馆以燧石图书馆为主馆,藏书超过六百万册,其中 Forrestal 书库不对外开放,借书则需要提前一至两个工作日填写申请单。

青年站在书库前,从工作人员手中接过德语版《哲学诠释学》,礼貌地说了声"谢谢"。

他走出图书馆时，被人叫住了："Yan，明天没课，去 Eating Club（饮食俱乐部）吗？"

"不了。"

"你们国家的人都这么用功吗？"白人男生的视线落在他手里拿的原版书上，又问了一次，"来的还有建筑学院的女生，保证不会喝'断片儿'的。"

"玩得愉快。"

青年温和一笑，凤眼微眯，只是笑意不达眼底。他的长相原本就极有距离感，如此显得更为疏离。

"好吧。"那人语气惋惜地离开了。

严雪宵拿着书走向住宿区，手机屏幕上出现了一条消息。

亚洲第一枪神："你是第一次做这个吗？"

应酬？

他看着发来的文字敛下眸。

严雪宵："是第一次。"

沈迟收到回复，心想这人果然是第一次当虚拟女友，业务不太熟练，倘若在平时，他一定会毫不犹豫地找客服退款。

可黑暗里的少年盯着发光的屏幕，想说点什么，垂下的红发微微遮住了他的眼。

他缓缓打字。

亚洲第一枪神："我也是头一回。"

头一回下单虚拟女友。

即便没收到回复，他也懒得计较对方业务不熟练，继续打着字，像是在对自己说话。

亚洲第一枪神："不知道为什么睡不着，躺在床上很清醒，背英语单词也没用。"

此时，严雪宵走进宿舍，坐在了书桌前，戴上一副薄薄的金丝边眼镜，看起来气质越发清冷。

他瞥见屏幕，简短地回了一句"放下手机，喝杯牛奶"，然后翻开《哲学诠释学》。

这便是一个有礼貌的拒绝了，可沈迟显然没体会到。

没有牛奶，少年打开背包，拧开瓶盖喝了一口凉水，听话地抱着腿，睡在了硬邦邦的床上。

边城的一天从警车鸣笛声中开始，街道办大喇叭的声音响彻天际，足以让任何人从睡梦中惊醒。

"严厉打击黄赌毒犯罪行为，深入推进平安边城创建活动……"

由于没睡好，沈迟醒来后仍泛着困意，脑袋上的红毛不服帖地向上翘。

他冷着张脸关上窗，才安静地坐在餐桌前吃早饭，他忘了昨天是什么时候睡着的，好像不知不觉间就睡过去了。

沈迟打开手机，登上直播间账号，没看到任何审核通过的消息，可他仍紧盯着屏幕。

正在这个时候，他边上的季爸开口了："小迟，你的档案转到边城了，我给你报了这边的成人进修班复读一年。"

季爸像是不知道该如何对待他一般，语气比昨天更小心翼翼地说道："今天是开学的第二天了，要去上学吧？"

沈迟关掉手机："不去。"

季爸的眼里闪过一抹失望："我知道你心里有落差，但书还是要继续读的，考不上大学，你想过自己的未来吗？"

"好了。"季妈出来打圆场，把季爸拉到一边，"给孩子一点适应的时间。"

屋内的气氛逐渐沉闷，沈迟放下吃了一半的锅贴，打开门，离开了家。

他从小到大上的都是私立国际学校，和普通学校的教学模式完全不同，课程也根本不是为高考准备的。

以他目前的水平，就算复读一年，考上好大学也是几乎不可能的事。

沈迟异常冷静。

他向对面的网吧走去，经过一间小而旧的二手电器店时，他听见了无比熟悉的声音，身体陡然一僵，停下了脚步，缓缓转过头。

一位穿着优雅华贵的女人出现在电视屏幕上，她仪态出众，面对记者道："我本人一直很支持教育事业，所以主办了这次慈善晚宴，希望有更多的人可以关注贫困地区的教育问题。"

"那您对教育孩子有什么心得呢？"记者问。

女人的声音温柔："可能优秀的基因是会遗传的，我没太操心过。小舒之前在班上的成绩一直是第一，就算在偏远的边城，以他的高考成绩也可以读一所不错的大学。不过小舒这孩子要强，想要再拼一次，我们也全力支持他。他这次复读的目标只有一个，就是燕大。"

"毕竟现在这个社会，学历很重要，能够决定一个人未来接触的圈子。"

"我记得您还有个抱错的养子。"

似乎是没想到记者会问这个问题，她轻轻蹙了蹙眉："那个孩子离开前，我也给了他六十万的教育资金。"

"像沈太太这样心善的人已经不多了。"记者发自内心地说道。

她恢复了优雅的微笑："相信每个孩子都会有美好的未来。"

听到最后一句话，少年浓密的睫毛颤了颤，压住了眼中的骄傲和不屑。过了很长的时间，他才重新向对面的网吧走去。

网吧的前台仍是上次那位，她看见少年的模样，不知为什么放柔了声音问："你要上机吗？"

"没钱。"

大概是少年长得好看，前台心有不忍，反正边城地方小，人互相都认识，她正想说赊账也可以时，只见少年从背包的最内层拿出了一个小盒子。

"这个可以吗？"少年垂下眼。

前台打开盒子，里面是一条手工打磨的铂金项链，吊坠背后歪歪扭扭刻着一句话，翻译过来是："你是上天赐予的礼物。"

应该是他的父母送的吧，前台忙推辞道："太贵重了。"

可还没等她把盒子递还回去，老板便笑眯眯地接过了项链，对着少年说："你以后可以随便过来玩，不需要打招呼。"

沈迟的视线在项链上顿了顿，转身走向C区，少年单薄笔直的身形像是紧绷着的弦，不知什么时候就会断开。

前台望着少年的背影，担忧极了。

沈迟走到之前的位置上坐下，他打开电脑，登上直播间的账号，私信里多出一条官方发来的消息。

他紧握鼠标点开，只有一句话：很抱歉，您的直播间没有通过审核。

他抿了抿唇，上网搜索原因，为了保证平台的质量，小猫直播对于主播的审核很严，没通过的原因有很多，直播内容沉闷、缺乏特色、技术不过关……

总之，都能归结为一句话：连最基本的审核都过不了，说明他不适合当主播。

少年眼里的光慢慢熄灭了。

他垂下头，突然很想找人说话。

他打开微信，翻出通讯录。

第一个被他说游戏打得菜，翻脸了；

第二个找他约架，被他打进医院了；

第三个很久没联系了……

他想自己的人缘是真的很差，此时竟找不到一个可以说话的人。他的手往下滑，最后点开了一个人的名字，他发过去一条消息。

亚洲第一枪神："我可能不适合当游戏主播。"

严雪宵收到消息的时候，正在校外咖啡店里兼职。

他对安慰人没有任何兴趣，对方是燕大物理系的学生，游戏对其而言显然是可有可无的消遣，他只是顺便一问。

严雪宵："你喜欢打游戏吗？"

亚洲第一枪神："喜欢。"

答复的速度快得让他停住了手中的工作，严雪宵抬起狭长的凤眼，认真地回了句。

严雪宵："喜欢就坚持。"

青年专心擦拭着咖啡杯，他的旁边放着一本做满笔记的哲学书。

大洋彼岸的少年看着屏幕上发来的话，又一次提交了申请。

03号审核员每天要审核的视频很多，大多都是自娱自乐的内容，忽然间他看见了一个视频，往下拉的鼠标停住了。

倒不是这个视频有多惊艳，纯粹是因为他审核过这个视频。

这应该是以最低配置运行的游戏，画质很差，让人毫无点开的欲望，他半小时前直接选择了"不通过"。

看在还算有缘的份上，他点开了视频。

刚开始申请人的操作并不好，还站着被人打掉了半管血，他耐着性子往下看，直到看见画面中的角色开始动了，他使用的是AKM。

AKM是一把劝退新人的枪械，他不记得自己拿着这把枪死了多少次，可视频里申请人使用这把枪时仿佛感觉不出枪的任何后坐力，开镜射击的动作也如同行云流水。

要说缺点还是有的，如果反应再快点，拿到的人头会更多，但这已经是相当让人惊艳的水平了。

03号带着由衷的佩服按下审核通过键。

沈迟再次打开直播软件，看到的便是一句：恭喜您的直播间通过审核。

他握着鼠标的手在颤抖，紧抿的唇慢慢向上弯，笑起来时多了分平日里看不到的天真。

他深吸一口气，点开严雪宵的头像，故作淡定地发过去一句。

亚洲第一枪神："谢谢你的鼓励，我当上主播了，虽然还没签约，但应该很快就能签约上的。"

严雪宵擦拭完咖啡杯，静静地坐在柜台上看书，他的注意力全在德文书上，只是温和地祝贺了一句，一如对其他人那般。

直到他收到了一条消息。

亚洲第一枪神："你……愿意当我的第一个观众吗？"

严雪宵一怔，或许是没等到他的答复，对方又发了一句。

亚洲第一枪神："当我没说。"

严雪宵轻轻垂下睫毛，点开了链接。

沈迟望着屏幕抿了抿唇，他也不在乎对方会不会看，只是一时兴起而已。

他低头戴上耳机，然而当他抬起头的那一刹那，他看到原本人数显示为零的直播间多了一个人。

大概是第一次直播太紧张，他移开目光，比平时还要用力地紧握鼠标。

伴随着飞机启动的声音，航线居中出现在海岛地图上，他选择在近海的核电站跳下。

作为小猫直播上小有名气的主播，阮言起床后第一件事便是打开游戏。

他左手拿着三明治，右手握着鼠标，随意地说道："我跳核电站吧。"

"言言早安。"

"跳核电站挺好的，人少。"

"今天单排吗？我还以为言言要单人四排[1]。"

阮言玩这个游戏也有两年了，单排获胜没什么压力，因此落地后一边随意地搜索物资，一边回答观众的问题："找找手感。"

核电站物资不少，但他只找到了一把AKM。他有些失望，不信邪地又去小厂房边找了一圈，还是没找到别的枪。

"没事，AKM伤害高。"

---

1. 单人四排：指玩家在小队只有自己的情况下选择四人队伍的地图，并且进入游戏时不开启自动匹配队友功能。

"近战很强。"

"同意，中远距离也还可以。"

阮言很清楚这些都是粉丝安慰他的话，这把枪的后坐力太大，对于娱乐向主播的他来说很难，只能凑合着用。

不过他的心态放得很平，打几个人捡装备，总会有别的枪的。他单手把三明治吃完，完全没有正处于游戏中的紧张。

"怎么一个人都没有？"

"地面上倒是有被搜索过的痕迹。"

"我好像听到了脚步声！"

阮言也听见了脚步声，危机感慢慢浮现。他拿起枪，警惕地看向四周，可什么也没有看到。或许只是有人路过。

他收了枪。

沈迟没看过别人直播，也不知道如何直播，直播间里异常冷清，没有任何留言，他无意中瞥见右上角的直播间人数。

原来她还在。

少年垂下眼，一股说不出来的轻快感在全身蔓延，他轻轻跳上哨塔。

这个位置相当隐蔽，但位于高点，一旦开枪敌人就会循声过来，因此开枪次数越少越好。

每多开一次枪，就多一分危险。

阮言对沈迟的动作毫无察觉。

"那人运气挺好的啊。"

"求求来个人给言言送枪吧。"

"南边哨塔上是不是有什么东西？"

阮言看到弹幕停下脚步，向南边望去，就在这个时候，子弹飞速向他袭来，直接打掉他一半的血！

他立马向树后的掩体跑去，哨塔上的人似乎怕暴露位置，没敢再开枪。

阮言不由得松了口气，然而当他放慢脚步刚想靠到树后，第二枪直朝他头顶袭来，精准地打掉了他剩下半条血。

"啧啧，两枪毙命！"

"现在路人水平都这么高了吗？！"

"对不起！我给路人丢脸了。"

一瞬间，游戏画面变为代表死亡的灰色，阮言看着自己操纵的角色变成盒子后自闭了，这时屏幕上浮现出一行白字——

Late 使用 AKM 击杀了你。

阮言差点以为自己看错了，要不是这把枪难用，他四处找其他枪，也不会这么容易被杀。怎么还有人能用这把枪远距离命中目标？！

"第一次见把 AKM 当狙击枪用的！感觉那人不是路人，肯定是主播。"

"没见过这个 ID，说不定是哪家战队的青训队员出来了。"

"那就可以理解了，职业选手不说有教练指导，用的电脑都不是主播能比的。"

"想知道是谁。"

就连阮言也在思考最后一个问题，他点击发送组队邀请。

边城的网吧里，沈迟坐在老式电脑前，操纵角色走到盒子边拾取对手遗留的物资，对自己引起了整个直播间议论的事浑然不觉，还随手点了"拒绝邀请"。

庄州斜挎着书包，一进网吧便看见沈迟一头显眼的红头发，他走到少年身旁坐下，偷偷瞄向沈迟的游戏 ID，名字叫 Late。

还挺低调的名字。

不得不说他有点意外，然而他坐下后没多久，少年结束游戏切进直播后台，他讶异地想：还真当主播了？

不过这不是重点，重点是名为"亚洲第一枪神"的直播间明晃晃地映入他的眼帘，他不禁抽了抽嘴角。

庄州以为自己已经算玩游戏玩得入迷的人了，可身边这人一上午都坐在电脑前，只是偶尔喝喝水，消瘦的身形将深色外套衬得格外宽大。

他看向沈迟毫无人气的直播间，忍不住劝道："反正直播间也没人，休息下吧。"

一直等到这局游戏结束，少年才抬起头，望着直播间右上角的人数，冷漠地反驳："有人。"

"有一个人。"

A 国，泽州。

"严氏打算收购 EUR 银行，这将是 H 国迄今为止最大规模的一次海外收购。"咖啡店老板放下手里的财经报纸，感慨了句，"金钱是多么美妙。"

严雪宵将新到的咖啡杯整理好后放在柜子上。

"你不这么认为吗？"老板问。

青年沉默不语。

"忘了你是学哲学的了,每天只和故纸原典打交道。"老板摇摇头,"但当你站在更高的位置就不会这么认为了。对于男人而言,金钱就是最好的兴奋剂。"

青年没争辩,客气地开口:"整理好了。"

老板的注意力被心爱的杯子吸引过去,看着摆满一面墙的杯子,他不禁说道:"忙了半天,辛苦你了。"

严雪宵换下店员服走出咖啡馆,回到宿舍后他坐在书桌前,打开台灯看书,灯光勾勒出他轮廓分明的侧脸。

忽然间,他的手机屏幕亮了。

他看了一会儿,接通电话。

电话里立时传来他叔叔试探性的问话:"你和燕大那孩子相处得怎么样?有兴趣见一面吗?"

严雪宵把书翻到下一页,语气平静道:"没有。"

电话那边的严济感觉有点棘手,他这个侄子像他大哥,年纪尚轻但做事滴水不漏,对谁都是温温和和的,但要说亲近的人,却是一个也没有。

他叹了口气,挂断了电话。

严雪宵放下手机,继续看书。

不知道过了多久,他合上书,手里屏幕上多了几条消息。

亚洲第一枪神:"我看到你看了我一天的直播,你也对游戏感兴趣吗?"

亚洲第一枪神:"如果你想玩的话,我可以带你玩,因为你肯定没我玩得好。"

亚洲第一枪神:"其实,直播间没人也没关系,不过……你今天能来。"

亚洲第一枪神:"我挺高兴的。"

已经是一个小时前的消息了。

严雪宵轻挑了挑眉,他点开后根本没时间看,只是在挂着,对方竟以为他看了一天。

他垂下一双凤眼,眼尾随之勾出好看的弧度,让人看不懂他的情绪。

他放下手机,拿起另一本书翻开。然而当他静静看了一阵后,忽然拿起搁在一旁的手机,打开了对方的直播,点了回放。

点开后,是长达五小时的视频。

画面里的角色是一个穿格子校服的亚裔,画质模糊,他顺手点了下蓝光画质。

页面上弹出提示——*游客只能选择标清画质观看,请问您是否要注册账号?*

严雪宵蹙了蹙眉,第一次在直播网站上注册了账号,选择蓝光画质,但画面依然很模糊。

看来这不是分辨率的问题,他敏锐地察觉到,对方使用的设备不太好。

海岛出现在屏幕上,角色从空中开伞,落地后便在集装箱上认真地搜集物资,直到发现对手的存在,悄无声息地跳上哨塔,如幽灵般潜藏在暗处,时刻观察对手的弱点。

最终,他给予敌人致命一击。

严雪宵不清楚对方的具体背景,甚至连名字也没问过,只知道是个在燕大上学的学生。

可他望着最后的击杀画面,不知道为什么,脑海里浮现出一只沉默地咬住猎物的小狼崽形象。

他看完视频,回复了一条消息。

严雪宵:"打得不错。"

沈迟看到这条消息时已经是第二天早上了,他镇定地掠过消息,却默默加快了换衣服的速度,他想快点去网吧。

客厅里。

"我昨天看到沈太太上省电视台了。"一位脸庞圆润的中年女人坐在沙发上,"说是给了小迟足足六十万呢。"

"那也是沈家的钱。"季妈向她端过一杯白开水。

"你们两个也不知道多为自己打算。"季姑妈怒其不争地开口道,"当时我就让你们去问沈家要钱,不然就白替沈家养了十几年孩子了!"

"那是我们亏欠沈家的,让小舒跟着我们受了这么久的苦,怎么能问人家要钱。"季爸显然是极为不赞同她的话。

"对小舒也不好。"

见两人态度坚决,季姑妈转移了话题:"爸的身体你们也知道,现在的乡下可和以前不一样了,到处都是用钱的地方。况且小迟才多大,花钱花惯了,六十万放他身上能行吗?"

季爸面露犹豫,还是季妈对季姑妈说:"你就别管了。"

季姑妈还欲再劝,这时房门开了,一头红发的少年从房间里走出来,她立马止住了话题。

"这是小迟吧,我是你姑妈。"季姑妈从沙发上站起来,向沈迟走过来,"这皮肤比小姑娘还白,燕城过来的就是不一样……"

她的话还未说完，少年便冷冷地看了她一眼，她被那眼神看得发怵，什么话也不敢再说了。

沈迟离开前，听到身后传来季爸的声音。

"我们要和你姑妈去乡下，今天就不回来了，冰箱里没东西，你自己在外面吃吧。"

听到最后一句话，少年拉开门的手顿了顿，隔了一阵，说了声"好"。

沈迟走进网吧。

他到常坐的位置坐下，打开电脑。

庄州特意比沈迟来得早，趁少年等待开机的工夫，他见缝插针地问道："我排位[1]一直上不去，看在是同桌的份上，指点下我吧？"

沈迟看向庄州，在网吧连座算什么同桌，不过他的视线还是落到了庄州的电脑屏幕上。

一个穿着白色短裙的女角色扛着把枪。

看到沈迟的目光，庄州赶紧解释："我选女角色是有原因的，女角色身形纤瘦，被子弹打中的概率更低。"

沈迟面无表情："无稽之谈。"

"我开始了。"

庄州进入游戏，直奔交战最猛烈的区域，落地不到五分钟就被人打死，变成了一个冒着烟的盒子。

他期待地看着沈迟。

沈迟的视线投向"落地成盒"的庄州，说道："没指点的必要。"

"为什么？我感觉自己的不足挺多的。"庄州不好意思地回应。

"浪费时间。"沈迟冷静地陈述。

庄州："……"接着他忍不住建议道，"我发现你直播不开麦是明智的，不然一张嘴要得罪多少人。"

沈迟握紧鼠标，无所谓地点开游戏。

他刚登上游戏的那一刻，就又收到了一条陌生人的组队邀请，他皱眉正要拒绝，就听见身边人惊讶的声音。

"这不是阮言吗？！在小猫直播上挺出名的，粉丝过十万了。"庄州热情地

---

1. 排位：这里指排位赛积分。排位赛是竞技类游戏中的一个模式。

向沈迟介绍。

沈迟没怎么接触过直播，对十万粉丝没什么概念，冷淡地"哦"了一声，依然准备点"拒绝"。

庄州急忙开口："接受啊！和有名的主播玩可以提升你直播间的人气！"

少年的手腕没有丝毫放松，显然没被说服。

庄州想了想，斩钉截铁地说了句："能赚钱。"

沈迟垂下眼，选择了接受组队。

"接受了！"

"太不容易了，喜极而泣。"

"双排要开始了吗？！"

阮言看到通过邀请的消息，内心也是感慨万千，他从昨天一直加到今天，对方终于通过了。

他选择了海岛图，没有别的理由，这张地图最大，可以玩得久一点。

"限定皮肤！Late 绝对是有钱人！"

"身上的套装也不便宜。"

"可惜没开麦。"

阮言也不奇怪，不少玩游戏厉害的人都很有钱，只不过他的语气下意识地放得软了些。

沈迟沉默地玩着游戏。

为了让玩家之间的角逐更激烈，游戏有毒圈的机制，每轮毒圈的范围将不断扩大，玩家在毒圈内的安全区才能存活。

第一轮毒圈袭来，沈迟开着车带阮言去往安全区，开到边缘停下车，向前面的房子走去。

阮言提醒："小心里面有人呀。"

阮言最不愿意的就是在房区交战，因为房子面积不大，视角频繁转换容易头晕，也容易被伏击。

正在他犹豫要不要跟进去的时候，只听到一阵猛烈的枪声，紧接着屏幕浮现出白色的击杀信息。

Late 使用 S686 击杀了 Ashley。

Late 使用 S686 击杀了 Manipula。

"双杀！"

"言言站在房门口直接呆了。"

"想看 Late 的视角。"

"我……好像在正在直播中找到了 Late 的直播间。"

严雪宵坐在阶梯教室里上课,教授《精神现象学》这门课的导师是一位蓝眼睛的澳国人。

上课的人并不多。

与国内注重欧陆哲学与哲学史研究不同,西方哲学是分析哲学的天下,不少人认为欧陆哲学毫无意义,但严雪宵觉得欧陆哲学和分析哲学没有本质上的不同。

他静静地听着课。

下课后,导师没有立即离开教室,而是忽然鞠了一躬道:"谢谢你们能来上课。

"我像你们一样读研的时候,澳国大学委员会不再向哲学系提供经费支持,因为我们每年制造成千上万的问题,却无法解决一个,这让他们无法向政府交代他们在做什么。

"然而我认为任何事都是有意义的。"

他微微欠身,离开了教室。

严雪宵是最后一个离开教室的。

他回到宿舍,打开电脑撰写论文。

时间一分一秒地过去。

严雪宵看了眼时间,准备合上电脑时,导师的话在他耳边响起,他打开了直播网站。

与他想象中空无一人的直播间不同,今天直播间的观众超过了一百人。

他垂下眼,关掉了直播。

虽然不知道这些观众是从哪儿找过来的,但沈迟没有去看不断增长的观众人数,而是仍专注地玩游戏。

毒圈缩到了最后一圈,场上只剩最后两个人,每一枪都会影响最终结果。

他开镜瞄向对手的头部,屏住呼吸,枪口缓缓移动,突然间看到了一条消息——严雪宵已进入你的直播间。

沈迟的动作停住了。

直播间里的观众还在提心吊胆。

"怎么停了?"

"是不好打吗?"

"距离倒不是很远,但对手一直在动,很难打中头。"

沈迟回过神,将注意力转回游戏上,对准目标按下射击键,正中头部。

游戏结束。

"松了口气。"

"话说 Late 怎么不换台好点的电脑,买皮肤的钱都可以买一台了。"

"同意,画质太模糊了,要不是知道是 Late 的直播间,我都不会点进来。"

沈迟正如往常一样点开下一局游戏,突然好几条直播间提示出现在屏幕上。

防风草打赏了你 1 条小鱼干。

野山莓打赏了你 2 条小鱼干。

怪物千层饼打赏了你 10 条小鱼干。

第一次收到打赏,少年的眼里透出一丝茫然,连感谢打赏的话都不知道怎么说,只是握紧鼠标,更专心地投入到新一轮的游戏中。

他玩得太认真,以至于当他停下来想吃饭时,抬头望向窗外,天已经快黑了。

一枚小鱼干可以换一块钱,他今天收到了三十四条小鱼干,足够他出去买东西吃了。如果钱够的话,他想吃酱肉丝。

他在后台摸索着操作,按下提现。

网页上跳出一条提示——你好,一百元以上方可提现。

一百块啊……

少年盯了一阵提示,又看了看自己三十四块的余额,垂下头关掉了页面,他记得自己的背包里还有没吃完的苏打饼干。

他打开背包,取出饼干,因为放置的时间太长饼干变得有点潮,不过味道还不错,他小口地吃着。

他吃完晚饭后,本想继续再打,前台过来提醒:"快回家吧,晚上治安不好。"

沈迟这才走出网吧,回到了家。

屋子里只有他一个人,他不想回到狭小黑暗的卧室,在客厅的月光下打开了手机。

少年弓起清瘦的背脊趴在桌上,打了一段文字发过去。

亚洲第一枪神:"你今天看我直播了?"

隔了很长的时间,他收到了回复。

严雪宵:"你看错了。"

亚洲第一枪神:"直播间有显示。"

一阵沉默。

沈迟想：女孩子确实脸皮薄。

他没有和女孩子相处的经验，正思考要说点什么打破沉默时，忽然对面发来了三个字："严雪宵。"

他知道是她的名字，他不明白对方为什么要再发一遍。

下一秒，一条消息出现在屏幕上。

严雪宵："你的名字？"

这条消息仿佛是在无声地催促。

沈迟盯着屏幕。

现在订虚拟女友都要实名制吗？不过他什么也没说，趴在桌上回了句。

亚洲第一枪神："沈迟。"

手机那端没再发来消息。

对着电脑打了一天游戏太累了，沈迟握着手机，不知不觉便睡了过去。

九月的边城，夜风裹着若有若无的秋寒，少年将自己缩成一团，垂下的睫毛浓密，模样比白日看起来要温顺，但依然是冷淡的。

第二天，沈迟很早就醒了。

他收到了一条短信："我和你妈忙你爷爷的事，要明天才能回来，你自己照顾好自己，晚上关好门窗，记得锁门。"

他抿了抿唇，手停在回拨电话的界面上，可最终还是放弃了，关掉了手机。

他走到和客厅连着的厨房，打开放在角落的冰箱。

保鲜室里有茄子和青菜，冷冻室里有冻肉，他思考了一会儿，把食材取了出来。

他没做过饭，但他看沈家的用人做过，应该不是很难。

他这么想着，把茄子和青菜仔细地洗干净，生疏地拿起菜刀在案板上切。

虽然切出来的蔬菜都是大小不一的，但切了满满一盘，足够他吃得很饱了。

处理好蔬菜，他的视线看向冷冻的肉，肉的表面覆盖了一层冰，湿漉漉地在厨台边淌水。

是要加热化开吧？

沈迟找到铁锅，小心翼翼地拧转煤气开关。

他往里面倒了一层油，随着温度升高，热油在锅里沸腾，他把肉放进去的那一刻，热油四溅。

不知道哪里做得不对，少年看着噼里啪啦的锅，眼里露出明显的茫然，反应慢了半拍，直到右手传来疼痛感，他才关上了火。

右手被热油烫出一道红印，由于皮肤太过白皙，那红色显得格外触目惊心。在沈家有家庭医生，在边城他没有可以问的人。

少年犹豫了一会儿，忍着疼，用左手打开手机。

亚洲第一枪神："烫伤怎么处理？"

"你还记得 Adam 吗？"报告厅外，一个同系男生对严雪宵说。

"研一的时候他提到结构主义就口若悬河，现在区块链倒成了他口中滔滔不绝的话题。"

他说话时的语气充满调侃，显然是看不上此种行径。

"个人兴趣不同。"严雪宵淡淡道。

说话那人摇摇头："Yan，你有时候看起来真不像我们系的。"

他不知道该怎么形容，学哲学的或多或少都有点傲气，他却从未在这名来自东方的青年身上见过，但他同时又莫名地让人不敢放肆。

严雪宵仅是温和一笑，那股感觉更强烈了，他没再多想："研讨会马上开始了，我们进去吧。"

走进报告厅前，严雪宵的手机显示出一条未读的微信消息——来自您的好友沈迟。

他看了眼时间，没有立即查看，而是关了机，进入报告厅。

沈迟没收到回复，便没有继续等下去，单手打开浏览器，搜索烫伤的处理方法。

前面几页都是医院的广告。

他一直翻到第四页才看到答案。

沈迟走到水龙头处，打开开关，冰凉的水冲在右手上，那股灼人的刺痛感才缓缓减轻，可还是很疼。

少年笨拙地给自己吹了吹伤口。

直播时间快到了，他不敢再碰灶台，换了件长袖遮住疤痕向网吧走去，比原定时间迟了半小时。

他走到位置上，打开电脑。

沈迟深吸了一口气，忍着疼痛，握上了鼠标。

不知道是不是老板清过灰，电脑的开机速度比前两天快了点。

他像往常一样登上游戏，看到屏幕的那瞬间蓦地睁大了漂亮的眼。

"Late，早上好。"

"终于等到你了。"

"今天要和言言一起玩吗?"

过了片刻,阮言向他发来组队邀请。

沈迟犹豫了一阵,同意了。

队伍里不止他一个人,还有个叫白茶的人,也是小猫直播的主播,亚服[1]排名前三百,比阮言的知名度还高。

这次选的是张沙漠图,沙漠图没有植被覆盖,让敌人无所遁形,比起海岛图节奏更快,打法更激烈。

只是这里物资少得可怜,沈迟落地只捡了把S686。正在这个时候,他听见不远处传来枪声,对方应该不超过三个人。

他循声而去。

"直接就去劝架吗?!"

"一打开直播间就这么刺激。"

"紧张。"

沈迟的脚步放得很轻,前方交战的三个人没注意到他的到来,在一个人倒地之后,他冷静地开镜,击杀了一个人。

还剩下一个人。

"结果已无悬念。"

"昨天可是靠这把枪双杀的!"

"好奇Late和白茶谁更厉害?"

沈迟的枪口对准最后一个人,虽然他只剩半血了,但他挑了挑眉,有一枪带走对手的自信。

他按下射击键,可右手瞬间传来的灼烧感让他的枪口偏离了预定位置。

他第一次打偏了。

少年沉默地看着屏幕。

直播间骤然安静,隔了一阵才有人说话。

"失误很正常。"

"不可能每局游戏都保持好状态的,看过各大主播的我如实说。"

"对啊,耐心看吧。"

S686只有两发子弹,换弹慢,就在沈迟的血条差点被打没之际,对方被白茶

---

[1] 亚服:指亚洲网络游戏服务器。

击倒了。

阮言玩到十点便下线了，好友白茶也退出了游戏，向他发来消息。

白茶："你昨天把他夸到天上去了，我觉得水平只能算不错吧，今天他失误挺多的。"

阮言其实也挺纳闷的，Late的表现不能说差，可远远不如昨天惊艳，不过他还是回复道："比我好多了，是你水平太高了。"

严雪宵从报告厅回到公寓，已经是纽州时间的夜晚十点了，他打开手机，点开没有读的微信消息。

沈迟："烫伤怎么处理？"

他看着消息停了片刻。

严雪宵："烫伤了？"

隔了一阵，对面回复了他。

沈迟："小伤，不严重，我以前跟人打架的时候还骨折过，也没什么事。"

严雪宵没有向人解释的习惯，但他敛下漆黑的眼睛，发过去一句。

严雪宵："刚才在上课。"

沈迟："你还在上学吗？"

沈迟："那兼职岂不是很忙，难怪经常收不到你的消息。"

严雪宵敲字的手顿了顿。

严雪宵："还好。"

对面的少年以一副过来人的口吻回复了他，回复的速度比平时要慢。

沈迟："那你要好好上学，没学历出了社会挺辛苦的。"

沈迟："我直播去了。"

严雪宵轻轻皱眉。

严雪宵："手伤了还要直播吗？"

沈迟："多直播一会儿就能多挣一元钱，我昨天收到了三十四条小鱼干，今天收到了四十四条小鱼干，还差十二条就一百元了。"

严雪宵看了一会儿屏幕，静静想：他们的确不是一路人。

他关了手机，打开电脑，查询资料。

上次的直播页面还没关，他瞥见闪过的弹幕。

"今天的水平已经挺不错了，现在专心打游戏的主播越来越少了。"

"确认了,昨天应该是超常发挥,和今天的水平差距挺大的,不过我昨天看的时候也觉得零失误太可怕了。"

"话虽这样,和期望还是有落差。"

他眯了眯眼,准备关掉网页的手忽然停住了。

沈迟放下手机后继续直播,直播间观众人数稳定保持在一百。

按照这个速度,他下午的时候应该可以攒够一百条小鱼干。

他垂下头,现在特别想吃网吧门口卖的酱肉丝。

一局游戏结束。

沈迟起身去饮水机接水,等他接完水回到座位,看清屏幕上的文字后忽然愣住了——

匿名用户打赏你12条小鱼干。

十二条……

刚好凑到一百条,这意味着他可以把账户上的钱全都提出来了。

少年呆呆地站在原地,过了一阵才回过神来,在座位上坐下,打开账务页面,再次点击提现。

100元人民币已发放至绑定银行卡,请及时查收!

沈迟握着手机走出网吧,闻到酱肉丝的味道,他吸了吸鼻子,对着摊上的老板说:"给我来一份。

"大份的。"

付完钱,红头发的少年接过用饼卷着的酱肉丝,一双眼眯得弯弯的,低下头满足地吃着。

次日,季爸和季妈带着大包小包的东西从乡下回来了,有圆白菜、青椒,还有满满一大筐带着泥的土豆。

沈迟睡得头发乱翘,他看着镜子里的自己,冷着张脸伸手拨头发,可还是有几根头发不服帖地往上翘。

他盯了一会儿,有些泄气地离开卫生间,出门时被季妈叫住:"小迟。"

他的背脊不自觉地僵了僵。

"我们给你带了身衣服。"季妈柔声开口,期待地看向沈迟,"你试试看合不合适?"

"试试吧。"

季爸也将袋子递到他手里。

沈迟看了看手中的袋子,最后还是转身进了卧室。

他拆开纸袋,里面是一件条纹卫衣。

衣服上的标签还没剪掉,他的视线在写着化纤面料的字样上停了停,换下自己的衣服,穿上卫衣。

袖长和衣长都很合适。

他忽然卷起衣袖,抬手摸了摸自己的手臂,大概因为没穿过便宜的衣服,皮肤太敏感,手腕内侧有些痒,感觉要过敏的样子。

沈迟换回自己的衣服,把卫衣重新装回袋子里,走出了房间。

他将袋子递还给季爸,季爸的眼里闪过失望。

"不合适吗?"季妈问。

他没答话。

"没事儿,改天我们带你去街上买。"季妈安慰道,"你到边城,我们还没给你买件新衣服。"

沈迟望着那双和自己相似的眼睛,不知为什么,没有把到嘴边的拒绝说出口。

少年极轻地"嗯"了声后,离开了。

客厅里只剩下季爸和季妈两个人。

"我明天去退了吧。"季妈把装衣服的纸袋收好,自责地开口,"按照尺寸买的怎么会不合适呢。"

"太便宜了吧。"

季爸望着纸袋问了句:"你说,他是不是想回沈家?"

他不知道该如何对待这个突然找回的孩子,他们现在给的已经是他们能给到最好的了。

"小迟才来边城几天,你不是说过,不适应是正常的吗。"季妈宽慰道。

"可他要是一直不适应呢?"

季爸的语气里充满失望:"复读班开学快一周了,他一直不去,每天待在网吧里,考不上大学,以后要像我们一样起早贪黑卖早点吗?"

季妈听到季爸的话也沉默了。

沈迟来到网吧,走到位置上坐下,昨天被烫出的伤口好很多了,至少不会再影响到操作。

他打开直播。

今天阮言休息，他一个人登上游戏，点开沙漠图匹配。

"Late，早安！"

"沙漠图吗？可感觉沙漠图节奏快，不太适合Late。"

"昨天打沙漠确实比打海岛差许多，海岛掩体多可以藏匿，对枪法要求高。"

沈迟像是没看到一般，依然选择了沙漠图，在M城开伞跳下。

M城并不是一个物资丰富的地方，但好在地方不大，搜集效率高。他落地捡了把枪，爬到楼顶，瞄准远处一个身影，右探头准备射击。

"制高点！"

"只有我注意到Late拿的是98K吗？"

"手气真好，众所周知98K远程单发伤害极高，除非对方三级头，理论上可以一枪带走。"

"这枪容错率太低了，很少会有人站着给你打。"

可下一秒，屏幕上显示出击杀信息。

Late使用98K击杀了Sibor。

98K全称Kar98k，是把栓狙，每打完一发子弹需要手动上膛，沈迟给枪重新上好膛，才又瞄准了下一个人。

"这个击杀太帅了！"

"突然发现Late没有惯用枪，捡到哪把用哪把。"

"因为每把他都玩得很好吧。"

"表示赞同。"

刚开始观众还下意识地为沈迟紧张，可随着显示的击杀信息越来越多，便不由得放松了。

"前面又来了一个人。"

"送快递请排好队。"

"所以昨天才是超常发挥吧，今天Late的水平和第一天有得一比。"

沈迟的注意力都放在游戏上，他重新调整了枪口，对准目标射击。

Late使用Kar98K击杀了你。

白茶开播以来第一次被人击杀，他错愕地看着屏幕上显示的信息，久久没有说话。

他昨天刚和Late打过游戏，他很清楚Late的枪法只能说不错，而且出现失误的次数高，没有远距离打移动靶的能力，更别说是用98K狙杀。

答案显而易见。

还开着直播，他没有指名道姓，压着气说了句："没必要开挂。"

白茶退出了游戏。

他离开了，直播间却炸开了。

"Late？这个名字好熟悉。"

"昨天一起玩的小主播，阮言的朋友吧，水平挺一般的，今天一局击杀数都快二十了，明眼人都能看出不正常。"

"老大今天这么早下播，是真的生气了吧？"

"肯定的，他最烦人开挂了。"

沈迟不知道其他直播间发生的事，他都没认出对方是白茶，不过就算认出来，他也不会因此留情。

他结束游戏，揉了揉由于长时间紧绷而战栗的手腕，等他再抬起头时，屏幕被刺目的辱骂覆盖了。

少年看着屏幕面无表情，手却颤了颤。

"开挂赢了很得意吗？"

"昨天打得怎么样自己不清楚吗？今天就能一局二十杀，让人笑话。"

"滚出小猫直播！"

少年半垂着眼，喉咙发干。

严雪宵在图书馆写了一天的论文，手边摆了厚厚一沓资料。

他摘下薄薄的金丝边眼镜，打开手机查看未读消息，但打开手机没收到消息。

他只是想确认对方的手伤好了没有。

抱着这个念头，他戴上耳机，用电脑打开了直播。

"还在直播！要不要脸啊？"

"如果没开挂的话，为什么游戏水平前后不一致？"

"这有什么可较真的，理解下主播，不用挂就不会玩游戏。"

严雪宵眉头轻皱。

正在这个时候，直播画面忽然从单一的画面变为两个，一个是游戏画面，另一个是用摄像头记录的打游戏时的手部动作画面，完完全全地还原游戏过程。

画面里的人潜藏在楼顶，隐匿着自己的身形，极有耐心地等待，沉默地击杀着对手。

一个、两个、三个……

二十一个，比上次还多一个。

严雪宵望向右下角的屏幕，沈迟被宽松衣袖盖住的右手在隐隐颤抖，明显是些脱力，可紧接着他的衣袖拢得更深了，完完全全遮住了右手。

沈迟没想过解释，而是选择用尽全力打一次。

严雪宵敛下眼眸想：看来是只不太聪明的小狼崽，连舔舐伤口都一脸警惕，不想被人发现。

直播间刹那间一片安静，过了好一会儿，才有人试探性地说话，打破了沉默。

"我们是不是……误会他了？"

"他用的还是同一把枪，连伏击的位置都一模一样，全都是一枪爆头[1]。"

"压枪[2]的弧度和鼠标的移动轨迹是对得上的。"

"他好像真的很厉害。"

严雪宵看着最后一句话，挑了挑眉，轻轻抿唇笑了。

坐在他旁边的人看得愣住了，他并非没见过严雪宵笑，可多是不达眼底的笑，带着若有若无的距离感，严雪宵这么笑，他还是第一次见。

白茶也在看直播。

与普通观众不同，短短半小时的视频，他和朋友拖着进度条来回看了两小时，不放过每一帧画面，然而没有发现任何开挂的痕迹。

他半晌没说话。

身边的朋友出声安慰："其实，露出手也不能完全证明没有开挂。"

白茶看向屏幕。

PUBG刚推出时是一款现象级游戏，一时风头无二，但官方当时的不作为导致外挂泛滥。加上国服迟迟没有上线，游戏的热度越来越低，不少相熟的朋友早已改做其他游戏的直播，也因此白茶十分厌恶开挂这一行为。

露出手当然不能保证一定没有开挂，然而当他一帧一帧分析时，却注意到了Late右手上的红印。

虽然只是一闪而过，作为医学生，他依然辨认出那是烫伤未完全康复的痕迹，联想到Late昨天水平突然变差，便把原因猜到了七八分。

今天的Late才是正常状态的Late。

白茶打开直播间，第一次低下头，在直播间里道歉："是我技不如人。"

---

1. 一枪爆头：指在游戏中一发子弹命中目标头部，从而击杀目标。
2. 压枪：射击游戏中的一种操作技巧，是指在连射或扫射过程中，通过鼠标强制调整枪的准星向下，用以抵消后坐力产生的准星上浮，以使射击更为准确。

直播间静默了一阵。

"如果没开挂的话，一局二十杀，这个 Late 是真的有水平，他的 KD 值[1]肯定高到可怕！"

"怎么办，我刚才还跑到 Late 直播间骂他了，我去投点小鱼干吧。"

"带我一个。"

"我也去了。"

一杯拿铁打赏你 10 条小鱼干。

豆乳盒子打赏你 30 条小鱼干。

千层可丽饼打赏你 4 条小鱼干。

沈迟望着满屏的打赏不知道发生了什么，短短半小时就收到了超过五百元的打赏，直播间关注人数也从一百出头到了一千。

现在可以……买份酱肉丝了吧？

少年看着自己的账户余额犹豫了一下，最终还是没有忍住诱惑，走到网吧外面买了一小份冒着热气的酱肉丝。

沈迟走回座位时，收到了一条意外的消息，拉开椅背的速度慢了半拍。

【白茶】今天的事对不起，给你带来的困扰我很抱歉，希望你不要太生气。

沈迟坐到位置上，垂头回了句。

【亚洲第一枪神】被一枪带走的人又不是我，我为什么要生气。

白茶没料到他会这么回应，被噎得好长时间没说话，隔了一会儿才发过来一个文档。

【白茶】我听阮言说你刚当主播不久，我也是从小主播过来的，这份资料应该对你有帮助。

沈迟打开资料，是白茶当主播以来的经验心得，他坐在电脑前，一页页地看。

看到最后，他的脸上浮现出纠结。

当主播还要和观众互动吗？

他盯着游戏界面中关闭的麦克风按钮思考了一阵，打开了微信。

泽州已是深夜，严雪宵从图书馆离开，回到了宿舍，初稿还未完成，他在书桌前坐下，打开电脑。

---

1. KD 值：击杀（Kill）和死亡（Death）之间的比值。

正在这个时候，他听见了一阵敲门声，他微微皱眉，走到门边打开门。

严济没进门，说道："前天苏富比举办了一个拍卖会，听到拍卖的是哲学家海德格尔的手稿，我就去给你拍下来了。"

青年敛了敛眸。

海德格尔凭一本《存在与时间》奠定了在哲学界的地位，使衰微的形而上学焕发活力，正如维特根斯坦之于分析哲学，但其意义在于思想，而非昂贵的手稿。

不过他仍说了句："谢谢小叔。"

"我就不多待了。"严济的神色难得带了几分匆忙。

"还在度假呢，你爸就叫我回去，收购PA的事出了问题，德国那边的股东提高报价，要求以350欧元每股收购，比市价高出一半，有得磨了。"

他说到一半止住了话题："我跟你说这些干什么，你又不了解。"

不过令他没想到的是，青年若有所思地说了句："先有足够的诚意再谈吧。"

"然后呢？"

"报纸上说PA股权分散。"

严济的脑子转了转，如果能谈下最好，如果谈不下，趁PA没反应过来直接在市场上展开收购，手段不可谓不狠。

他正准备转身离开时，瞥见了书桌上的电脑屏幕。

"你什么时候开始看直播了？"严济迅速警惕起来。

他侄子以前从不看直播的，他看过社会新闻，好多主播都是骗钱的，他侄子辛辛苦苦在咖啡店打工才挣一点钱，可不能被骗光了。

严雪宵的视线在游戏画面上停了一阵，淡淡开口："无意中点开了。"

严济松了口气，转身离开。

他心里有点可惜，要是他侄子和燕大那孩子有共同语言就好了，侄子有了朋友，也省得他每天操心。他两年前见过那个林斯年，是个很乖巧的孩子。

然而他不知道的是，远在燕城的林斯年又一次从噩梦中醒来，苍白着脸走下楼和家人吃饭。

"你加上严雪宵了吗？"母亲问他。

他嗫嚅地答："加了。"

母亲看出了他的不安，宽慰道："他在普大专心念哲学，我听说人也挺温和的，和严家其他人都不一样，你别怕。"

听到母亲的话，林斯年低下头，脸色变得更苍白了。

他做了一个梦，梦里的严雪宵根本不是他母亲说的这样，严雪宵才是严家最可怕的人。

如果说现在的严家是锋芒毕露，那么严雪宵掌权的严家才真正是在商场上如日中天。

而那时的严雪宵早已成为孤家寡人，没有任何人敢靠近，更别提什么哲学了。他始终忘不了梦里严雪宵那双冰冷的眼眸。

林斯年的眼里充满了恐惧。

严雪宵关了门，回到椅子上。

他刚翻开书便收到了一条消息。

沈迟："我能问你一件事吗？"

沈迟："我听有人说主播应该和观众互动，可我不知道我要不要开麦，做你们这行的应该有经验，想问问你的意见。"

严雪宵不知道自己被归到哪一行，不过他还是问了句。

严雪宵："为什么不开麦？"

过了很长时间，对面才发来回答。

沈迟："有人说我开口说话容易得罪人，直播还是别开麦比较好，而且我也不知道我的声音怎么样？"

沈迟："你方便听听吗？"

严雪宵看到最后一句话，落在屏幕上的手顿了顿，点开了发来的音频。

是一个少年的声音，与他想象中的冷冽不同，音色格外通透澄净，或许是因为不好意思，尾音有些发颤。

严雪宵轻轻敛下眼眸，回了一句："还行。"

沈迟看着手机上的回复陷入了沉思，不确定到底是好还是不好，他还想再问时，收到了一条信息。

严雪宵："看书去了。"

少年不好意思再打扰，只不过他躺在床上时，对于这个问题，想了一晚上也没想明白。

早上七点，街道办的喇叭声响得比闹钟还早，沈迟被吵醒，叼着油条准时出门。

边城比燕城好的一点就是不堵车。这时候马路上根本没什么车，顶多有辆乡下来的拖拉机，慢悠悠地过马路。

他吃完油条进了网吧，登上直播账号，看到阮言发来一条消息。

【阮言】昨天看到你的显示屏是老款的二十一寸，游戏中转动视角不方便，推荐二十四寸的屏幕。建议你最好买大牌的显示屏，对你而言肯定不算贵。

【亚洲第一枪神】用的是网吧的电脑。

【阮言】为什么在网吧直播呢？

沈迟在键盘上打字。

【亚洲第一枪神】买不起电脑。

大概在这个年代家里还买不起电脑是一件很奇怪的事，阮言没再发来消息。

少年垂下眼。

小猫直播的签约主播一个月保底三千元，不过签约条件很苛刻，关注量达到五千才有申请资格。

沈迟现在的直播间只有一千关注，但如果他成功签约，应该能攒钱给自己买台电脑吧？

他握紧手中的鼠标，打开直播。

"Late 早上好！"

"今天还是不开麦吗？好奇 Late 的声音。"

"我也想听！一定是酷酷的。"

"开了麦人气会更高吧。"

沈迟打游戏时从来没紧张过，但一个人坐在电脑前，对着开麦呼声越来越高的弹幕，第一次有点紧张。

他点开微信，没来由地给严雪宵发了句："我开播了。"

普大，导师办公室。

"没想到你这么快就完成初稿了，其他人还在选题阶段。"导师给出意见，"不过西方学术界的主流是分析哲学。

"你选择从分析哲学和欧陆哲学的融合角度来写不利于论文发表，并且两者的分野显而易见，你确定要写下去吗？"

面对导师的质疑，青年平静开口："是的。"

导师怔了怔，现代哲学的确面临现实的出路问题，各个流派百家争鸣，融合未尝不是一条出路。

而这个时候，青年只是微微躬身："谢谢您的意见。"

身为导师的海涅不由得看向自己的学生，他在学校任职十年，在他教的所有学生中，Yan 给他的印象最为深刻。

这名来自东方的青年将所有心思放在了哲学上，为人处世也半点挑不出错，他猜想定是受过严格家教吧，家境应该也不普通。

"那就这么写吧。"海涅没再坚持自己的观点，从椅子上站了起来，"今天是周五，我要和妻子去看曲棍球赛，你也该休息一下。"

两人向办公室外走去时，海涅随口问道："你有想过未来伴侣是什么样的吗？"

严雪宵回答："没想过。"

"Celibatarian（独身主义者）？"

严雪宵没反驳。

他回到宿舍，坐在书桌前，正要继续写论文时，手机屏幕上浮现出一条未读消息。

沈迟："我开播了。"

严雪宵的视线顿了顿，点开了直播。

游戏的时间过去了一半，左上角的存活人数只剩下四十人，为了逼迫场上的人活动，毒圈内安全区的面积不断收缩。

沈迟在毒圈边缘架上枪，沉默地狙击进圈的人。

"已经十四杀了。"

"第一次看安安静静的直播间。"

"我也是。"

"唉，好像 Late 不喜欢说话。"

沈迟仿佛没看到弹幕，依然一言不发地进行游戏，直到他看到了一条直播间的提示，他开镜的动作停下了。

严雪宵进入你的直播间。

红头发的少年像是下了很大的决心，深吸了一口气，接着缓缓吐出，然后开启了麦克风。

第一次开麦，他还不太熟练，生涩地打招呼："大家好，我是 Late。"

即便麦克风有杂音，依然掩盖不住少年清澈的音色，直播间安静片刻后，弹幕铺天盖地席卷而来。

"这么少年的吗！"

"啊，这小尾音颤得我心都要化了。"

"好了，别拦着我当'妈妈粉'。"

"是可爱的仔仔！"

沈迟的眼里闪过一丝茫然，谨慎地补充了一句："我说话容易得罪人，大家见谅。"

"怎么会！"

"仔仔说什么我都爱听。"

"不会的！"

沈迟悬着的心放了下来，他重新投入游戏中，发现毒圈停在了核电站的位置，离他整整一千米，需要立即向毒圈内的安全区跑去。

"跑着去吗？！"

"一路都没看到车，只能跑着去了。"

"毒圈越到后面伤害越高，Late只捡了三个医药包，跑不过去吧。"

沈迟向安全区跑去，在最后一个医药包用完后，终于跑到了毒圈边缘，血量不再下降，可也只剩了薄薄的一层。

正在这个时候，一枚子弹从他身侧擦过！

"没想到前面房子里有人。"

"完了，仔仔被发现了。"

"对面好像是最近很火的主播。"

沈迟冷静地打开背包，他这局搜集的医药包不多，不过投掷物挺多的，有三颗手雷和两颗烟幕弹。

他向前方分别扔了两颗烟幕弹，白色的烟幕瞬间弥漫开来，方便遮掩行踪。

"幸好还有烟幕弹。"

"快走快走。"

"看得我好紧张。"

但沈迟没想过走，而是在烟幕的遮掩下走到了树后，观察房子里的人。

"不会要进攻吧？"

"残血状态，枪法再好也拼不过吧。"

"我从隔壁直播间回来了，房子里真的是任夺，枪法在主播里数一数二，建议仔仔还是避开。"

确定对方的位置后，沈迟朝房子里扔手雷，手雷直接砸碎窗户飞进房子里。

沈迟动作极快，一个接一个。

对方大概没想到他没有跑而是选择攻击，动作慢了半拍，然而慢的这半拍直接决定了生死，原本安全的房子顿时变为一片火海。

屏幕上显示出击杀信息——你使用破片手榴弹击杀了 Renduo。

弹幕消息沸腾了一会儿。

"Late 居然……赢了？对面可是任夺。"

"投掷物党的胜利！"

"才注意到 Late 又没说话了。"

"就没什么想说的吗？"

沈迟看着弹幕想了想，面无表情地回答："对手太弱。"

直播间观众顿时沉默了，之前以为 Late 说容易得罪人是谦虚，现在才发现真不是谦虚，毕竟一般人说不出这话。

只有电脑前的严雪宵看到小地图边上的麦克风悄无声息地关上了，他挑了挑好看的眉，生平第一次发弹幕。

"没说错。"

小麦克风又悄悄地开了。

"前面那位粉丝理智一点。"

"任夺不要面子的吗！"

"说不定任夺要找上门了。"

十分钟后沈迟结束游戏，收到了一条组队邀请，发信人是任夺。

"真找上门了？"

"现在掉线还来不来得及？"

"掩护我方仔仔先走。"

沈迟本不想理会，可看了眼弹幕，通过了。

"你好，我是任夺。"队伍语音里传来成熟稳重的声音，"要比单场击杀数吗？"

少年一言不发地按下"准备游戏"。

看出他没兴趣多聊，任夺也没客套，直接开始游戏，直升机缓缓地在航线上移动。

航线切在地图的东北方向，恰好经过学校、P 城这两个物资丰富的地区，任夺根本不需要思考就选择在 P 城落地。

他看向小地图，Late 也选择了 P 城。

果不其然有三十多个人都跳在了 P 城，由于是双排，人数分布更集中，任夺不到五分钟便拿下了七个人头。

"五分钟七个！"

"今天老任状态不错。"

"给那小主播一点颜色看看。"

他今天的状态确实不错，压枪都很稳，任夺过去最高击杀数是十七，而现在游戏才过一半，他已经拿下十个人头了。

"今天要破纪录了吗？"

"就该让那小主播看看到底是谁菜！"

"可那名小主播好像……十二杀了。"

任夺的眉头皱了皱，他没有注意屏幕上的击杀信息，只看到小地图上的Late在不停穿梭。

正在这个时候，屏幕上浮现出新的击杀消息。

Late 使用 AKM 击杀了 Reven。

Late 使用 AKM 击杀了 Alexlender。

Late 使用 AKM 击杀了 Mariex。

三杀！

不仅是任夺直播间的粉丝被震住，连任夺自己也愣住了，他本以为这名主播赢过他不过是靠投掷物、运气好而已，没想到实力真挺强的。

游戏即将结束时，他的单场击杀数是十八，而 Late 的击杀数已经达到了二十二。

任夺不得不承认技不如人，说道："你很厉害。"

普通人面对称赞或多或少会客气一下，但少年半点没客气，反而视作理所当然："一直很厉害。"

任夺："……"

"本来对那小主播还挺服气，突然间又不爽了。"

"老任这么会说话的人都沉默了。"

"这大概就是……凭本事得罪人吧。"

眼看气氛逐渐僵化，严雪宵眼睫轻轻垂下，点开了任夺的直播间。

"没必要和小孩计较。"

弹幕这才反应过来。

"听声音最多十八岁，小屁孩一个。"

"可这说话太招人讨厌了。"

"那我希望他在网吧玩游戏被老师逮到。"

"加我一个。"

见有台阶下，任夺也松了口气，和气地说了句："下次有机会再一起玩。"

沈迟盯着屏幕，看来对方是被他用实力征服了，少年极低地"嗯"了一声，离开了游戏。

白天的时间很快过去了，当沈迟回到家，狭小的房间依然只有他一个人。

少年侧躺在床上，蜷曲着睡着了，没人和他说晚安，他小声地对自己说了句"晚安"。

第二天，沈迟坐在餐桌上吃春卷。

边城的春卷和燕城不一样，里面的馅裹着油，他只把外层薄薄的酥吃了。

季爸弯腰搬着锅炉，当他站起身，弓着的背往上挺时忽然僵住了，转头向季妈求助："你扶我一把。"

季妈将季爸扶起，担忧地看着他："你这病越来越严重了，要不今天去医院看看？"

季爸摇摇头："你一个人怎么能行。"

季妈看向沈迟，不抱希望地开口："小迟，你愿意跟我一块儿出摊吗？正好你没别的事。"

听到最后一句话，沈迟本想拒绝，但他的视线落在季爸的背上，最后没说别的，抿了抿唇说了声"好"。

早点摊的位置在边城三中门口，不少学生进校门前都会顺路买份早点，季妈承担了大部分工作，沈迟只负责收钱。

早上七点是人最多的时候，即便是这样，赚到的钱也不多，沈迟默默收着钱。

"两份烧卖。"一个叼着烟的社会青年说道。

季妈用袋子仔细装好，递了过去，那人接了烧卖转身就走，沈迟拽住他的胳膊："没给钱。"

那人没有半点被拆穿的惊慌，反而朝季妈望去："给了，不信你问她。"

季妈不想惹事，而且已经习惯了这种事，低声向沈迟说："算了。"

少年的手依然没松开。

众目睽睽之下那人拿他没办法，扔出五元钱丢在脏兮兮的地上："五块钱你也要。"

沈迟垂下头，捡起来了。

早点摊一直开到十点，快十一点的时候沈迟才到网吧，他正要拉开椅子坐下，便听到身后传来一阵脚步声。

他转过头，是早上见过的那个社会青年，身边还有两个人，明显是有备而来。

"要打出去打。"少年摘下刚戴上的耳机。

严雪宵打开直播间,第一次看到沈迟没有开播,他看着漆黑一片的直播间垂下了眼皮。

庄州把校服塞在了书包里,大大方方地向网吧走去,远远地就看到有小年轻在打架。

在民风彪悍的边城,打架不是新鲜事,不打架才是新鲜事。大事小情都要报警,警察也忙不过来。周边的商铺不胜其扰,但拿这群喜欢闹事的小年轻也没办法,只能任由其白吃白喝。

他本来没打算管,可当瞥见了一个染着红毛的脑袋后停住了脚步——不会是网吧那小红毛得罪人了吧?

虽然他对此并不惊讶,但还是心里一紧,不由得走上前。

和他想象中的可怜兮兮不同,红头发的少年打起架来贼凶,像是感受不到痛似的,完全没有腾出手防备,直接揍趴下了三个人。

少年拎起一个人的衣领,冷声问:"下次知道付钱吗?"

"知、知道。"那人连忙点头。

看着地上畏畏缩缩的三个人,庄州终于知道这小红毛是怎么活到现在的了。

沈迟转身离开。

他没有回网吧,而是向家走去。

门是开着的,他听见季妈疑惑的声音从门内传来:"奇了怪了,我刚回来的时候有人给我送钱,说是以前忘付了。"

"可能是良心发现了吧。"沈迟半垂下眼,走进门。

他还没走进卧室,季爸便叫住了他,看着他脏兮兮的衣服拧起了眉:"小迟,你是不是跟人打架了?"

见沈迟没有反驳,季爸第一次说了重话:"网吧就是不三不四的人去的地方,你看哪个正经人会去网吧?你今天能跟人打架,明天就能跟着去犯罪。如果小舒还在,他一定不会去那种地方。"

少年抬起眸本想解释,可听到最后一句话,他的背脊很轻地颤了颤,最终什么也没说。

他沉默地走进房间,关上门,背抵在门上。

这个时候,他才小心翼翼地卷起衣服,露出遍布淤青的窄瘦腰腹,为了减轻疼痛，他放缓了呼吸。

房间里很安静，静得好像世界上只有他一个人。他刚要放下衣服，手机振了振，他划开屏幕。

严雪宵："发生什么了？"

沈迟盯了一会儿手机，垂下眼缓缓打字。

沈迟："跟几个人打了一架，没来得及直播。"

沈迟："不过，我赢了。"

大洋彼岸的严雪宵看着回复微眯凤眼，他曾见过小叔养的幼年狼犬，浑身是伤也要硬撑着咬人。

他轻轻敲下字。

严雪宵："哪儿受伤了？"

沈迟看到回复后愣了愣，她怎么知道自己受伤了？但他不想让女孩子为他担心，心虚地否认。

沈迟："没受伤。"

他知道严雪宵很忙，每次总和他说不了两句，他想她应该不会再问下去了，可下一秒，对面又发来一条消息。

严雪宵："敷药。"

语气格外坚定。

沈迟并不觉得自己的伤严重，可他看着手机，抿了抿唇，还是出门去了药店。

药店的老板娘四十多岁，看到他的伤，眼也没抬，似乎是见得多了，问道："要哪种药？"

"便宜的。"沈迟低声答。

"那我给你开瓶碘酒。"老板看了他一眼，从柜子上拿下一瓶药水，递给他，"每日两次，涂在伤口上。"

沈迟付了四元钱，拿着药回了家。

少年撩起衣服，将碘酒涂在伤口上，药水擦在身上冰冰凉凉的，有轻微的刺痛感，他的肌肤微微动了一下，忍着疼继续涂下去，刺痛感过了一会儿才消失。

涂完伤口，他给严雪宵发了条消息。

沈迟："敷上药了。"

他怕对方不信，对着上完药的伤口拍了照，把照片发了过去。

严雪宵写完文献综述打开手机，看到的便是一张伤口涂上了碘酒的照片，看来是皮外伤。

他的视线从照片上移开，关掉手机。

沈迟直至睡前也没有收到严雪宵的回复。

他蜷缩在床上，不知不觉就睡过去了，只是因为疼痛在梦里仍皱着眉。

第二天，沈迟很早就醒了，少年难得没理会胡乱上翘的红发，严肃地盯着手机屏幕。

萧回："听说你有女朋友了？"

如果是别的人发消息他才懒得回，但萧回从小到大都和他不对付，于是他打完字发过去。

亚洲第一枪神："才知道？"

两个人揣着明白装糊涂。

萧回："还挺好奇是什么类型的。"

沈迟想了想，认真地给出答复。

亚洲第一枪神："在校大学生，平时兼职赚钱，性格比较独立，不常说话，但其实经常默默关注我工作，还在我受伤时关心我。"

萧回本来不信沈迟真交了女朋友，但看着收到的大段文字将信将疑起来。他觉得沈迟压根没和女生相处过，如果沈迟是编的，也编不了这么细。

他心里犯着嘀咕，不禁又问。

萧回："她叫什么名字？"

沈迟："严雪宵。"

看到消息的那一刻，萧回冷笑了一声：沈迟当他傻吗，不清楚这位是谁？

萧回关上手机，更加确信了一点，沈迟这个人从小到大都很令人讨厌。

沈迟不知道萧回的想法，他关上手机，给自己涂完药，便下床离开了房间。

他没打算吃饭，手放在门上正要开门出去时，季妈的声音从身后传来："小迟。"

他的身体一僵。

季妈走到他身边，柔声说："我知道小迟是个好孩子，你爸爸昨天只是太着急了。他怕你待在网吧不去念书，将来只有高中文凭，挣不到钱养自己。"

女人的语气太温柔，少年的背脊肉眼可见地变得更僵硬了，低着头说："在挣钱。"

"打游戏也可以挣钱吗？"季妈眼里现出困惑。

"签约后每个月有工资。"少年垂下眼说道。

"那你现在签约了吗？"季妈问。

沈迟摇摇头。

季妈把装着春卷的纸袋递给沈迟："那这样好不好？如果十月份还不能签约的话，还是去复读班上课吧，就算考不上大学，考个技校出来也很好。"

沈迟盯了一会儿女人手中的纸袋，点了点头。

他吃完春卷便去了网吧，昨天的耳机还放在桌上，沈迟戴上耳机，登上了直播账号。

"仔仔早上好！"

"终于等到了！"

"从昨天一直在等！"

沈迟不是一个喜欢向别人解释的人，但他看着弹幕，低着头说了句："昨天出了点事。"

"没关系！"

"仔仔已经很勤奋了，每天白天都在直播。"

"想看仔仔和路人双排。"

"我也想看！"

沈迟很少和别人一起打游戏，更没匹配过路人，不过既然大家想看，他握紧了鼠标，点开了随机匹配。

"是我点的路人双排！"

"不知道为什么，总觉得 Late 今天很'宠粉'。"

"你不是一个人！"

匹配成功后，麦克风里传来一个年轻女生的声音："我不太会玩，航线经过地图中部，西边人少点，要跳矿井吗？"

"矿井的资源太少了吧，犯不着为了避开人跳太偏僻的地方，落地说不定都捡不全装备。"

"看来美女是真的不太会玩……"

"完了，Late 不会把妹子说哭吧？"

"很有可能。"

但出乎弹幕意料的是，沈迟没出声，默默地跟随 1 号跳了伞。

严雪宵坐在图书馆里看书，他抬腕看了眼时间，收拾好书站了起来。

"这么早？"坐在他对面的亚当不禁抬起头，在他印象中，Yan 还没有这么早离开图书馆过。

"回宿舍有事。"

严雪宵似乎看出他的疑惑，多说了一句。

"我和你一起回去好了。"亚当也把书装进包里，两人一同离开了图书馆。

严雪宵回到宿舍，坐在书桌前，打开了直播。

正在这个时候，宿舍的门响了，他站起身，走到门边打开门。

"我钥匙忘带了，室友还没回来，先在你这儿坐一会儿可以吗？"亚当不好意思地开口。

虽然他和 Yan 当了快两年同学，可不知道为什么，面对 Yan 时总有些紧张。

"可以。"

严雪宵给亚当递了杯温水。

"谢谢。"

亚当走进门，坐在了椅子上。

他第一次来 Yan 的宿舍，好奇地打量着，书柜上放满了书，其中不乏贵重的原典。他虽然家境不错，但也舍不得买这么多书，教材都是问学长借的。

忽然，一阵枪声的音频引起了他的注意，他抬头看过去，这才发现桌上的电脑里正放着游戏直播，Yan 专心地看着。

这就是 Yan 说的有事？

亚当完全无法把面前温和好学的青年和游戏联系在一起，他忍不住走近了问："这是 H 国的游戏主播吗？"

严雪宵轻轻"嗯"了一声，他望着画面中行云流水的操作，心想：伤口应该没多大问题。

亚当平时也会看直播，不过看的多是玩 CS[1] 的主播。他还是第一次看 H 国的游戏直播，说道："你觉得他直播得怎么样？"

"技术挺好的。"严雪宵停顿片刻，答道，"就是不太擅长与人交流合作。"

"是吗？我怎么感觉他和别人打得挺好的。"亚当疑惑地问道，"可能因为我看不懂中文。"

严雪宵抬眼望向屏幕。

---

1. CS：全称 *Counter-Strike*，射击类游戏《反恐精英》。

矿井所在的地点在地面上看不到房子，进入山洞后有个很长的通道，整个矿井只有一个出口。

由于位置隐蔽，来的人并不多，当然资源也不丰富。

沈迟只找到一把win94。

"这枪不能装倍镜，只能机瞄[1]，对于远距离没用。"

"跳点[2]没选好，一直听说矿井'穷'，没想到能这么'穷'。"

"仔仔任务必心平气和。"

"要不你用我这把枪吧。"1号看起来也十分愧疚，把自己捡到的一把M4放到了地上。

"不用。"沈迟没要，给win94装上子弹，"用什么都一样。"

"是我的错觉吗，感觉Late对女孩子要温柔很多。"

"昨天的任夺有话说了。"

"也可能是Late真觉得用什么都无所谓。"

"这就有点拉仇恨了。"

沈迟两个人从矿井出来后，身上的护甲都还是一级的，不过矿井旁还有几间房子，两人向房子走去。

他们刚走没几步，就有子弹朝他们的方向射过来。

来自东南方向的子弹。

沈迟很快辨别了位置，找到掩体后抬起枪口对准伏击者，win94的子弹容量只有八发，但他只用两发就解决了敌人。

1号因为被伏击异常慌张，连枪都忘了开，一个劲地说"抱歉"。

沈迟收了枪，说道："跟着我。"

"这个真的是新人。"

"突然担忧这局赢不了。"

"我确定仔仔对女孩子是温柔很多了。"

电脑前的严雪宵神情平静地关了电脑，对着亚当开口道："是我说错了。"

毒圈开始收缩，沈迟找到一辆车，因为他要拿枪，因而问1号："会开吗？"

1号犹豫了一下："会开。"

沈迟上了车，两个人向安全区出发。安全区外不是最危险的，毒圈边缘才是

---

1. 机瞄：机械瞄准镜，这里指用枪械自带的机械瞄准镜瞄准目标。
2. 跳点：跳伞地点。

最危险的。

车刚翻上一个沙丘，不远处就有人射击车胎，1号大概没开过几次车，方向盘转得太急，车翻在了沙漠上，直接让两人暴露在敌人的枪口下。

"这……"

"想看Late打单排了。"

"主要是1号技术太差了，不知道排位怎么打上来的，最多青铜水准。"

"抱歉。"1号慌张地开口。

"没什么。"

沈迟没有客套，他是真觉得没什么，朝前方扔了一个烟幕弹，绕到了房区背面，趁对手没有反应过来，用win94迅速解决了一队人。

"我看了看自己手里的win94，好像我和Late拿的不是一把枪。"

"你需要的不是win94，是Late那双手。"

"真实。"

"仔仔拿什么枪都很厉害。"

结束完遭遇战，沈迟清点着对手留下的物资，他对着1号说："这里有枪托。"

"谢谢。"

1号很小声地道谢，捡起了地面上的枪托，两个人下楼的时候，她忽然解释道："这个号是我前男友帮我打的，他总说我玩得不好，我确实怎么也玩不好。"

沈迟能感受到对方语气中的低落，他不知道该说什么，只是提醒了一句："在直播。"

"本来还想听故事。"

"Late是不想暴露别人的隐私吧。"

"1号应该挺喜欢那个男生的。"

"你是主播吗？"1号收住了情绪问道。

沈迟应了声。

对方小声地"哦"了一声，没再说话。或许是因为待在他身边没什么危险，渐渐地，她胆子大了起来，鼓起勇气击杀了一个人。

"玩得不错。"退出游戏前，沈迟对着1号说了句。

"呜呜，仔仔好温柔。"

"任夺：你再说一次！"

"忽略任夺，我们仔仔还是温柔的仔仔。"

1号看着游戏界面怔住了。

她在现实中是地质队的一名成员，每天都在野外勘探，她很喜欢这份工作，然而家人不能理解她，连男朋友也在今天和她分手了。

她今天也不知道为什么，就是想玩游戏，但她遇上的人都嫌弃她操作差，这是第一次有人对她说"玩得不错"。

Late 是个主播吗？

她打开网页开始搜索。

下午七点的时候，沈迟关上直播，就在他准备关闭电脑前，一条提示消息出现在了屏幕上，他止住了动作。

匿名用户打赏你 500 条小鱼干。

沈迟的表情依然很镇定，他觉得一定是自己看错了，这比他这几天的收入加起来都多。

可他揉了揉眼，发现自己没有看错，他真的收到了五百条小鱼干，他现在的积蓄快一千了。

不仅如此，打赏数目超过一百会出现在首页上，虽然出现的时间很短暂，他直播间的关注数却也因此从两千提升到了两千五。

这意味着，他距离申请签约又近了一步。

沈迟面无表情地看着屏幕，忍不住打开微信，点开了一个人的头像。

沈迟："我收到了整整五百条小鱼干，下个月可以继续和你说话了。"

隔了很长一段时间，他收到了对方的消息。

严雪宵："你对所有人脾气都这样好吗？"

少年盯着手机发呆，他知道自己的性格不讨人喜欢，所有人都觉得他脾气不好，大概只有严雪宵会这么问。

一头红毛的少年斟酌着回复。

沈迟："你在夸我吗？"

内心藏着一点儿小心翼翼的雀跃。

严雪宵望着屏幕想：这确实是只探头探脑钻出洞的小狼崽，不断露出脑袋想寻求表扬。

严雪宵："是。"

沈迟收到消息的那一刻，故作淡定地摘下耳机，关上电脑，向网吧门口走去。少年捏紧了手机，脑子里只有一个念头。

自己被夸了。

晚上看直播的人多，蓝恒作为游戏主播玩了一通宵，实在没精力再打，又舍不得直播间的热度，故而给任夺发了条消息。

蓝恒："上次是不是有个新人说你弱？"

大概是被戳到伤心事了，明明在线的任夺过了好一会儿才回复。

任夺："你要干什么？"

蓝恒："去查查房。"

查房是指带着粉丝去别的主播直播间观看直播，是直播时的调剂手段。他还挺好奇那名新人的来路。

任夺发来链接后，又提醒了一句。

任夺："我劝你别招他。"

蓝恒敷衍地发了句："知道了。"

随后他打开了任夺发来的链接，进入了新人的直播间。

"亚洲第一枪神？这个名字像个猛男。"

"巧了，刚开播。"

"不是我说，这画质也太差了吧，差点以为梦回2001年。"

"这个人我好像有点印象，开着直播说老任弱。"

PUBG区的新人越来越少了，像任夺这样从别的热门游戏转来的人更是少之又少，蓝恒对于新人还是比较关爱的，他问了句："能说说你是怎么做到一局二十二杀的吗？"

新人没有回答。

他以为是对方消息太多没看到，又问了一次，跟着过去的粉丝也在帮他问。

新人终于开口了，语气像是在客观陈述事实："说了你也不会。"

蓝恒："……"

"这小子好傲啊！"

"老蓝果然和老任是好友，都在同一个人上栽跟头。"

"现在的新人都这么讨人厌吗？"

"前面的人别攻击了！其他新人才不这样！"

蓝恒查房第一次遇到这么不给面子的小主播，而且对方还只专注于游戏，连说话也极少。

他注意到，Late与其他主播相比，有个显著的不同点——没有惯用枪械，落地捡到哪把就用哪把。他突然很好奇，Late是不是每把枪械都能用好。

他不禁挑了把最冷门的枪,问道:"十字弩能赢吗?"

对方丝毫没理会他。

"算了别问了。"

"反正问了也得不到答案。"

"不过如果老蓝是个女生,大概能得到回复。"

"这么真实的吗?"

蓝恒不死心地又说:"如果你赢了,我出一百条小鱼干,你输了给我一百条小鱼干。"

看Late冷冷的模样,他也没抱什么希望,一百条小鱼干换成人民币只是一百元,现在吃一顿火锅都要一百了,这点钱实在没什么诱惑力。

何况十字弩虽然杀伤力高,在游戏里仅次于AWM大狙,杀起人来无声无息,但换弹慢、射程短,对两百米外的目标没有任何攻击性。

但出乎他意料的是,对方竟然同意了,冷声开口:"可以。"

"就为一百折腰?看来是爸妈零花钱没给够。"

"人设崩了。"

"不过用十字弩真的能赢吗?"

"在射击游戏里玩冷兵器是种什么体验?"

"听导师说你的论文是关于分析哲学和欧陆哲学融合的。"亚当敲门走进宿舍,将上次借的书还给严雪宵,"那挺难写的。"

"拜伦还借口有事,把整理文献的工作全推给了你,我昨天看到他去了酒吧。"亚当不禁提醒,"他分明没有事。"

可青年听到他的话,神情看不出丝毫意外,他愣了愣,原来Yan什么都知道,只是不在意而已。他不由得好奇,像Yan这样温和的人会在意什么。

"要喝茶吗?"青年拿出茶叶招待他。

"这是什么茶?"

亚当的注意力不禁被转移开。

"家那边寄来的茶。"

穿白衬衫的青年坐在桌前,桌上摆着一套半旧的陶瓷茶具,温杯后将茶水沿着杯壁注入到茶杯里,升腾的雾气将青年的脸衬得若隐若现。

"你家乡的茶啊。"亚当坐在椅子上,接过茶杯尝了一口。

和他喝过的红茶不同,茶的味道很清淡,但回味无穷,他不知不觉就把一整杯喝完了，不好意思地说："很好喝。"

"不打扰你了。"他看着茶杯，一脸不舍地准备离开，Yan 似乎看出了他的想法，出门时送了他一袋茶叶。

他想回赠礼物，虽然以 Yan 的性格大概不会收，但回到宿舍后，他还是搜了搜茶的品种，一查吓了一跳。

茶的名字叫御前八棵，是龙井茶中最贵重的品种，产量稀少，一般人很难买到。

他突然意识到 Yan 的背景或许并不普通，难怪即便是对亲近的同学，还是会有若有若无的疏离感。

亚当走后，青年喝着茶打开了直播。

沈迟点击进入游戏。

地图是随机地图，理论上地图越小十字弩优势越大，但随机地图导的是面积最大的海岛图。

"死亡开局。"

"如果是雾天还好点，十字弩太大了，躲在树后都很容易被敌人发现。"

"可以有把副枪的吧？没说只能用十字弩。"

十字弩的刷新地点多出现在 P 城、军事基地和机场，根据航线沈迟选择了机场。

跳机场的人不少，沈迟迅速进到建筑物内搜寻十字弩，不过还没等他找到，就听到门外传来敌人的脚步声。

"这要怎么办，还没找到十字弩。"

"连一级甲都没找到。"

"紧张。"

沈迟停下了脚步，静静地躲在门后，幸好门外那人被枪声吸引走了没进来。

他继续在房子里搜索，终于在一个房间里找到了一把十字弩。

跳机场的人太多，十字弩并不适合贴脸战斗，他找到武器后便顺着围栏离开了机场。

"第一次看到 Late 避让了。"

"没办法，十字弩换弹都要 4.4 秒，他打两枪的时间别人一沓子弹都打完了。"

"要慢慢打了吗？"

"仔仔加油啊！"

海岛图树木、山坡多，在前期易于躲藏，沈迟一路上没撞见几个人。

然而毒圈刷新，安全区的范围越来越小，当场上只有十个人时，安全区只圈住了一座山坡。剩下的人谁都不想成为第一个开枪而被集火的人,场面顿时僵持起来。

"我看到山坡上的厕所有人了!"

"要打吗?"

"可不到三十米,如果开枪的话会不会暴露位置?"

沈迟老老实实地趴在草丛里,他瞄见了厕所边的人,他没有射击的打算,却朝着厕所前方投掷了一个烟幕弹。

"什么?"

"这已经不是烟幕弹了,简直是信号弹!"

"太贼了!"

"已经不是贼的问题了。"

烟幕弹打破了僵局,厕所边的人立马成为被集火的对象,一场战斗过后,场上只剩下两个人。

沈迟这时才匍匐到大石后,将十字弩对准最后一个人。

十字弩换弹慢、杀伤力大,所以要一箭解决敌人,他屏住呼吸,全身心投入游戏中,放在鼠标上的手慢慢捏紧。

沈迟点击射击。

你使用十字弩击杀了 karatm。

弹幕安静了。

"Late 用十字弩都能赢,我看了看我自己。"

"仔仔真厉害!"

"Late 是真的强,基本单发就能解决敌人。"

"只有我关心一百条小鱼干吗?"

蓝恒惊讶了,这局的击杀数不能和任夺那局比,可仅仅靠着一把十字弩能存活到最后,倒已经让他高看了 Late 一眼。

许多人觉得,PUBG 就是一个比枪法的游戏,可游戏意识和策略也很重要,特别是在职业比赛中,游戏意识甚至决定了生死。

他不是一个不守承诺的人,当即表示:"我马上投一百条小鱼干。"

看到蓝恒的话,少年松了口气,握着鼠标的手也放松了,他摆脱了全身紧绷的状态,靠在椅子上休息。

"最后射击的时候我愣是没顾得上喘气,就怕射偏了,Late 估计更累。"

"我也是。"

"还好没输掉一百条小鱼干，不然要播两三天才能赚回来。"

只有一向淡漠的严雪宵听到耳机里少年微微起伏的呼吸声，轻轻蹙起眉，在直播间打下一行字。

"一百条当哄小孩？"

蓝恒看到弹幕里纷纷在刷"小鱼干太少了"，眼皮跳了跳，心道：果然不该招惹 Late，最后只好打赏了两百条小鱼干。

电脑前的严雪宵收回视线，饮完最后一口茶，翻开了放在案上的《辩证理性批判》，书页间萦绕着茶似有似无的气息。

晚上回到家，沈迟趴在被子里清点着自己的小鱼干数量，有一千两百条了，月底大概能挣到三千条，少年打个哈欠，慢慢地闭上了眼。

太阳初升，燕城作为 H 国的首都，暗灰色的城墙饱含历史的厚重感，无数的摩天大楼高耸入云霄。

"有看中的吗？"Loro Piana 的店里，披着披肩的女人站在做工精细的羊绒毛衣前问。

季舒摇了摇头。

"都要了。"女人对着店员说。

"好的，沈夫人。"店员恭敬地低下头。

"都要了？"季舒不由地望了眼标签上的价格，一件的价格比他前半辈子穿过的所有衣服的价格加起来都要贵。

女人轻轻皱了皱眉，等店员离开后她才开口："小舒，你现在不是在边城了，生活上的花销你不需要发愁，你只需要专心考燕大。"

季舒局促地点了点头，他觉得自己像做了一个梦，不用回到生活窘迫的边城，有花不完的钱，还有高贵优雅的父母。

只是他一想到照片上那个垂眸弹着钢琴、像小王子般的黑发少年，仍忍不住地羡慕。

边城的平房里，一头红发的少年被街道办的喇叭声吵醒，面无表情地下床走出房间，从餐桌上拿起油条。

今天是周末，季爸和季妈没出摊，季爸回乡下了。季妈解下围裙看向他："小迟，今天一起去买衣服吧，不然我也不知道你喜欢什么。"

少年刚叼上油条，听到季妈的话，明显愣了一阵，低低地"嗯"了一声。

边城只有一条商业街，和菜市场挨着，一边是卖百货的，一边是卖边城特产大白菜的，小贩们常为占位吵得沸沸扬扬，谁也不肯让谁。

沈迟之前从来没在这样的环境中买过衣服，他皱着眉避开污水横流的排水沟走。

"你家孩子皮肤真白，适合这件。"刚和隔壁吵得不可开交的老板娘，转过头立马朝他们笑脸盈盈，道，"这件格子的也适合，一件才四十五元。"

季妈停在摊子边问："穿起来舒服吗？"

"我们的衣服都是百分百纯棉的，穿着肯定舒服。"老板娘热情地回答。

季妈望向沈迟："你看看喜欢哪件？"

沈迟低头看着摆在摊位上的衣服，视线落到了两件最便宜的卫衣上。

"喜欢就拿了试试吧。"老板娘将两件衣服塞到他手上，指了指身后用木板搭着的狭小试衣间。

在季妈殷切的注视下，沈迟抿了抿唇，没有拒绝，走进了试衣间。

他对着镜子将两件卫衣往自己身前比了比，款式大小都差不多。

他没怎么挑过衣服，都是有什么穿什么，此时盯着穿衣镜看了半天也没决定。

女孩子应该会挑衣服吧？

沈迟打开手机，分别对着衣服拍了两张照片，然后发给了严雪宵。

沈迟："你觉得哪件适合？"

过了很长一段时间他也没收到回复，或许是两件都不适合，他看着屏幕垂下眼。

泽州的傍晚，严雪宵穿着浅色的店员服在咖啡厅打工，他躬下身将一杯美式咖啡端到客人的桌上，之后走回吧台。

整个下午他都在忙，没时间看手机，这时他打开手机，未读消息出现在了屏幕上。

沈迟："你觉得哪件适合？"

点开消息，是两张对着衣服拍摄的照片，第一张是黑色的长袖卫衣，第二张是印有奶白色小狗爪印的卫衣。

严雪宵习惯穿纯色的衣服，可他觉得沈迟还是适合可爱风格的衣服，他敲字回复。

严雪宵："第二件。"

见他看得专注，一起工作的同事洗着杯子，好奇地问他："你在干什么？"

严雪宵关了手机："给小孩儿挑衣服。"

在水声中，同事明显听错了，问道："你养宠物了吗？"

严雪宵敛下眸："算是吧。"

下午，庄州走进网吧，看到了前台在清理墙壁上的交友小广告。他正想开口问时，屏幕上恰好在播边城本地电视台的新闻。

主持人的普通话带着浓浓的边城口音："近日警方查封了一批出售虚拟恋人服务的店铺，多家店铺涉嫌网络诈骗，报案者称根本没收到商品，店家骗钱后消失……希望广大市民提高自我防范意识。"

庄州对于诈骗事件已经见怪不怪了，新型诈骗手段层出不穷，不过他没想到诈骗小广告都打到网吧了。

他走到座位上坐下，见旁边的位置是空的，他的眼里闪过一丝惊讶，平时在网吧坐得快生根的小红毛居然没来。

庄州的念头还没出现多久，他就听到一阵椅子被拉开的声音，他转头望去，一瞬间以为自己看错了。

红头发的少年脖子上挂着耳机，穿着印有奶白色爪印的卫衣，浓密的睫毛微微垂下，看上去还怪可爱的。

大概是察觉到庄州在注视他，少年立马冷冰冰地看回去，庄州立刻收了目光，果然可爱只是一种错觉。

他出于好心提醒道："对了，我看新闻上说有虚拟恋人店铺涉嫌诈骗，你别被骗了。"

少年今天心情似乎不错，瞥了他一眼，难得回应了他："买贵的就行了。"

庄州："……"

在沈迟看来，被骗都是因为贪小便宜，比如一个月要五百元的严雪宵就没骗他，一个月五十的肯定是骗子。

买贵的就不会错。

少年在心里默默坚定了这个消费观。

网吧的开机速度一如既往地慢，已经过了三分钟还没开机。沈迟打开手机，一条消息出现在屏幕上。

萧回："好久没玩 PUBG 了，叫上你女朋友一起打游戏吧，不会打也没事，反正不还有你吗？"

他就知道萧回没死心。

亚洲第一枪神:"她白天要上课。"

萧回:"没说白天,什么时间都可以,没别的意思,主要是想认识一下,好歹也是一起长大的情分,陈霜霜也挺想认识的。"

话都说到这份上了,沈迟一时间没想到理由拒绝,冷淡地应了一声。

他点开严雪宵的微信头像。

沈迟:"方便一起打游戏吗?"

没收到回复。

他不禁屏住了呼吸。

其实,他对严雪宵会同意这件事没太大把握,毕竟包月只包括聊天,没包括游戏陪玩,看他直播已经是免费服务了,但是如果严雪宵能同意就更好了。

严雪宵从咖啡厅回到宿舍,坐在书桌前准备打开电脑,这时放在桌边的手机亮了亮。

沈迟:"方便一起打游戏吗?"

严雪宵对电脑游戏没有任何兴趣,如果有玩游戏的时间,不如看一篇论文。

他像对其他人般客套地回了句"抱歉",可对方像是当真了,正正经经地回复。

沈迟:"你不用抱歉,是我要求过分了,不该免费占用你的时间。"

严雪宵敛了下漆黑的凤眼,望着屏幕的视线停了一阵,看不出情绪地打开电脑,继续修改论文。

他写完论文已经深夜两点了,保存好文档,却没有关上电脑,而是打开了网页,在搜索框轻轻敲下几个字——如何玩《绝地求生》。

沈迟登上直播账号,他正要打开游戏,但在瞥见直播间的关注数后,呼吸不由得一滞。

不知什么时候,他的直播间关注数已经破了五千,哪怕此时他还没开播,直播间里等待的观众数量也超过了五百。

"看到十字弩过来的。"

"我也是。"

"今天不开播吗?"

少年的唇微微地向上弯了弯,没有立即开播,而是深吸一口气,然后打开网页,点击提交了签约申请。

提交完申请,他才戴上脖子上挂的耳机,选择"随机双排"。

"终于等到啦!"

"今天是双排吗?"

"看来今天仔仔心情不错。"

航线水平切在了地图中上部,途经热门跳点 G 港、学校、水城,而野区很少有房屋,一路上都是危险区域,可以说是很极端的航线了。

队友直接下线了。

"下线可太真实了。"

"果然今天还是单排。"

"这个航线单人双排吗?!"

"要不也退了算了。"

沈迟仿佛没看到队友下线般,在地图上标记好跳点,说道:"能赢。"

CHAPTER 02

他的
第二章
世界

小猫直播的 03 号审核员收到了一份签约申请，看到名字的那一刻他怔了怔。他对这个主播有印象，上周才申请开通直播间，没想到这么快就有签约资格了。他点开直播间。

　　游戏已经开始了，Late 选择在学校降落。或许是单人双排的缘故，他并没有选择物资丰厚的楼顶，而是选择了学校背面的底层。

　　底层的物资并不丰富，一般是作为最后的搜索目标。果不其然，Late 只在右边的小房间里找到一把 S686，连二级头盔也没找到。

　　"要是队友没下线，应该能去屋顶搏一搏。"

　　"跳屋顶的人太多了。"

　　"同意，现在至少安全吧。"

　　这个位置没什么人来，激烈的战斗都集中在了学校正面。眼看着一整层搜索完，03 号本以为 Late 会离开学校，可 Late 却出乎意料地待在房间里不动了。

　　"不会掉线了吧？"

　　"我听到脚步声了。"

　　"吓人。"

　　连 03 号也下意识地屏住了呼吸。脚步声越来越近，可 Late 依然没什么反应，他觉得有点可惜，心想：看来是真掉线了。

　　可他这个念头刚冒出来，画面中的 Late 动了，凭借着 S686 的高爆发击杀了开门进房间的人，轻松拾取了对方的装备。

　　"98K、三级甲、狙击枪消音器……太富有了。"

　　"难怪 Late 不肯走，原来在这儿等着。"

"好不容易从屋顶厮杀出来,谁能想到底下还有人!'快递员'辛苦了。"

待二十杀结束游戏,弹幕都是一片夸奖,03号却听见少年冷冷开口道:"二十杀而已。"

他想这是个很自信的人。

的确,Late 也是他审核过的主播中技术顶尖的那一批,可直播不是职业联赛,技术不是唯一的决定条件,甚至可以说不是最重要的。

PUBG 的热度不断下滑,直播市场逐渐饱和,他们已经不需要那么多沉默的技术流主播了。

沈迟结束游戏,打开杯子喝了一口水,收到了一条消息,发件人是小猫直播官方。

他没有立刻点开消息,而是慢慢拧好杯盖才握紧鼠标点开消息,连他自己都没发觉,他的手指在微微发颤。

一条消息映入眼帘:很抱歉,你的签约申请未通过。

他握紧鼠标的手骤然放松,垂下的睫毛晃动了一下,似乎这件事对他没有分毫影响般点开了下一局游戏。

只是下播时间比往日早了一小时。

他摘下耳机走出网吧,回到家,一个人待在自己的房间里。房间里没开灯,黑暗笼罩了他。

一份财经报纸被随意地摆放在长方桌边,封面上书写的标题异常显眼——"严氏成功收购 PA 电气"。

林斯年坐在方桌前,望见报纸的刹那脸色变得煞白,身体忍不住战栗。

"你怎么了?"母亲关切地问道。

"没什么。"

林斯年忙低下头。

梦里的严氏也收购了 PA 电气,用的手段如出一辙,在当时没有引起任何人的注意,如同一滴水落入海里,直至后来,人们才后知后觉地明白过来,这是严雪宵接触商场的开始。

此时的严雪宵仍走在普大的校园里。

他单手接听着电话,电话里传来严济的声音:"对 PA 的收购成功了,好好谈没用，还真得用你说的办法……不过这下有得忙了，管理层要换一批，还要安抚中小股东。"

他没说话。

"知道你不爱听这些。"严济换了话题，"年底回国吗？你已经两年没回来了。"

严雪宵停了一会儿，让人听不出情绪地开口道："不回了。"

他挂了电话，走进图书馆。

严雪宵找到位置坐下，今天的手机屏幕格外安静，他的视线从手机上挪开。

但不知为什么，他又转手打开了沈迟的直播间，直播间一片漆黑。

"今天这么早就下播了吗？"

"完全没看够。"

"后面几局仔仔好像不太开心。"

"我也感觉到了。"

严雪宵的视线在屏幕上停了停。

大概是房间里没有光，沈迟靠在冰冷的墙壁上不知不觉睡了过去，醒来后已经是晚上八点了，睡得红发都翘了起来。

边城和燕城不一样，夜晚格外安静，静得能听到自己的心跳声，他突然有点想找人说话。

他在心里强调：只是有一点而已。

少年打开手机，微弱的光芒映着他瘦尖的下巴，他点开了与严雪宵的对话框。

沈迟："我的签约申请被拒绝了。"

他刚打完一句话，觉得不妥删除了，又打了几个字，还是删除了。

整整五分钟过去了，他一个字都没发过去，状态显示为输入中他也没在意，反正对方看不见。

正在他冥思苦想之际，屏幕上忽然间传过来一条消息，他看到消息的那一刻，打字的手立时僵住了。

严雪宵："想说什么？"

原来一直被看在眼里吗？

沈迟握着手机的手发烫，心脏骤然跳了跳，下意识地将打好的字发了出去。

沈迟："今天签约申请被拒绝了，没有说原因，应该是我打得还不够好吧，不过我也没放心上。"

少年的头垂着，直至熄灭的屏幕再次亮起。

严雪宵："不是你不够好。"

顿了顿，对方又发来一句。

严雪宵："是他们没有眼光。"

看到消息的那刻，红头发的少年慢慢抬起头，盯着屏幕在想什么，而后握紧手机发了回复。

沈迟："谢了，我没事。"

严雪宵看着屏幕若有所思，心想：这是只摸一摸脑袋就会戒备地向人仰起头的小狼崽。

他神情平淡地收回目光，正要关上手机时，又收到了一条消息。

沈迟："但听你这么说，我是真的很开心。"

严雪宵眯了眯眼。

第二天，沈迟依然八点准时到网吧，眼下带着不明显的黑眼圈。

他没有立即直播，而是打开了白茶发给他的文档，阅读关于签约的部分。

签约申请每个月只能提交一次，十月份才能重新提交申请，这便意味着他绝无可能在十月前签约，这部分内容与官网上的规则没什么不同。

少年半垂下眼，正要关上文档，一行黑体小字突然映入他的眼帘——小猫直播有个不成文规则，每次官方主播赛的冠军都会成为签约主播，这或许是签约的一条捷径。

他把这段不长的文字一字一句地读了一遍，打开了官网上的活动页面。

其他游戏的赛事很多，不仅有大大小小的主播赛，还有明星慈善赛，但PUBG正在报名的官方赛只有小猫杯主播团队赛。

他盯着参赛人数，捏紧了鼠标。

他需要四个人。

少年沉默地登上游戏，打开自己的好友列表，里面空空荡荡的，原来一个好友也没有吗？！

一年一度的小猫杯主播赛开始报名了，作为平台最重视的PUBG线上赛，第一名的奖金高达二十万，可吴俞看着报名界面却犯愁了。

本来凑齐了四个人，但有一个朋友临时有事不来了，今天上午十点报名就要截止了，他仍没找到第四个人。

他不得不在评论区留言碰运气。

吴俞："有人要参加小猫杯吗？"

没人回复他。

他心里残留的希望破灭，其实本就没抱什么期待，毕竟报名今天截止，想参加的早早就组好了队伍，不想参加的也不会理他。

可没想到的是，他的脑子里刚刚闪过放弃的念头，就有一个人找来了。

尽管那人不是大主播，关注数只有五千出头，电脑看起来也不太好的样子，但都这个时候了他也不能挑了，赶紧在十点前提交了四个人的报名申请。

完成报名后，吴俞把这个消息告诉朋友："赶在最后找到了一个人，虽然是个没签约的小主播，但好歹报上了名，离二十万奖金又近了一步。"

蓝恒对吴俞的话不以为然，说道："有许成他们在，换个大主播来也不可能得第一，参赛不过是给平台一个面子而已。"

吴俞语塞，他觉得蓝恒的话也没错。

小猫杯年年办，每年的冠军都是许成的队伍，其他人可以说是去凑数的，故参赛的主播越来越少。

"那个小主播是谁？"蓝恒打开了电脑，"我关注一下，有空去查个房。"

"你还想查房啊？"任夺摇摇头。

蓝恒不在意地回答："又不是每个新人都那么变态，拿把十字弩都能赢。"

吴俞前段时间在忙装修，今天才重新捡起直播，算是处于半退圈的状态，完全听不懂这两人在说什么，他点开消息，说道："直播间叫亚洲第一枪神，游戏ID是Late。"

吴俞能感受到他的话音刚落下，空气瞬间就凝固了，他不禁又看了看Late的直播间，确定这是个关注数只有五千的小主播。

"这个人有什么问题吗？"吴俞忍不住问，他想来想去也只有直播间的名字过于夸张这一个理由能让那两人无语，但是这年头还不能让人家抒发下想做亚洲第一枪神的梦想吗？他觉得他这两个朋友对新人太苛刻了。

听到吴俞的问话，蓝恒从放空的状态中回过神，语气复杂地对吴俞说道："往好处想，说不定我们这次真能拿第一。"

往好处想……

吴俞心想：突然有种不太好的预感！

沈迟上午十点便完成了报名，但报名资料还需要审核，直到晚上七点，他才收到了报名成功的确认通知——恭喜您，小猫杯主播赛报名成功。

他望着通知下意识地握紧鼠标，却在心里悄悄松了口气，结束了长达十小时的直播关上电脑。

他揉了揉因为过度紧绷而酸痛的手腕，从座位上站起来。当他即将离开网吧时，萧回向他发来一条消息。

萧回："上次我们说好的，什么时候叫上你女朋友一起玩游戏？"

沈迟懒得理会，随口回了句。

沈迟："她很忙。"

萧回："真的吗？你上次怎么没说过？"

沈迟握着手机的手顿了顿，点开了和严雪宵的对话，打算直接给萧回发张截图。

沈迟："你现在一定很忙吧？"

严雪宵又要上课又要兼职，每次和他说话的时间都很少，不忙才奇怪，应该没别的答案。

果不其然，对方回复了他。

严雪宵："很忙。"

沈迟松了口气，继续问。

沈迟："那你一定不会同意和我打游戏吧？"

不知道是不是因为他急着给萧回发截图，所以觉得等待回复的时间格外漫长，漫长到他以为对方不会回复了，甚至连屏幕都熄灭了。

然而下一秒，屏幕重新亮起，缓缓浮现出一条消息，他看清消息的那刻愣住了。

严雪宵："同意了。"

明亮的书房里，季舒在书柜里找书，低头时在柜底找到了一个相框，不知道是被谁放到柜子里的。

相框中的少年站在日光下，穿着燕外的校服，笑容飞扬肆意，琥珀色的眼眸中泛着细碎的光。

他把相框重新放回了柜底，犹豫了许久才点开季妈的朋友圈。

红发少年垂眼坐在木桌前，桌上只摆着两三道菜，身上穿着面料粗糙的卫衣，与周围的环境融为一体，半点都找不到原来照片上的影子。

季舒这个时候才意识到，边城的生活已经离他很遥远了，他的心里说不上是惋惜还是庆幸，最终吐出一口气。这是他第一次感受到，他和照片里的少年已是两个世界的人。

此刻，他终于挺直了腰背。

昏暗的网吧里，白炽灯的光洒在头顶，少年放松地趴在桌上，等电脑开机。

直到开机画面缓缓出现在屏幕上，他才坐直登上游戏，在队伍界面邀请了严雪宵和萧回。

由于选择的是随机模式，系统便随机选择了一张沙漠图。

航线切在了地图的右上方，恰好经过位置偏僻但物资丰富的军事基地，沈迟没怎么犹豫就选择在军事基地跳伞。

"不开麦？"落地后，萧回问严雪宵。

或许是不熟悉的缘故，严雪宵没有回复，沈迟替严雪宵解释："不方便。"

"可以发文字。"萧回一边在装配间里搜索，一边不死心地问着，"你们是怎么认识的？"

"网上认识的。"沈迟冷声开口道。

"没问你。"萧回忍无可忍说道。

他曾猜想两个人应该是游戏里认识的，可沈迟的女朋友显然不太会玩，搜索物资的动作很慢，不仅落在了他们后面，头上戴的也还是一级头盔。

于是他否定了这个想法，不远处传来交火的枪声，他便没再多想，推开了前方营房的门，一个闪亮的三级头盔躺在地面上。

萧回感叹自己今天运气不错，正要跑过去捡的时候，沈迟先他一步捡起了三级头盔。

"你还用什么三级头？"萧回的语气酸溜溜的。

沈迟没理他，走到了落单的严雪宵面前，把身上的装备全脱下了，对着严雪宵说："给你。"

图书馆里，严雪宵戴着耳机敛了敛眸，换上了装备。

萧回深深地看了眼自己的二级头盔，他本来还不信沈迟交女朋友了，可这还是他第一次见到沈迟对女生这么主动。

他刚想开口说什么，一阵密集的脚步声在营房外响起，子弹射进房间在地面上留下密集的弹孔。

有敌人！

他手上拿的枪是 Uzi，虽然伤害低，但作为一把冲锋枪，射速快，往往能在对方没反应过来时解决敌人。

他背靠着墙身行走伺机出去，可刚刚探出一个脑袋就被打掉了一半血。他判断外面至少有三个人，说不定还是四人的满编队伍。他还听到手雷拉开的声音了，对方要准备攻房[1]了。

正当萧回不知道如何是好时，沈迟朝前门扔了一个烟幕弹吸引敌人注意，紧接着从后门出去了。

"能直接冲出去吗？"萧回不清楚有多少人，而且沈迟现在的装备也差，没敢跟着冲出去。

果然外面有三个人，沈迟只戴着一级头盔，直接从满血的状态被打到残血，然而屏幕上浮现出一行行击杀信息——

Late 使用 win94 击杀了 wave。

Late 使用 win94 击杀了 osummer。

Late 使用 win94 击杀了 vagabond。

三杀！

萧回突然想到，如果不是沈迟把好装备都给了别人，说不定解决敌人的速度还能更快，但他没把这句话说出来。

此时他站在门口进退两难，转头对严雪宵找补道："别看他游戏玩得还行，你可能还不知道，他整天都在打游戏。"

严雪宵走到沈迟身边，将残血的沈迟扶了起来，回了一条文字消息："知道。"

萧回看着回复，顿时语塞，跟在后面出了营房，换了话题："他还跟人打架，你知道吗？"

可对方依然回复道："知道。"

语气温和客气，让人看不出情绪，萧回不由得有种拳头打到棉花上的感觉，于是没再出声。

军事基地内部岔路多，路口有固定刷车点，他们很容易就找到了一辆越野车，向毒圈边缘转移。

萧回负责开车，沈迟架枪警戒，转移得很顺利，路上遇到一支满编队伍，他们直接将其灭掉了。此时他们的成绩已经很不错了，可萧回却丝毫提不起兴致。

队内语音太安静了。

只有他一个人在说话。

车停在了圣马丁的豪宅前，他下车拿起枪，对着两人说道："房门开着，这

---

1. 攻房：游戏中攻击存在敌人的楼房。

里肯定被人搜过了，进去的时候小心点。"

"你知道就好。"沈迟难得说了句话。

萧回不甘落后地开口，把心里的话都说了出来："沈迟，你觉不觉得自己变了，以前在燕外多骄傲一人，我说一句你能顶十句，现在像个哑巴。"

少年转身进房门的动作明显顿了一下，可好像不知道如何反驳，什么也没说就进去了。

严雪宵的目光在画面上停了停。

萧回也没有因为占得上风高兴太久，因为转移到圣马丁这边的不止他们一支队伍，狙击枪的子弹飞速朝他射来。

他一时没反应过来，仍站在原地，等反应过来后只剩薄薄的一丝血了，他直接被击倒在地，毒圈此时也正向他这边蔓延，他剩余的血量不足，情况岌岌可危。

还好身前的房子处在安全区，他倒在地上向房子里爬去，恰好严雪宵经过，他连忙说："扶我一把。"

严雪宵的脚步没停下。

"扶人总该会吧？"萧回的血量受到毒气的伤害不断降低，他的语气变得匆忙，"点击救援按钮，就像你之前扶沈迟一样，很简单的。"

听到最后一句话，严雪宵终于停住了脚步，伸手救援萧回。

萧回望着开始加载的救援进度条顿时松了口气，虽然焦急地盯着进度条，但逐渐放缓了呼吸，然而就在只差一秒进度条就要加载完成时，救援忽然被取消了，他眼睁睁地看着自己的最后一滴血被毒气侵蚀，头像变成了灰色，屏幕上显现出一行文字："抱歉，手滑。"

即便队友死亡也能观战发语音，但沈迟不知道萧回为什么直接下线了。

不过他没有来得及多想，因为队伍中只剩下他和严雪宵两个人，他的呼吸声在耳麦中清晰可闻。

或许是因为太安静，他第一次在游戏中感受到了紧张，压住了呼吸声问："今天没打扰到你学习吧？"

对方淡淡答复："还好。"

少年"哦"了一声，忽然又不知道该说什么好了，沉默地架枪狙击，六倍镜中出现敌人隐在树后的头盔，他按下鼠标左键准备射击。

突然，他看到严雪宵问了句："你不用上课？"

他落在鼠标上的手没稳住，射击偏离了方向，过了一阵子他才回答："请了长假。"

他以为严雪宵会问他为什么请假,但对方没继续问,似乎只是想起来了问一句,他悄然松了口气。

队伍里又恢复了沉默,渐渐地他也习惯了,将注意力投入到游戏中。

这局游戏结束后,严雪宵离开了队伍,他退出结算界面时不小心点到添加好友,向严雪宵发过去一条好友申请。

少年闭了下眼又睁开,意识到申请是真的发出去后,握紧了手中的鼠标。

对方没通过。

他半垂着眼,觉得并不意外。

在他看来,游戏账号添加好友是很私人的一件事,能一起玩游戏的已经算是亲密的朋友了,好友申请没通过也是正常的。

他起身从位置上站起来,正要离开游戏时,视线投至屏幕上,骤然定住了——他空空荡荡的好友列表里多了一个人。

小猫杯的比赛日程出来了,不少人注意到吴俞的队伍今年多了一个名不见经传的小主播,登时便有人议论开了。

【野生猕猴桃】吴俞三个人都是十万粉的签约主播,怎么混入了一个没签约的?

【圆滚滚的荔枝】今年没悬念,又是许成他们第一,还不允许别人'划水'吗?

【杜果冰】Late 这个名字有点熟悉,我没记错的话,他在直播间说过任夸弱,还让蓝恒输了两百元。

【车厘子】听你这么说,应该不是同一个人,不然不用比赛自己人就能打起来。

第二天,沈迟走到网吧坐下,打开电脑,一如既往地直播,从早上八点播到了晚上八点,中途只吃了点苏打饼干。

"快下播了。"

"明天见呀。"

"说个笑话给大家听,昨天看到有人信誓旦旦地说,Late 和蓝恒他们要参加小猫杯。"

"哈哈哈,今晚就比赛,要是真参加了 Late 还能淡定直播一天吗?"

然而令所有人都没想到的是,少年低头发了条消息,关上直播前说了句:"比赛去了。"

直播间顿时沸腾了。

"原来 Late 真的参加了小猫杯吗？！"

"好能沉住气啊，我愣是跟着看了一天直播，现在赶紧去赛事直播间了。"

"如果说，许成的队伍是神仙组合，那仔仔的队伍算不算是魔鬼组合？"

"总之，加油吧！"

严济让司机换了辆宾利开到学校，他坐在副驾驶上，问刚从图书馆走出来的严雪宵："你今天没事吧？"

严雪宵靠在椅背上休息："没事。"

他刚说完这句话，便收到了一条消息，他细长的手指落在屏幕上轻轻一顿。

沈迟："我去比赛了。"

严济继续说："那就好，纽州新开了一家中餐厅，口味偏清淡，你应该会喜欢，你今天没事正好去吃……"

然而他的话还未说完，就被青年听不出情绪的话打断了："有事。"

"刚刚不还没事吗？"严济纳闷地问。

不过他没有得到回答，只听到严雪宵问了句："听说那个人请了长假？"

严济想了半天才反应过来他说的是林斯年，听林斯年的母亲说他因为身体原因从燕城大学休学了，他不由得反问："你怎么知道？你还在和他联系吗？"

车开到宿舍区停下。

严雪宵下了车，没有回答他的问题。

严济叹了口气，毕竟他侄子看着挺温和的，其实心思很深，很难有人能和他交心，但他转回身的那瞬间忽然想到——他侄子似乎没否认和林斯年联系这件事。

小猫杯作为平台下半年最热门的 PUBG 赛事之一，官方直播间的观众超过五十万人，请来的解说是职业解说方升泉。

比赛共有十六支队伍参加，为了尽可能减少当天状态和场外因素对于比赛结果的影响，比赛分为三天进行，每天三局海岛地图、三局沙漠地图，总分最高者为冠军。

"方老师，您对这次比赛是怎么看的呢？"主持人问。

方升泉调整了下耳麦，回答道："因为赛制接近职业比赛，排名分并不多，苟全性命到决赛圈并不是太好的策略，还是鼓励选手多拿淘汰分。"

"那您有没有看好的队伍呢？"主持人又问。

方升泉笑而不语。

"去年也是方老师解说的吧?"

"主持人水平不行,这还用问吗?"

"肯定是许成的队伍。"

晚上九点,比赛准时开始,十六支队伍同时进入了游戏。

"有队伍掉线了。"主持人注意到吴俞的队伍一进游戏便有两个人掉线。

"蓝恒和任夺掉了。"

"太可惜了,掉线不能再进。"

"这还怎么打?"

吴俞现在说自己不慌是假的,参加比赛的大部分都是有名气的主播,游戏水平不是普通路人能比的,只剩两个人的队伍在接下来的比赛中无疑会被动很多。

可 Late 看不出丝毫情绪波动,落地后沉默地搜集物资,听到枪声的第一反应不是躲开,而是循声而去。

这个打法是很激进的。

不过吴俞作为 Late 的队友,也只能硬着头皮跟了上去,前方有两支队伍在交火。

吴俞看了两眼便断定没有"劝架"的必要,因为其中一支队伍完全有碾压对方的实力,解决另一支队伍只是时间问题。

Late 已经在屋顶架好了枪。

吴俞惊讶地发现,Late 对血量的计算能力很强,总能精准地射出子弹抢对面的人头。

场上有十六支队伍共同角逐,无法同时捕捉每个队伍的比赛画面,所以比赛的精彩程度也依赖于导播切换镜头的水平。比赛画面中大部分镜头都给了许成的队伍,根本没有捕捉到沈迟的操作。

当六局游戏结束排名出来后,只有很少的人留意到,吴俞的队伍以 58 分的成绩排在第十一名。

"蓝恒和任夺一直都在掉线吧?"

"虽然还是倒数,但两个人能有这个成绩很不错了。"

"知足了。"

主持人按顺序采访队伍,用的都是同一套问题:"方便透露下你们明天的目标吗?"

吴俞没想到自己的队伍能排第十一名,按照他原先的想法,不拿倒数第一就不错了。他谦虚地说:"大家都很优秀,名次上没什么目标。"

主持人又问沈迟:"你觉得明天会拿第几名呢?"

少年冷声回答:"第一。"

弹幕里的人有些无语——

"现在倒数都这么自信了吗?"

"许成:是我提不动枪了?"

"梦想还是要有的。"

主持人被噎了下,不知道怎么接话,便没再提问沈迟,而是继续与吴俞攀谈:"看粉丝的弹幕,你前不久结婚了,今天家人看你的比赛了吗?"

"我家人都在看。"吴俞带着笑意答道。

听到吴俞的话,沈迟垂下眼眸,不知道在想什么。他打开了手机。

严雪宵没有回复他。

严雪宵应该是没时间看他的比赛,他其实也只是说一句而已,并不想让对方产生负担,于是他又打字发过去一句。

沈迟:"打完比赛了。"

他发完消息,抬头看见屏幕上的积分表,第一名是许成的队伍,有130分,而他们的队伍只有58分。

少年想了想,怕被问分数,撤回了消息。

可他刚刚撤回消息,屏幕上猝不及防地显现一条答复,他的心脏跳了跳,能想象到对面的严雪宵正平静地对他说话。

严雪宵:"在看。"

沈迟反应过来后握紧了手机,他没想到严雪宵会看他的比赛,他慢半拍地打字解释。

沈迟:"打得不好。"

沈迟:"你明天要看吗?"

严雪宵的手在屏幕上顿了顿,看了眼案边的书,正要拒绝,脑海里却浮现出一只小狼崽谨慎地摇着毛茸茸的尾巴的画面。

沈迟:"我打个第一给你看。"

青年闭了闭眼,回了一句:"好。"

吴俞作为队长看了一晚上的比赛回放,只是稍微在床上眯了一会儿,一大早便起床了,眼底带着重重的黑眼圈。

他把整理好的各队资料发给了蓝恒他们,其中不仅包括各队的成员配置,还包括使用过的战术，资料长达二十五页。

他虽然对名次没什么要求，但也不想倒数。

蓝恒和任夺都表示认真看了，唯独信息发给 Late 十多分钟了都没收到答复。

吴俞："看完了吗？"

过了一会儿，他收到了消息。

Late："记下来了。"

不是看完了，而是记下来了？！

吴俞不得不惊异于 Late 的记忆力，他猜想这人在学校的成绩应该不错。

不过还没等他从这份惊讶中缓过神，他就从对方手里接收到了一份整整四十页的文档，他不禁问。

吴俞："这是什么？"

Late："队伍分析。"

原来 Late 也在做各队分析。

吴俞抱着取长补短的心态点开文档，他开始看得很仔细，后来翻页的手加快了很多，最后直接拉到了文档底部，脸上的表情有些难以言喻。

凭良心说，这份文档水平十分高，从历年比赛视频中从头到尾地分析了队伍，大到战术风格，小到跳点的选择，都做了扎实的研究和分析，足以看出有多认真。

可问题在于只分析了许成的队伍。

他昨天以为 Late 在开玩笑，现在才发现人家是真的奔着拿冠军去的，其他队伍压根没放在眼里。

他再自信也不会认为他们有争冠军的实力，昨天许成的队伍落地便灭掉了两支队伍，他们研究得再透也只有避开的份，不过他还是把文档发给了其他两个人。

泽州的早上，日光透过费兹兰道夫门，亚当抱着蔓越莓曲奇敲开了严雪宵宿舍的门。

"你上次送我的茶叶太贵重了，我也没什么可以回赠的，自己烤了点蔓越莓曲奇。"他大大方方地开口。

"谢谢。"严雪宵接过曲奇罐子，因为之前在看书，高挺的鼻梁上架着薄薄的金丝边眼镜，凤眼挑起弧度，显得比平日更有距离感。

亚当望见电脑屏幕上的游戏画面，他已经不是第一次看见 Yan 看直播了，他不免好奇地问："你很喜欢玩《绝地求生》吗？"

"不怎么玩。"

亚当更好奇了，不喜欢玩游戏的话严雪宵为什么会看游戏直播？他不好意思地请求道："我可以看看吗？我正好在学中文。"

严雪宵顿了顿，才应了句："可以。"

小猫杯第二天的比赛拉开了帷幕，针对昨天选手长时间掉线的问题，主办方做了技术改进，第一局比赛没有任何选手掉线。

前三局依然是海岛图，有了第一天的摸底，各支队伍为了避免前期战斗，都默契地选择了不同的跳点，不过也有意外。

有两支队伍都跳在了机场，一落地就开始交战，导播及时切进了画面。

"我记得昨天吴俞的队伍是跳野区去打野[1]的，今天胆子大了很多，上来就奔机场。"方升泉点评道。

主持人对这支队伍有印象，说道："他们队昨天有两人掉线了，名次不太好，今天四个人肯定想打猛一点。"

"吴俞、蓝恒和任夺三个人上次比赛就在一起，打法配合默契，但第四个人明显没融入进去，团队意识是很重要的。"方升泉并不看好这支队伍。

他的话音刚落，吴俞就被对方一颗手雷击中了，比赛开始不到五分钟队伍就减员一人。

"方老师的眼光还是老辣。"

"三年职业解说了解一下。"

"吴俞这队可惜了，Late的枪法是挺好，但没什么团队意识。"

"磨合时间不够。"

其他队伍陆续爆发战斗，导播切走了镜头。

与昨天一样，大部分画面还是集中在许成的队伍上，给夺冠呼声最高的队伍多点镜头，观众也没什么意见。

许成的队伍没有让人失望，五局比赛下来得分是最高的，总计获得了125分，发挥得比昨天更稳定。

"许成队伍的进攻很有层次，该突击的时候突击，该补枪的时候补枪，让对手没有回撤的余地，这就是我之前说的团队意识，今天的第一没有悬念了。"方升泉的状态随之变得轻松起来。

主持人犹豫了一阵提醒："可第二名也获得了120分。"

---

1. 打野：游戏名词，以野区资源为获取游戏经验和经济的主要方式的非线上位置。

方升泉看向分数板，他不禁愣了下，不知道什么时候，吴俞的队伍从第十一位追了上来，得分一局比一局高，现在已经位居第二了。

"别说方老师了，我都愣了。"

"导播的镜头给得太少了，根本没注意到。"

"5分的分数差，这追得很紧，这局吴俞队如果能存活到最后就能赶上。"

方升泉毕竟是见过大场面的人，他很快收起了惊讶，淡然一笑："吴俞他们今天状态不错，但许成的队伍这把肯定会尽全力阻击，5分不是那么容易追上来的。"

"我感觉也是。"

"吴俞的队伍配合还是不行。"

"这是新队伍都有的缺点。"

两支队伍今天还未爆发过正面冲突，但大家都很期待两支队伍在决赛圈的相遇。

然而出乎大家意料的是，比赛进行到第三圈，两支队伍便在龙脊山的西侧撞上了！

"这么快的吗？！"

"气氛突然很紧张。"

"这波打下来，今天的第一毫无悬念了。"

"前面有人。"

任州作为队伍的突击手，最先掌握到对面的信息。

如果是在昨天，吴俞不会知道遇上的是哪支队伍，可他今天下午看完了Late写好的四十页文档，对许成队伍的打法熟得不能再熟，立刻从进圈路径上判断了出来。

"许成的队伍，大家小心。"吴俞提醒。

他这句话落下，队伍的气氛瞬间变凝重了，动作比之前还要谨慎。

"吴俞他们是不是知道对面是许成了？"

"不可能吧。"

"感觉只有一支队伍能活着走出龙脊山。"

"方老师，您对这场战斗的胜负怎么看？"主持人问方升泉。

"吴俞他们在山顶，表面看地形处于上方，但许成的队伍位于反斜坡[1]，吴俞

---

1. 反斜坡：游戏中一种绝佳的地形，既能抬头射击，又能蹲点躲避。

他们往下进攻很困难，而且许成他们能绕后拉枪线，胜负无须多言。"方升泉回应道。

如他所说的一般，许成的队伍分了一人绕到山脊后预备拉长枪线，可以预想会将吴俞他们打得措手不及。

"预祝许成的队伍守擂成功。"

"昨天还听吴俞队里那个新人主播说要拿第一。"

"从倒数冲到第二也挺不错了，不过听你这么说，我才注意到吴俞的队伍少了一个人。"

"山脊上只有三个人，剩下一个人去哪儿了？"

亚当一边吃着曲奇饼干一边看比赛直播，偶尔目光瞥向拿着书的青年。

他算是发现了，Yan虽然在看比赛，但只会看一个名为Late的主播，其余时候都是低头看书。亚当猜想，Yan应该是那名主播的粉丝吧。

直播没有英文字幕，他用磕磕绊绊的中文水平勉强理解了现在进行的战斗是今天比赛的关键，决定了今天哪支队伍会排到第一，而Late所在的队伍此时似乎处于下风。

比赛的气氛太紧张，以至于他即使完全不了解两支队伍也跟着紧张起来，仔细地盯着屏幕。

导播切换镜头的前一秒，在龙脊山东侧架好枪的Late一闪而过，严雪宵将视线从屏幕上收了回来，专注地看书。

"你不想知道谁会赢吗？"亚当问。

严雪宵轻轻一笑："赢了。"

亚当狐疑地看向屏幕，两支队伍还没交火怎么能知道Late赢了，可他下一秒明白了。

斜坡下的队伍开始向上进攻，一号位绕至山背拉长枪线，整个战术可以说布置严密，队员之间的配合也行云流水，可所有人都忘记了Late的存在。

仿佛是预料到一号位的举动般，位于龙脊山东侧的Late打开倍镜。

一枪命中对手！

亚当震惊地看到对方进攻的节奏明显被打乱，Late的队伍在人数劣势下扭转了战局，直接团灭了对手。

果真，Late赢了。

官方直播间鸦雀无声，片刻后才有人打破沉默。

"今天的比赛……是不是可以提前结束了？"

"没想到居然是吴俞他们赢了。"

"方老师不是刚才还在说他们的团队配合差吗？"

方升泉一直在解说比赛，主播赛的水平比职业赛低多了，他完全是以调剂的心态来看待这场比赛的，直到这一刻才调整了状态。

"我对吴俞的队伍分析有误，他们不是没有意识到磨合时间少、默契度不足的问题。"方升泉的语气里透出赞许。

"他们恰恰意识到了这一点，抛弃了传统的四人配合，采取的是3+1战术。"

主持人疑惑地问："3+1？"

方升泉解释道："三个人为一小队，加一个灵活行动的自由人，可以最大程度上避免他们配合度上的短板。"

"难怪只看到三个人。"

"但这对自由人要求很高啊，自由人不仅需要有独立存活能力，还需要在关键时刻破局。"

"Late 的实力是真的强。"

因为之前的论断被推翻，现在的方升泉不敢轻易开口，还有一点他没说，吴俞他们对许成的队伍太熟悉了，像是研究过不止一遍，重视程度远远超出了业余赛水准。

他突然觉得这届小猫杯有意思起来了。

最后一局，吴俞的队伍以十三杀取胜，总分143分居于第一，许成的队伍126分次之，宣告了今天比赛的结束。

"真第一了。"

"今年这冠军是谁还真不好说。"

"吴俞他们第一天只拿了58分，总分还是差了55分，明天只剩六局比赛，感觉拉不回来。"

"要赢的话，相当于一局要拉近十分。"

虽然大多数人不看好，但吴俞看着电脑上的比分默默开始训练。他昨天也认为他们面对许成的队伍没有还手之力，可今天赢的是他们。

他第一次有了争冠军的想法。

晚上十二点，沈迟回到家。

季爸坐在沙发上，一副欲言又止的表情，季妈先一步温声出口："小迟，这两天你都是很晚回家，我们很担心你。"

沈迟的身体不自然地僵了僵，停下脚步道："在比赛。"

他想说得了第一，可季爸的眼里浮现过一抹失望："游戏都是虚拟的，我们不是不支持你玩游戏，可你总不能玩一辈子游戏吧？"

少年垂下眸，最终什么也没说，也没理会身后投来的目光，沉默地走进房间。

他没开灯，房间内漆黑一片，一开始还会不习惯，现在已经习惯了，笼罩周身的黑暗反而会让他有安全感。

他靠在墙壁上打开手机。

沈迟："比赛结束了。"

他在手机上打字，还没说名次，对方像是知道他下一句会说什么般回复了他。

严雪宵："看到了。"

少年盯了一阵发着微光的屏幕，垂下头想，哪怕是花钱雇来的虚拟女友也好，总比自己一个人强。

因为要复盘昨天的比赛，蓝恒六点就起床了，一局比赛有十六支队伍，复盘的工作量很大，他只挑了有自己部分的录像回放。

他自己没看出什么问题，想想又不放心，掐着 Late 上播的时间发了消息。

蓝恒："可不可以请你说下我昨天的不足？"

Late："走位还行。"

他收到回复后以为自己看错了，刚想回"不要因为我是队友就怜惜我"，紧接着又收到了一句。

Late："其他都不行。"

蓝恒："……"

很显然，Late 没有要指点他的打算，蓝恒原本以为这是少年的傲慢。

然而跟 Late 打了几局后他逐渐明白，有些操作已经印在了 Late 骨子里，就像喝水吃饭一样自然，很难向人解释每个举动的理由。

不过晚上就要比赛了，蓝恒想改也来不及，他只能尽力避免自己不要犯显而易见的错。

白天的时间不知不觉地过去了，很快到了比赛的时间，六局比赛三局海岛图三局沙漠图，仍然是方升泉担任解说。

地图上缓缓出现航线。

"航线水平经过 G 港，对于大部分队伍不太友好。"方升泉点评道，"第一圈减少的人会很多。"

如他所料，为了方便转移进安全区，九支队伍改变了跳点，有三支队伍同时跳在了 Y 城，落地便开始火拼，其中包括吴俞的队伍。

"挤一堆去了。"

"Late 还只拿了把 S686。"

"请去掉这个只字，我记得没错的话，他好像用这把枪二十杀过。"

"杀的是路人吧。"

Y 城的枪声此起彼伏，不到七分钟，吴俞的队伍减员两人，但与此同时，Late 如幽灵般在城区穿梭，团灭了两支队伍。

"果然不能让 Late 拿到 S686。"

"二换八，不亏！"

"队伍配合得也越来越好了。"

"现在已经八分到手，这局二十分肯定稳了。"

许成的队伍发挥依然稳定，奈何吴俞的队伍状态更好，两支队伍的分差慢慢缩小，从一开始的 55 分到 45 分，从 45 分再到 34 分……

当最后一局比赛开始时，两队只剩下十分的差距，代表着这局比赛将会决定今年小猫杯的冠军归属。

"方老师不猜测下冠军吗？"

"这谁能猜得准？"

"看得我好紧张。"

场上的蓝恒比观众更紧张，他握着鼠标的手都渗出了汗水。

最后一局的决赛圈缩在野区的一栋烂尾楼，有上下两层，他们走进房子时便察觉到楼上有人，可房子外已经被毒气覆盖住了。

"要攻楼吗？"蓝恒问道。

他们带的医药包并不多，如果毒圈再一次收缩，他们只能被困在楼下，现在还有机会从楼梯上去，追平最后的三分。

"楼上是许成他们吧。"

"攻楼难度很大。"

"手雷也不好扔。"

"这真的是势均力敌。"

"攻吧。"少年冷静地说。

他没有立即上楼，而是朝楼梯口扔了一个烟幕弹，借着烟幕弹弥漫的雾气，走上楼梯，并且朝二楼扔手雷，自己却没有走出烟幕。

"还能这样！"

"手雷扔得好准，许成直接半血了。"

"接下来就是看枪法了。"

由于房子里没有掩体，躲也无处躲，可以说是实打实的白刃战，比的就是谁的枪快准狠。

哪怕有投掷物的掩护加持，任州和吴俞还是死在了对方的AKM下，蓝恒也只剩了一丝血，而对方同样只有两人存活。

沈迟的枪口对准许成的头顶。

"紧张得我都不敢喝水了。"

"Late的枪法我们不需要担心。"

"稳了。"

时机只有短短一瞬，正在沈迟按下射击时，老旧的电脑卡顿了一下，他射击的方向偏到了许成的身体上，蓝恒被许成的枪带走，游戏结果已定。

"恭喜许成成功卫冕。"

"居然偏了吗？"

"毕竟对面是许成。"

"唉，太可惜了。"

与冠军失之交臂，蓝恒由于怕被骂而惴惴不安，可没想到的是，队内语音沉默许久后，传来少年泛冷的声音："是我的问题。"

"怎么会是你的问题。"蓝恒感动地安慰道，"还是我枪法不够好，拖了你的后腿。"

"早有预料。"

蓝恒："……感动得太早了。"

大概因为这次是他们离冠军最近的一次，吴俞接受采访时声音都哽咽了，沈迟实力强反而没把成绩放在心上，语气依然冷冰冰的，听不出波动。

主持人问沈迟："有没有什么想说的？"

"输了就是输了。"

少年垂下眼，握紧了鼠标。

沈迟不是一个话多的人，平时算得上沉默寡言，其他选手的采访长达五分钟，甚至他们在采访中还会给直播间打广告，可沈迟只有短短的一句话，什么也没为自己说。

眼看着主持人的采访要进行到下一个人，电脑前的严雪宵轻轻挑眉，敲下一行字点击发送。

"网站不考虑签约吗？"

亚当惊讶地看着青年熟练的动作，明显他不是第一次发弹幕，待他费力辨认出弹幕的意思后，更是忍不住睁大了眼。

在他心目中，Yan 是个不争不抢的人，知世故而不世故，想来是家庭教育的原因。

可不知道是不是他的错觉，Yan 仿佛不愿意这个名为 Late 的主播吃半点亏。

直播间的人注意力马上被吸引。

"才注意到 Late 没签约。"

"场均击杀第一不配签约？"

"网站在干什么？"

沈迟不知道比赛直播间的讨论，他沉默地关了电脑，戴上自己的耳机，准备走出网吧时，手机忽然一振。

他面无表情地划开屏幕。

小猫直播："你愿意签约吗？"

他不记得自己当时是什么反应，好像只是冷淡地回了句"可以"，但打字的手在发抖。

过了好一阵他才反应过来，打开手机，点开严雪宵的头像，故作镇定地发过去。

沈迟："你一定不知道我要签约了。"

过了一阵，他收到了淡淡的一句"恭喜"。

因为想等电子版合同，沈迟一直留在网吧，十二点半时他终于收到了签约合同。

小猫直播："请下载电子合同打印并签名，将签好的合同上传到后台即可完成签约，请勿对外泄露合同内容。"

网吧前台有打印机，沈迟下载好合同，向前台走去。

等他打印好纸质合同离开网吧时快一点了，夜风让他裹紧了身上单薄的外套。

门口出夜摊的摊主正要收摊，见少年往自己这边看了看，从锅里舀起最后一大勺香气四溢的酱肉丝，问道："要来一份吗？"

如果换在平时，这样一份酱肉丝饼沈迟是舍不得买的，但一想可以签约了，他从兜里掏出零零散散的钱，伸手从摊主手里接过了热气腾腾的酱肉丝饼。

他低头咬了一口，酱肉甜津津的味道在口腔里弥漫开，少年漂亮的眼弯出不明显的弧度，映着黯淡的灯光拍了一张照。

沈迟："酱肉丝饼很好吃。"

海涅合上书，离开教室前像是想起来什么似的，对严雪宵说了句："Yan，你记得把终稿发给我。"

待他走后，坐在前排的女生转头问："我初稿才写了一半，你这么快就要交终稿了吗？"

青年只是平静地"嗯"了声。

她已经习惯了青年对所有事的反应都是淡淡的，严雪宵天生适合做学术，她忍不住感慨道："导师一定很希望你读博。"

亚当走过来："Nassau 大街开了家新的中餐厅，一起去吃吧。"

她站起身点了点头，向低头看书的青年问道："你去吗？"

她问这句话的时候没抱什么希望，大概是口味不正宗的缘故，在普大念书的东方人很少有喜欢去中餐厅吃饭的。

青年划开手机似乎查看了一条消息，关上手机后他出乎意料地同意了。

走到餐厅，因为新开业人并不是很多，亚当把菜单分别递给两人："有什么想吃的吗？"

严雪宵接过菜单静静地浏览，最后合上菜单，轻轻说了句："酱肉丝。"

沈迟走到门外，用钥匙打开门。客厅的灯还亮着，显然是在等他，他的脚步停了停。

"怎么回来得比昨天还晚。"季妈的语气里含着担忧，"要不要吃碗面？我去煮给你吃。"

沈迟摇摇头，他没有立即走回房间，而是听不出情绪地说："我签约了。"

然而少年浓密的睫毛还是紧张地颤了颤，像是稻穗被风吹过。

"签约了？"季妈重复了一遍。

他低下头："一个月四千元。"

"这挣得比我们加起来都多。"季妈看向季爸，"你看，小迟自己能挣钱的。"

少年小心地从背包里拿出合同，递了过去。

季妈正准备接过合同，这时始终没有说话的季爸夺过了合同，语气格外严厉："我不同意！"

"我没读过什么书，可也知道上大学出来后可以当医生、当老师，打游戏能干什么！"

季爸将手里的合同捏得越来越紧："是，边城确实和燕城的条件没法比，可能你现在觉得签约给的工资高，过不惯家里的穷日子想挣钱，但打游戏能养活你一辈子吗？"

少年垂着头说："能。"

季爸没想到沈迟回答得这么斩钉截铁，他被噎得良久无言，把合同揉成一团重重扔到了地上。

少年什么也没说，只是弯下腰，捡起合同，走回房间。

没合拢的门外传来压低声音的对话。

"你心脏不好别气了。"

"你知道我不喜欢生气，小舒在的时候我没说过一句重话，都是过的苦日子，小舒有这么让人操心过吗？说句不好听的，小迟就是太看重钱了。"

"你少说两句，我去给你倒杯水。"

沈迟关上门，将自己与外面的世界隔绝。

他靠在墙壁上慢慢抚平被捏成一团的纸张，突然间手机响了，是燕城的号码。

他盯着屏幕，茫然地接通了电话。

"小迟，你在边城过得还好吗？"电话里传来一个女人的声音。

少年捏住手机的指节发青，冷冷地问："你想说什么？"

电话里的女人明显顿了顿，像是在组织语言，然后说道："你的亲生父母是很好的人，他们把小舒教成了懂事的孩子，也从没打扰过我们，今天还是第一次找到我。"

听到她的话，少年的脊背隐隐发颤。

"不知道你有没有怪过我抛弃你，我想应该是有的吧。"女人笑了一下，"可沈迟，你怪不了我。

"你一直很任性，原以为你换了环境会改变，但你依旧没有任何改变，反而变本加厉，自暴自弃，连学也不去上了。"

女人的声音端庄优雅："拿自己的前途开玩笑，一次又一次地让人失望，你看看你身边还有谁。"

"和你无关。"

少年面无表情地挂断了电话。

他看着手机，突然想找一个人说话，可通讯录里没有一个朋友。

他把通讯录拉到底，点开了严雪宵的头像，下意识地拨通了一个语音电话。

大概是连续三天的比赛太累了，他的内心涌出深深的疲惫，还没等到电话接通，便闭上眼握着手机睡了过去。

严雪宵走出中餐厅，手机屏幕上浮现出一条消息：**沈迟邀请你语音通话**。

他的视线在文字上停了停，看不出情绪地接通了语音电话。

他平静地开口："你好。"

手机那边却没听到任何说话声，只有少年浅浅的呼吸，他微微眯眼，正要挂断，却听到了少年的一句梦呓"妈妈"。

严雪宵轻轻垂下眼帘。

原来是想妈妈了。

沈迟醒来时天已经亮了，昨晚忘了盖被子，手脚都是冰冷的，他打了个喷嚏。

屏幕上适时出现一条消息。

严雪宵："去喝杯热牛奶。"

他愣了愣，对方怎么知道自己昨晚没有睡好？消息还恰好是在他起床的时间发过来。他点开消息想问时，瞥见了半夜的语音通话记录。

他对这条通话记录完全没有印象，不知道昨天有没有说不该说的话，他默默地盯着屏幕发呆。

反正……他也记不得了。

想到这里，少年便装作没看到记录，理直气壮地关掉了手机，他的手放在门把手上顿了顿，还是打开了门。

季妈坐在客厅里，见到他出来，站起身说道："小迟，你爸爸他是关心你，我昨天上网搜了下游戏主播，确实有月入上万元的，可风险也高，他不同意也是有原因的。"

沈迟垂下头。

"你看这样行不行，我同意你玩游戏。"季妈的语气放得更柔了。

沈迟听到最后一句话，头才抬了起来。

季妈小心翼翼地说："但大学还是要考的，你白天去复读班上课，晚上再直播，学习和兴趣两不耽误，这样你爸爸也不会有太大意见。"

少年沉默了很长时间。

终于半垂下眼,点了点头。

边城成人进修班。

离第一节课开始还有十分钟,班长从老师办公室带回来一个消息:"今天要来一个新同学。"

教室立马像是炸开了。

庄州旁若无人地赶作业。

坐他前排的男生问:"教室里可只有你旁边一个空座了,你就不好奇你同桌是什么人?万一不好相处呢。"

庄州心想:再不好相处还能赶上网吧那个小红毛?

他不在意地反问:"能难相处到什么地步?"

他的话音刚刚落下,教室虚掩的门就被推开了。

一个红发少年跟着王老师走进教室,模样张扬肆意,浑身散发着生人勿近的气质,眼神像狼一般巡视了一圈领地,只是手里拿着的牛奶与浑身的气质格格不入。

王老师站上讲台介绍:"这学期我们班来了位新同学沈迟,之前读的是燕外国际班,对高考内容还不熟悉,希望大家多照顾照顾新同学。"

讲台下立刻响起一阵窃窃私语。

"燕外的怎么会来这儿?燕外国际班稳申国外名校,为啥跑我们这儿复读?"

"这个名字好像在哪儿听过。"

庄州本来对自己的学习生活挺满意的,但他顿时觉得未来一片黑暗,因而重重地叹了口气。

他叹息的声音太大,以至于前排的人都听见了,转过头不满地说:"新同学还没坐过来呢,就给人脸色看,能不能照顾下新同学?"

庄州:"……"

木椅上沾着灰,沈迟走到空位上用纸巾擦了四五遍后坐下,才戴上白色耳机观看游戏视频。

周围的同学不敢打招呼,只有前排的男生大着胆子搭话:"你这个姓在边城还挺少见的。"

见沈迟没兴趣,他小心翼翼地打开话题:"西北首富也姓沈,你看新闻没,沈家居然抱错了小孩,沈家发现后,抱错那人当天就被赶出门了,这人平时得多不招人待见。"

沈迟抬头,面无表情开口:"那人是我。"

同学们:"……"

周围鸦雀无声,特别是前排那人止住了声,什么也不敢说,只是回头前朝庄州投去了同情的目光。

庄州一点都不意外地继续赶作业,交完了作业便在书上画漫画,和一旁戴耳机看视频的沈迟倒是相安无事,一个上午都没说过一句话,直到他听见沈迟问了句:"房管是什么意思?"

庄州平时游戏直播看得多,几乎是脱口而出,说道:"房管是替主播管理直播间的人,一般都是打赏多的粉丝。"

"关系好的朋友呢?"

"当然也行。"庄州委婉地答复。

他很难想象沈迟会有关系好的朋友,毕竟这人满脸写着"自己朋友很少",打赏多的粉丝当房管比较实际一点。

他手里的2B铅笔在纸上一画,突然想到一个可能。

那个朋友不会是自己吧?

庄州越想越觉得有可能,自己不仅是沈迟网吧里的同桌,还是学校里的同桌,说句关系好都不过分吧。

正在他犹豫要不要接受的时候,少年冷淡地"哦"了一声,重新戴上了耳机。

庄州心想:对不起,是我想多了。

他不禁悄悄往沈迟的方向看,挺好奇那个朋友是谁。

沈迟看着手机上发来的消息,眼里浮现出纠结。

小猫直播:"你的合同已录入系统,恭喜成为小猫直播的签约主播,为了保持直播间的秩序,请尽快设置一名房管。"

虽然他并不明白房管有什么意义,但既然平台要求,他还是打开微信,犹豫着点开了和严雪宵的对话。

沈迟:"你愿意当我直播间的房管吗?"

严雪宵:"抱歉。"

沈迟微微垂下头,又小心翼翼地发过去一句。

沈迟:"就是挂个名,不费时间的。"

对方没有再回复,似乎是默许了。

少年松了口气,打开直播软件,将严雪宵设置成了直播间唯一的房管。

小猫直播的论坛上有人发帖。

【一杯奶绿】昨天有人看小猫杯的决赛视频了吗？Late 太可惜了，如果那一枪打中，冠军就不一样了。

底下不少跟帖。

【黑糖奶茶】KD 值 8.7，相当于平均每局击杀了近九人，这个成绩真的很厉害。

【皇帝柑】可惜 Late 不打排位赛，新赛季今天开始，想看看 Late 亚服排名能进前十吗？

【苏打汽水】前十太困难了，高端局难上分不说，前十基本被外挂包揽了。

电脑前的卢修平皱了皱眉。

他是许成的粉丝，昨天许成再一次卫冕小猫杯冠军，他仍沉浸在喜悦中，但论坛里的人却像是看不到一般，纷纷为 Late 可惜。

他看过方升泉的赛后分析，Late 不过是对其他队伍研究得透而已，顶多就是准备充分，真正的实力还是未知数。

新赛季开始，大大小小的主播都会打排位，不敢打排位的分明就是怕露怯，外挂再多，许成的排名也能稳定在亚服前五十。

卢修平关掉了帖子，他不觉得一个关注数才五千的主播可以和许成相提并论，估计论坛里都是 Late 请的"水军"。

他在电脑前等了大半天也没见 Late 开播，晚上七点终于等到 Late 上线，他一连发了好几条弹幕。

"有本事请水军，没本事打排位！"

"有本事请水军，没本事打排位！"

"有本事请水军，没本事打排位！"

沈迟一上线便看到有人在直播间里刷屏，他后知后觉地意识到今天是新赛季开启的日期，他扬了扬眉，正要开口，一条消息赫然出现在直播间——卢修平已被房管禁言。

不是说好的挂名房管吗？

直播间安静了一会儿。

"什么时候直播间有房管了？"

"我也不知道。"

"封人封得好干脆。"

"房管一看就是不好说话的主。"

沈迟看着屏幕抿了抿唇，不知道为什么，解释了一句："不打排位。"

"排位赛不好打。"

"不打正常，挂太多了。"

"排位赛刚推出的时候还好，现在职业选手都不打了。"

然而，少年对弹幕熟视无睹，又撂下一句："要打就打亚服前十。"

电脑前被禁言的卢修平冷笑了一声，心想：亚服前十？别说 Late 了，连许成也只能排前五十。

可他被禁言了说不了话，只能重新注册了一个小号，进入直播间发言。

这次他学聪明了，装成小粉丝。

"Late 好厉害，能不能带我排位？"

然而弹幕里的其他人纷纷沉默了。

"这是半分钟前注册的小号。"

"当我们看不出来吗？"

"我建议实行大小号连坐禁言制度。"

卢修平死不承认。

"才来网站不太懂，刚注册的号有什么问题吗？"

"不是免费让带的，我可以付费，我现在是黄金段位，市价带一次一百吧。"

Late 没理他，卢修平提高了价位。

"两百？"

"三百？"

"五百？"

他发完最后一条弹幕就后悔了，五百块都可以请关注数过十万的主播带了，不过 Late 应该也不会同意。

然而令他没想到的是，少年冷冷地回应了一句："可以。"

卢修平："……"

原来之前不同意是他开的价不够高吗？

他的心在滴血，可话都说了，他只能忍痛拿出五百块，加进了 Late 的队伍。

"哎，仔仔答应了。"

"不一定真带吧？"

"随便带带就行。"

"同意，难道真要为五百块带'黑粉'吗？"

卢修平看着弹幕惴惴不安，五百块已经转过去了，万一Late"划水"，他可是亏大了。

排位赛采用的是随机地图，系统随机匹配了雨林。

雨林图是小地图，面积小物资丰富，节省了搜集资源的时间，但也意味着节奏更快，对于枪法的要求更高。

卢修平不禁问："跳哪儿？"

"度假村。"

听到回答卢修平心里一紧，如果说雨林图的节奏快，那度假村恐怕是全图节奏最快的地方了，落地到处都是人。

"度假村人太多了，我光听枪声都头皮发麻。"

"仔仔以前都不会挤度假村的。"

"仔仔：随便带带。"

"哈哈，心疼五百元。"

卢修平看着直播间里嘲笑的弹幕，落地时已经心如死灰，连搜装备都有气无力。

度假村的争斗比他想象中更激烈，一落地耳边的枪声就没断过，地面和墙壁上都被射出密密麻麻的子弹孔。

他忙沿着楼梯上了二楼，在二楼搜装备，好不容易搜齐了二级头盔和二级护甲，准备下楼参与战斗，然而他看着空地惊呆了。

空地上不是别的，正是满满一地被击倒的敌人，正缓慢地向四面八方爬。

见他愣着一动不动，少年冷冷地开口："开枪都不会？"

卢修平忙点头："会、会、会。"

他开枪轻松补了人头。

"这个业务水平只收五百太亏了！"

"这波人头分都不少了。"

"原来仔仔是真想赚五百。"

电脑前的严雪宵轻轻蹙了蹙英挺的眉，关了直播。

你使用AKM击杀了Yuri。

你使用AKM击杀了foxlenx。

你使用AKM击杀了Alumb。

……

一开始卢修平还会为击杀信息激动，到后面已经麻木了，当比赛进行到决赛圈时，Late 的击杀人数已经破纪录达到了十二人。

排位赛淘汰会有分数惩罚，故生存是第一位，不少主播一参加排位连开枪都小心翼翼的，可 Late 完全不同，一点都不怵。

卢修平后知后觉地意识到，Late 好像真的挺厉害的，如果这局能获胜，他上白金段位应该没问题。

场上只剩下八个人，圈刷在了 Y 城的房区，因为房子多，难以确定其他人位置，所有人都在耐心观察，没人开第一枪。

"我好像听到了拉手雷的声音。"

"我也听到了。"

"房子外有人吗？"

卢修平也听到了扔掷手雷的声音，谨慎地换到了对面的房间，可敌人像是知道他的行动般，从窗户外投进的手雷准确地在他身前爆开，他立刻只剩半血。

"预判得太准了。"

"能预判换到哪个房间？"

"不会是开挂吧。"

卢修平不敢待在二楼，用了一个医药包，往楼上走去，躲在掩体后观察，可房外的枪像是长了眼睛，总能射到他身上。

"肯定是开挂了。"

"透视挂。"

"那人应该在附近屋顶上。"

卢修平很少进决赛圈，还从没遇上过开挂的，他紧张地问："对方好像开了透视，这要怎么办？没地方躲。"

耳机里传来少年冷冰冰的声音："还能怎么办？"

下一秒，少年出了房子。

卢修平呆住了，在明知道对方开透视的情况下，还要这么随意地出去吗？他又忍不住心疼自己的五百块钱了。

不过他现在倒没有怪 Late 的意思，只是感叹自己的运气真是不好，决赛圈碰见了开挂的。

"直接出去了！"

"我家仔仔胆子好大。"

"紧张得我水都不敢喝。"

沈迟在平房的屋顶上看到一截黑色的枪口，他没打算攻房，因为一举一动都会暴露在对方的视线下。

他收回目光，迅速爬到平房对面的楼顶，没寻找掩体，直接"Z"字形走位开枪扫射，没留给对方瞄准的时间。

"这扫射太稳了。"

"没射到地上过。"

"而且还是边走边扫射！"

卢修平震惊地看着 Late 以迅雷不及掩耳的速度射杀了楼顶上的人，别说对方了，连他都没反应过来。

直到这个时候，他才不得不承认 Late 是真的厉害，他甚至隐隐觉得许成的实力可能也比不上 Late，于是下意识地打开手机在直播间点了关注。

游戏结束，他的段位成功升到了白金，提了一路的心终于放下了。刚想客套地说一句"辛苦了"，屏幕上就出现了一行字——你已被踢出队伍。

卢修平心想：关注早了……

沈迟面无表情地将人踢走，打开水杯喝了口水，点开下一局。

"踢得好干脆。"

"只收钱不谈感情。"

"我也想和仔仔玩游戏，可我拿不出五百。"

"不过仔仔更喜欢一个人玩吧，和队友交流都很少。"

他一直在打单排，播到晚上十点时才暂停了直播，走到饮水机边接水。

少年回到座位上后，抱着水杯大口喝水。

此时一条广告推送到了他手机上，严氏集团下的 Aurora 发布了新的游戏主机，老款正在打折，一台只要五千八百元。

不过还是很贵。

沈迟的手放在屏幕上，冷淡地划掉消息，紧接着切换页面查看银行卡余额。

这个月的工资已经转过来了，加上今天赚的五百元，一共有五千八百七十元。

红头发的少年盯了一会儿余额，点开一个人的名字进行转账，片刻后收到了银行的短信。

上面写着：您已成功转账 3000 元。

银行卡上又只剩下了两千八百七十元，买不起 Aurora 游戏主机，少年望着余额抿了抿唇，正在这个时候，一条消息出现在了屏幕上。

严雪宵:"你是什么人都会带?"

沈迟看着消息想了好半天才明白,严雪宵说的是他和卢修平玩游戏这件事。虽然不知道严雪宵为什么隔了这么久才问,他还是认真回复。

沈迟:"我不白带人的。"

沈迟:"给钱才带。"

图书馆里,严雪宵轻轻挑眉。

他第一次见把收钱说得这么理直气壮的,这人丝毫没有听懂他的弦外之音。

沈迟:"如果是你的话不要钱。"

青年笑了笑。

沈迟没等到答复,以为是女孩子不好意思,想了想直接打开游戏,给严雪宵发过去组队邀请。

"仔仔竟然主动邀请人了!"

"这个给了多少钱?"

"好像……没给钱。"

"哎,亏了。"

他发送邀请后才想到,忘了问对方不方便,果然发过去的邀请一直没通过,他正要关掉界面时,屏幕上突然传来一条消息:对方接受了你的邀请。

沈迟握着鼠标的手蓦地一松,确定对方加入队伍后,点开游戏。

"段位只是青铜吗?"

"第一次在直播中看到青铜,之前好歹是个黄金,出手还大方。"

"仔仔好亏。"

开局随机匹配到了海岛图,沈迟松了口气,其他图的节奏太快,他怕严雪宵不适应。

航线经西北方向穿过了海岛,为了安全起见他选择在偏远的山顶废墟跳下,至少能保证落地后不会到处都是人。

"Late 第一次跳山顶废墟吧?"

"是第一次跳。这地方太'穷',跟打野没什么区别了,优点是人少,不过 Late 怎么突然变得这么谨慎了?"

"上次带人跳的是度假村,对比很明显。"

跳山顶废墟确实是因为只有他们两个人,穷也是真的穷,搜遍房子只找到一把 MP5K[1] 和一把步枪。

　　MP5K 在满配的情况下可以说是无后坐力，可现在缺少配件，并且作为一把冲锋枪它的缺点也很明显，射程近，只适合近距离的"贴脸战斗"。

　　沈迟没多想，把好上手的步枪留给了严雪宵，自己用 MP5K，上好膛。

　　"仔仔好会照顾人。"

　　"冲锋枪真的可以吗？"

　　"请勿担心，Late 可是用十字弩也能赢的人。"

　　"我不担心，我就是猜测对面是不是一个妹子。"

　　他们在山顶搜索完毕，准备下山时，沈迟听到了一阵脚步声，他出声提醒："到我身边来。"

　　严雪宵的步伐顿住了，过了一阵走到沈迟身边，两人隔的距离极近，以至于一转头便能碰到，他打字道："还要近吗？"

　　望见屏幕上的文字，少年的呼吸微微一滞，吞吞吐吐地说了句："不用了。"

　　"仔仔的声音……他是不是害羞了？"

　　"可以确定对面是个女孩子了！"

　　"确定。"

　　声音是从东南方传来的，沈迟躲到掩体后观察，没有发出任何声音，敌人却忍不住了，开始在屋外寻找他。

　　沈迟听音辨位，判定了敌人的方位，这个时候他才在掩体后准备开枪，提前计算好枪口震动弧度，压枪扫射。

　　你使用 MP5K 击倒了 teoist。

　　敌人被击倒在地面上，他没有补射，而是问身旁的严雪宵："射击很简单的，你要不要试试？"

　　严雪宵停了停，给子弹上满膛，给倒在地上的人补了一枪。

　　"……射击简单？"

　　"这种射击我也会！"

　　"啊，我也想和仔仔玩游戏。"

　　地面上的人变成了盒子，沈迟走过去搜索，盒子里的装备还不错，足够他们换上二级头盔和二级护甲，可惜还是缺枪。

　　除了落地时，他没有特地搜索物资的习惯，只是从山顶往山下走，一路走一

---

1. MP5K：游戏中的一款冲锋枪。机动性强，后坐力小，上手难度较低，适合新手使用。

路打，找齐了两把枪械，一把 MP5K 和一把 AKM，可以用到决赛。

"如何有效率地搜集装备？"

"Late：谢谢邀请，等人上门'送快递'。"

"替前面的补充，如果'快递'不上门就自己去敲'快递'的门。"

"哈哈，好真实的写照。"

因为航线处于海岛中心，途经的都是热门的资源点，刚进行到第三圈，场上一半的人都没了。

他和严雪宵转移到洋房后没遇上什么人，直到瞥见前方有个人漫无目的地徘徊在房外，动作迟缓，看起来像是官方凑人数的机器人，只会呆呆地被人打。

严雪宵显然也看到了，打开倍镜，抬起枪口。明明不是沈迟射击，可沈迟不知道为什么屏住了呼吸。

然而严雪宵一枪没中。

沈迟不由得安慰道："对方太强了。"

"强吗？"

"感觉那像是机器人。"

"也不一定是机器人吧。"

蓝恒和任夺点了夜宵，一边吃，一边抱着学习的态度看 Late 的直播。

任夺现在都清楚地记得 Late 说过他弱，如果换作别人这么说，他肯定不服气，然而以 Late 的实力他没什么反驳的意见。

当他听到屏幕中的少年竟然夸前面的人太强了时，他可以用他的主播生涯担保，被打倒的就是个明显得不能再明显的机器人了。

任夺："……"

蓝恒递给他一串烤鱼豆腐，看着屏幕慢悠悠地说："现在的小朋友，是不是都特会吸引女孩子？哪有我们当年朴实。"

任夺深以为然。

沈迟走过去击杀了机器人，机器人身上没什么装备，护甲还是一级的，他只找到两个医药包，分了严雪宵一个。

"这么穷，肯定是机器人没错了。"

"所以刚刚仔仔是在安慰对方吗？好温柔。"

"想知道是在和谁玩。"

"不会是女朋友吧？"

沈迟看着弹幕，迟疑了几秒，回答道："我和她不知道算不算朋友。"

可不知道为什么，听到他的回答，严雪宵的态度似乎冷了下来，连地上的医药包也没要，独自走进了一栋房子。

不高兴了吗？应该是错觉吧。沈迟没有放在心上，跟着进了房子。

他们并没有在房区待太久，毒圈再次刷新，他们需要穿过一望无际的麦田才能进入安全区，在圈边被狙击的可能性很大。

"穿麦田好危险。"

"没什么掩体，匍匐前进的话速度又太慢。"

"希望没人在圈边狙击。"

沈迟没有立即向麦田跑去，而是通过倍镜在窗边观察，在圈边瞄见房顶上闪过一顶头盔。

果然有人在房顶准备狙击！

他们势必要穿过麦田，所以沈迟只能靠"Z"字形走位奔跑躲避子弹，然而房顶忽然又多了一人，在集中火力下，严雪宵被击倒在了麦田里。

"敌人拿的应该是98K。"

"地形太平坦了，敌人又在制高点，烟幕弹都救不了。"

"Late肯定不会救了，之前小猫杯蓝恒被击倒在房门边，他都走了。"

"被锁定位置的情况下，不救肯定是更好的策略。"

走出麦田的沈迟抿了抿唇，跑了回去。

只不过他刚扶起严雪宵的一瞬间，电脑卡住了，来自房顶的子弹密密麻麻地射了过来，两人的头像都变为了灰色。

你被yuri使用98K击杀。

沈迟关了结算界面，垂下眼对严雪宵开口："没带你成功上分，再来一局肯定能上的。"

"抱抱迟仔。"

"仔仔你没发现自己也掉分了呀！"

"心疼仔仔的分数。"

严雪宵情绪不明地看了阵屏幕，轻轻移开视线看了眼时间，回复了一句"有事"，随后便下线了。

严雪宵离开队伍后，沈迟直播到晚上十一点，因为网吧电脑卡顿，他没有用容错率低的狙击枪，把主枪换成了步枪。

他经过前台时看到老板在边吃薯片边看电视，忍不住问了句："不考虑换电脑吗？"

"怎么了？"老板放下手中的薯片，按下暂停键，急忙问，"电脑出问题了吗？"

他点头："卡了。"

老板登时松了口气，一副格外有经验的样子，建议他道："重启就好了。"

沈迟面无表情地离开了。

他十分怀疑如果这不是边城唯一一家网吧，是否还能经营得下去。

网吧电脑的配置太差了，时不时卡一下，以前还能忍受，最近不知道是不是机器真的要退休了，卡得尤为严重。

其他游戏还好，《绝地求生》对电脑配置的要求特别高，画质低还是其次，现在已经严重影响到他正常游戏。

想到这儿，沈迟默默打开 Aurora 的官网，将旧款主机加入了心愿单，降价的话可以收到邮件提醒。

他在心里盘算着，如果自己每天多直播一小时，运气再好点等到主机降价，说不定两个月后就能买得起。

他划动屏幕，准备关掉网站时忽然停住了，一条滚动的活动信息映入他的眼帘——将活动图片及文字转发到朋友圈，本月底即有机会抽取最新款主机。

他打开了朋友圈。

严雪宵从图书馆回到宿舍时已经是中午了，他将风衣挂在墙上，坐在桌前翻到了一条朋友圈。

沈迟："转发此图片有机会抽取 Aurora 新款主机，你还在等什么？心动不如马上行动！"

他的眉头轻挑了挑，评论了一句。

严雪宵："想换电脑？"

沈迟："网吧的电脑太卡了，老板没有换新的打算，所以想看能不能抽中一台新的，你也可以转发试试，月底就能开奖了。"

严雪宵记得 Aurora 是严氏旗下的公司。

青年眯了眯狭长的凤眼，拨通了一个电话。

沈迟回到家就躺在了床上，没再想抽奖的事，他一直是幸运绝缘体，从来没中过奖，他对抽中主机这件事也没抱太大期待，只是想碰碰运气。

他上床后闭上了眼，在黑暗中将自己蜷缩成小小一团，因为疲惫很快就睡了过去，在梦里他有了新的电脑。

　　早上，沈迟是被手机振醒的。翘着几根红毛的少年冷着脸打开了手机，蒙眬中看到了一条微信消息——恭喜您抽中 Aurora 最新款主机，请填写好姓名、地址以及联系方式，奖品将会在一至两个工作日内送货上门。

　　一定是他看错了。

　　还残留着睡意的少年揉了揉眼，再次朝屏幕看过去时，发现自己真没看错，他真的中奖了。

　　沈迟输入了完整的联系方式和住址，窗外突然传来街道办循环播放的喇叭声："防范诈骗人人参与，和谐社会人人受益，防范诈骗人人参与……"

　　边城的诈骗案好像特别多，沈迟回忆起抽奖细节，停下发送的手，谨慎地问了句。

　　沈迟："不是说月底开奖吗？"

　　对面隔了一会儿发来答复。

　　Aurora："普通奖是月底开，您中的是特别奖。"

　　少年盯着屏幕，虽然不知道为什么多了一个特别奖，但既然不让他交钱，他还是半信半疑地填好了信息。

　　因为每天除了上学还要直播，没有空下来的时间，官方也没再联系过他，他填完信息就把这件事抛在了脑后。

　　然而令他没想到的是，快递真的上门了。周末，一辆邻省的快递车停在了门外，穿着蓝色制服的快递员下车礼貌地询问："您好，请问您是沈迟吗？"

　　他愣愣地点了点头。

　　"您的电脑到了。"快递员将厚实的纸盒从车上卸下来，"请问需要免费安装吗？"

　　沈迟带快递员进了门。

　　因为他的房间面积太小，没办法容纳一套完整的桌椅，所以只能用木板搭着，将电脑安在床边。

　　安装电脑时季姑妈正好上门，她围着一条高仿名牌围巾，站在门边看着，连眼珠都没转过，对着沈迟说道："看看这个电脑，得不少钱吧。"

　　沈迟没理她。

　　主机放在了木板下面，快递员又从纸盒里拿出了屏幕、音响和机械键盘，都是顶尖品牌的热门款，加一起的价格不比主机便宜多少。

沈迟疑惑地说:"不是只有主机吗?"

"这个我们不清楚。"快递员带着歉意回答道,"我们只负责送货上门,您如果有疑问可以咨询发货方。"

沈迟打开微信。

沈迟:"我除了主机还收到了电脑屏幕、键盘和音响,是不是发货时弄错了?"

Aurora:"不是弄错了,特别奖会送一整套电脑设备,您收到是正常的。"

沈迟关了手机默默地想:果然特别奖和普通奖还是有区别的,不仅开奖时间早,奖品的价格还贵了一倍,这简直是自己这辈子最幸运的时刻之一了。

快递员装好电脑就离开了,家里没有网线,他按照网上查的号码,拨打当地电信公司的人工语音,问道:"宽带要怎么安装?"

"确认安装后,将会有工作人员上门负责安装。"电话里传来客服柔和的语音,"您可以先选择套餐,建议您办语音融合套餐,100M的宽带是一年一千五百元,200M的宽带是一年三千元,每个月还会赠送通话时长和上网流量。"

需要联网的游戏当然网速越快越好,这样可以降低服务器的延迟率,然而他现在身上还没有三千,想了想问:"可以分月付吗?"

"可以。"

他微微松了口气,回答道:"三千的吧。"

沈迟挂断电话,季姑妈还站在门边,一个劲地朝里面望,他没管季姑妈的反应,冷淡地关上了门。

季爸和季妈从菜市场买菜回来,便看到季姑妈一个人坐在客厅里,门口堆放着拆开的纸盒子。

季姑妈看了眼紧闭的房门,小声地对季爸说道:"小迟今天买电脑了,那牌子我在电视上看到过,价格都上万了,光安宽带费一年就三千呢,他提前和你们说过没?"

见季爸和季妈没说话,季姑妈又说:"果然没说吧,当时我就不赞成你们把六十万都让小迟拿着。

"他从沈家出来,花钱花惯了,对钱能有什么概念?一台电脑可以抵得上你们半年攒的钱了,你们不为自己考虑也要为小迟的将来考虑。"

季妈无奈地打断了她的话:"今天来有什么事吗?"

听到季妈的问话,季姑妈的注意力被转移,说道:"爸又进医院了,不过医生说不是什么大毛病,天冷了老年人容易发烧,输点液就好了,只是爸他老说膝盖疼缺钙。"

她的话音落下，季爸从口袋里拿出两千："给爸买点儿营养品，不够的话我再拿。"

季姑妈熟练地接过了钱，她从季家离开时，低头看见堆在门口的纸盒子："这纸盒还能卖呢，你们不要我带走了，省得收废品的捡走了。"

季妈望着季姑妈的背影摇了摇头。

沈迟回到房间，打开手机，对着电脑精心拍了一张照片，克制着自己的语气发了一条微信。

沈迟："我有新电脑了。"

沈迟："是抽奖抽中的，我以前从来没中过奖，一中奖就中了台电脑，我感觉我还挺厉害的。"

过了一阵，对方回复了他一句。

严雪宵："嗯。"

他刚才夸自己厉害的时候没觉得不好意思，可收到严雪宵的回复后，他突然感觉手里的手机都在发烫。

少年迅速关了手机，假装手机没有发烫。

严雪宵关掉微信，拨通了一个电话："收到了。"

"收到就好。"

电话那边的严济正在海边度假，严济喝着冰镇过的白兰地酒疑惑地问："不过你送谁电脑？"

他这个侄子一向和家里划分得清清楚楚，这还是第一次让他帮忙。要不是他侄子说，他都不会注意到自家的 Aurora 在搞抽奖活动。他不明白送台电脑怎么还要弯弯绕绕的，像是怕对方不会接受一般。

严雪宵没有回答，轻轻开口："钱我转给你。"

严济一噎，这性子还是没变，最不像严家人的就是他侄子了。不像从严家出来的，倒像是书香门第出身。

下午沈迟没有去网吧，而是在家等着电信的工作人员上门安装网线，安装好后他付了钱。以后他便不用去网吧直播了。

面对崭新的电脑，他小心翼翼地按下开关，一尘不染的屏幕骤然亮开，他登上直播。

直播间一直有人在线，但没人说话，当他开启直播后，安静的气氛才重新活跃起来。

"是我的错觉吗？今天画质好了很多，怀疑是不是走错了直播间？"

"你不是一个人。"

"近视八百度突然戴上眼镜的感觉。"

"仔仔换新电脑了吗？"

因为游戏连接的外国服务器容易不稳定，沈迟开启网络加速器后才回答道："换电脑了。"

"可以告诉我是什么牌子吗？"

"我也想知道。"

"正好想换电脑了。"

他随口回了一句："Aurora。"

"是Aurora新推出的那款主机吗？确认过，那是我买不起的牌子。"

"应该不是吧？那款不仅贵，还很难买，这个时候买旧款比较划算，我昨天看到旧款在打折。"

"Aurora的新机是真的难买，昨天我看好几个大主播抢都没抢到，严氏旗下的牌子都挺抢手的，顾客爱买不买。"

"不能更赞同了。"

沈迟没抬头看弹幕，在商店中点击下载PUBG，因为游戏本身内容很多，虽然是200M宽带，仍下了十分钟才下好。

下好后他登上账号，即将进入游戏时，抬头望见了屏幕上的弹幕，他琥珀色的眼睛中浮现一丝困惑。

"论坛里余声出评级了。"

"我看到了。"

"仔仔是B级。"

"仔仔只是B级我不服，好歹该是A级。"

沈迟思考片刻后打开了论坛，看弹幕说一个叫余声的人每年都会对平台上的游戏主播进行评级。因为他的评级比较公正，获得了绝大部分人的支持，所以每年他出评级时网上总会很热闹。

此时正有人在帖子下质疑。

【冰镇西瓜】我看过Late在小猫杯的表现，如果许成是A级的话，我觉得他的实力不比许成差，也应该是A级才对，并且他说进亚服前十挺容易的，实力可以进平台前列吧？！

余声反驳了这条评论。

【余声】我昨天看过 Late 的直播，你们把他说得太厉害了，他在低端局依然会犯错误，队友在麦田中被狙受伤后的第一反应竟然是倒回去救队友，路人都不会这么干。

【余声】所以我不觉得他有 A 级的实力，至于进亚服前十就更不可能了，每个赛季初都有一群主播嚷着要进亚服前十，等赛季末一看他们的排名都上不了榜。要是 Late 真进了亚服前十，我打赏一万条小鱼干。

有人在帖子后提醒。

【杜果千层】Late 正在看这个帖子。

余声坚持做评级也有四年了，他知道发这种帖子得罪人，可为了客观公正他也不在乎，不过既然本人在看，他稍稍缓和了语气，给了对方一个台阶。

【余声】别说亚服前十，他现在连前五百名都没进，亚服前十是哪些人我们都清楚。这样吧，我也不为难他，如果一周之内他能进亚服前五十，我打赏一万条小鱼干，如果做不到请不要质疑我的评级。

他猜想，话说到这份上了，对方该离开了，再留下来也太没面子了，可他丝毫没想到的是，对方不仅没离开，反而还跃跃欲试，帖子里顷刻间多了一条回复。

【沈迟】说定了。

屏幕前的严雪宵看着直播不知道在想什么，眉头轻轻上挑。

他低下头继续看书，笔尖划在纸张上像是在思考，发出轻微的响动声。

这人分明在画画，画的是只张扬肆意的小狼崽，竖着一对毛茸茸的尖耳朵。

余声没想到 Late 答应得这么爽快，他心里咯噔了一下，立马安慰自己：他是不会错的，他的帖子都是从客观角度出发，用事实说话。

对方进入了游戏。

他打开 Late 的直播间观看，画质比昨天提高了很多，昨天的画质顶多能凑合看，属于大部分观众看一眼就会离开的清晰度，今天的画质甚至比绝大部分主播的都要好。

他微微诧异了一下，因为画质是吸引观众的一个重要因素。

人都是视觉动物，不少观众宁愿去一个主播水平一般的蓝光画质的直播间，也不愿意去主播水平更好的却只有标清画质的直播间。

不过他不是一般的观众，对于画质没有要求，能看得清楚就行，故也没有太在意。

随机匹配到的地图是一张海岛图，作为最老的一张地图，海岛图的面积是最大的，打法也是最多的，不仅仅能靠枪法取胜。

Late 落地后找到的是一把 VSS，这把枪可以说是海岛图最难用的枪之一，射速慢是其最大的缺点。

"VSS 射速太慢了。"

"只能说自带消音和倍镜吧，前期能凑合用。"

"前面的才看直播吧，Late 直播从来都不换枪的，开局捡到哪把用哪把。"

余声摇了摇头，没必要为了所谓的直播效果不换枪，他不信真有人什么枪都能用好，如果有，那人也不会在小猫直播，这只有大平台的主播大概能做到。

他看了十多分钟就没什么看下去的动力了，外行看热闹，内行看门道。

PUBG 不是单纯的射击游戏，Late 枪法好但谨慎不足。或者说他的好枪法影响了他的谨慎，他在进圈前没有收集敌人信息的习惯，排位赛可不是普通赛，任何一点失误都会成为失败的原因。

果不其然，Late 进圈后被一辆车堵了后路，靠手上一把 VSS 根本不可能打过四个人，但如果放任四人离开便不能保证后背的安全。

"这个时间才进圈，这四个人扛了不少毒吧。"

"不知道他们身上的医药包还剩多少，要是故意卡时间扛毒[1]进圈，也太坏了。"

"排位赛自己苟活才是王道。"

"一打四很危险啊。"

沈迟冷静地观察着局势，他已经是压着时间进圈了，没想到后面还有人，车上一共四个人，正面迎敌毫无胜算。

他打开倍镜，对准了开车的人。

"直接打开车吗？"

"车辆移动的速度太快了。"

"打车胎都很难，更别说打开车的人了。"

余声也认为 Late 不能打中，他昨天耐着性子看过 Late 的直播，四倍镜压枪都卡顿，更不要说开四倍镜打移动中的人。

前面的车继续向房区开，由于这里离房区很近，房区外掩体多，对于人来说是好消息，但对于车辆来说显然并不是。

---

1. 扛毒：指在游戏中通过技术或装备抵御毒圈伤害。

前面的车辆撞上了一块石头,石头的体积不大,车辆只是在石头前短暂停了停。

可沈迟把握住了车辆停下的这一瞬间,他根据车辆的起步速度,按下预判的射击键。

你使用 VSS 击杀了 ykuni。

弹幕密密麻麻地刷屏了。

"这都能射中?"

"我家仔仔太厉害了。"

"是换了新电脑的缘故吗?我怎么感觉 Late 更厉害了,动作流畅了不少。"

余声突然觉得他的一万条小鱼干危险了!《绝地求生》确实不是一款单纯的射击游戏,但在绝对精准的枪法面前很难有还手的余地。

他想到一万条小鱼干便坐立难安,忽然看不下去直播,打开了 Late 的个人界面。

现在 Late 的排位赛分数只有 1640,赛季初如果要进前五十,分数要达到 3000 分以上。

这就意味着每天要连续打十小时以上的游戏,即便以 Late 的水平,也不是一件容易的事,他松了口气,继续打开论坛写帖子。

第二天,庄州度过了一个愉快的周末,到了学校无比娴熟地补作业。

他刚补到一半,王老师走进教室到了讲台上说:"课代表把作业收了,距离高考不到三百天了,大家把心收一收,早上我们进行一次英语测验。"

课代表开始一个小组、一个小组地收作业,庄州看着剩下的一半作业叫苦不迭,交也不是不交也不是。

他向一旁的红发少年望去,少年昨晚应该很晚才睡,一来就趴在课桌上睡着了,头上翘着几根毛,对马上要交作业完全不担心。

庄州的心里不禁生出几分羡慕,他什么时候才能有这种泰山崩于前而面色不变的镇定。

他本来以为沈迟会睡一整天,不过英语卷子发下来时,少年居然醒了,并拿起了笔,迅速填写答题卡。

庄州本来还奇怪,沈迟怎么做题的速度这么快,过了一会儿才反应过来沈迟之前读的是燕外国际班,英文水平肯定不差。

听说,燕外出来的学生个个口语都很好,沈迟做题的速度快也不足为奇,仔细想想也正常,边城的教学能和首都的教学比吗?

他越想越觉得自己的猜测有道理,喜滋滋地抄了起来,成了全班第二个交卷子的，他走回座位时背都挺直了不少。

　　因为这张卷子没作文，全由机器批卷，下午的时候成绩就出来了，王老师拿着成绩排名走进教室："这次我们班考得挺不错的，一半人都及格了。"

　　庄州坐直了身体，他考英语从来没及格过，这次及格应该没什么问题。

　　"课代表考了110分，全班第一，大家要向她学习。"王老师继续说道，"但这次我们班也有只考了5分的。"

　　"5分是什么概念？我闭着眼睛选都不止这个分数。"王老师深深叹气，一副恨铁不成钢的表情。

　　庄州十分赞同，怎么可能会有人只考了5分，他平时多少都能蒙个30分，然而下一秒王老师的话让他脸上的表情凝固了。

　　"沈迟和庄州两位同学好好反省一下。"王老师看向庄州，语气变得严厉，"特别是庄州，离高考没多少天了，成绩下滑很严重，晚上让你爸给我打个电话。"

　　庄州不禁向身旁的沈迟看过去，少年面无表情，这个时候他才意识到沈迟之所以答得这么快不是因为会做，而是因为他是随便选的答案，而且随便选还只对了五道题！

　　他现在的心情一言难尽，看人真的不要戴有色眼镜，谁说从国际班出来的英语就一定好呢？！

　　坐在窗边的一个板寸头男孩向他们看过来，他的脸上有道长长的疤，长相凶狠，沈迟抬头望了过去。

　　庄州立刻扯了扯沈迟的衣袖，小声提醒："他叫燕深，混社会的，听说经常在外面惹事，是我们学校的老大，你别惹到他。"庄州说完又觉得自己的这个要求对沈迟来说太难，于是又补充了一句，"你别和他说话就行了。"

　　少年收回视线，一语不发地低下了头。

　　或许是被老师当众批评过，少年自己也觉得不好意思，难得没趴在桌上而是翻开书，似乎在记笔记。

　　庄州的眼神忍不住瞄向沈迟的书页，书页旁记的不是数学公式，而是游戏中各种枪械的伤害值，甚至他还画了张海岛的地图。

　　庄州："……"

　　下午放学，沈迟回到家。

　　吃完晚饭他就进了房间，打开电脑登上游戏，昨天打了一晚上，他现在的分数是2000分，勉强进入了亚服前五百名。

"仔仔晚上好。"

"今天还要打排位吗？排名越靠前越难打。"

"昨天透视挂都看到五六个了，今天说不定更多，亚服上全是开挂的'神仙'，太难上分了。"

少年抿了抿唇："要打。"

他点开了排位赛，随机匹配到的是海岛图，根据航线的位置他选了 P 城跳下。

"P 城可太熟了。"

"开局十杀稳了。"

"大胆一点，二十杀稳了。"

P 城一直是热门跳点，对于 P 城人多他早有预料，一落地就听见了枪声。

如果换成平时，他一定毫不犹豫地加入战斗，消灭掉碰到的每一个人。

但这一次，他有意识地收集进圈的信息，左边房区里有三个人，右边公路上驶过一辆四人车……

他一边分析一边进入房子，一打开门他便察觉到了不对，房间里空空荡荡的，明显有被搜索过的痕迹，门却是关着的。

屋里有人！

可他回过神时，密集的子弹已朝他射过来，他身上只穿了二级护甲，血量迅速下降，游戏界面顿时变成灰色。

少年握紧了鼠标。

"今天状态不好？"

"可能因为仔仔昨天熬夜了，熬到四五点才睡，我看得都睡着了。"

"没关系的，有胜有负很正常。"

"可惜掉分了，好不容易打起来的。"

他换个姿势握鼠标，继续点开了下一局，与上一局一样，试着分析场上所有信息，可再一次止步于前十。

他像是没看到般，再一次点开下一局，这一局的成绩比上局稍微好一点，不过也没拿到第一，只是第七。

第九、第七、第八……

随着时间一点一滴过去，他的分数不但没涨，还掉了二十分，但他依旧没有换回原来的打法，此时已经是深夜一点了，四周寂静无声。

"今天还要继续熬吗？"

"不会又要通宵吧。"

"状态不好，要不然就不打了。"

"抱抱辛苦挣小鱼干的仔仔。"

沈迟依然打着游戏，从凌晨一点打到了凌晨两点，中间只拧开瓶盖喝了口水。

而房间外的季爸经过房间时听到动静，走到沈迟的房间外，张了张嘴却什么也没说，只是回到卧室向季妈摇了摇头："我是管不了了。"

"你多给孩子一点时间。"季妈半梦半醒地开口。

季爸给季妈掖好了被子："赚钱有那么重要吗？他还年轻，为了钱身体都不顾了，要是被他在沈家的养父母看到，不知该有多难过。"

下午三点，严雪宵论文定完稿，带着书走出图书馆，回到宿舍时他煮了一壶君山银针茶，倒了一杯，打开电脑。

对方依然在直播。

他静静地看了一会儿，拨通了一个电话："他还在休假吗？"

"你说燕大那孩子？"电话那边的严济回忆了下，"他那是休学，不过听他妈妈说已经回学校上课去了，你想和他见个面吗？"

严雪宵没说话，严济叹了一声，正欲挂断电话时，后知后觉意识到他的侄子刚刚好像是……默认了。

他立刻打通了一个电话。

严雪宵看着屏幕，抿了一口清淡的茶，打开手机发过去一条消息。

严雪宵："还在直播？"

屏幕那边，沈迟的手机收到了消息，精神随之一振，此时的少年恰好结束了一局游戏。

他揉了揉酸疼的手腕，指尖也隐隐发麻，需要用力克制住才能不颤抖。

沈迟以为严雪宵不知道一万条小鱼干的事，克制住发抖的手，缓慢地打字回复。

沈迟："我在打排位，如果我一周内排位进了前五十，有人会给我一万条小鱼干，再打一局就睡。"

在他的印象里，严雪宵是很温和的人，从没对他说过重话，言语总是淡淡的，可一向温和的人突然发来一句。

严雪宵："去睡觉。"

不知道为什么，红头发的少年盯着屏幕难得没有反驳，乖乖地关了电脑。

没了电脑的光，房间里重新陷入一片漆黑，他打开了手机，微弱的屏幕光芒照在他的侧脸上，勾勒出纤细的鼻梁。

或许是因为泛着困意，沈迟的头发软趴趴地垂在脑袋上，浓密的睫毛微微晃动，整个人看起来多了分这个年纪的少年独有的脆弱感。

入夜的边城万籁俱寂，耳边听不到任何声音，只有自己缓慢的心跳声，他靠在床上费力地打字，鬼使神差地将打好的文字点了发送。

沈迟："那……你可以对我说晚安吗？"

对方没有回复。

少年慢慢垂下头，收不到也没关系，他可以自己说给自己听，他即将关上手机时，手机忽然一振，他收到了对方的一句。

严雪宵："晚安，沈迟。"

少年捏着手机心满意足地闭上了眼，这是他到边城以来，收到的第一句"晚安"。

第二天余声下班回到家，没顾得上吃饭，第一件事就是打开小猫直播。

恰好 Late 上播，他看到一个晚上过去了，Late 亚服排名不仅没升反而降了。

他着实舒了口气，一开始的紧张不安消失得无影无踪，于是坐在沙发上捧着手机悠闲地看直播。

Late 的发挥依然不好。

"最近仔仔是不是太累了？"

"仔仔，今天要不要休息一下？"

"同意，昨晚仔仔状态就不好。"

Late 的水平确实下滑不少，反应明显不如之前快，分数下降到 1540 后，反而保持了稳定，没有再大幅度下滑。

不过，余声隐隐有种感觉，Late 的打法好像变了，向安全区转移的速度慢了很多，似乎在有意识地收集场上信息，为决赛圈做准备，只不过因为新打法不熟练没能适应。

他立刻摇了摇头，一个人的打法是很难改变的，就像习惯一样是刻进了骨子里的，不少职业选手改变打法后实力反倒不如以前了，他放松了心态继续看。

Late 一开始的胜率并不高，甚至越来越低，但随着局数的累积，他发现不知不觉间 Late 的场均击杀数都超过了二十人，且没再输过一次，远比之前的打法稳定。

余声震惊于 Late 的适应能力，照这个上分速度下去，不超过一周，或许顶多四天他就能进入亚服前五十，放在整个小猫视频这都是顶尖水平。

他现在完全没看直播的心思了，不过直播间里的消息吸引了他的注意。

"我见到真的穿墙挂了。"

"亚服神仙名不虚传。"

"会穿墙还怎么打？"

开挂在排位赛中并不少见，在高端局买挂的人更多，哪怕一个人的实力再强，也很难同外挂抗衡。

只要输掉比赛便会掉分，有时候几场加一起得的分还不如一场丢的分多，这也是亚服排位难打的原因，余声捏紧了手，心里仍残存了一丝希望。

沈迟坐在电脑前，比赛已经进行到决赛圈，场上只剩下两个人，他本来确定好了敌人的位置准备进行扫射，可敌人却出乎意料地透过墙壁穿到了房子外。

他皱了皱眉，他现在没办法判断敌人的位置，敌人随时都有可能穿墙进来，给他致命一击。

一楼肯定不安全了，他索性放弃了一楼，撤退到了易守难攻的顶楼。

"顶楼应该安全的。"

"除非敌人还会飞。"

"顶楼是个好地方，可惜仔仔身上医药包不多，毒圈如果再收缩就扛不了太长时间的毒，早知道该多捡几个医药包的。"

时间一点一滴过去，原本就狭小的毒圈再一次收缩，只有小半个房子处于安全区内，其他地方都被毒气覆盖，下一次缩圈即将来临。届时将彻底封住向下的楼梯口，两人会被隔绝在楼的上下两层。

沈迟习惯进决赛圈前捡投掷物，投掷物占地方，身上的投掷物不少，导致医药包只有两个，在毒气中存活不了太久。

他没打算和敌人拼医药包比命长，朝楼梯口扔了一个烟幕弹，浓浓的烟幕随即弥漫在楼梯间。

"要下去了吗？"

"楼下的人可是会穿墙的。"

"要不再扔个手雷探路吧？"

"看得我好紧张。"

然而直到烟幕散去，沈迟也没有下楼，而是往楼梯口又抛了一个烟幕弹，最后还是没下去，慢慢地消磨对手的耐心。

"我已经能想象到楼下那人的崩溃程度了。"

"别说楼下了，我都崩溃了，一口气提到一半硬生生地给憋了回去。"

"不会还要来一次吧？"

沈迟确实又朝楼下扔了一个烟幕弹，他这次是真的想下楼，可楼下那人似乎是忍无可忍了，直接冲上了楼。

他轻松扫射解决了。

"哈哈，对方肯定觉得死了也比担惊受怕划算。"

"仔仔排名进前一百了！"

"爽了。"

"一万条小鱼干有望！"

连外挂都能赢，余声看得心都凉了，他可以确信 Late 进亚服前五十只是时间问题了。

他打开论坛，登上自己的账号，望着自己的帖子神色浮现出明显的纠结，犹豫了一阵，最终还是删除了小猫直播的软件。

在接下来的四天里，沈迟一回到家就开始打排位，当分数上了 2500 后越往后越难打，对手开挂的概率越来越高，他未曾有一刻的休息，只要严雪宵不在他便会熬夜到凌晨四五点。

在学校上课时，他也一遍遍地默写游戏基础数据，做到将游戏信息了然于心，以便在游戏中可以快速估算出枪械的伤害值和压枪弧度，每张地图也印在了他的脑子里。

与此同时，他的个人数据也在稳步增长，第五天他从亚服第八十九位挤入了亚服第六十一位，第六天他从亚服第六十一位升到了亚服第五十位。

他的 KD 值也有了大幅度提高，职业战队招募的标准之一是 KD 值达到 5，而他的 KD 值达到了 15。

"太不容易。"

"我这几天穿墙挂、锁头挂、透视挂都见了个遍，仔仔自己打得肯定很辛苦。"

"我们仔仔可以有一万条小鱼干啦！"

"赶紧打开论坛。"

少年皮肤白皙，故眼底的黑眼圈显得格外严重，他闭着眼捏了捏鼻梁，休息了一会儿才打开余声的帖子，深吸一口气，上传了证明自己排名的截图。

一想到可以有一万条小鱼干，他的唇角轻微地向上扬了扬。

在等待余声回应的时间里，因为想不到有谁可以分享，他思考了片刻，点开了严雪宵的名字，矜持地表达他的开心。

沈迟："我要有一万条小鱼干了。"

可余声却没有再出现。

余声仿佛在论坛中消失了一般,删除了所有发过的帖子,连账号也变成了已注销,找不到半点踪迹,连他的朋友也不知道他的消息。

【碎冰冰】余声已经好几天没出现了,今天他的账号也注销了,该不会想食言吧?

【燕麦粥】看这个情况他肯定跑路了,不过一万条小鱼干确实不是小价钱,他不想付也无可厚非。

【来杯樱桃汁】如果不想付一万条小鱼干,完全可以在一开始就拒绝啊,为什么一声不吭就消失了,仔仔打排位很辛苦的,经常熬夜到凌晨,至少要出来道歉吧。

【气泡水】从直播间追过来的,气得我什么话都说不出来了,我要把这种人拉黑了,以后排的榜单也不会再看。

沈迟一直等到了第二天,可余声仍然没出现,像是真如帖子下所说的一样不会再出现了。

少年的目光里出现一丝茫然,望着屏幕捏紧了鼠标,过了好一会儿,他垂下头,打开手机发了一条消息。

沈迟:"我可能……没有一万条小鱼干了。"

严雪宵正在一家旧书店挑书,书架上的一本《哲学分析与实证》是很少见的译本,价格是一百五十美金。

他从书架上取下书,拿着手机向柜台走去,手机上出现了一条消息,划开屏幕的一瞬间,他停下了脚步。

他只是思考了几秒便猜出了大概,之前答应付钱的人不想给钱了,这种事也很正常。

显然沈迟没有想过对方食言的可能,别人说什么就信什么。

即便隔着屏幕,他也能想象到对面那只小狼崽此刻一定垂着脑袋,平日里翘得高高的尾巴也垂下了,尖耳朵也顺带着耷拉在了脑袋两侧。

他看不出情绪地回了一句。

严雪宵:"会有的。"

青年把书放回书架上,打开了小猫直播。

沈迟看见严雪宵发来的回复,受到鼓励再次刷新帖子,可依然没有看见余声的踪迹。

严雪宵是在安慰自己吧。

少年心里最后的希望消失殆尽，正要关掉网站时，一条消息骤然出现在他眼前，他捏紧了鼠标。

匿名用户打赏你10000条小鱼干。

少年的呼吸滞住了，他没有想过余声会真的出现，他垂了半天的脑袋抬了起来，薄薄的唇边浮现出很浅的笑意。

另一边，花光了所有钱的严雪宵坐在书桌前，静静地写下了今天没买下的《哲学分析与实证》的书名。

周末，林斯年从学校回到家，用人接过他的行李箱。正当他准备上楼时，母亲坐在沙发上，面色和蔼地对他说："给你订好了去泽州的机票，明天去普大。"

"为什么？"

林斯年的脸色煞白，他知道严雪宵就在普大念书，如果他去普大说不定就会遇上那位大人物。

他做的那场梦是在半个月以前，他以身体原因休学，瞒着母亲请了心理医生治疗。

心理医生安慰他说只是学业压力太大了，他在心理医生的帮助下渐渐遗忘了那个梦，他以为自己已经可以回到学校好好上课了。

然而母亲的话让他再一次回忆起那个无比真实的梦，他不知道自己是不是精神出问题了，可梦里发生过的事正在逐步被印证，仿佛梦是某种预言。

"严雪宵想见你。"母亲的语气不容拒绝。

林斯年愣住了。

他不记得自己有梦见过这件事，张了张嘴想说什么，可母亲的视线移过来，他便止住了话，什么也不敢说了。

他从不敢违背母亲的话，点了点头，只是当天夜里一宿没睡。

第二天，他坐飞机到了泽州，飞机一落地便有司机恭敬地等着他，说是严济安排的。

他听到这个名字立马低下了头，严济虽然不是严氏掌权人，却是一个出了名的笑面虎，面上带着笑容，转过身就能刺人一刀，因而严济说的话，林家不敢说一个"不"字。

他坐上车，不安地问："是去餐厅吗？"

司机手握方向盘，摇头说道："是去咖啡厅。"

咖啡厅？

林斯年从来没想过会在一间咖啡厅和严雪宵见面，那只是一家学校旁边很小的咖啡厅，卖的最贵的咖啡也不过十美元而已。

这是他第一次见到严雪宵，他梦里的严雪宵活在新闻报纸中，神情冷漠阴郁，永远衣冠楚楚，让人无端生出距离感。

而他眼前的严雪宵穿着淡蓝色的咖啡店店员服，眉眼如画，待人温和，举手投足间透出一股书卷气。明明是和梦里一模一样的长相，气质却截然不同，让他不禁有些恍神。

他不知道发生了什么事会让眼前的青年变为后来那位冷漠的严氏家主，阴郁得连至亲都不敢接近。

在他的梦中，扶持严雪宵上位的亲叔叔锒铛入狱，亲生母亲因为害怕他逃去了国外……严雪宵的身边没留下一个人。

"你好，请问需要什么？"严雪宵问。

林斯年的思绪被打断，害怕地低下头，不敢看严雪宵的眼睛，捏着衣角颤抖着声音开口："我母亲……让我来见你。"

严雪宵轻轻抬起眼，看看面前的人都快哭出来了，他伸手递过去纸巾。

"沈迟？"他问了一句。

"沈迟是谁？"

林斯年没接过纸巾，茫然地抬起头，如果说是西北的沈家他倒是听说过。

他听他母亲说起过沈夫人。西北经济并不发达，沈家迁居燕城后，在燕城虽属于新贵，却连严家的边都沾不上，故而沈夫人迁居燕城后一直想挤进他们的圈子，他母亲提起时的语气很不屑。

他没见过沈迟，但在梦里隐隐约约听过这个名字，是沈家抱错的养子，被放逐到边城后好像没多久便死了，孤零零地死在了边城。

严雪宵收回了手，敛下眼眸："抱歉，认错人了。"

严雪宵回到吧台，打开手机，细长的手缓缓划动屏幕，翻到沈迟的名字，心道：原来是只野生的小狼崽。

青年长而浓密的睫毛微动，他的手放在删除联系人上顿了顿，过了一阵又移开了。

终究是没删。

CHAPTER 03

第三章

养崽小店

余声注销小猫直播有五天了，他想成年人应该懂这是什么意思吧，可他不知道为什么，又打开了小猫直播，找到了自己的帖子。

【草莓干】余声还不出现吗？

【猕猴桃汽水】拿不出一万条小鱼干就算了，能不能出来道个歉？仔仔熬夜打了好几天游戏。

【牛奶面包】亚服前五十很难打，平台上只有八名主播进了，更别说是一周内打进的。

余声把帖子翻到最底部，他的眼底露出愧疚，重新注册了小猫视频的账号，给 Late 发了条私信——

  对不起，我食言了。并且我之前对你的分析有误，你的枪法很稳定，欠缺的是运营[1]意识，你发现了这个问题也在改正，你以后会是很好的主播，如果你能加强团队配合的话，你未来还会成为很好的职业选手。

沈迟收到余声发来的消息是在睡前，他目光里出现了显而易见的困惑：如果一万条小鱼干不是余声打赏的，那会是谁打赏的？

可困意逐渐袭来，他没精力思考这个问题，他只是在心里觉得，自己最近好像总在交好运。

---

1. 运营：指在战术上对单局游戏节奏的把控。

第三章 养崽小店

第二天是星期天，沈迟没去上课，他坐在餐桌前和季爸季妈沉默地吃早餐。

季妈递给他一杯温豆浆，温柔地问："在学校生活怎么样？"

少年不喜欢喝豆浆，他更喜欢喝牛奶，但还是皱着眉喝了口豆浆："挺稳定。"

稳定地发呆睡觉。

季妈刚要继续问，忽然一阵异常急促的电话响了，季爸接通了电话："有什么事吗？"

季爸听着电话的脸色渐渐变得凝重，披上衣服就出了门，季妈跟了出去问道："发生什么事了？这么急？"

"爸的心脏病犯了，刚被送到了县医院。"季爸匆忙地向县医院走去。

到了医院，季姑妈从病床边站起来，向他们说："爸是冠心病犯了，现在病情是稳定下来了，医生说是冠状动脉堵塞，建议去大医院做心脏搭桥手术，不然下次发病会很危险。"

"那为什么不去？"季爸问。

"手术费要十万元。"季姑妈回答道。

季爸和季妈互看了一眼，他们拿不出这笔钱。

姑妈出声问："小迟不是有钱吗？"

空气沉默了一阵。

沈迟吃过早饭回到房间直播，忽然房门被敲响了，他中断了直播，打开门。

季姑妈正欲说话，可看少年冷冰冰的模样，闭上了嘴什么也没说，季爸深吸了一口气，放下身段问："小迟，能不能跟你商量一件事？"

沈迟摘下头上戴的耳机，耳机松松垮垮地挂在白皙的脖间，走到了客厅。

"你爷爷他一直有冠心病，这次又发病进医院了，做手术需要十万，我们和你姑妈拿不出这么多钱。"季爸犹豫了一阵说，"你看你能不能拿十万应急？我们会还的。"

季姑妈在一旁帮腔："你爷爷现在还躺在病床上呢……"

沈迟看了季姑妈一眼，季姑妈被看得浑身发冷，低下头没敢再吭声。

沈迟转身进了房间。

他回到卧室拿起手机，打开支付软件查看自己的银行卡余额，这段时间只攒下来一万三千元。

他抿了抿唇走出房间，回到客厅时，听到季姑妈压低的声音："小迟这是什么意思！沈家给了六十万，不可能这么快就花完了吧？那可是他的亲爷爷，他都不肯帮？"

少年冷漠地回道："我没见过六十万。"

季姑妈没想到少年突然出现，被吓了一大跳，她赶紧躲到季爸身后。

沈迟没理会她，开口道："我只能拿出一万三，多的给不了。"

他把身上所有的钱转给了季妈，之后一言不发地回到了房间，戴上耳机关上了房门。

见少年走了，季姑妈这时才小声地对季爸说道："只肯拿一万多，小迟买的电脑都要两三万了，而且以沈夫人的地位，她至于骗人吗？他这是防着你们呢。"

季爸眼里闪过一抹淡淡的失望，似乎下了某种决心："别说了，我再想想办法吧。"

"还能有什么办法？"季姑妈问。

"我给小舒打个电话。"季爸回答道。

季姑妈一副早该如此的表情，说道："之前就和你们说了，小舒是你们养大的，就该多联络联络感情，你们非说什么为了小舒好要保持距离。"

季爸拨通了季舒的电话。

季舒在书房做模拟试卷，看到来电显示，他犹豫了一下，还是接通了电话。

"小舒，你在那边过得还习惯吗？"季爸问。

季舒"嗯"了一声。

"你知道你爷爷心脏不太好，这次又住院了，住院费需要十万，我们实在拿不出这么多钱。"

"十万吗？"

季舒正要答应，手机被一只女人的手夺走了，衣着华贵的女人看了看屏幕，优雅开口："季先生，请问找小舒有什么事吗？我的孩子在准备高考，不希望被其他事干扰，请原谅当家长的一点私心，你们有事可以对我说。"

沈夫人滴水不漏地把电话应付过去，挂断后问季舒："他们找你要钱？"

"爷爷病了需要十万手术费。"季舒握紧了手里的笔，"十万也不多……"

"十万是不多。"沈夫人打断了他的话，"可你还小，不知道人心的贪婪，一时的心软会让他们像附骨之疽般缠着你。你要记得，他们和你已经不是一个世界的人了。"

季舒低下头"哦"了一声，缩了缩身体，他不知道自己在母亲眼里是不是也被打上了附骨之疽的标签。

"怎么挂电话了？"季姑妈忙问。

"小舒学习忙,沈夫人接了电话。"季爸握着手机,"我不好意思直接开口向她借钱。"

"有什么不好意思的?"季姑妈恨铁不成钢地说,"沈夫人温温柔柔的,心地也好,你跟她开口,她一定会借的。"

"空手借钱确实不礼貌。"季妈理解地握上季爸的手,"要不要带点边城特产去拜访沈家?"

"去了不一定会见我。"季爸眉间浮现出忧虑,"要不我把小迟一起叫上吧,他应该也想回沈家看看。"

季妈点了点头,她轻轻敲了敲沈迟房间的门:"小迟,你愿意和爸爸去燕城吗?"

少年的背脊一僵,过了很长一阵开口:"不愿意。"

季妈没预料到这个答案,她错愕了一会儿,温声劝道:"你爸爸去沈家借钱,我想着你跟着去的话应该方便一点,如果你不愿意的话也没事。"

少年没有说话。

季妈小心地关上了房门。

"小迟不想去。"她向客厅里的两人说道。

季姑妈低声说:"这孩子的心还挺冷的,沈家对他那么好,他都不想去看一眼,说句不好听的,有的人这心天生就焐不热,以后指不定和你们多生分。"

"孩子还小,你这话别再说了。"一向温婉的季妈不赞同地反驳,她转头对季爸说,"我先把火车票给你订了,再买点东西带过去。"

为了赶第二天的火车,季爸凌晨五点就起床了,带着大包小包的东西准备出门。他正要关上门时,戴着白色耳机的少年出了房间,垂着头让人看不清神情,说了句:"走吧。"

燕城的一栋别墅里,用人布置着长方桌,应季的花束被装点在餐桌旁,桌上的银质餐具被擦拭得一尘不染,为即将来临的宴会做准备。

季舒穿着白色的西装从楼梯上走下来,他已经习惯了在燕城的日子,习惯得像他一直过着这种生活。

每天从明亮的落地窗边醒来,有用人帮自己换好衣服,餐桌上摆着精致的食物,不用担心迟到,因为有司机送自己去学校。

母亲会办许多宴会,来往的都是各界名流,从前他只能在课本上看到的教授们,如今可以与他们面对面交谈,毫不费力就能得到他想要的东西。

忽然，他听见用人低声说了句："夫人，有人来了。"

"是林夫人吗？"沈夫人正在插花。

"不是。"

用人看了季舒一眼，才低声回答："是沈迟。"

沈夫人插花的动作停住了，好看的眉毛皱了皱："是不是和他父亲一起来的？"

用人点了点头。

"先让他在会客室待着吧。"沈夫人的表情恢复了从容，像是想起什么似的，又补充了一句，"不要让客人看到。"

"是，夫人。"用人离开了。

季舒却忽然紧张起来，他端了一杯水，握着水杯的手都在不自觉地发抖，他要见到沈迟了吗？

沈家的别墅占地面积很大，会客厅比季家整个房子还大两倍，用人带着沈迟和季爸到会客厅的沙发坐下。

"夫人晚点会来见你们。"用人礼貌地说道。

季爸没坐下，而是提起大大小小的袋子："这是边城特产的肉干，特意带过来的，能不能麻烦您带给夫人？"

用人望向把干净的地板染上了一层灰的脏兮兮的袋子，好心地出声提醒："夫人有洁癖。"

季爸望向地面，忙道歉道："对不起，袋子在火车上放了一路，里面不脏的。"他拿出纸巾擦拭。

"放角落就好。"用人说完，出了会客厅。

沈迟进来后便一言不发地坐在沙发上，头上戴着耳机，一直垂着头。

宴会举行到很晚，他们从下午三点一直等到了晚上十二点，宴会厅里觥筹交错，而会客厅只有冷掉的茶，始终没等到人来。

"走吧。"少年站起身，面无表情地开口道，"她不会借给我们的。"

"你怎么能这么说沈夫人！"季爸忍不住说，"她好歹算是你的养母，做人要知道感恩。"

少年扯起一个讥讽的笑容。

"他们还没走吗？"

宴会结束，沈夫人回到房间卸妆，即便保养得再好，眼角也不可避免地出现一丝褶皱。

"还没。"用人恭敬地说。

沈夫人摇了摇头:"那就让他们等下去吧。"

她记得沈迟小时候是个非常可爱的孩子,身边的人都说没见过比他更漂亮的小孩,会软软地趴在她怀里叫妈妈,会自己抱着奶瓶喝奶,湿漉漉的眼睛像一只小奶狗。

他们当时还住在西北,为了让沈迟获得更好的教育,她将刚满七岁的沈迟送去燕城最好的学校寄宿。

那是沈迟第一次离开她身边,背着小书包的孩子在机场仰起头抱着她的腿不放,她差点心软,可还是送走了,那之后一个月也见不了一次面。

可沈迟并没有长成她希望的样子,上了高中开始逃课、打架、玩游戏,还染了一头红发。

她每次被老师叫到燕城,少年琥珀色的眸子看着她总是亮晶晶的,毫无愧疚之意,她失望极了。

她出生在优越的家庭,嫁了很好的丈夫,过着令人羡慕的人生,她不能接受自己有这样差劲的孩子。

直到沈迟高考落榜后她做了DNA检测,那时他们已搬来燕城,却发现沈迟不是自己的孩子。

她在心里舒了一口气,想也没想就让沈迟回到边城,回到他应该在的地方,她无法容忍让别人看到自己打造的失败品。

她把沈迟扔到机场,可红头发的少年红着眼圈倔强地跟在她身后,她甩了好几次也没甩出去,最后一次她把沈迟留在火车站,自己坐上了司机的车。

她以为少年还会追上来,可那一次少年没有跟上,她坐在车上接到了他的电话,少年的声音变得冷漠又干涩:"我会把钱还给你的。"

她以为他在说笑,不在意地说:"还钱?你知不知道你从小到大花了沈家多少钱,就算一百万,你一个月还三千也要还三十年。"

电话那边沉默了一阵,她听见少年说了句"好"。

她这个月真的收到了三千块,不知道沈迟是怎么赚到的,听季家人说,他已经不读书了。

她摇了摇头,边城那种地方如同死水深潭,会拉着人一步步陷入泥沼,特别是沈迟那么执拗的孩子。

反正他们不会有任何交集了,她收回了思绪。

季舒小心翼翼地从楼梯上下来，走到会客厅，打开一条门缝。

他印象中的季爸高大爱笑，能将早点摊打理得井井有条，他想要什么季爸都会努力满足他。

然而在会客厅明亮的灯光下，他才发现季爸只是个瘦瘦小小的男人，穿着工厂淘汰下来的工服，坐在沙发上掩不住从内而外的局促。

他向一旁的沈迟看过去，少年垂着头看不清容貌，头上戴的耳机已经是旧款了，身上的衣服也显出反复水洗的痕迹，找不到半点照片上的影子。

他想起母亲的话，他们果然不是一个世界的人了。

他不敢抗拒母亲的话，正要转身离开时，里面的人似乎是不想等了，他们一出来，三人刚好撞上。

季爸抬头，声音里透出惊喜："小舒，你来了。"

"长高了。"季爸比了比他的身高。

季舒屏住了呼吸，以前还不觉得，现在他才闻见，季爸身上有一股挥之不去的油烟味，他生疏地点了点头。

"夫人，还在忙吗？"季爸问他。

季舒第一次在季爸面前撒谎："她还在忙，你们要不先回边城吧？"

虽然他和亲生母亲相处的时间不长，但他了解自己的母亲，她决定了的事就不会再变，无论季爸在会客厅待多久，她都不会见。

如果不是今天正好举行宴会，她母亲怕客人在门口撞见他们，大概连沈家的门都不会让他们进。

季爸却信了，说道："我们不多待了，如果夫人不忙的话，你能不能让她给我打个电话，我有些事想请她帮忙。你好好学习，别的事就别操心了。"

"我会的。"季舒点头，"我母亲能帮的一定会帮。"

他的话音落下，垂头的红发少年抬眸看向他，不知道为什么，他有种被戳穿的感觉，下意识地避开了少年的目光。

从沈家离开时已经是凌晨两点了，季爸和沈迟坐上夜班的火车，开往边城需要七十五个小时。

"来的时间没选好。"季爸叹了口气，眼里浮现出一丝希冀，"不过小舒说沈夫人会帮忙，那沈夫人就应该会帮的。"

沈迟没有说话。

火车缓缓行驶，周围人都靠在座椅上睡着了，少年却没睡，他的眼睛一眨不眨地看着燕城辉煌的夜景，直到整座城市渐渐消失在视线之外。

回到边城已经是三天后了，季爸走进门对着季妈妈说："没见到沈夫人。"

季妈妈看着季爸，语气失望地道："当初就该找沈家要钱，现在爸还躺在医院等着做手术，你说怎么办？"

"我回娘家借点。"

季妈出了门。

"她娘家怎么借得到钱？不找她借钱都算不错了。"季妈妈望着季妈的背影摇头，忽然间瞥见沈迟敞开的房门，"小迟没一起回来吗？"

"他回学校上课了。"

听到季爸的话，季妈妈朝沈迟的房间望去："小迟不可能真的没钱，房间里说不定有存折什么的，再不济也有从沈家带过来的东西。"

"你别动小迟的东西。"季爸呵斥道。

季妈妈试图说服他："爸这几天在医院的情况你也看到了，醒着的时候最挂念你，指望沈家不知道要等到什么时候，你难道忍心看着爸走吗？"

听到最后一句话，季爸没再说话，算是默许了。

季妈妈走进沈迟的房间，望着崭新的电脑"啧"了一声："这电脑少说好几万。"

她翻开沈迟的行李箱："衣服也好，小迟这个年纪长得快，要是以后他的衣服不穿了可以留给乐乐，乐乐还没穿过这么好的衣服。"

季爸皱了皱眉。

然而季妈妈把行李箱翻了个遍，除了衣服什么也没找到，她犯起了嘀咕："不应该啊。"

正当她合上行李箱的时候，平房的门忽然开了，传来了少年的脚步声。

季妈妈赶紧慌慌张张拉上了行李箱的拉链，从沈迟的房间里出来，打招呼道："小迟你回来了啊。"

沈迟回家拿课本，他从季妈妈身侧经过，一言不发地走向自己的房间。

房间里的行李箱被匆忙搁在地上，明显是被人打开翻过，里面的衣服乱成一团，像是在搜索什么。

沈迟抿了抿唇，冷着张脸正要开口，可当看见季妈妈身旁的季爸时，目光骤然停下，单薄的背脊颤了颤。

他一句话也没说，重重地关上自己房间的门，隔绝了一切光线，黑暗能令他有安全感。

少年靠着墙壁闭上眼，过了很长的时间，他衬衫下的背脊才没有再颤抖。

他打开手机发了一条消息，大概是因为隔着网络，语气里带着连他自己都没意识到的委屈。

沈迟："我已经把所有的钱都给出去了，为什么他们还是觉得我有钱？我明明连四块五的酱肉丝饼都舍不得吃。"

对方似乎猜到了原因，问了一句。

严雪宵："家里出事了？"

他克制着自己隐隐发抖的手。

沈迟："爷爷生病了，做心脏搭桥手术需要十万元，我只有不到两万，今天回家行李箱被翻开了。"

沈迟："我知道的，如果不是因为血缘关系，没人想要跟我这样的人接触，他们的行为也挺正常。我要是能快点赚够钱就好了，到时候可以自己一个人过。"

另一头的青年望着屏幕上的文字若有所思：想要一个人生活吗？

过了一阵，沈迟收到了回复。

严雪宵："还在读书？"

沈迟："我已经可以自己赚钱了。"

屏幕再次亮起，沈迟收到了对方发来的最后一句话，不知道为什么，他的眼圈突然泛起红来。

严雪宵："还是个孩子。"

话语里似乎带着低低的叹息。

季妈是在医院听说了季姑妈翻沈迟东西这件事的，她神色复杂地对季爸说："你这是在寒孩子的心。"

"这不是没有办法嘛。"季爸望向病床上的老人，"等爸的事过去了，总能找到机会弥补关系的。"

季妈低下头。

大概是因为小迟是她生出来的，哪怕小迟爸爸认为小迟这不好那不好，她也觉得小迟是个乖孩子。孩子只是因为刚来边城，对他们都不熟悉，还带着戒备，看人都是警惕的，也不会表达，但只要对他好一点，他就会放下戒备。

正在这个时候，一个护士敲了敲病房的门："是沈迟的父母吗？有一家医院愿意给你们提供免费治疗，过来办理转院手续。"

季爸愣了愣："我们是。"

他跟着护士走到分诊台办理转院手续，刚开始他以为是省内哪家医院好心提供治疗，可看到转院单后震惊了。

愿意提供治疗的是燕城最好的医院，手术主刀是极负盛名的外科专家，不是用钱就能请到的，他认识的人中，只有沈家有这个能力。

季爸办好转院手术后，回到病房，对着季妈感慨地开口："小舒是个好孩子，这次真的要谢谢沈家了。"

医院外的一辆车上，一个长着狐狸眼的年轻人拨通了一个电话："我亲自到了边城，人在人民医院找到了，转院的事办妥了，你欠我一个人情。"

"回国请你吃饭。"电话里传来青年温和的声音。

"算了吧，等你回国得什么时候，不过沈迟是你什么人？"狐狸眼的医生不禁问道。

在他的印象中，严雪宵对什么都淡淡的，他第一次见到严雪宵对人这么上心。

"家里小孩儿。"

早自习结束，庄州偷偷从教室后门溜进来，坐在座位上打开书包，翻开习题册。

英语课代表是个扎小辫的女孩子，她抱着一沓习题册来收作业，走到庄州身旁时瞄向空白的书页，在小本子上一笔一画记下庄州的名字。

"在写了……"他赶紧开始奋笔疾书。

沈迟脖子上挂着耳机，面无表情地从正门走进来，走到自己的座位上坐下。

课代表小心翼翼地问："沈迟，你的英语作业做完没有？今天要交习题册。"

少年从书包里翻出一本崭新的习题册，连名字也没写，显然都没打开过，他眉间带着淡淡的困惑："这本吗？"

空气似乎凝滞了两三秒。

庄州觉得和沈迟比起来，自己还挺勤奋好学的，向来是好学生的课代表一定无法容忍沈迟的行为。

然而下一秒，他听到课代表温和地说："下次记得写，先不记你名字。"

庄州："……"

差别待遇未免太明显了。

他不得不承认，长了一张好看的脸就是容易迷惑小姑娘，不像他们。

因为各科课代表在收作业，教室里乱哄哄的，有交作业的，有借作业的，还有说话的，王老师走进教室时教室里仍乱作一团。

"同学们安静。"王老师无奈地开口，可几乎没人听他的。

但当留着板寸头的燕深提着书包走进来后，整间教室都安静了，没一个人敢说话，只听得见书页翻动的声音。

沈迟朝燕深望了一眼。

"班上的人都怕他。"庄州一边补作业一边小声地说，"他父亲犯了事刚放出来，老师也不敢管他。"

上午第一节课是英语课，王老师在讲台上教课文，中文读一遍英文读一遍，中文再读一遍接着英文又读……

他的口语不标准，拖腔拉调的，带着浓浓的边城口音，班上大半人都听得睡着了。特别是后排的，可以说是全军覆没，只幸存了沈迟一根独苗，少年低头做着笔记。

王老师甚感欣慰，看着那头想抓去理发店改造的红毛竟也顺眼起来，他拿着课本踱步到沈迟身边，想看看他记录了自己讲过的哪些话，可一看才发现，他画的是一张海岛地图。

少年专注地画着地图，见到他来也没什么反应，他终于忍无可忍道："沈迟，你把我刚刚带读的课文说一遍。"

听到王老师的声音，庄州猛然从梦中被惊醒，他赶紧翻开书。

他记得睡着前好像讲到了第八十九页，不过第九十页看着也挺眼熟的，他正不知道该怎么给沈迟打掩护时，少年开口了。

"The road to modern English at the end of the 16th century…"沈迟把原文一字不差地背了出来。

要不是王老师一直注意沈迟这边，他都快认为沈迟是个认真听课的好学生了，他疑惑地问："你什么时候背的？"

"你上课的时候。"

"你听到就能背下来？"王老师惊奇地问。

"你读的次数太多了。"少年冷声地回答。

王老师："……"

他只读了十多遍而已，教英语可不就要读吗，他咳嗽了一声："你下课来我办公室一趟。"

见少年头也没抬，他补充了一句："你不来的话，我就去你家里。"

王老师的话音落下，沈迟握笔的手顿了顿。

下课后，少年背着书包走进办公室。

"我看了一下你在燕外高中三年的成绩，"王老师从椅子上站起来，"可以说十分不理想。但你记忆力很好,选的又是文科,再拼一把考个专科应该没问题,努力努力还能上本科,只要这一年你能专心学习。"

听到最后一句话,沈迟垂下头,情绪不明地说了句:"都已经这样了。"

少年转身离开了办公室。

沈迟回到家,走到门口时他的步伐放得很慢,如果季妈来哄他,他也不会和她说话,至少一个星期不会说话。

他用钥匙打开门,季爸和季妈不知道是不是去了医院,第二天、第三天、第四天……房子里始终只有他一个人。他们像是对待一个无关紧要的人一般对待他,他就这么被遗忘了。

他没有继续等下去,而是默默走进自己的房间,将衣服收拾好放进行李箱里,用黑色的主机包装起电脑。

红头发的少年背着包、拖着行李箱离开了季家,除了自己的东西什么也没带,一如来时。

他打开手机,向严雪宵发了条消息。

沈迟:"你在外面租过房子吗?"

过了一阵,他收到了回复。

严雪宵:"没有。"

沈迟想起严雪宵还在读书,住的应该不是家里就是宿舍,他右手拎着行李箱,单手打字回复。

沈迟:"那我自己在网上看看怎么租房吧。"

他打算关掉手机时,一条消息浮现在了屏幕上,像是在无声地质问。

严雪宵:"你有钱吗?"

少年看着屏幕,忽然意识到一个问题,他身上没有钱,根本没办法搬出去,他的脑袋又垂了下来,回复了一句:"没有。"

可即便如此,他也不想回去,随便去什么地方也好,哪怕在天桥下过夜也好。

上天仿佛是听见了他的心声般,这个时候,他的手机一振,直播间掠过一条消息。

匿名用户打赏您 3000 条小鱼干。

少年的脚步不禁停住了,他好像经常能收到匿名用户送的小鱼干,他思考了一会儿没思考出这匿名用户是谁,就打开了边城本地的租房网站。

网站上有不少待租且价格便宜的小户型房子,可当知道他的预期价位后都不愿意把房子租给他，只有一个人答复了他。

图片上的房间空间狭小，有一厨一卫，胜在通透，有一面墙的窗户，他按照网站上的地址找到了房子。

房子离学校不远，位于一排废旧的民居中，一个卷发的女人看到了他，熄灭了手上夹的烟头问："你是来租房子的吧？跟我上去吧。"

他背着厚重的包，谨慎地打量了一圈周围的环境，比他之前住的房子还差，下水道的气味肆意地弥散在拥挤的弄堂里，楼道内张贴着露骨的小广告。

"就是这间了。"女人领他进了二楼末尾的一间房。

房间比照片上看起来要破，墙壁上都被刻上了歪歪扭扭的字，朝阳的窗户被泼上了污渍，显得脏兮兮的。

少年皱了皱好看的眉。

穿红裙子的女人似乎看出了他的想法，又点上一根烟："没人愿意招短租客，你要租的话，只要付一千五的定金我就可以租给你，退租时原数还。"

沈迟犹豫了一下，点了点头。

他交了一千五的定金和一个月的房租，签完合同后身上只剩下五百块。

他离开家的时候，除了自己的行李箱和电脑什么也没带，重新拉好网线后，他还需要买床单、被子和日用品。

少年谨慎地锁好门，走出房子，进了附近的一家小超市，超市里的东西还算齐全，他买了一床秋天的被子、一条床单和必备日用品。

因为房间里有厨房，他可以自己在家里做饭，故而他走向超市的冷藏柜。一包速冻水饺要三十八元，足够他吃三天。

少年看着价格犹豫了一会儿，还是把水饺放回了冰柜，拿起了一包九元的挂面。

他提着袋子回到家，努力打扫自己的房子，用混着洗洁精的湿毛巾擦拭玻璃，灰扑扑的窗户变干净了，落日的光芒从窗外照进来。

日光映在他的脸上，显得格外生动，系着围裙的少年对着窗户拍了张照。

沈迟："租好房子了。"

严雪宵坐在图书馆里看书，收到沈迟发来的照片，上面是窗外的天空。

他正要关上手机，视线忽然停在落地窗倒映出的少年的身形上，身材格外纤瘦。

青年神色不明地放下手机。

沈迟打扫完房间已经是晚上十点了，他打开电脑登上游戏。

"看我等到了什么！"

"仔仔这几天去哪儿了？"

"一直没上线好担心，是发生什么事了吗？"

沈迟抿了抿唇："没什么大事。"

"没事就好。"

"打排位太辛苦了，要不今天不打排位了吧，想看仔仔匹配路人。"

"我也想看！"

"能等到一个随机四排吗？"

少年握住鼠标，点开随机四排模式。

"等到啦。"

"仔仔好乖。"

"悄悄说一句，我想让仔仔开摄像头。"

"我也想。"

游戏匹配成功，沈迟是一号位，二号位是个三十出头的中年男子，一进入游戏便对他们说："我上赛季进了亚服前一千，待会儿听我指挥。"

"听谁指挥再说一次？"

"亚服五十名正看着你。"

"这几天仔仔掉了四名。"

"垃圾余声，出来鞭尸。"

沈迟懒得说话，跟着二号跳了 P 城。

二号是典型的"对枪选手"，一落地捡了一把 AKM 便开始往人堆里窜，偏偏总也打不准，沈迟机瞄击倒了前方的敌人。

二号立马找准时机补枪，评价了一句："一号反应有点慢，我替你补了。"

"……确定不是你抢人头太快吗？"

"二号抢人头抢得如此义正词严。"

"第一次听到有人说 Late 反应慢。"

不知道是有意还是无意，二号一直跟在沈迟身侧，在他击倒敌人后总会补枪，夺走沈迟的人头分，刚开始还会遮掩，后面直接走到前面等着沈迟先打。

"以动作的熟练度来看，这大哥之前没少抢人头。"

"我知道他亚服前一千是怎么来的了。"

"可惜杀队友会被封号。"

"仔仔脾气好好。"

进圈的时候沈迟的队伍遇上了一队人，二号又走在前面，可他发现只有他一个人在开枪，沈迟站在后面一动不动，二号焦急地问："你怎么不动了？"

"一号反应慢。"沈迟面无表情地说。

二号："……"

"哈哈，我就说 Late 的脾气怎么突然变好了。"

"这一幕让人舒服了。"

"二号直接闭麦了。"

"抢的那点人头全没了。"

待二号的血量慢慢下滑后，沈迟才开枪，轻松解决了前面的一队人。

沈迟播到晚上十二点关了直播，从椅子上站起来时一阵晕眩，才意识到自己忘了吃饭。

他打开手机，按着网上搜索的步骤开火、放水、煮面，每一步都小心翼翼。

当水沸腾开，他小心翼翼地尝了一根面条，确定煮软后，少年才把面条倒进了碗里，小口小口地吃着面。

另一边，严雪宵回到宿舍也在吃面，他口味清淡，意面里只放了点黑胡椒，他放下叉子，戴着耳机接通了一个电话。

"Yan，很荣幸你愿意参与我们的项目。"电话里传来女生的声音。

"我们的工作是设计一个量化基金的交易模型，你学的是哲学，没有相关背景做起来会比较吃力，能知道你大学读的专业吗？"

"数学。"

"那就没问题了。"对方松了口气，小心翼翼地问，"不过我以为你对金融不感兴趣的，最近是发生了什么需要钱吗？"

严雪宵在屏幕上浏览着牛奶牌子，淡淡答了句："要养小孩儿。"

手术完成后，季爸和季妈从燕城回到家。

季妈提着袋子踏进门："小迟，给你买了新的鼠标，不知道你喜不喜欢？"

她走到少年的房前，房门是虚掩着的，推开门，房间里除了叠好的被子外，什么也没有，仿佛不曾有人在房间里住过。

她担忧地看向季爸，季爸赶紧打开手机，额头上不禁渗出冷汗："这孩子能去哪儿？"

过了很长一会儿，电话才接通，电话里传来少年的声音："我不回来了。"

"你现在没有经济来源，谁会租房子给你，住外面也不安全。"季爸放缓语气，

"听爸爸的话，赶紧回家。"

然而他听见少年冷冷地反问他："回家再被你们翻一次行李箱？"

电话被挂断了。

季爸涨红着脸，握着手机，转头对季妈说道："这孩子记仇。"

"你还记得小舒十岁的时候吗？他贪玩打翻了放酱菜的坛子，我那天心情不好第一次骂他，以为他要不理我了，第二天他就跑到我面前甜甜地笑。"

季爸叹了口气："如果是小舒就好了。"

季妈没说话，她看着小床上叠得整整齐齐的被子，沈迟是在家里等过他们的吧，可他们却一句话没说就去了燕城。

她不知道沈迟要付出多大的勇气才会独自离开家门，她只知道，他们让那孩子伤心了。

房子的隔音不好，楼上传来扔东西的响动，沈迟面无表情地戴上了耳机。

蓝恒发来一条组队邀请。

他点下鼠标，同意了。

因为打的是排位，地图随机，开局是雨林图，他们落在祭坛。

祭坛在地图最西边，离航线近，落在祭坛的人不少，他安静地搜集装备，没装倍镜，靠机瞄扫射。

进入游戏后蓝恒就没说过话，搜完祭坛，蓝恒实在憋不住了，说道："你不想问问我为什么找你吗？"

沈迟回答："不想。"

蓝恒："……"

"哈哈哈老蓝很明显还不清楚自己工具人的定位。"

"仔仔不轻易理人的。"

"除非给小鱼干。"

蓝恒不得不自己开口道："新赛季开始平台在搞活动，截止到这个月底，签约主播亚服排名进五十的有推荐位，排名最高的有五千奖金。"

听到最后一句话，沈迟上子弹的动作停了停："五千？"

"我们现在亚服都排五十多名，这周组队冲个推荐没什么问题。"蓝恒继续说，"至于五千的奖金，现在排名最高的是许成，比我们高两千多分。"

蓝恒的意思是五千就别想了，差距太大，一周之内根本追不上，然而他听见少年平淡说了句："不难。"

"为什么这种话从 Late 嘴里说出来,我毫不意外?"

"那我还是有点意外的,许成算是小猫直播技术流的天花板了吧,这个赛季也在认真打排位。"

"仔仔不是针对许成,他只是单纯地想要小鱼干。"

"一提小鱼干我又想起来垃圾余声了。"

蓝恒虽然习惯了 Late 的性子,仍忍不住提醒:"一周追两千多分是什么概念你知道吗?相当于你的战绩要接近全胜,每局击杀数超过二十人。"

在低段位还有可能做到,高段位即便是普通玩家技术也是过硬的,都以生存为目标,很少看见"对枪选手",有时候一局都很难碰到二十人。

"东北方向至少四个人。"

沈迟收了枪向派南[1]而去。

"你怎么知道?"蓝恒好奇地问。

"跳伞时塔姆帮[2]跳了一队人,刚才从我们后面经过了一辆小汽车应该就是他们开的,前面有枪声,没走多远。"

蓝恒眼里露出惊讶,小猫杯的时候,少年完全是下意识在打游戏,可现在他还学会收集分析信息了。

他听说过余声的事,说好要付一万条小鱼干结果跑路了,本来还在替少年可惜,现在看来一周紧张的排位打下来,Late 的水平更上了一层。

他们到了位于东北方的派南,果然有一队人在搜地上冒烟的盒子,Late 正面迎敌,他跑到后面拉开枪线,不一会儿就解决了四个人。

他正在换装备,少年走到了前方的塔楼上观察,在队内语音里说道:"从击杀信息来看,训练基地有两队人,有人拿着 98K,大概率在基地北三层楼的楼顶上,二层楼的掩体后也可能有人。"

"要不是看 Late 视角,我会以为 Late 开了透视。"

"信息记得太清楚了。"

"从生存游戏突然变成捕猎游戏。"

"照这个速度下去,真有可能拿到二十人的击杀数。"

从行事风格来说,少年太沉默了,行动也异常独立,并不是一个好的指挥,可他的判断从未错过,蓝恒的心底忍不住升起信赖感,两人一路走一路击杀。

游戏结束后,他的击杀数破纪录地达到了十九,Late 的击杀数达到了二十一。

---

1. 派南:游戏《绝地求生》中的一个地名。
2. 塔姆帮:游戏《绝地求生》中的一个地名。

他后知后觉地发现，按这个速度下去，说不定他们真有机会超过许成的队伍。

两人打到了晚上十一点，配合得也越来越好，虽然是双人四排，但保持了惊人的连胜。

直播间里的人说着依依不舍的话。

"明天他们也双排吧。"

"好想看他们一起玩。"

"不觉得他们有一种最佳拍档的感觉吗？"

"悄悄表示同意。"

沈迟刚准备开始下一局游戏时，忽然瞥见严雪宵上线了，他迅速退出了蓝恒的队伍。

当另一边的蓝恒还在奇怪他怎么这么早就下播时，明明这个时间对于习惯熬夜的主播来说，直播生活才刚刚开始，沈迟已经向严雪宵发过去了一条组队邀请。

"蓝恒工具人实惨"

"是上次那个女生！"

"仔仔又邀请她了。"

沈迟按下开始，游戏画面缓缓展开，海岛被幽蓝的海水裹挟，标记好跳点后他好奇地问："你今天怎么也玩了？"

屏幕上缓缓浮现出文字："恰好有空。"

沈迟选择在农场落下，农场的资源并不丰富，他边搜索物资边问："你好像一直都很忙，接下来还是忙学校的事吗？"

对方回复了他："和朋友忙项目。"

少年"哦"了声，可看着朋友两个字，不知道为什么，他鬼使神差地问了句："你有男朋友吗？"

"我嗅到了不同寻常的味道。"

"仔仔你还小！"

"不是，一句话你们怎么能想这么多，这个问题有什么不正常的？"

沈迟盯着屏幕，或许是涉及隐私对方没有回复，然而当他移开视线准备投入到游戏中时，对方答了一句："没有。"

他握着鼠标的手松开，像是松了口气般，心脏骤然跳动了一下，戴着耳机似乎也能听到自己的心跳声。

沈迟十二点结束了直播，如果换作平时，他一定会播到半夜两三点，可今天他从椅子上站起来接水时，又出现一阵晕眩。

少年闭了闭眼，扶着椅子站定了一会儿，那股晕眩才消失，他走到厨房从水壶里倒出一杯已经凉掉的水。

他的手腕不知道从什么时候变得十分纤细，像是女孩子的手腕，又因为皮肤苍白，更显得脆弱而乏力。

他感觉自己越来越虚弱了。

少年走到冰箱前，打开冰箱，冰箱里空空荡荡的，什么也没有，他抿了抿唇关上冰箱，拿起杯子喝水。

沈迟喝完水上床，刚要关上灯的那一刻，他的手机屏幕上显示收到了一条消息，严雪宵转给他一条链接。

严雪宵："帮朋友推广。"

沈迟点开链接，是很典型的朋友圈广告，店家开业让利促销，一元购零食。

他在街道办的宣传栏上看过防诈骗案例，开始时说什么一块钱购零食，寄过来光到付的邮费就上百，估计这是同一个套路，都是骗钱的。

他没犹豫地准备关掉页面，然而望着琳琅满目的零食图片，有薯片、橘子味的果冻、草莓苏打饼干……

每一种零食看起来都很好吃，都传递着"快来吃我"的信息。

少年关掉页面的手便不那么坚决了，心里想着就买一次，没忍住付了一元钱，在页面中填了自己的地址。

周末的早上，沈迟是被一阵急促的敲门声惊醒的，他穿好衣服走到门边，没有立即开门，而是透过猫眼观察。

看清楚门外是一个穿蓝色制服的快递员后，他才打开门。

快递员将地上的大箱子抱起来，并礼貌地将笔递给他："请签收一下您的快递。"

沈迟不记得自己在网上购买过东西，正想问快递员是不是弄错了时，突然想起购买过的"一元购"产品。

原来真的发货了。

他填写了自己的名字，费力地从快递员手中抱过快递，关上门，然后跪在地上小心翼翼地用小刀拆开快递。

打开快递箱的那一刻，少年皱了皱眉，发现自己真的被骗了。箱子里根本不是零食，而是标着英文的牛奶、钙片、牛肉干……他疑惑地看向快递单，还是从

A国寄来的。

箱子里的东西除了牛奶，沈迟都不喜欢，然而一想到是花一元钱买来的，他还是拿出一包燕麦片，用热牛奶泡软当早饭。

原味的燕麦片味道清淡，即便混上牛奶也不好吃，平常他为了省钱都不吃早饭的，但吃了一碗牛奶燕麦片，感觉自己有了点力气。

少年擦干净唇边的牛奶印，坐到电脑前，登上了直播。

"仔仔，早安。"

"今天仔仔的排位到第三十八名了！"

"仔仔还要和蓝恒一起直播吗？"

蓝恒昨晚四点才下播，沈迟以为他上午不会开播了，谁知道蓝恒起得比他还早，还向他发来了组队邀请。

他同意了蓝恒的组队邀请。

两人进入游戏，蓝恒关切地问："你昨晚是不是有事？十一点就不玩了。"

"为什么要问？！"

"仔仔：实际上我背着你偷偷在玩。"

"扎心。"

少年没说话，蓝恒以为他默认了，开启了下一个话题："排位活动后天截止，平台的主播都铆足了劲往前五十冲，我们得抓紧点。"

他本来的意思是抓紧点，不要被后面的人挤出前五十，可少年明显会错了意，若有所思道："是要抓紧点追第一。"

蓝恒："……"

许成现在排名亚服第二十一，超出其他主播一大截，基本上是大家默认的第一了。

他是最早签约的一批主播，受到平台的主推。平台还增加了奖励，排位最高的主播不仅能得到八千元奖金，其直播间还能有一周的首页推荐位。

可少年显然没有将差距放在心上，眼里只有"第一"两个字。

他们打到了晚上十一点，即将开始新一局游戏前，沈迟望着严雪宵上线的消息取消了准备。

蓝恒忙问："又有事不能玩吗？"

沈迟说了一句："能玩。"

蓝恒的眼里浮现出困惑："那你怎么取消准备？"

"和其他人玩。"沈迟回答后，退出了队伍。

蓝恒心想：能玩但不和我玩的意思，是吗？

"惨。"

"作为白送小鱼干的，老蓝还没有意识到自己的地位吗？"

"真令人伤心。"

沈迟本来就没打算今天再继续和蓝恒玩，但蓝恒孜孜不倦地发来入队申请，他皱了皱眉同意了。

蓝恒进了房间，看着第三个人的头像，才后知后觉意识到，昨天这个时间 Late 离开估计也是要和这位打游戏。

他们在学校落地。

学校里物资丰富，可高级资源还是缺的，他清了一层还没找到狙击枪和消音器，恰好这个时间，他听见语音里传来少年的声音："我这儿有三级护甲、98K……"

听到有丰富的物资，蓝恒迅速把手上的枪背到背上，加快了跑步速度："我来了。"

可他走到 Late 身边，正要弯腰捡起资源，便听见少年冷冷地开口："不是给你的。"

"蓝恒的心在滴血。"

"谁叫蓝恒不是女孩子。"

"仔仔是真的很直接了。"

蓝恒只能委屈地捡起别人挑剩下的，正当他们搜集完物资走出学校时，屏幕上传来一条击杀信息。

蓝恒的脚步顿住了，倒不是因为这个 ID 击杀数多，而是因为这个 ID 是许成的 ID，这代表着许成也在这局游戏里！

"竞争激烈了。"

"许成那边是三个人吧，都是主播。"

"那危险了，还是避开好。"

不过沈迟没有避开的想法，继续朝枪声处走，与其在决赛圈碰上，不如提早解决。

"真的要去吗？"

"仔仔这次好不容易搜到了三级头盔。"

"终于要看到 Late 给别人'送快递'了吗？！"

"为什么大家这么兴奋？"

电脑前的许成也注意到了蓝恒的队伍，他们估计是三个人的队伍，一直在房外徘徊，不时传来断断续续的脚步声，似乎要消磨掉他们的耐心。

但许成有这个耐心。

因为攻房不是一件容易的事，与其出去与对方正面碰撞，不如躲在掩体里等鱼上钩。

门被打开了。

许成毫不犹豫地开枪，可令他没想到的是，从窗户外翻进了更多的人，他这才意识到蓝恒的队伍根本没想过攻房，而是在试图靠走位将三队人引到房外。

在他愣住的一秒内，一发子弹飞速从窗外射了过来，紧接着又是一发。

Late 使用 98K 击杀了你。

他沉默了，他已经不是第一次听说 Late 的名字了，对方只是一个默默无闻的小主播，通常来说是不会和他有什么交集，但在上次的小猫杯上他差点输给了 Late，没想到这次……还是输了。

许成握紧了鼠标。

沈迟的直播间热闹了起来。

"我本来以为这把仔仔要'送快递'了。"

"打得太猛了，许成肯定都蒙了，明明只有三个人，怎么突然进来这么多人。"

"Late 拉仇恨还是稳的，说一句'不敢来找我的都是废物'，人全提着枪追来了。"

"只能趁人多围攻许成，不然到了决赛圈，和许成他们打赢的可能性很小。"

蓝恒觉得自己挺惊讶的，居然能提前灭掉了许成的队伍，许成的亚服排名跌落至第二十四位，可跟在少年身边似乎发生什么也不奇怪。

时间慢慢过去，游戏进到了决赛圈，场上除了他们一支队伍，还有三只"独狼[1]"蛰伏在麦田里，随时准备反击。

一支队伍的意图好判断，但是一个人的意图很难琢磨，三只"独狼"有时比一支队伍的杀伤力还要强。

沈迟从圈边开始清理，不知道从哪儿冒出一声枪响，对方使用的还是 98K，幸好沈迟没被打中头，只被打穿了二级护甲，但即便是这样，他也被击倒在了地面。

Caltha 使用 98K 击倒了你。

严雪宵扶起了他。

沈迟提醒了一句："对方很危险。"

---

1. 独狼：指没有队友，独自行动的玩家。

严雪宵似乎是听见了,将他扶起来便靠在了掩体后,沈迟给自己打了一个医药包。

场上只剩下六个人,沈迟的所有心思都放在游戏上。

掩体外有人狙击,探头射击都会面临被"一枪爆头"的风险,没必要在原地对枪,他在血量慢慢回复后说了句:"先走吧。"

屏幕上缓缓出现一行文字:"你受伤了。"

在游戏里受伤是很正常的事,沈迟并不觉得有什么大不了,可身旁的严雪宵却开枪了。

与蓝恒相比,严雪宵的话并不多,大概是对游戏并不感兴趣,没怎么开过枪,这还是严雪宵第一次在游戏中完成击杀。

Yan 使用 M416 击杀了 Caltha。

严雪宵杀掉了刚刚击倒他的人。

握着鼠标的少年看着闪现的击杀信息眨了眨眼,心中生出一丝感动。

沈迟直播到晚上十二点,他揉了揉酸痛的手腕从椅子上站起来,或许是看屏幕看久了,头还是有点晕,眼前黑了黑。

他扶着椅子站了一会儿,走到厨房打开冰箱,冰箱的保鲜室已经被今天收到的东西塞得满满当当。

他从冰箱里取出一盒牛奶,开火热了热,喝着热牛奶他好受了点,眼前也渐渐清晰了。

少年低头小口喝着牛奶,像是想起来什么似的,他打开手机发了一条微信。

沈迟:"对了,你发给我的店铺不太对,你赚钱不容易,不要被骗了。"

虽然店主是严雪宵的朋友,但女孩子心地好,他还是想提醒一句。

过了一会儿,对方问了句。

严雪宵:"他怎么骗你了?"

沈迟:"店铺页面上说一元买零食,但送来的根本不是零食,没有果冻,没有苏打饼干,也没有薯片,虽然送来了很多东西,但是和宣传的完全不相符,我觉得还是有必要重视一下,明天说不定就开始骗钱了。"

似乎是无法反驳,对方没有发来消息,沈迟自觉尽到了提醒义务,便放下了手机。

他关上灯,楼上准时传来砸东西的声音,他戴上耳机把自己严严实实地裹在被子里。

沈迟闭上眼准备睡觉时，忽然放在枕头边的手机振了振，一元购的店主向他发来一条消息。

【养崽小店】零食包上新。

据他观察，这家店铺应该是家宠物用品店，看名字就能看出来，但出售的东西偏偏都是人类的食物，实在有点不务正业。

不过看到"零食"两个字，少年的耳朵还是竖了起来，困意顿时消散得无影无踪，他犹豫着点开店铺的页面。

零食包里包括了他喜欢的果冻、薯片、果丹皮、苏打饼干……而且只卖十元。

他已经很久没吃零食了。

少年抿了抿唇，告诉自己这是最后一次，然后在店铺里下单了零食包。

他刚一下单，零食包便售罄下架了。

他本来以为是家三无店，没想到这家店还挺火的。

大概是买的人多了，他的心底不知不觉升起安全感，少年忍不住向店长发了条消息。

【沈迟】我可以问个问题吗？

【养崽小店】可以。

他松了口气。

【沈迟】我看到零食包下架了，只下单了一包，突然还想再买一包，请问还有吗？

严雪宵坐在书桌前写论文，他的视线在屏幕上顿了顿，瞥了眼自己的银行卡余额，平静地打字。

【养崽小店】没了。

另一边的少年回了一句"哦"，刚准备关掉对话框睡觉时，店主又发来一条消息。

【养崽小店】下周进货。

第二天，边城人民医院。

坐在诊室里的医生将复诊报告递给季爸："老人的身体没什么大问题，但要注意按时吃药，避免情绪上出现太大的波动。"

季爸提着的心放下了，走出医院回到家，他拨了一个电话，电话隔很久才接通，他局促地出声："沈夫人你好。"

"不太方便接电话。"电话那边传来沈夫人淡漠的声音，"最近比较忙抽不开身，小舒也快月考了。"

"我知道的，一直没敢打扰你和小舒。"季爸加快了语速，"不过今天我父亲出院了，还是想感谢您，要不是您帮忙联系燕城的医院，手术的事不会这么顺利。"

"帮忙？"沈夫人停了停，"我不知道你在说什么。"

季爸怔住了。

手机那边随即挂断了电话。

"沈夫人说什么了？"季妈望见季爸的表情，不免诧异地问。

"沈夫人说她不知道转院的事。"季爸看着手里折得整齐的转院单，迟疑地说，"大概真的是运气好吧。"

季妈转身继续收拾家里，当她望见沈迟空落落的房间，忽然问季爸："今天要不要去看看小迟？"

两个人走进位于城北的一栋老旧居民楼，因为这是边城最先规划的一片房区，年代久远，居民楼显得破败不堪。

"小迟是住这儿吗？"季妈手里拿着礼品袋问道。

"我问过人了，小迟住二楼。"季爸避开巷道里的污水走进楼房。楼里的声控灯是坏的，他们走得小心翼翼。

他们走到楼梯口时，恰好碰见少年单肩背着书包走下来。

季爸的声音里带了一丝紧张："小迟回家吧，你爷爷的身体也好了，爸爸妈妈每天都能回家，你想吃什么都可以给你做。"

沈迟一言不发地继续走。

他走到楼梯口，季爸继续说："爸爸知道你上次受了委屈，但毕竟咱们是一家人……"

他的话还没说完，一个瑟缩的中年男子从上一层楼被推了下来。

沈迟抬头望去，站在楼梯上推人的是和他一个班的燕深，原来就住在他楼上。

燕深的眉毛又黑又浓，脸上有一道骇人的疤痕，他冲中年男人说："谁和你是一家人！你来一次打一次。"

沈迟看了季爸一眼，季爸不自然地避开了目光，低声对季妈说："走吧。"

季妈将拿了一路的袋子递到沈迟手里："我们在燕城买的鼠标，专门挑的大牌子，不知道你喜不喜欢。"

像是怕他不收一般，季妈跟在季爸后面很快离开了，沈迟拿着盒子走向租的房子。

动静引来了房东，长卷发的女人穿着睡袍走到楼梯口。

女人环抱双臂，右手夹着根烟："都跟你说过多少次了，别来我这栋楼。"

"红姐，阿深是我儿子。"中年男子讪讪道，他的额头遍布着淤青，显得十分懦弱可怜。

"得了吧你。"红姐用手掐灭了烟头。

他从地上爬起来，走下楼前停住脚步，向末尾的房间看了一眼："最末尾的房间住人了吗？看年纪还是个学生，模样生得不像边城本地的，他爸妈看着也眼熟。"

"问这么多干什么！"红姐没理他，转身进了房间。

沈迟走到房门口打开门，垂眼将盒子扔到了门边，他回到房间打游戏，不知过了多久，他从座位上站起来又打开了门，向门边看去——扔在地上的鼠标盒已经不见了，大概是被谁拿走了。

少年关上门，茫然地靠在门边打开手机。

沈迟："鼠标不见了。"

严雪宵修改完论文，放下手里的德文版《现象学辨析》，浏览着亚马逊上的零食。

果冻含有大量添加剂，摄入过多会影响脂肪、蛋白质的吸收；薯片属于高碳水化合物，食用过多易导致血脂升高。

这些零食都不怎么健康。

青年没照零食包上买，只挑了一盒果冻与一袋薯片，其他的按青少年的口味买了一些坚果与果干，他准备下单时，屏幕上闪过沈迟发来的消息。

他挑了挑眉。

严雪宵："什么样的鼠标？"

他本意是问品牌的，过了一阵，少年发来一句。

沈迟："妈妈送的。"

严雪宵划在屏幕上的手顿了顿，他想：果然还是个小孩儿。

沈迟没收到严雪宵的回复，或许对方也不知道怎么安慰他，其实他也没盼望对方回复，只是想说出来，说出来就好受了。

他已经是可以挣钱的大人了，有自己租的房子，会自己煮面，会自己热牛奶，能自己照顾好自己，哪怕挣钱不容易，他也不想回去做不被喜欢的孩子。

尽力让自己成熟起来的少年打开电脑，认真直播到晚上十二点半，中间只吃了块肉干，与此同时他的排位升到了第二十一位，距离许成只有一步之遥。

他收到零食包的时候是周二早上，他从快递员手中抱过沉沉的箱子，依然是从国外寄来的，箱子上写着：UPS 特快。

沈迟把箱子放在桌上，上课快迟到了，他拎起书包往门外走去。

可手刚刚放在门把手上，少年的脑子里就冒出果冻、薯片和饼干的画面，他转身回到了桌边，用小刀小心翼翼地拆开快递。

这么大一箱东西一定有许多他爱吃的零食，然而他打开快递，差点以为自己看错了。

低盐薯片、原味透明果冻、橄榄油粗粮小饼干……

沈迟的眉头渐渐拧起，他还是拆开一包小饼干吃了一块，健康是健康，但不太好吃，吃得嘴里全是浓浓的蔬菜味，他感觉自己的脸都要变绿了。

不过他心里仍存有一丝期待，果冻这东西再难吃也难吃不到哪儿去吧，他撕开了唯一的一盒果冻。

标签上是原味，果冻还真的是一点甜味也没有，因为舍不得浪费，少年面无表情地咽下了。

仿佛是知道他签收了快递，严雪宵发来一条消息。

严雪宵："他没骗你吧？"

沈迟望着与宣传严重不符的实物，要说亏也没亏，但十元可以买一大包好吃的果冻了，因而他斟酌着回复。

沈迟："我说句你不爱听的，你还在学校读书比较单纯，现在骗子的招数日新月异，十元一个零食包，从国外寄过来光邮费就不止十元，店主这么做应该是想得到什么。"

似乎被他说得哑口无言，对方问了句。

严雪宵："得到什么？"

沈迟认真回复。

沈迟："一定是想得到我的钱。"

手机那边的严雪宵轻笑一声。

真是只谨慎的小狼崽，虽然没什么钱，仍牢牢护着属于自己的东西，给点诱饵会探头探脑地钻出洞里，叼走食物又马上缩回去。

沈迟："这次的零食包还是很大一箱，就是不怎么好吃，你能想象居然有原味的果冻吗？我第一次见到。"

肤色冷白的青年微微眯了眯眼。

严雪宵："不喜欢？"

沈迟："特别不喜欢。"

严雪宵盯了屏幕一阵，关了手机，继续坐在电脑前和组员对算法进行回测，他的手边放着海德格尔的《存在与时间》。

金融市场上所说的量化交易是用数学模型替代主观判断，市场瞬息万变，这样做可以避免交易员做出非理性决策。

他下载了期货市场近二十年的数据，需要从中选择吻合度最高的一种算法。

小组成员都是在校学生，大多是博士生，工作氛围并不严肃，时不时能听见谈笑声，可以稍稍缓解整理数据的枯燥。

一位有孩子的物理系博士说道："现在小孩子都挺挑食的，周末在家看论文他闹个不停，给他做夹心面包还不吃，只好出门带他去比萨店，你们有什么推荐的零食吗？"

组里有不少女生立马交流起零食心得。

"这个我知道，椰子口味的 LIBERTE 酸奶，我前段时间每天都要喝一杯。"

"KitKat 的巧克力威化饼干也不错，巧克力味很浓郁，小孩子都喜欢吃甜的。"

"Goldfish 的奶酪饼干也好吃，是我吃过最好吃的奶酪饼干，一点都不腻。"

其中一名女生恰好坐在严雪宵身旁，青年挺拔的鼻梁上架着一副金丝边眼镜，正专注地看着电脑屏幕，她不好意思地问："不会吵到你吧？"

Yan 给她的感觉是内敛的，身上沾染着淡淡的若有若无的沉木香，想来对零食不会有兴趣。

"不会。"严雪宵答了句。

女生松了口气，一边处理着数据一边和组员继续聊零食。

而一旁的严雪宵默默记下了他们的谈话。

沈迟将零食箱翻到底，确定了只有一包果冻和一包薯片，其他的全是坚果与果干。

他正要把摆在桌上的零食重新装进箱子里时，忽然瞄见了一个盒子。

他疑惑地拆开盒子，发现里面并不是零食，而是一个昂贵的游戏鼠标，他不自觉地想起了他不见的那个鼠标。

他打开手机，向店长发过去一条消息。

【沈迟】店长，你多发了一个鼠标，我付不起邮费，寄回给你的话货到付款行吗？

不知道对方是不是在忙，隔了一阵，才回复了他一句。

【养崽小店】不用付邮费的。

他微微放下心，不用他付钱就好。

刚想问怎么寄过去时，对方又发来一条消息，看到消息的那一刻他怔住了。

【养崽小店】那是赠品。

红头发的少年下意识地捏紧自己的手机。

他不见了一个鼠标，却又收到了一个，并且，比不见的那一个更好。

少年回过神，看着鼠标的标签，敏锐地发现了不对劲。他查了查零食的价格，原味果冻一盒就是十五美元，最便宜的薯片也要八美元……

虽然并不好吃，但整箱零食不算邮费，最便宜也要五百美元。

他只花了十元钱。

他心里犯着狐疑问对方。

【沈迟】我在网上查了查，这些东西加上鼠标都六百美元了，只卖十元不怕亏本吗？如果你是想骗我的话，我身上加起来都没这么多钱。

【养崽小店】第一次开店不熟练，价格设错了。

沈迟压下了心底的怀疑，怪不得明明是家新店，商品却下架得这么快，想再买一包都不行，他差点还把对方当成了骗子。

对方一定亏了不少钱，他不喜欢占人便宜，想也没想就把这几天直播攒下的六百元转过去。

【沈迟】只有这么多了，下次小心点。

另一边的严雪宵静静看着屏幕，那头小狼独自生活在洞穴中，大概是不习惯别人的好意，半分情也要还回去。

他拨打了一个电话："你知道哪里有便宜的购买渠道吗？"

王老师住在教职工宿舍，因为教学楼就在宿舍前，他每天慢悠悠地起床出宿舍，能晚到绝不早到教室。

可今天他是被一阵急促的电话从睡梦中惊醒的，他睡眼惺忪地接通电话。

"有学生出事了？"

他的面色瞬间变得严肃凝重，飞快披上衣服，脸也没洗就出了门。

直至下午他才拖着疲惫的身躯从警局回到学校，拿着一叠表格走出校长办公室，进入教室。

还没到上课的时间，教室里乱哄哄的一片，他走上讲台，他说了一句："上课前有几句话想说，请大家安静一下。"

可没人理他。

他第一次对学生发火，大着嗓门吼了声，眼里还隐隐闪烁着泪光："安静！"

教室的声音慢慢平息。

"今天老王不太对。"庄州悄悄和一旁的沈迟说道，"从没见过他发这么大火。"

沈迟抬眸看了王老师一眼，继续低头默写武器伤害值。

"我这儿有贫困生补助申请表。"王老师扬了扬手里的表格，"如果大家谁的家庭有困难的一定要填一下，校方会尽量帮助大家的。"

"希望同学们不要走上歧路。"王老师颤抖着声音开口说，"是，边城是和大城市比不了，首都的学生都在冲击名校，边城的学校出一个本科都难。"

王老师红着眼圈："我不要求你们都能上大学，只希望你们能堂堂正正地做人，违法犯罪的东西半点也不能沾，不然害了自己也害了家庭。"

沈迟停下笔，抬起了眼眸。

庄州见他感兴趣，悄声说："我今早听我妈说，昨天半夜警察抓到一个，看样子是老王的学生。"

"这种事很常见吗？"沈迟问。

"在边城是挺常见的。"

王老师没再说话，让班长把贫困生补助申请表发下来，传到庄州这一排，庄州将表递给少年。

他注意到沈迟最近似乎特别缺钱，他们午饭一般都是在学校食堂吃的，六元一份还便宜。然而沈迟总是坐在位置上吃便宜的饼干，整个人以肉眼可见的速度清瘦下来，显得校服异常宽松。

红发少年眼也没抬地说道："不需要。"

庄州不意外地叹了口气，相处久了他也知道，沈迟这个人比谁都骄傲，别说贫困生补助了，他想从家里小卖部带个三明治给沈迟，沈迟也是不会接受的。

他只好将表原封不动地递还给了班长。

上课铃声响了，这节课是下午的最后一节课，任课的数学老师去省城开会了，王老师擦了擦起雾的镜片，帮她发下来一套试题："罗老师说了，做对五道题就可以走了。"

庄州松了口气，他数学不太好，可做对五道题还是没问题的，实在不行还可以上网搜，提前下课肯定没什么问题。

试题的数量并不多，只有十道题，题干也不长，他拿起笔在空白处龙飞凤舞地写下一个解字，然而写完解字他就卡住了。

第一题好像有点难。

他看向第二题。

第二题好像也有点难。

……

他思考了十分钟一道题也没做出来，刚开始他还以为是自己数学太差了，不过连数学课代表也一道题没做出来，更气人的是上网还搜不到。

庄州算是琢磨出罗老师的意图了，别说提前下课，这是要他们下课了都不能走。

沈迟望向墙壁上的时钟，已经五点了，他想早点回去打排位。

他看着试题陷入沉思，想起严雪宵也在上学，便打开手机发了一条微信。

沈迟："你会做吗？"

严雪宵走到图书馆，考试周还未来临，凌晨五点的图书馆里只有寥寥几人，他坐在靠窗的一张桌旁，收到了少年发来的照片，拍的是一套试题。

青年挑了挑眉，在空白的纸上写出标准答案。

五分钟不到，他做到第四题时，恰好同组的女生经过，看见他纸上的数字问："你是在测算拟合度吗？用电脑会快很多。"

"高中的题目。"青年淡淡地答了句。

听到他的话，女生记起来了："是你家里的小孩儿吧？"见严雪宵没反驳，她低声提醒，"题目难不会做是正常的，但当哥哥的怎么能替他做题呢？应该让他自己完成。"

青年客气地说了声："谢谢。"

他只发过去四道。

另一边的沈迟没想到严雪宵这么快就做出了四道题，即便只是解出四道也很厉害了，他在心里默默地想：她成绩一定很好。

他不禁问了句。

沈迟："你什么学校的？"

隔了一阵，对方发来了回答。

严雪宵:"在普大读研。"

普大作为顶尖大学,也是 A 国最难进的大学之一,沈迟不觉得普大研究生会兼职当虚拟女友,以为严雪宵是在开玩笑,也跟着回。

沈迟:"我燕城大学的。"

对方似乎带着些无可奈何的意味,回复他一句。

严雪宵:"好好上课。"

沈迟关了手机,继续看第五题。

第五题是一道解析几何,和第三题有点像,他看着第三题的答案,尝试着做第五题。

时间一分一秒过去,在五点二十分时他终于解出了第五题。

正在这个时候,王老师从椅子上站起来:"同学们先别做了,不好意思我拿错了题,这是竞赛题,我重新发一份。"

班上顿时议论开了,庄州开口向沈迟说道:"我就说,这题目太难,连课代表也一题都做不出,正常人怎么可能做出五道题。"

"做出来了。"少年回答道。

庄州不信,自从沈迟转到了他们班,便取代了燕深倒数第一的位置,题目说不定都没看懂。

可令他没想到的是,沈迟从座位上站起来,走到讲台边,将试题交给了王老师,声音毫无波澜地问:"做完五道是不是就可以走了?"

"你做出来了?"王老师惊讶地反问,这套题放在竞赛题中都是难题,燕城的学生做得都很吃力,更别说是边城这群复读生了。

他赶紧拿出答案核对,结果一字不差,比答案上的过程更简单。

沈迟还真做出来了。

如果说上次他找沈迟谈话还是以鼓励为主,他现在是真心实意地认为沈迟考个本科学校完全没问题。

沈迟戴上耳机离开了教室。

他回到居民楼,走到租的房间门口,准备用钥匙开门时,他的手顿了顿。

不知道是不是他的错觉,门把手上有其他人的汗渍,他皱着眉用纸巾擦了擦,打开门,进房间后反锁了门。

他想明天要换一把锁才行。

少年坐到电脑前,准备直播。

今天是排位活动的最后一天，他与许成还有五名的差距，相差一百六十分，他需要保持二十杀以上的连胜。

"今天好早。"

"只剩七小时了。"

"仔仔能超过许成吗？"

蓝恒向他发来游戏邀请，他点击同意，两个人组队进入游戏。

他直挺挺地坐在电脑前，指针上的时间慢慢过去，和许成的分差从一百六十分缩小到一百二十分、八十分、五十分……最后只剩下三十分。

然而离十二点也只剩下三十分钟。

他需要在一局内拿下至少二十五杀的胜利。

"Late 最高纪录是二十三杀吧。"

"是，不过不是在排位赛中。"

"低端局还好点，高端局二十五杀也太难了，几乎不可能。"

即便是蓝恒也不禁问："真的可以吗？"

水平越高差距越小，青铜局二十五杀不少见，但职业联赛上最高击杀数却不过二十四杀而已，故而不少主播会特意保持低段位追求击杀数来保证直播效果。

"问题不大。"沈迟戴好耳机。

蓝恒："……"

他从没听 Late 在直播间中说过私事，他猜想沈迟应该是在富足家庭长大的孩子，否则怎么会有如此自信肆意的性格，和他为了生计直播不同，人家可能只是赚点零花钱。

点下"进入游戏"，蓝恒希望不要是海岛图，雨林图最好不过，然而载入的正是一张海岛图。

海岛图面积大，人员分散，且易于隐蔽，是对排位不太友好的一张地图。然而 Late 似乎没太在意，在港口落地后便开始有条不紊地搜索装备。

庆幸的是 Late 听声辨位很准，基本听见枪声就能分辨出对方的人数以及可能的进圈方向。第三圈时，他拿下了十七个人头。

只要不碰上开挂的，二十五杀还是能奋斗一下的，蓝恒在心里如此想着。可想什么来什么，他透过倍镜观察远方的一栋房子。

一个人直接飞到了楼顶。

"第一次看到会飞天的'神仙'。"

"这是真'神仙'。"

"现在开挂的都不演了吗？"

"欢迎大家走进修仙界。"

这人正好和他们进圈的方向重叠了，蓝恒不由得紧张地问："这怎么办？"

避开不是一个好策略，无论如何双方都会在决赛圈遇见，可要是迎头而上，他也追不上会飞的。

"打。"沈迟专注地看着屏幕，将枪换成了98K，倍镜也从四倍镜换成了可视距离更远的八倍镜，对准了飞到楼顶的人。

"距离超过八百米了吧。"

"肯定有一千米了。"

"对方还在移动，打中的概率太低了。"

"一千米超过98K的有效射程，压枪都不知道该怎么压。"

沈迟的眼里没有弹幕，只有倍镜里的对手，他根据对方的移动速度在心里迅速计算，提前预判对方的走位。

确定好方向，他屏住呼吸，尽可能让自己的心跳更平稳，不让任何事干扰到自己，接着握着鼠标的手大幅度下滑压枪。

他按下射击键。

下一秒，子弹如同破风的剑刃穿过空中，正中对方头部！

"千米之外一枪爆头！"

"太厉害了！"

"太猛了。"

"Late是怎么轻松做到的？我两百米扫射还不行，每次看Late直播都感叹我要我这手有何用。"

蓝恒惊呆了，他一直知道Late的枪法厉害，但没想到这么厉害，这个操作都可以赶上职业选手了。

他终于知道为什么之前Late说问题不大，敢情这才是他的真实水平。

没了外挂的干扰，他们轻松拿下了胜利，Late的个人击杀数达到了恐怖的二十五杀，在零点前的最后一秒，以亚服排名第十六的成绩超过了许成！

"仔仔好棒！"

"Late真的超过了，我之前还不敢相信，许成都多少年的老主播了，没直播PUBG前就在播其他射击游戏。"

"这可能就是天赋吧。"

"直播间关注数破一万五了！"

打完最后一局，沈迟的手因为脱力而发抖，平时过几秒就好，今天大概用力过度，足足过了三分钟才停止颤抖，他从椅子上站起来时，眼前一阵晕眩。

可他享受每一局比赛。

他打开手机，向严雪宵发过去一条消息。

沈迟："网站排位活动我第一了。"

过了一会儿，他收到回复。

严雪宵："恭喜。"

对方的话淡淡的，但少年仍忍不住弯了弯眼，至少有人可以分享喜悦。

租用的会议厅里，年纪大点的组员在交流自己的育儿经。

"我女儿会自己画画了，不过画得歪歪扭扭的，我问她画的是什么，她指着我说是爸爸。"

"我儿子还没长牙，平时特别喜欢揪着我的头发睡，我本来头发就没剩多少了，他愿意揪就揪着吧，谁让他长得可爱呢。"

"我孩子上一年级了还好点，就是平时不爱做作业，没想到这次考了第二名回来。"

之前一直没加入讨论的严雪宵关了手机，平静地说出一句："我家小孩儿拿第一了。"

所有人都没想过获得排位活动第一的不是许成，包括许成在内。

他看着屏幕上亚服第十七位的排名皱着眉头，好长时间没有说一句话，打开了 Late 的录播。

与 Late 一贯的张扬打法不同，这次 Late 出乎意料地稳，一局二十杀在他眼里不算高，可每局稳定二十杀就是一个相当可怕的数据了。

最后一局的千里瞬狙即便是他，也不能保证一定能射中，同小猫杯对 Late 的视而不见不同，许成第一次正视起了 Late 这个名字。

"我怎么感觉 Late 的实力越来越强了，不过主播也很强了，平台之前还没有谁冲进过亚服前二十。"

"好可惜，只差七分而已。"

"明明白天还是第一的。"

"没事儿，我们给你投喂小鱼干。"

已经晚上十二点了，许成依然没有下播，他看完录播进入训练场，对着屏幕说了句："下次不会输了。"

十月的第一天，因为在排位活动中取得第一，沈迟的账户上多出了八千条小鱼干的奖励。

他从没有获得过这么多的小鱼干，然而还了沈家三千，交了八百的房租，网费和水电气费又扣了五百，最后只有三千七百条小鱼干，这就是他的全部财产了。

少年清点完小鱼干，登上了网站，按活动页面上所说的，他今天还会获得首页推荐位。

他打开白茶的笔记，首页推荐位是所有主播都想要的推荐，根据位置的不同流量不同，上一次登上推荐位的主播轻松获得了上万关注。只是一般的小主播很难有这个机会，这比八千的奖励分量更重。

可沈迟并没有在网站首页上发现自己的名字，映入眼帘的反而是许成的直播间，创下亚服前二十的佳绩，作为唯一上首页的 PUBG 主播占据了大半幅画面。

他翻了半天也没看到自己，最后才在冷门的单机区首页找到自己的直播间宣传栏。

蓝恒："你上的什么推荐位？我怎么没看到你？"

Late："单机区。"

蓝恒："不可能啊，你是排位活动第一，许成活动第二都上网站首页了。PUBG 又不是单机游戏，在单机区根本涨不了多少关注量，你的位置应该比他好才对，你问下客服是不是弄错了。"

沈迟拨通客服的电话，转人工语音，接电话的是个声音没有起伏的男客服，听清他的问题后很快回复了他："你好，没有弄错。"

少年抿了抿唇，挂断了电话。

蓝恒晚上吃饭的时候和任夺说起这事："平台不知道怎么想的，把亚服第十六名流放到单机区，Late 辛辛苦苦打了一周的排位，不说跟许成比，怎么还没我俩的推荐位置好。"

任夺做直播的年头比蓝恒久，一眼就看出了原因，说道："平台今年和许成签了新合约，要主推许成，不会让人压过他的，因此只能对 Late 冷处理了。"

蓝恒叹了口气："希望 Late 能放宽心吧。"

沈迟第一次知道世界上不是所有事都有公平可言，天平的两端是倾斜的。

少年一言不发地站在原地好一会儿，风吹起他张扬的红发，显得五官越发清朗。

但即便如此，他依然相信自己总有一天能登上网站的首页推荐位。

沈迟关了手机，向居民楼走去，为了省钱，他路过小超市时买了把B级锁和螺丝刀，准备自己换锁芯。

他走进楼梯间，声控灯还没修好，需要借着手电筒的光登上台阶，他走到楼道的末尾。

不对，门把手上的汗迹又多了。

有人进过房间了吗？他谨慎地推开门，地板上多出几个深浅不一的成年男子脚印，他屏住了呼吸，抬头朝屋内望去。

房间里的东西没有被翻找的痕迹，行李箱摆放的位置一丝不差，然而桌上的电脑不见了。

电脑被偷走了。

他的大脑"嗡"的一声当场空白，胸腔里发堵，连呼吸都异常艰涩，他滚了滚喉结，克制着自己的恐慌情绪，可连握着锁的手都在颤抖。

少年原本便生得清瘦，单薄的身躯侧面看像一柄薄而锋利的剑刃，此刻他校服下的脊背发颤，整个人看起来摇摇欲坠，似乎下一刻便会倒下去。

他克制着战栗走进房间，望着空空荡荡的桌面，潜藏的疲惫骤然侵袭身体，晕眩的感觉再次袭来。

如同是断掉最后一根弦，控制不住地坠入黑暗，少年直挺挺地倒在了冰冷的地面上，单薄的身体蜷成一团，透露出平时未曾见过的脆弱。

直至晚上七点，他也没醒来。

直播间空荡荡的。

"仔仔怎么还没开播？"

"快八点了。"

"九点了。"

"十点了。"

少年孤独地躺在狭小的屋子里，浓密的睫毛在眼底投下深刻的阴影，皮肤苍白得没有任何血色，依稀可见手背上青色的血管。

手机上电话一直在响，却没有人接。

中年男子小心翼翼地抱着偷来的电脑，走到快要关门的二手电器店里，说道："这可是好电脑，开个价吧。"

"Aurora的。"老板瞄了眼电脑，没问来源便开口杀价，"保养得不错，不过数码产品买新不买旧，三千不能再多了。"

"怎么才三千？"中年男子的表情凝固了一下，紧接着带了些讨好，"好歹四千吧，阿深还要考大学，我想给他报省城的辅导班。"

"你儿子都复读几年了，能考上早就考上了。"老板摇了摇头。

"今年准能考上。"男子依然讨好地笑。

老板拿他没办法，说道："那就四千吧。"

从他手中接过整机，老板皱着眉问："怎么没有电源线？"

"我忘拿了。"中年男子立马开口，"马上回去拿。"

他走回居民楼，趁人不注意上了二楼，听见房间里没动静，轻车熟路地撬开锁。

房间里没开灯，他摸黑从桌底拿数据线，突然有什么温凉的东西挡住了他的脚步，他打开手机的手电筒看清后吓得后退了几步——是一个面无血色的少年。

他的脸上浮现出为难，可望着比自己儿子还小的少年，终究把少年背了起来，朝医院跑去，走的时候还不忘把电源线揣进兜里。

他从医院回到家已经是半夜了，提着大包小包的东西进了虚掩的门："阿深，我给你和你妈妈买了好东西，你妈身体不好，就该多吃点肉，不要在乎钱。"

在沙发上看书的燕深拧起眉："燕建国，你哪儿来的钱？"

"我靠自己的手赚来的。"燕建国把东西放进客厅，在腰上围了围裙，"你看书看累了吧，我买了牛肉，给你做碗牛肉面……明天再去给你报省城的辅导班，我看了广告，辅导班都是名师教学，今年准能考上。"

房间里的盲眼女人听到动静，摸索到门边问了句："阿深，有人来了吗？"

"没有。"

燕深把男人带的东西一个不剩地扔出了门外，眼里流露出明显的厌恶："偷来的东西我不要，我再说一次，离我妈远点儿！"

"偷也是我自己凭本事偷的，别人想偷也偷不着。"燕建国的声音逐渐变小，"今天我还做好事送人进了医院，要不然那孩子死在房间里都没人知道。"

"你从哪儿偷的？"燕深的眉头皱得更深了。

燕建国的目光闪烁，说道："就二楼最后一个房间，住的像有钱人家的孩子，扔的鼠标都是大牌子，看在他和你一个学校的份上，我都没偷别的，只偷了电脑。"

"你把东西原原本本地给我退回去！"燕深身材高大，他拎起中年男子的衣领，脸上的疤痕显得整个人异常凶狠，"下次别碰他的东西，出了事我就找你。"

"你朋友吗？"燕建国慌了，没想到偷东西偷到儿子的朋友头上了，脸上浮现出自责。

"不用你管。"

燕深关上门,不再说话。

沈迟再次醒来发现自己躺在医院病房里,鼻腔里充斥着消毒水的味道,左手输着液,他的意识还未清醒,只隐约听到医生在打电话。

"看你打了这么多电话,你是沈迟的家长吗?"医生低头看着病历单。

医生的语气有几分生气:"你们当家长的怎么照顾孩子的,营养不良导致的贫血……这个年纪正是长身体的时候……瘦得都在房间里晕倒了,生活费怎么能省?!"

电话那边的严雪宵没有辩解,轻声说了一句:"是我的问题。"

少年的眼前仍有些模糊,当医生走出房间,他的意识才逐渐恢复,开口的第一句话便是问:"医药费多少?"

护士替他量了量体温:"你家长已经帮你付了。"

那个电话是妈妈打来的吗?

少年垂下头,用右手打开手机,手机里有数十个未接通话,像是广告推销,他还没来得及多想时,忽然收到了一条微信消息。

准确来说,是一长段消息,内容是格外精细的一周食谱,蔬肉蛋奶搭配得当。不仅详细介绍了做法,连烹饪器具的使用方法都按步骤写好了,甚至包括哪个时间段去菜市场买菜最便宜,他每天要喝多少杯牛奶……都写得清清楚楚。

严雪宵:"一个月只要五百元。"

连他没钱都考虑到了。

沈迟后知后觉地意识到,医生接的那个电话是严雪宵打过来的,严雪宵帮他支付了医药费。

沈迟没怎么接受过别人的好意,也不习惯接受好意,他浓密的睫毛颤了颤,生硬地发过去一句。

沈迟:"医药费多少?我转你。"

可他盯着屏幕,不知道为什么,忍不住问了一句。

沈迟:"你对所有人都这么关心吗?"

他发完又觉得自己问得毫无道理,虚拟女友当然要和每个客户搞好关系,客户不止他一个人,关心别人也是正常的。

隔了一阵,手机屏幕上浮现出新消息,少年看到的那一刻下意识地握紧手机,屏幕上只有简简单单的两个字。

严雪宵:"不是。"

对方把医药费明细发了过来,输液费用和药品一共花了七百三十元,沈迟的心一疼,对方似乎知道他在想什么,发来一句"所以要好好吃饭"。

沈迟想起自己不到三千的存款,说了一声"嗯"。

他身体状况一直不错,这还是他第一次住院,他输了一晚上的液,第二天自己给自己办了出院手续。

出院时医生对他说:"吃药还是其次,一定要好好吃饭、补充营养。现在看是小问题,把小病拖成大病就严重了,你自己难受,你家长也担心。"

听到最后一句话,少年垂下眼点了点头。

量化交易的模型完成,瑞文作为组长支付给每个成员五千美元的工资,可将模型用于期货交易。

临走前,严雪宵提醒了句:"国际组织谈判在即,原油交易要小心。"

"减产提升价格,难道出口方还会不同意?"瑞文没有把严雪宵的话放在心上,"我相信数据,数据不会说假话。"

严雪宵没再反驳,静静地离开了。

只不过他把所有的工资都投资了石油期货,当石油价格下滑时他将会获利。

严雪宵走出会议室后,没有立即回宿舍,而是去超市买了熬粥的食材。

他用的是砂锅,将挑选的牛腹肉切片腌好,水沸后下米,用长勺轻轻搅拌,转小火后继续熬煮。

两小时后开大火煮三分钟,倒入腌好的牛肉,拿长筷打散,当牛肉散开出锅,撒上青绿的葱花,一锅生滚牛肉粥就做好了。

严济给严雪宵送书,一走进宿舍便闻到了牛肉粥的香味,他震惊地问:"你什么时候学会做饭了?"

向来清冷的青年此刻透着十足的烟火气,面容隐在升起的雾气中,严济看得并不分明,恍然间以为自己看错人了。

严雪宵淡淡答道:"刚学的。"

身材挺拔的青年从锅里舀起一碗粥:"尝尝怎么样?"

严济接过粥,按他的想法,他侄子做成什么样都得说好吃,可他尝了一口,却是真心夸赞道:"很好吃。"

粥中的牛肉极嫩,混着煮得浓浓的白粥更增添了三分鲜香,他没几口就吃完了。

严济以为这是特意为自己做的，放下碗受宠若惊地说："你是我亲侄子，我就送本书你还这么客气。"

他向青年望去，青年专心地用手机对着沸腾冒泡的粥拍视频，他突然发现，自己好像就是个试菜的。

沈迟从医院出来，恹恹的，没什么精神，大概是输液太久的缘故，就连红头发也软软地趴在了脑袋上。

他只想回家好好睡一觉，正在这个时候，他收到了一个严雪宵发来的视频。

他疑惑地点开视频。

视频里拍的是正在冒着泡的生滚牛肉粥，没记错的话，是这周食谱上的第一道菜。

粥看起来浓稠软烂，配着切得整整齐齐的葱花以及嫩滑的牛肉，由于镜头离得近，他可以清楚地听见沸粥的冒泡声，隔着屏幕都能闻到满满的香气。

少年的肚子不争气地叫了声。

他掉转了方向，向菜市场走去，按着严雪宵给的食谱买好了这周需要的食材，加上调味品花了两百七十元。

沈迟拎着菜回到家，做好了攒钱买新电脑的准备，可打开门走进房间后他愣住了，他的电脑好好地在桌上放着，之前种种像只是做了个梦。

少年望着失而复得的电脑抿了抿唇，虽然不知道电脑是怎么回来的，但既然回来了，他也懒得再报警追究。不过他还是用螺丝刀拧开螺钉更换了门锁，并在自己枕下藏了把锋利的小刀。

他按照食谱上写的，洗干净米，因为牛肉贵，他只买了一小块，被他切得歪歪扭扭、长宽不一。

他泄气地看着自己切的肉，有些想放弃，可想起牛肉粥的画面还是继续做了下去，小心地对照着食谱熬制白粥。

因为煲粥需要整整两小时，他走到桌前坐下，打开电脑登上网站。

他的直播间依然出现在单机区首页，虽然单机区冷清，但毕竟也是首页，直播间中多了不少单机区观众不满的留言。

"这里不是单机区吗？"

"我还以为我点错了分区。"

"玩PUBG的没必要来单机区蹭流量吧。"

"不玩单机能不能滚出去？"

少年望着留言抿了抿唇,他的左手还留着些昨夜输液的胀痛,没有打开高强度的 PUBG,而是在商店购买下载了单机游戏《古堡魅影》。

《古堡魅影》是昨天刚发售的一款解密生存类游戏,发售一天便被誉为同类型年度最佳游戏,几乎整个单机区的主播都在玩这个,可惜的是还没有一个主播能通关。

见他打开《古堡魅影》,单机区观众对他的态度缓和了许多,语气从排斥变为劝诫。

"这个游戏难度挺大的,还没攻略,建议主播别挑战这个游戏。"

"古堡的解密是真的难,我关注的好几个主播都卡在了第五关。"

"+1,玩点儿简单的吧。"

沈迟打开游戏,一段短暂的黑屏之后,画面中缓缓浮现出"古堡魅影"四个字。

他点击"开始新游戏",游戏人物在古堡的地下室醒来,听见楼上传来隐隐约约的脚步声,破旧的桌上只有一把匕首与一把猎枪。

"蓝光画质!"

"画质渲染都开最高还不卡顿,主播方便告诉我电脑型号吗?"

"好像是 Aurora 新款。"

"看了眼价格,对不起打扰了。"

因为没有背包,只能带走一把武器,沈迟没犹豫,果断地选择了猎枪。

"第一关就选错了。"

"该选匕首的,怪物移动速度很快,猎枪虽然可以一击毙命,但根本打不准,一次只能上一发子弹。"

"这不就是 PUBG 的栓狙吗?"

"不是同一种游戏好吗?弃档重开吧。"

沈迟给枪上完子弹,没有直接走出房间,而是往墙上射了两枪估算射程弹道,接着才走出房间。

房间外漆黑一片,什么都看不清楚,只有耳边传来的阵阵风声。

"这个音效渲染得真好。"

"不愧是年度最佳游戏。"

"希望主播坚持住。"

少年皱了皱眉,他不喜欢玩这类游戏的一个重要原因是画面太暗了,他顺手调高了亮度。

"调亮会后悔的,周围的干扰目标太多,看不清楚挺好的。"

"主播马上就会后悔。"

"弹幕护体。"

沈迟继续向前，房间的门被锁住了，需要找到对应的钥匙才能往下探索。

突然，他听见后面传来"嘭"的一声，似乎是极沉的东西落了地，他回头望过去，是一个沉睡的吸血鬼NPC，正挂在天花板上闭目养神。

"主播真是淡定！"

"估计被吓到了吧。"

"调高亮度看，这吸血鬼的游戏模型做得还挺精致。"

沈迟面无表情地经过吸血鬼，在房间内搜索钥匙，然而搜遍每个角落依然一无所获。

他凝眸片刻，走向悬在天花板上的吸血鬼。

《古堡魅影》被测评人评为年度最佳解密游戏不是没有原因的，游戏线索都藏在容易被玩家忽略的地方。

沈迟对游戏不熟悉，面无表情地在吸血鬼身上摸索，直到一把银色的钥匙从华丽的衣服口袋里掉了出来，他才用钥匙打开门，走上楼梯，向古堡大厅走去。

大厅里点着昏黄的烛灯，有许多一动不动的木偶，木偶的身体大多是残缺的，要么缺胳膊要么少腿，可都同样注视着二楼的方向。

二楼依然被一道铁门锁着，需要四位数的密码开门，他转身走回大厅，没注意到木偶的视线瞬间齐刷刷看向了他。

"主播快看，木偶的头动了！"

"啊，要完蛋！"

沈迟依着弹幕看了眼木偶，神情没什么变化，在大厅里翻箱倒柜。

他并不擅长破解密码，过了半小时还卡在这一关，而大厅里的木偶嘴角往上拉扯的弧度越来越大。

大厅的面积也逐渐缩小，整个画面变得越来越暗。

突然，大厅黯淡的烛光骤然熄灭。画面彻底陷入一片黑暗，大厅里的木偶似乎是全活了，伴随着"咯吱"的刺耳响动。

"怪物要来了吗？"

"可惜烛光灭了，其实开门密码可以根据烛台光线的角度推测，主播的物理应该不太好，这要怎么逃出去？"

"主播要不还是玩PUBG吧？"

沈迟专心地看着漆黑一片的屏幕，他看不到任何东西，却听得见声音，根据声音可以判断怪物远近，只不过需要排除木偶活动声的干扰。

嗵、嗵……

怪物离他越来越近，沈迟没有逃，而是拿起了猎枪，在心里默默计算出对方的位置，在黑暗中射出第一枪，火光一闪而过，子弹射进墙壁里猝然无声。

没中。

"盲射也太难了。"

"目标的移动速度很快，即便有照明的情况下也很难射中，对听声辨位的能力要求太高。"

"因为这款游戏理论上杀死怪物就通关了，但怪物几乎不可能杀死，解密后才会自己消失，需要靠智商的，要不然为什么这么多主播从昨天开始玩还没有通关。"

沈迟没有放弃，继续开第二枪，依然没打中。

第三枪，也未打中。

由于怪物的距离越来越近，他现在的血量只剩下不到三分之一。沈迟闭上眼，更用心地辨位，排除一切干扰，最后睁开眼在黑暗的画面里按下射击。

在子弹射出的第三秒，熄灭的烛光再次点燃，大厅里的木偶恢复了原来的模样，排列得整整齐齐。

他的面前一头长相狰狞的怪物正缓缓停下动作，怪物身上挂着的被挣断的铁链正在自动修复，将怪物重新封印起来。

"第一次见识盲射！"

"手感也太好了，不到十发吧，有点想看主播直播 PUBG 了。"

"我预感工作室要连夜改游戏了。"

屏幕上出现一行鲜红的大字："恭喜通关。"

作为一名 PUBG 主播，他成了单机区第一个通关《古堡魅影》的人，铺天盖地的弹幕袭来。

"目瞪口呆。"

"直接从床上坐起来了！"

"通关是真实存在的吗？！"

"这就是传说中的暴力通关吧。"

蓝恒一如既往登上游戏，本想发送组队邀请，可瞄了一眼，Late 依然没上线。

他叹了口气，比赛后许成受万众瞩目参加平台间的主播比赛，赢了的 Late 却被流放到无人问津的单机区，这件事搁谁身上都不好受。

他打开 Late 的直播间，正想留言安慰两句，然而当他看到直播间的关注数时愣住了。

他明明记得昨天 Late 的关注数不过一万五，今天的关注数猛然增加到了两万，并且还在迅速增长，丝毫不比网站首页推荐位带来的流量少。

蓝恒心里不由得有些迷惑，单机玩家可以说是对游戏操作最挑剔的群体，PUBG 的主播在单机区向来不受欢迎，他差点以为自己点错了直播间。

沈迟通关后没有继续玩下去，因为厨房的粥熬好了，浓稠的粥在锅中翻滚，他放入牛肉、撒上葱花，三分钟后从锅里舀出一碗粥。

少年坐在桌边，喝着粥，满足地弯了弯眼。

他一边小口喝粥一边打开手机。今天赚了五百条小鱼干，翻开日历，正好到了给"心动小铺"续五百元月费的日子，他打开微信向客服转账。

屏幕上却弹出一条警告：对方账号异常，请勿向对方转账。

他疑惑地向严雪宵发了条消息。

沈迟："我刚准备向你们店续月费，结果收到提示说客服账号异常无法转账。你们最近是不是不能出售虚拟恋人了？"

过了一阵，对方问了句。

严雪宵："虚拟恋人？"

红头发的少年理所当然地问。

沈迟："你不是我租的虚拟女友吗？"

虚拟恋人？

严雪宵轻轻皱了皱眉，放下手中没看完的《现象学分析》。

严雪宵："你是因为买了虚拟女友服务才加我的？"

沈迟："客服给了你的微信号，我办的是月卡，一个月五百，一开始觉得还挺贵的，现在觉得还好。"

青年盯着屏幕若有所思，本来以为是只自己找上门的小狼崽，原来只是加错了人而已。

他的视线在五百元上停顿了一会儿，问了一句。

严雪宵："我就值五百？"

沈迟也没多想，回复道："我看客服朋友圈说店里还有一个月六百的，不过太贵了我没舍得买,你性价比高。"

对面一直没发来回复,少年不禁问了句。

沈迟:"客服的号被封了,我这个月的钱转给谁,不可能以后都不出售虚拟恋人了吧?我挺愿意和你说话的。"

对方终于回复了他。

严雪宵:"转我六百。"

看到发来的金额后,沈迟愣住了。

沈迟:"不是五百吗?"

对方平静地答了句。

严雪宵:"涨价了。"

CHAPTER 04

淤泥
第四章
深处

作为学校的教导主任,周五王老师一大早就拎着陈旧的牛皮包,风尘仆仆坐上大巴车去省城的教育局开会。

领导在台上讲话,王老师拿着笔做笔记,一旁省重点一中的老师笑他:"别记了,你每次来开会都认真记,你们学校出过一个重点本科吗?"

"今年肯定能出。"王老师没有理会旁人的嘲笑。

一旁的老师摇摇头,边城那种地方,学生质量出奇地差,但凡有点追求的老师都不会去,何况是这种不入流的复读班,更是一个重点本科的学生都没出过。

王老师开完会,从教育局回到学校,将月考成绩排名摆在办公桌上,他看着倒数第一的名字,走出办公室,叫住了正要从教室离开的沈迟:"你跟我过来一下。"

沈迟背上书包,走在王老师身后。

"这是你的月考成绩,你自己好好看看吧。"王老师把成绩排名递到沈迟面前,好让少年自己反省一下。

然而沈迟瞥了一眼便收回目光:"我赶时间。"

"总分七百分你加起来考了不到两百分,这不是会不会的问题了,这是学习态度问题。"王老师循循善诱道。

"上大学的确不是唯一的出路,但上大学可以给你选择的权利,让你可以选择过哪种生活,难道你想一辈子待在边城吗?"

少年沉默半晌:"要赚钱。"接着转身离开了。

王老师看着少年清瘦的背影浸在日光中投下黑暗的影子,像是与昏沉的地面融为一体。

沈迟走回居民楼，远远望见几个人在打架，他眼皮都没抬，戴上耳机继续向前走着。

来边城一个月，他对碰到打架的事已经习以为常了，只要不进医院都不是什么大事。

不过，准确来说这也不是打架，而是两个职高学生正对一个男生拳打脚踢，为首的一个学生踩在男生的脸上："只有三百？当我们哥俩好骗呢。"

另一人熟练地从男生衣服内侧口袋里搜出一叠钱："他明明有八百。"

"那是我母亲治病的钱。"地面上的男生挣扎着爬起来，可因为生得瘦小再次被踹到地上，发皱的校服上满是血污。

听到这句话，沈迟的脚步停住了，摘下耳机，冷冷地对着两个职高学生说："挡路了。"

一个职高学生转过身，明显是强横惯了，说道："挡什么路？"

可他的话还没说完，就被提起衣领狠狠地摔在了地上，胸腔传来剧烈的疼痛，让他动弹不得。

他刚想开口求饶时，对方似乎脱力了，他趁机从地面上翻身，扼住少年脆弱的咽喉，他们占据人数优势，局面登时逆转。

然而少年根本没管受制的咽喉，反而用一个重重的膝击将他重新摔在地上，肘部狠狠撞上他同伴的下巴。

这完全是不要命的打法。

那职高学生爬了起来，和他同伴对视了一眼，扔下钱迅速跑出了巷子。

沈迟拎起书包，看也没看地上的男生一眼，正要离开时听到后面传来小声的一句："沈迟，谢谢。"

"你怎么知道我名字？"他望向男生。

男生似乎不知道怎么回答，最后嗫嚅着开口："我是你的同学。"

见沈迟眼里透出困惑，他补充了一句："我是坐第一排的，今天还收过你作业，不过你没交。"

"没印象。"沈迟重新戴上耳机，冷漠地离开了。

两个职高男生一直跑到巷口才停下来，互相说着话。

"那个红毛看着面生，身上穿的外套是进修班发的，不知道是不是新转过去的。"

"今天回去打听打听，明天放学叫上人去门口堵，不信堵不到人。"

两人说着话往前走，迎头撞上燕深，燕深的脸上有一道显眼的疤，看起来整个人尤为凶狠，语气不善："敢找他麻烦试试？"

燕深凶名在外，两人顿时偃旗息鼓，头摇得跟拨浪鼓似的，忙否认道："不敢，不敢。"

望着两个职高的男生离开后，跟在燕深后鼻青脸肿的燕建国才小心翼翼跟上来："电脑我从二手店要回来了，还被老板揍了一顿。"

见燕深没理他，他问："那小红毛得罪的人还不少，你怎么那么照顾他？他是你朋友吧？"

"都跟你说了不是。"燕深一副不欲多谈的模样。

"那为什么？"燕建国心中的疑惑更深了，他还没见过他儿子这么维护一个人。

燕深没好气地瞪了他一眼："班上好不容易转来一个倒数第一，他要是出什么事转走了，我不又成倒数第一了？"

听了燕深的话，燕建国忙点头道："那是得好好护着。"

沈迟走到门前，面无表情地撕下门上贴的小广告，用钥匙打开门，将小广告揉成一团扔进垃圾桶，坐到桌前登上直播。

"今天就别玩解密游戏了吧？"

"求求玩 PUBG 吧。"

沈迟揉了揉出现发青的手腕，没有立即打开 PUBG，而是打开直播首页的跨平台主播赛事播放，然后离开座位上药。

他上完药才回到电脑前，第一局比赛已经进行到一半，许成代表小猫直播参赛，分数目前居于第一。

"许成有点本事。"

"去年小猫直播好像只拿到第七，今年感觉能进前三。"

"说不好，小猫直播毕竟不是大平台，其他平台有好几个退役的职业选手参赛，能拿个第五已经很不错了。"

"不知道 Late 怎么看。"

赛事直播是全景直播，解说时刻关注着战局："小猫队成功削减了两支队伍，转移进了圈中心地带，在山头占据了有利地位，海岛图刷圈排水[1]，下一圈大概率

---

1. 刷圈排水：指每一次刷新安全区后，系统将地图中有水的部分先排除到安全区之外，安全区内有水的部分会越来越少，直到几乎没有。

是'天命圈[1]',可以发挥占山为王的优势。"

"稳了!"

"许成这一把打得游刃有余。"

"排位赛练出来的吧,亚服能进前二十都不简单,难怪平台主推他。"

只有沈迟看着画面,拧开水瓶喝了口水,简简单单地说了句:"要输了。"

虽然小猫队成功清理了路面上的敌人,但没注意收集信息,身后正有一支队伍低调地进圈。

刚忙完考试的卢修平打开直播间正好听到这句话,他承认 Late 的技术是挺好的,但他忍不住发了句。

"不管是团队配合还是运气许成队都没问题,怎么可能会输? Late 打到亚服第十七位再评价吧。"

少年的声音没有丝毫波动:"不好意思,我亚服排名第十六。"

不少观众都是单机区这两天新增的观众,听到沈迟的话都是不信的。亚服成绩这么好不代表小猫直播参赛,还被流放到冷门的单机区?

卢修平也是这样认为的,虽然他只在首页上看到宣传许成亚服排位第十七的新闻,还没关注过 Late 的排位,但不管怎样他是不信的。

但当他打开亚服排名表,看见 Late 的名字赫然排在了许成的名字前,这人还真有评价的资格。

不过他还没来得及多想,眼睛紧紧地盯着屏幕,因为比赛中小猫队骤然被突袭了,队伍顷刻间被团灭。

连解说都没想到会出现这种情况,慢半拍地分析:"小猫队轻敌了,没注意观察身后,这波很可惜,如果细节再做得好点,应该不至于盲目冲下楼。"

弹幕一片哗然。

"这都输了?"

"接下来的几局小猫队怕是心态要崩。"

"刚看了亚服排名,主播真是亚服第十六,比许成还高一名,我还以为是想转型单机的小主播。"

卢修平心情复杂,这人明明实力更好,得到的待遇却和许成的天差地别,即便他是许成的粉丝,也不由觉得不公平。

---

1. 天命圈:指游戏中安全区始终刷新在自己身边的情况。

泽州的早上，亚当经过严雪宵宿舍时闻到了食物的香气，他忍不住敲了敲门。

青年走到门边，开了门。

亚当好奇地问："这么早就做饭吗？"

严雪宵在砂锅中加入豆腐，合上盖子轻声说："给小朋友做榜样。"

半小时后，手机那边的沈迟收到了严雪宵拍的视频，蟹黄豆腐煲在炉子上缓缓冒着气，金黄的料汁包裹住嫩滑的豆腐，上面撒有一层薄薄的葱花，看起来格外诱人。

原本专注地坐在电脑前玩游戏的少年摘下耳机，向厨房走去。

他不怎么会做饭，豆腐切得大小不一，有几块还碎了，炒蟹黄时忘了放料酒，想起来后往锅里放时还一不小心放多了，连忙把菜从锅中盛出来。

沈迟忙了半天，好歹做出了一份低配版的蟹黄豆腐，颜色没视频中鲜亮，却也看起来十分诱人。

少年准备吃饭前，像是想起什么似的，对着桌上的蟹黄豆腐拍了张照，发给了严雪宵。

沈迟："做出来了，有什么意见吗？"

已经在上课的严雪宵划开手机，看了一眼照片正要关闭，视线落到照片中少年露出的一截手腕上。

少年皮肤白皙，白得晃眼，但手腕上却有异常刺眼的淤青，明显是刚添上的新伤。

严雪宵的视线停了停，眯起狭长的眼，他静静地打字。

沈迟喝了口水，忽然间手机一振，收到了严雪宵发来的回复，他放下水杯拿起手机。

少年看到消息的一刹那有些心虚，像是闯了祸被家长抓包，水没来得及咽下去，还差点被呛到。

严雪宵："又和人打架了？"

少年知道严雪宵是关心他的伤，正想着要怎么解释，一条消息便又出现在了屏幕上。

严雪宵："伤口记得定时上药。"

沈迟吃完饭后继续直播，直到深夜十二点半才下播。结束直播后，他躺在床上闭上眼。

十月份的边城，气温骤降，裹挟着寒风，时常下起淅淅沥沥的雨，他盖的还是夏天的被子，即便睡在床上，手脚都是冰冷的。

沈迟下床将外套盖在了单薄的被子上，可还是觉得很冷，他把自己缩成一团取暖，浓密的睫毛在眼底覆下一小片阴影，看起来比平时要柔软。

夜晚，边城的县医院。

施梁仔细地给病床上的女人擦拭身体，虽然他自己的衣服也皱皱巴巴的，沾满了污渍，但还是柔声细气地说："您别担心，医药费已经交了。"

"又被欺负了吗？"女人担忧地问。

施梁立刻摇摇头："没有，今天没有受欺负，我同学帮了我。"

"那你明天要好谢谢他。"女人虚弱地咳了咳，"不能让别人觉得单亲家庭的孩子没有礼数。"

施梁重重点了点头，他在医院陪了妈妈一晚上，天刚亮就背上书包走向学校。

他经过学校旁的早点铺时多买了一份早饭，提着纸袋等在门边，一阵泛着凉意的风刮过，他裹了裹外套。

他看见一个红头发的少年步态懒散地背着书包从远处走来，他赶紧跑过去，将买好的早饭递给沈迟："昨天谢谢你了。"

沈迟没接，他想起早点摊上身形纤瘦的季妈，不经意地问："她是不是身体不好？"

施梁一时没反应过来，半天才意识到他说的是季妈，他迟疑地回忆道："应该没什么问题，对客人都是笑着的。"

沈迟听完，没接施梁递来的早饭，头也不回地向学校门口走去。

早自习后课代表收作业，英语课代表无奈地对沈迟说道："老师说你再不交作业就要请家长了。"

沈迟拉开座位的手一顿。

施梁立刻把自己的作业递到沈迟面前，悄声道："你抄我的吧，虽然不能保证全对，对个一大半还是没问题的，不用不好意思。"

听到施梁的话，一旁赶作业的庄州向施梁投去了同情的目光，果不其然，少年完全没有不好意思，他打开书包，直接把自己的作业扔给了施梁。

庄州本以为乖学生施梁会拒绝，可没想到的是，施梁立马听话地坐到前排抄写，活脱脱一个沈迟的小跟班。

庄州："……"

他只能酸溜溜地自己补作业，抬头望着鲜红的高考倒计时，不由得感叹："什么时候是个头啊,我还挺佩服燕深读了五年复读班。"

沈迟朝庄州望过来。

庄州见他感兴趣,低声说:"他考了五年都没考上,学校都懒得收学费了,资历比不少老师还老。"

认真抄着自己作业的施梁却说:"我倒希望时间能慢一点,复习的时间就多一点。听大人们说,如果考上大学,就不用去南方的工厂打工,每天坐在空调房里工资就能有三四千呢。"

说到最后一句话,施梁的语气里透着说不出的羡慕。

沈迟默然,在他原来的世界里,身边人的一双限量版球鞋价格便不止这个数,跑车、游艇是他们永恒不变的话题,不会有人为生计发愁。

大概是昨晚着凉了,沈迟的头昏昏沉沉的,他打开手机看了看棉被的价格,边城冬天温度低,一床质量好点的棉被要四五百,最终他没舍得买。

他坐在破旧的教室里握着手机,忽然发觉自己离燕城已经很遥远了,而他在边城过着以前从未想过的生活。

"形而上学作为对世界本质的研究,研究一切存在者,而心灵哲学以意识为研究对象,以笛卡尔思想为代表的实体二元论,认为名为心灵的幽灵作为物质的身体……"

教室里人并不多,导师脱稿在讲台上讲着课,从古典哲学一直讲到前沿的元伦理学,严雪宵静静地听着。

下课后,前面的金发女生正在打电话抱怨:"天气转凉了,都没法去海边游泳了,有空一定去西海岸度假,一年四季都是阳光。"

严雪宵打开手机,看了眼边城的气温,思考了一会儿,在店铺里上架了棉被。

亚当从椅子上站起来时,瞥见青年的屏幕,辨认出中文的意思后好奇地问:"你还在开店吗?"

青年摘下鼻梁上架着的金丝边眼睛,关掉手机屏幕"嗯"了声。

"生意怎么样?"亚当不禁问。

严雪宵淡淡答:"不太好。"

沈迟收到了养崽小店的上新提示,他点开页面,店铺上架了棉被,价格可以说是全网最低价,比他浏览的所有棉被都要低,可依然要三百元。

少年犹豫了一下,暂时关闭了页面。这家店的店主仿佛知道他心里所想,待他去楼道的饮水机处接水回来，再次打开页面后怔住了。

价格降到了二百三十元。

正好在他预算内，他担心棉被数量有限，没再思考就拍下了，确认了自己的联系方式和地址。

店铺大概是换了货源，邻城发货当天就到了，沈迟抱着厚厚的箱子费力地打开门。

他用小刀拆封快递，因为被子太便宜，他有些担心质量不好，但当他拆开快递后，就完全没这个顾虑了。

里面是一床柔软厚实的棉被，光是摸着指腹便有暖意传来，这足够让他过一个温暖的冬天了。

少年小心翼翼地把棉被铺在床上，吃了半包饼干，打开电脑登上网站。

平台间的比赛依然在进行，因为第一天的失利，小猫队一连两天状态低迷，不仅没有保持住去年比赛第七的排名，还落到了倒数第二，与倒数第一只差四分。

"主要是心态给打崩了，代表平台参赛，结果昨天开局直接被团灭，换谁也受不了。"

"许成今天也太自闭了，队长的状态不好直接影响整个队，我听队内语音觉得其他人都战战兢兢的。"

"他压力太大了吧，平台今年主推他，想在比赛中尽快取得成绩。虽然他的水平在小猫直播中算顶尖，但拿到其他平台便不那么出挑了，不知道平台会不会换替补上。"

"替补也要找得到才行，至少实力不能差太远。"

沈迟不在意地戴上耳机，登上游戏，正当他要开启游戏时，收到了一条来自小猫直播官方的消息。

小猫直播："你好，请问你有兴趣作为替补代表平台参加比赛吗？"

亚洲第一枪神："没兴趣。"

"哈哈，好直接的拒绝。"

"可以感受到仔仔多不耐烦了。"

"打替补吃力不讨好，已经倒数第二了，马上就要倒数第一，再打也打不出成绩，劝小破猫还是躺平接受倒数第一的成绩，也不是什么大事，一来二去就习惯了。"

对方大概是被沈迟噎了一下，过了好半天才组织好语言，重新发来消息。

小猫直播："如果你愿意作为替补上场，除了五千条小鱼干的奖励，还有首页推荐哟。"

"这个'哟'字就十分有意思。"

"看来平台是真的不想当倒数第一,连管理都开始卖萌了,还不如多奖励仔仔一点小鱼干。"

"首页推荐怎么听着这么耳熟?我记得没错的话,上次排位活动也说第一奖励首页推荐,结果奖励的是单机区首页,这事我能记一辈子。"

"希望仔仔面对小鱼干的诱惑能把持住。"

沈迟愣了下。

亚洲第一枪神:"再来一次单机首页?"

电脑那边的管理杭士奇欲哭无泪,他没来之前以为说服沈迟参加比赛是很简单的事。

虽然把沈迟放到单机区是他们理亏,可能代表平台参加比赛是多少小主播梦寐以求的机会,届时整个首页都会滚动播放赛事信息,但沈迟却丝毫没放在眼里,每句拒绝的话都噎得他说不出话来。

他在心里不由得责备起许成的表现,小猫直播虽没想过拿第一,但也不想拿倒数第一,要不是许成状态差,他也不用委曲求全地和沈迟打交道。

小猫直播:"当然不是单机区的推荐,是持续一周的网站首页推荐,其他PUBG的主播都没享受过这待遇。"

即便是许成,也不过上了三天首页推荐而已,杭士奇自认他开出的条件足够丰厚,对方的态度也没像之前那样坚决,似乎是在思考,好半天没发来回复。

他屏住呼吸等待着,终于等到了对方的消息。

亚洲第一枪神:"好。"

杭士奇不禁舒了口气,左右不过五千条小鱼干和不需要成本的推荐位而已,这对于平台来说不算什么。

毕竟还是个没见过什么世面的小主播,再怎么难打交道,眼界还是窄,换个人可能就要平台大出血了。

"这么轻易就原谅了吗?"

"一周首页推荐就是一周源源不断的小鱼干,在小鱼干面前仔仔的抵抗力为零。"

"众所周知仔仔的本体是小鱼干。"

"没毛病。"

杭士奇没再耽误工夫,急忙将沈迟安排上首页推荐位,又火速打赏了五千条小鱼干。

今天的比赛共有六局，明天最后一天也有六局，他正想通知对方什么时候参加比赛时，收到了对方发来的一条消息。

亚洲第一枪神："刚刚忘了说。"

杭士奇停下手中的动作，看着屏幕上的文字，心中突然升起不太好的预感，不会出什么变故吧，紧接着屏幕上浮现出一条消息。

亚洲第一枪神："这只是打一局的价格。"

只是一局的价？！

杭士奇看着屏幕愣住了，久久无言。联盟组织跨平台主播赛主要是为秋季赛提升人气，奖金其实没多少，冠军奖励才十二万，分到选手头上每人不过三万。

一局五千条小鱼干，距比赛结束还有十二局，沈迟张口就要六万。

他发现自己想得太天真了，对方哪里是眼界窄，完全是咬人要见血的狼崽儿。

他忍不住抱怨。

小猫直播："这也太贵了，冠军奖金才十二万，如果你刚才说的条件，我肯定不会同意。"

沈迟很快回复了他。

亚洲第一枪神："倒数第一了。"

杭士奇刚开始没反应过来沈迟在说什么，反应过来后不信邪地点开比赛直播，只不过是一局比赛的工夫，小猫队的比分竟然倒数第一了，他不得不忍痛答应了沈迟的条件。

比赛直播间中，方升泉和另一名解说卢凡戴着耳麦，面向观众坐在高脚椅上，对昨天的比赛进行回顾分析。

卢凡注意到小猫队更换了一名队员，委婉地开口："小猫队把许成换下了，替补队员和队伍缺乏磨合，实力也不如主力队员，这可能并不是一个好选择。"

直播间的弹幕也表示不满。

"许成亚服排名十七，为什么要换成一个名不见经传的小主播？"

"Late 的粉丝有话说，他是小主播我承认，但我家仔仔是亚服排名第十六。"

"亚服排名又不能说明一切，就算他真的实力比许成强，但 PUBG 又不是一个人的游戏，队伍配合不要了吗？"

第一局比赛还没开始，弹幕便吵得不可开交，而回到宿舍的严雪宵将暗灰色长风衣挂在进门的衣帽架上后，走到电脑前坐下，发了条弹幕。

"还会比倒数第一更差吗?"

直播间立刻安静了。

"好像说得也是。"

"已经倒数第一了,没有更差的余地了。"

"太真实了。"

方升泉对 Late 这个名字不陌生,前段时间小猫杯的解说就是由他担任的,他对 Late 的印象很深,知道换人说不定是打开局面的机会,故开口道:"替补实力不一定比主力差。"

卢凡心想,替补的实力要是强于主力就直接上场了,还当什么替补,不过方升泉毕竟是老资格的解说,当着镜头,他没有反驳方升泉。

第一局比赛开始,前三局都是海岛图,航线从东南方向经过 P 城再到海岛中心的山顶废墟,对各支队伍都比较友好。

除了小猫队。

"昨天海岛图的失利,小猫队除了不注意信息搜集,还有个失利的重要原因就是,训练的跳点 P 城被 TQ 占了,其他跳点也都有队伍,只能盲扎 Roll 点,运气不好落地就被团灭了。"方升泉点评道。

卢凡也点头:"TQ 有两名退役职业选手,实力高出小猫队一大截,小猫队想抢 P 城肯定是抢不到的,这局应该还是跳 Roll 点。"

可出乎他们意料的是,小猫队没有去和其他队伍抢跳点,而是选择在海边的野区跳下。

卢凡瞥了方升泉一眼,说道:"替补上场对队伍的影响还是挺大的,知道拼不过直接放弃了热门跳点。"

"野区资源养不活一个队。"

"这局是想上排名分吧,虽然在游戏里可以避战求生,不过比赛为了增强观赏度,获得击杀分才是重中之重。"

"也有可能是想避开前期不必要的战斗。"

方升泉没说话,只是皱着眉看着屏幕,他总觉得以 Late 的打法风格不会这么保守。

场上一共有十六支来自不同平台的队伍,一般只有两支队伍发生冲突时导播才会切镜头。

比赛已经过去十分钟,他没有发现小猫队的影子,只能从地图轨迹上推测他们是稳步向安全区推进。

"还真是在避战。"

"太谨慎了,倒数第二的雪狐队已经拿下四个人头分了,这么避战下去比分差距只会不断扩大,现在都差九分了。"

"是不是队伍磨合得不好?看得我好着急。"

"那还不如许成上场呢。"

屏幕前的杭士奇比小猫直播的观众还着急,他虽然是管理,可自己是不玩PUBG的,本以为排位高实力也不会差,可现在看来好像并不是这样,他后悔答应沈迟的条件了。

直播间的卢凡留意到分数:"小猫队至今为止还没拿下一个人头,之前就说过,不建议临场换将。"

方升泉却不是这个看法,场上十六支队伍,能毫无声息地避开所有队伍,便不是之前的阵容能做到的。

"卢凡还是有水平的,年纪轻脑子转得快,方老师年纪大了不够敏锐。"

"下场还是把许成换回来吧。"

"同意,我是为了小猫队才看比赛的,结果半天一个镜头也没有,感觉什么也没看到。"

"换回来!"

比赛圈慢慢缩小,经过几场激烈的战斗,场上只剩下十二支队伍,大家都收缩阵型等待下一次刷圈,比赛迎来难得的平静期。

画面上突然出现一辆飞驰而过的吉普车,载具速度快,很难用枪打中。

这辆车不仅大摇大摆地经过,还开喇叭鸣笛,只差没说出来"大爷我出来遛弯了",密密麻麻的子弹顿时朝这辆车射了过来。

偏偏这辆车走位极好,像是会预判般愣是一枪没被打中,从一旁呼啸而过。

吉普车在地图上晃晃悠悠转了一圈,枪声就没断过,几乎让所有队伍的位置都暴露出来了,使场上的队伍陷入一个很尴尬的境地。这些队伍都还没做好交火的准备,但眼见其他人就要打过来了,为了自身安全只好主动进攻,于是场上爆发出连绵不绝的枪声。

"车上是哪队的?也太缺德了!"

"小声,好像是我们小猫队的。"

"好吧……"

饶是卢凡解说过上百场比赛,看到这种操作也不禁目瞪口呆,哪一次比赛不是正正经经的,他还是第一次看到这么"野"的打法:"小猫队是自暴自弃了吗?"

"不。"方升泉望向屏幕，"他们准备收分了。"

小猫队的配合确实是个大问题，可以说没有直面场上任何一支队伍的实力，所以他们放弃了正面进攻，趁其他队伍交火时抢人头，能多抢一个是一个。

"他们怎么知道其他队伍的位置？"卢凡迷惑了，他对小猫队的印象还停留在上一局的"落地成盒"中。

方升泉淡然一笑，以指点的语气说："他们开局跳野区，除了避开前期战斗，也是给侦查留出空间，你没发现他们一直没有进行战斗吗？重心都放在收集信息上了。"

画面里，小猫队如同一把藏在暗处的匕首，稳稳地扎向敌人心脏，以惊人的速度从一分、两分、三分攀升至十二分，并且分数还在继续上升。

"方老师说准了，姜还是老的辣，卢凡经验少了，差点火候。"

"超过了雪狐队！"

"Late的实力是真的强，要是早点换他上场就好了，说不定能突破去年的第七，不用在倒数挣扎。"

"好歹是自家队，平台能不能放小猫队的视角？想看Late是怎么指挥的。"

眼看着一局比赛打完，小猫队的排名不再是倒数第一，杭士奇猛灌了自己几口水，提了一整场比赛的心终于放下了。

他忍不住想，贵还是有贵的好处，这不就把排名提上来了。接下来还有比赛，他忙不迭把今天的钱都转过去了。

六局比赛结束已经是深夜十二点，可比赛直播间中没有分毫冷清的气氛，大家对比分讨论得比第一天还要激烈。

"排名第七了，明天决赛能第六吗？"

"小破猫最好的成绩才第七，队伍欠缺磨合，感觉第六还是悬，期待一下前八。"

"可惜了，Late实力这么强只是作为替补登场，明明各方面都没短板，心态也比许成好。"

"许成以前埋头直播时挺好的，小猫杯年年都是第一，受平台力捧反而水平下降，不知道是不是膨胀了，看好Late。"

许成一言不发地关了电脑。

他低头看着自己生着薄茧的手，他从来没有膨胀过，只是以前打游戏从不会紧张，可在万众瞩目下比赛是不一样的。

因为承载了无数人的期望，所以每个失误都会被放大，如同走在薄薄的冰面上，他自嘲地一笑，他觉得 Late 也是如此。

红头发的少年揉了揉自己发酸的手腕，关了灯趴在床上数自己的小鱼干，数完后他盯着空荡荡的房间，发了一条消息。

沈迟："你睡了吗？"

他面无表情地等着回复，这个点对方大概睡了吧，即便没睡也应该在看书。他抿了抿薄薄的唇，正准备关掉手机，猝不及防收到了一句答复。

严雪宵："刚看完你比赛。"

少年的心重重一跳，黑暗中他的脸似乎在发烫。他钻进被子里，把自己藏得严严实实。

沈迟："我进被子了。"

沈迟："晚安。"

他发送完消息后便闭上了眼，过了一阵，又悄悄睁开眼瞥了下屏幕，一条消息出现在手机上。

严雪宵："晚安。"

少年心满意足地关了手机，在温暖的棉被里闭上了眼，张扬的红发软软地趴在脑袋上，睡着了。

另一边的严雪宵坐在桌前静静地看德文版的《费希特集》，作为康德与黑格尔理论之间的过渡者，费希特被太盛的光芒掩盖了名字。

严雪宵翻开下一页，"人的最终目的是使一切非理性的东西服从于自己，自由地按照自己固有的规律去驾驭一切非理性的东西"。

哲学是理性而冰冷的，他轻轻垂下眼睫，在空白的纸上画了只趴在被子里的小狼崽，不由得心生爱护之情。

第二天，比赛在晚上七点准时拉开帷幕，TQ 以 132 分高居第一，小猫队 87 分排第七，距离第六相差 30 分。

"追上去！"

"小猫队加油！"

"今天一定能进前六的。"

卢凡并不觉得小猫队能破往年的纪录，不算排名分的话，小猫队每局要比 TQ 多击杀五个人才能进第六。

不过当解说的一条重要原则是不能把话说满，所以他只是委婉地说："今年大平台的队伍都很强,普通平台想进前六挺难的。"

然而方升泉却转过头唱反调:"以我对 Late 的了解,小猫队进前六没有问题。"

卢凡语塞,不知道方升泉哪来的自信,可方升泉的话音刚落,弹幕便沸腾了,一副小猫队已经挺进前六的架势。

"上一次小猫杯也是方老师解说的吧,Late 的队伍后期追分是真的猛。"

"有方老师这句话我就安心了。"

"前六,稳了!"

电脑前的许成望着弹幕摇头,观众的期待太沉重,沉重到可以压垮一个人,更何况是初来乍到的 Late,重压之下,怎么可能不受影响。

他甚至隐隐盼望自己的预测成真,他想让观众知道 Late 不比他好到哪里去,他收起心中杂念,没再看比赛,而是专心直播练习枪法。

许成直播到晚上十一点半,恰好是最后一局比赛开始的时间,他点开比赛直播间,小猫队依然是第七,奇迹并未发生。

"前六的竞争太激烈了。"

"第七比倒数第一好很多了。"

"小猫队是不是撞上 TQ 了?"

"好像是的。"

许成看向画面,航线切在沙漠图的西北,TQ 改变跳点,小猫队一落地便与夺冠呼声最高的队伍 TQ 狭路相逢,这意味着第七也可能保不住了。

"Yan,你还记得我吗?"一个金发碧眼的白人男生等在教室外,语气中带了些许不好意思。

严雪宵看着他的眼睛开口:"卡尔·霍华德。"

卡尔松了口气,他之前和严雪宵同在一个小组工作过,可青年总是低头设计着模型,两人说话的机会不多,他说道:"谢谢你还记得我的名字,能去咖啡厅谈谈吗?不会耽误你太长时间的。"

严雪宵轻轻颔首,只是在不经意间看了眼表。

他们走到 Nassau 大街的一间咖啡馆坐下,老板免费送了他们两杯美式咖啡,对严雪宵说道:"有段时间没来兼职了。"

严雪宵说了声:"谢谢,最近忙。"

"有空多来坐坐。"

老板笑了笑,转身招呼其他客人,待老板走后,卡尔才腼腆开口:"我上次听见你在提醒瑞文原油有风险，方便问下你对原油价格的看法吗？"

新闻上都在说不出意外，出口方会与国际石油组织达成减产协议，即便协议还未正式签订，颓废数月的原油价格已经创了新高。

组长瑞文已经提前买入数十万美元的原油期货，预期可获利超百万，他在犹豫要不要也跟着买入。

他面前的青年轻抿了口咖啡，斩钉截铁地道："协议不可能达成。"

"为什么？"卡尔不由得问，"原油减产价格提升，这对双方都有好处。"

青年的声音听不到波动："出口方的国家财政收入依赖石油出口，限产会对收入造成影响，不过这只是次要原因，更重要的是 A 国页岩油会吃掉减下的市场份额。"

听到最后一句话，卡尔打开网站查找这两个月以来的国际石油的进出口数据，过去的一个月里出口方原油减产空出产量，但 A 国页岩油产量果然在增加，这无疑指向了一个结论——协议不会达成。

青年这时也打开了电脑，卡尔合上笔记本后不由得好奇地问："你在看论文吗？"

"在看游戏直播。"

因为落地遭遇 TQ 队，小猫队迅速减员三人，存活下来的只有 Late 一人。

"窒息，死亡开局。"

"不说第六了，能保住第七吗？"

"说实话有点难，这个分数段差距都不大，明年再来吧。"

沈迟不知道弹幕的讨论，倘若他知道也不会在意，他只是耐心地隐匿在楼顶。

"这个位置有点危险。"

"TQ 在沿圈边清理'独狼'了，马上就要清到这边，还是先转移进安全区比较好。"

"'独狼'需要谨慎。"

"运气好进前十就能拿排名分了。"

可沈迟依然没有前进的打算，甚至打开六倍镜，将准星对准了 TQ 落单的队员。

他眯了眯眼，为了避免潜在的敌人边走边跳跃不好打，默默在心中计算。

"挑 TQ 的人打？仔仔是真的很记仇了。"

"看距离有七百米，Late 能打中吗？"

"Late 千里狙击了解一下。"

"对面是有两名前职业选手的 TQ，和平时直播还是不一样的，我感觉这么打还是太冒险了。"

解说席上的卢凡点评道："心态有点急了。"

"那倒不一定。"方升泉虽然也不看好这次狙击，但他仍对从开播便看好的小猫队存有一丝乐观。

沈迟的呼吸轻得微不可察，耳机里只能听见游戏的声音，他缓缓移动 98K 的枪口，无比专注地握紧鼠标。

他能清晰地感到身体的每一块肌肉都在被牵扯，后背早已浸湿一片，如同绷得紧紧的弦，"叭"的一声，一枪击倒对手。

"这也太厉害了。"

"对面可是退役职业选手，不管这局有没有拿第七，这操作都可以说出去夸一辈子了。"

"仔仔怎么这么棒！"

"被'圈粉'了。"

方升泉微微松了口气，开口道："'独狼'的优势在于行动无法估摸，和我想的一样，Late 很好地利用了自己枪法好的优势，这样势必会给对手带来很强的震慑力，有希望争第六。"

卢凡本想反驳，可想了想小猫队这两天的表现，顿时什么也不敢说了。

事实证明他没说是正确的，因为在接下来的时间里，独自一人存活的 Late 在隐蔽处狙击了一个又一个人，还创造了单人最高击杀数纪录。

卢凡看着比赛画面，甚至觉得此时 Late 比在队伍中时表现得更好，以至于让原本夺冠没有悬念的 TQ 不得不打起精神保分，Late 一个人比一整支队伍的压迫力还强。

比赛结束，虽然 TQ 是冠军，但小猫直播排名第一次挤进了前五，平台方欢欣鼓舞得像是自己得了第一似的，恨不得在首页挂满宣传图文，不过后面确实也这么做了。

"第五搞得比第一还有排面。"

"TQ 去年也是冠军，小破猫第一次进前五，可不乐得跟范进中举一样，管理员别封我号。"

"昨天小猫队还是倒数第一，谁能想到今天就第五了。"

"看完比赛只想说，Late 厉害！"

许成没想到 Late 今天的表现比昨天还要好，他看着弹幕，胸口发堵，像是所有人都在嘲笑他的失利。他默默地点开 Late 的头像。

许成:"你不会受观众的影响吗?"

对方似乎不理解这个问题的意义,反问了他一句。

亚洲第一枪神:"为什么会受影响?"

许成这才意识到,对方眼里只有游戏,只专心打游戏,反观自己太在意外界,才会患得患失,游戏本该只是游戏。

他第一次承认自己输了,对面的少年注定会有比他更广阔的发展空间,他没有再看比赛,而是把注意力重新放回枯燥的压枪练习上。

卡尔不懂中文,他望着晦涩的字符问:"你关注的主播打得很好吗?"

严雪宵抿了口咖啡:"第五。"

卡尔对第五名没什么概念,只是"哦"了声,可青年的视线依然注视着他,他只能硬着头皮夸:"很厉害。"

"还行。"严雪宵收回了目光,语气淡淡的。

但卡尔分明看见了青年的嘴角浮现出极浅的笑意,他推测 Yan 一定是这名主播的粉丝。

他们结束谈话,卡尔装上笔记本电脑正要往外走时,望见 Yan 在咖啡底压了一张十美元才站起身。即便老板说免费,但 Yan 依然付了两杯咖啡的钱。

卡尔忍不住想,这样的人表面看着温和,实则很难接近。

结束比赛的沈迟坐在电脑前,一天六局高强度的比赛让他的眼底现出乌青,手腕脱力到连抬手都困难,只能趴在电脑前休息。

他仰头看着屏幕,直播间的关注数瞬间从两万增长到了三万,剩余的小鱼干也到账了,他顿时感觉身体也没那么疲惫了。

沈迟正打算关掉电脑,一条消息出现在了他面前。

SWL 战队:"你好,看到你今天的比赛打得很出色,冒昧问一句,你愿意参加我们战队的青训营考核吗?如果通过考核,可以成为青训营正式队员。"

他没有关直播,当这条消息出现在屏幕上时,直播间沸腾了。

"豪门战队!进青训营要求都很严格。"

"仔仔已经成年了吧?如果想走职业的话,SWL 真的是最好的选择,如今不少明星选手都是 SWL 培养出来的。"

"不夸张地说,SWL 是联盟中的黄埔军校。"

"仔仔快答应。"

"这还有不答应的吗?"

可沈迟却强撑着坐直身体,盯了很长时间屏幕,最后垂下头,回复了一句。

亚洲第一枪神:"不愿意。"

"拒绝了?!"

"不想打职业吗?可我觉得仔仔有打职业的实力,今天TQ不是就有两名前职业选手吗?还差点被一打四。"

"好可惜,第一次见SWL主动伸出橄榄枝,竟然被这么拒绝了。"

少年垂下眸,一言不发地关了电脑,他关了灯躺到床上,将六万元转给了沈家。

燕城的别墅里,裹着披肩的女人望着手机上收到的转账消息,微微蹙了蹙眉,自言自语了一句:"六万。"

"什么六万?"季舒停下笔问。

"没什么。"沈夫人摇头,"学好难,学坏容易,你可千万不要为了钱做违法乱纪的事。不好好读书想着赚快钱,有的活儿看上去赚钱快,其实一辈子就完了,最后谁也不会同情。"

季舒眼里流露出疑惑,他当然不会为了区区六万元违法,他全身上下的穿着配饰便不止六万元。他压下心底的疑惑,继续在明亮的书房里做试卷。

另一边的沈迟睡在出租屋的床上,把自己严严实实地裹在被子里,忽然手机一振。

他神情不耐地划开手机,连脑袋上的红头发仿佛都翘起来几根,可看到名字后红毛立马安静地趴下了。

严雪宵:"为什么不去SWL?"

如果换作其他人,沈迟大概只会冷冷地说一句"不想去",可严雪宵问得太温柔,他缓缓把"不想去"这三个字删了,重新输入一条答复。

沈迟:"工资少。"

PUBG国服一直没通过审核,比赛拉不到赞助商,游戏热度也越来越低,除了顶尖的明星选手,普通的职业选手光是生存都成问题,更何况是青训营。

青训营的成员不是正式队员,不能上场,没有曝光,只有日复一日的练习,他不怕练习,但是他怕没钱。

对方问了一句。

严雪宵:"你很缺钱?"

虽然他确实没钱,四块五的酱肉丝饼在他眼中都是贵的,可少年人面子薄,他仍忍不住反驳。

沈迟:"有钱也没什么好的,我最烦有钱人,以后找女朋友我也不希望她家里太有钱,周末能一起吃酱肉丝饼就很好了。"

少年想起来问了句。

沈迟:"你家里应该没有钱吧?"

隔了一阵,对方静静发来一句。

严雪宵:"没有。"

对方一边上学一边辛苦兼职,果然家里没什么钱,沈迟握手机的手松了松,联想到自己上一句话,立马解释。

沈迟:"我没别的意思,我就问一下。"

说完他按灭手机,睡在了柔软温暖的被子里。

因为在实验室写报告错过了决赛,卢修平神采奕奕地看完比赛重播,坐在电脑前没有睡,浏览着论坛上的赛事帖子,其中一条吸引了他的注意。

【奶绿半冰】好奇Late为什么不参加SWL青训营试训?

底下跟帖者众多。

【雪媚娘】试训不一定能通过吧,只是提供一个机会,SWL的选拔还是很严格的,只挑有顶尖天赋的。

【奶球酥】要是去了没选上岂不是很尴尬,而且众所周知线上赛'水份'大。

【起司蛋糕】说开挂的大可不必,他每天直播五小时,也没见有人找到他开挂的证据,水平基本能保持稳定。不过职业比赛竞争大是真的,一般的主播没这个实力,还不如专心直播。

卢修平看着帖子不禁摇头,在直播中他能感受到Late对游戏的热爱,他不相信这样的人会不想打职业,他倒不觉得是Late实力不够,或许是有其他原因。

在接下来的一周,沈迟依然如往常般直播,由于上了首页推荐,他总会直播到深夜,眼底带着淡淡的黑眼圈,白天趴在课桌上补觉。

庄州对沈迟的补觉行为已经司空见惯,只是他在课本上画画时忍不住想,游戏主播还真是拿命挣钱的职业,生物钟不是一般人能适应的。

他刚给课本上的杜甫画上摩托车,身边的人忽然抬起头,红发在脑袋上翘了起来:"下周是十四号。"

庄州愣了愣:"是十四号没错。"

中秋节上个月过了,国庆节月初放了,他不记得十月十四日是什么重要的日子。

沈迟打开手机,打开严雪宵的朋友圈,里面只有一条朋友圈,前年的十月十四日拍了一张朴素的生日蛋糕,可以看出是一个人孤孤单单地过生日。

少年盯着照片问庄州:"你说女孩子喜欢什么样的生日礼物?"

这个问题可把庄州难倒了,除了收作业时和课代表耍赖,他这辈子就没和女生说过几句话,他只好代入自己回答:"机械键盘吧。"

他做梦都想有人送自己一个玩游戏的机械键盘,最好还是有背光的。

施梁把抄好的作业递到沈迟手边,细声细语地反驳:"又不是每个人都喜欢游戏。"

庄州不由得问:"那你觉得女孩子会喜欢什么?"

施梁很有经验地开口:"全套《五年高考三年模拟》。"说完他推了推鼻梁上的眼镜,又补充了一句,"《新教材完全解读》也是可以的。"

沈迟若有所思地点头。

坐在走廊侧边的燕深抽了抽嘴角,实在听不下去了,回头对三个人说道:"先了解对方的喜好。"

"对啊。"庄州如梦初醒,"那个女孩子平时喜欢什么?"

听到庄州的话,沈迟忽然才发现他对严雪宵根本不了解,回忆着说道:"她喜欢看书。"

"要不送一个笔记本吧?"施梁提议,"现在有许多漂亮的笔记本,都挺受女孩子欢迎的,省城的商场应该有卖的,只不过价格有点贵。"

沈迟没说话,他拿出手机查看银行账户。

一周的首页推荐挣了两万七千元,他一分不留地还给了沈家,加上之前还的钱,他还欠沈家九十一万。

他手头有一千三百元,买菜要五百,水电气费要两百,那还有足足五百元,应该可以买份生日礼物吧。

放学后,三个男生鬼鬼祟祟地站在了一家装潢少女感十足的店铺前。

整间店铺冒着粉色泡泡,连墙纸都是淡粉色的,门框用白色蕾丝装饰,出入的都是打扮甜美可爱的女生。

"你去。"沈迟看向庄州。

庄州立马揉揉施梁的胳膊:"你去吧。"

施梁为难地看了眼店铺,实在没有独自进去的勇气,看表情都要哭出来了。

正在三人你推我我推你之际,店铺的老板终于忍不住说:"要进来就进来,别害羞,不进来别挡路。"

三个男生强装镇定地进了店。

对于选购漂亮的本子,庄州是没什么发言权的,在他眼里本子长得都差不多,还是施梁有经验,说道:"这个本子是仿皮的,摸起来舒服;这个牌子的纸质好,不会晕墨,性价比也高。"

施梁说得头头是道,庄州虽然听不懂,但是觉得施梁说得很有道理。本子好像各有各的好处,庄州不禁问沈迟:"你买哪种呢?"

红头发的少年挑眉:"最贵的。"

庄州:"还真是好直接的消费观……"

因为是国外进口的本子,一个就要三百八十元,庄州知道沈迟向来省吃俭用,没想到给别人花钱这么大方,故而问:"她是你在燕城的朋友吗?"

"网上认识的。"沈迟说着付了钱。

庄州的脑子里迅速闪过浏览器上看过的社会新闻,不由得提醒:"网上交友可得小心,我前天才看到一个新闻说是网恋女友,见面后发现是个大妈……"

少年冷冷地开口道:"少看这种新闻。"

庄州只好住嘴。

沈迟提着包装好的礼物回到房子,他坐在椅子上没有立刻直播,而是打开微信,深吸了一口气缓缓打字。

沈迟:"你住哪儿?"

对方似乎知道他想说什么,隔了片刻发来回复。

严雪宵:"邮费太贵。"

沈迟没给人寄过东西,他上网查了查,他买的东西比较轻,即使寄到南方也才三十元,是他能承受得起的价格。

沈迟:"我给你寄的东西不重,邮费不是很贵。"

手机那边的严雪宵看了阵屏幕,给少年发过去一个国内地址,接着拨通了一个电话。

官山接到严雪宵电话时,他刚做完一场手术,说道:"你今天怎么突然想起找我了?上次说好回国请我吃饭也还没有请成,难不成现在是良心发现了?"

电话那边的青年平淡地回答道:"帮我收份礼物。"

官山没忘记十月十四是严雪宵的生日,严家如日中天,哪怕严雪宵不在国内,每年收到的礼物也有成百上千件,件件都价值不菲,还有不少人想送却送不出去。

但严雪宵从没把那些礼物放在眼中,甚至对过生日也没什么兴趣,唯一的例外便是第一年与家人决裂去普大读研时,给自己买了一个生日蛋糕。

官山不禁问:"是很贵重的礼物吗?"

对面的人顿了顿答道:"是很珍贵的心意。"

官山不知道这两者有什么区别,反正就是贵呗,官家和严家是故交,严家还没发家时两家就是邻居。

于是他一口答应了下来。

周四,官山收到了一份来自边城的快递,他拆开快递包装准备寄往 A 国,可拆开后愣住了,和他想象中昂贵的礼物不同,这只是一份廉价的礼物。

十月十四日的早上,卡尔照常早起,他拿起手机浏览今天的财经新闻,首页明晃晃的大字写着——原油价格跳水。

因为减产协议最终没有签订,原油价格已经不止跳水了,可以说是崩盘,原油期货强行交割,一桶石油不到二十美元。

他可以想象瑞文有多大损失了,作为数学系学生,瑞文一直坚信价格是可量化的,可金融市场本身就有随机漫步一说,特别是前途未明时,计算精确如机器般的人也难以预判。

卡尔上周差一点就大批量买入原油期货了,此时他的心里忍不住有些后怕。他想向 Yan 道谢,于是走到严雪宵的宿舍门前敲了敲门。

门开了。

他走进宿舍,第一眼看见的便是好多哲学原典,不仅有拉丁文书,还有德文书,而青年正在拆一个千里迢迢寄来的包裹。

对于这点他并不奇怪,他认识不少外国朋友,家里边总会寄来一些家乡的传统食物,或者是手工制作的礼物。

可令他意外的是,包裹里的东西既不是食物,也不是手工艺品,甚至都不是 H 国的。

包裹中是一个产自 A 国的小牛皮笔记本,系着粉红色的软绸蝴蝶结。

这是出口转内销?

卡尔眼里流露出惊讶,好奇地问:"好可爱的本子,是你朋友送的吗?"

严雪宵的视线从粉红色的蝴蝶结上移开，语气平静地回答："家里小孩寄来的。"

卡尔没再多问，Yan 的宿舍都是冷色调，以青年的品位这个本子他大概是不会用的，卡尔对他表示了感谢便转身离开了。

离开前他停住脚步问了句："你这次做空期货应该能赚不少，冒昧问一句，你之前投了多少钱？"

"不多。"青年回了句。

卡尔不免可惜，不过他设身处地想了想，人总会下意识地规避风险，虽然知道原油价格会下滑，但让他拿出大部分资金做空还是不太敢的。

他打开门时听到青年又说了句："五万美元而已。"

卡尔愣住了，五万美元不多，可也不少了，这意味着这次获利至少数十万美元，他回头向 Yan 望去，青年的神情依然淡淡的，他压住内心的震惊走出了宿舍。

青年翻开小牛皮笔记本，在上面画了一只叼着本子过来的小狼崽，看了一阵，正要合上笔帽时停住，又提起笔在第二页画了一个竖着狼耳朵的少年。

少年的面容却是空白的。

燕城，严氏旧邸。

庭院引水入山，曲径通幽，湖岸线长至千米，湖面灯光通明。

林斯年压下心里的忐忑步入门厅，他不是第一次来，可每一次都忍不住放缓脚步欣赏，然而即便是这样一座园子，严家也只是宴请宾客时使用，实力可见一斑。

即便严雪宵还在国外未归，前来庆生的人仍络绎不绝，也没有人敢有意见，因为严家当今的家主是严照。

就在这个时候，他望见一个四十多岁的中年人站在阁楼上，慢了半拍才反应过来，那个人就是严照。

和他母亲口中手腕强硬的商界大鳄不同，严照的面相说得上斯文，眼里总是带着笑意，身边高大的严济看起来倒更有家主的气势，可正是如此文质彬彬的严照，将严家推上了如今的地位。

他再望去时，人已经在众人的簇拥下离开了。

他母亲在一旁感叹："像严照这样的人物，严家再出一个怕是要更上一层楼了。"

林斯年忙低下头，他不敢告诉母亲的是，梦里的严雪宵能力比起严照，有过之而无不及。

正厅里人多，他端了一杯酒出门透气。

经过偏厅时，他忽然被一个打扮华贵的女人叫住了："你是斯年吧？我是你母亲的朋友，小舒过来和哥哥打个招呼，你斯年哥哥可是考上了燕大物理系的'学霸'。"

　　季舒局促地朝他敬了杯酒。

　　林斯年认出了沈夫人，沈家在西北是首富，但是实力放到燕城便不够看了，他知道母亲不喜欢沈家，故而只是礼貌地点了点头。

　　他准备转身离去，忽然想到上次严雪宵问了句沈迟，他不知道这两个不同世界的人为什么会有交集，不由得问了句："沈迟还在燕城上学吗？"

　　沈夫人明显没料到他会问这个问题，一向优雅端庄的面容僵了两秒，不过很快恢复了镇定，说道："他目前在边城的成人进修班复读。就算他不在我们身边，我们也会提供给他良好的教育条件。"

　　林斯年终于知道为什么母亲不待见沈夫人了——边城是什么地方大家都知道，教育条件又能有多好，何必把抛弃说得如此冠冕堂皇。

　　而且他在梦里梦到过她所提及的这个学校，名不见经传的末流学校突然登上热搜，原因是学校里出了一个杀人犯。

　　"这次考试我们班的成绩又很不理想。"王老师拿着一摞厚厚的试卷站在讲台前叹气，"照这样下去，没一个人能上本科。"

　　他将试卷递给课代表，看着排名，语气里有一丝严厉："特别是倒数第一的沈迟同学，七科加起来不到两百分，倒数第二的燕深都考了三百四十分，你是不是该反思下自己呢？"

　　他还是第一次当众批评一个人，话音落下，全班同学都不禁向后排的少年看过去。

　　补了一天觉的沈迟刚从课桌上爬起来，默写着枪械数据，英语课本的空白处密密麻麻地写满了数字。

　　下午放学，他从座位上坐起来，坐他旁边的燕深临走前突然扔给他一本手写的小册子，册子上写着《提分宝典》。

　　沈迟坐回位置上，翻开册子。

　　庄州也被"提分宝典"这个名字吸引，忍不住偷偷瞄向册子，想学习学习经验，然而当他看清内容后心情十分复杂，果然，他就不该对倒数第二的学习资料抱什么期待。

　　第一页上工工整整地写着一段话——三长一短选最短，三短一长选最长，长度不一就选 B，参差不齐就选 D。

沈迟面无表情地合上了册子。

一旁帮沈迟收拾书包的施梁看着册子疑惑地问："不过燕深怎么会给你传授学习经验，我感觉他一直独来独往的，班上的人都不敢和他玩。"

"这个我知道。"庄州很有经验地回答，"沈迟来之前他一直是倒数第一。估计他第一次碰见成绩比自己还差的，怕你被老王批评后自尊心受不了退学了，他又成了倒数第一。"

别说燕深了，有沈迟兜底，他每次的考试压力都小了不少。

虽然庄州觉得自己说的是实话，可看到沈迟冷冰冰的眼神望了过来，他迅速转开话题："倒数没什么不好，反正班里第一名都未必能考上大学。"

"不过如果能考上，我想考燕城美院。"提到未来，庄州的眼睛里浮现出期待。

施梁把收拾好的书包递到沈迟手中，语气里也满是憧憬："我倒没有想考的大学，不过可以的话，希望是大城市的学校，毕业留在大城市，把母亲接到大医院看病。"

沈迟只是接过书包，一言不发地站起身。

庄州问了他一句："你想过你的未来吗？"

沈迟握紧手中的书包肩带，微微垂着头，发梢遮住琥珀色的瞳孔，一言不发。

当女人知道他不是自己亲生的孩子后，一次次把他扔在机场，他总能找到办法回去，最后一次，女人把他丢在火车站，他坐在椅子上，仰头看向衣着华贵的女人。

女人冷静地对他说："沈迟，不要用这种眼神看我，如果没有这场意外，你会在边城的贫民区长大，是沈家养了你十八年，你以为自己可怜？不，可怜的是我的孩子，被你偷走人生，不过乔木始终是乔木，后半句话你应该不想听。"

少年收回思绪，抬起头："没有。"

他没想过自己的未来，只想快点还完钱，至于是在边城还是在燕城，没什么差别。

他的人生不会更烂了。

沈迟提上书包，走出了教室。

学校对面新开了一家甜品店，他只是途经店门，便闻到了草莓蛋糕酸甜的香气裹在风中，闻起来就很好吃。

少年不禁停住脚步，可是看了眼蛋糕的价格又继续目视前方向走了。

因为昨天直播得太晚，整个白天沈迟昏昏沉沉的，他走回房子打开手机才想起来，还没有对严雪宵说声"生日快乐"。

严雪宵放下书接通了一个电话，电话里传来严照的声音："你今天没回来，我很失望。我知道你不喜欢应酬，但你要明白，你现在之所以还能学毫无用处的哲学，是因为你生在严家。"

青年神色平静地挂断电话，继续翻开书阅读，只不过翻页的时间比平时要长。

手机屏幕上出现一条语音消息，他皱着眉拿起手机，看清发信人后，青年蹙起的眉渐渐舒缓，划开消息。

少年的声音在手机里悠扬地响起，仿佛近在耳边，清晰得能听见细微的喘气声："生日快乐，你今天吃生日蛋糕了吗？推荐草莓味的。"

他并没有过生日的打算。

严雪宵情绪不明地放下手机。

那边的沈迟一直没收到严雪宵的回复，他敏锐地察觉到对方好像不太开心，他不知道是不是自己说错话了，盯着手机发呆。

他关了手机开始直播，临到十二点，即将下播时门外骤然响起了一阵敲门声。

"怎么突然有人敲门！"

"大半夜的我开始慌了。"

"仔仔一个人在家要保护好自己。"

"仔仔看屏幕！不要直接开门，先通过猫眼看看是什么人，再决定要不要开。"

沈迟摘下了耳机，身上揣了把小刀，谨慎地走到门边，透过猫眼观察门外。

门外是一个穿着蓝色制服的配送员，他打开门，配送员立即从配送箱里拿出一个蛋糕："您好，请签收一下您的蛋糕。"

沈迟冷声回道："我没买蛋糕。"

"是您朋友送你的。"配送员将蛋糕递给他。

沈迟接了蛋糕放到桌上，蛋糕是一家连锁蛋糕品牌做的，据说因为味道好开到了国外。

他拆开外包装，一张小卡片从中掉了出来，卡片上的订购人写着严雪宵的名字，沈迟后知后觉地意识到，这是对方生日请客的蛋糕。

他的视线很快从卡片移到了蛋糕上，奶油细密，顶层铺着满满的新鲜草莓，看起来比今天在店外看到的更好吃。

少年忍不住拿起勺子，吃了一小口草莓蛋糕，当松软的蛋糕在舌尖上化开时，他满足地弯了弯眼。

大洋彼岸的严雪宵静静坐在桌前，同样也在吃草莓蛋糕。

生日蛋糕足足有八寸，沈迟没能全部吃完，他小心地把剩下的蛋糕装好放进冰箱，明天还可以吃。

少年光洁的脸颊上还残留着一丝奶油，他想问问对方喜不喜欢自己的礼物。

沈迟："你收到我的礼物了吗？"

可隔了一阵，他收到的回复却是一句。

严雪宵："很喜欢。"

他松了口气，准备关掉手机时，对方忽然发来一张照片，他点开照片后怔住了。

照片里是他送的本子，内页上用钢笔画了一只叼书本的小狼崽，全身上下都是毛茸茸的，耳朵竖得尖尖的。

不知道为什么，这小狼崽看起来莫名熟悉。

少年盯了一会儿屏幕，下意识地保存了照片。

次日七点，早自习。

许多人来不及吃早饭，都会买了早饭带到教室里吃，庄州也不例外，他把课本立在桌上，偷偷吃牛肉锅盔。

沈迟是最后一个到教室的，他走到位置上坐下，拉开书包，庄州知道他每天都要从家里带瓶牛奶，还是边城没有卖的国外牌子。

可今天沈迟打开书包，书包里却没有牛奶，似乎是忘带了，庄州询问："要不要出去买牛奶？"

少年默默思考，他身上只有四百，一瓶牛奶要四块五，还是在养崽小店打折时买划算。

他重新拉好拉链："不用。"

庄州便没多说，吃完牛肉锅盔，一边补作业一边跟着语文课代表早读古诗文。

沈迟趴在课桌上补觉，放学后他拎上书包走出校门，经过一条巷子时，脸上的笑意消失殆尽。

两个穿职高校服的男生正堵着施梁，施梁生得矮小，身板比女生看起来还要单薄，一个男生很轻易地拎起施梁的衣领："到底给不给钱？"

施梁的脖子被捏出深深的印痕，可仍未点头，男生失去耐心，正要将点燃的烟头往施梁脸上烫，身边的同伴匆忙拉住他："有人来了。"

"你管人来不来。"他丝毫没有在意。

"是那个小红毛。"同伴紧张地对他说。

男生的手抖了抖，别说燕深打过招呼，就算燕深没打招呼，他也不想和沈迟对上，沈迟这人打架太凶了。

施梁震惊地看着之前还面色凶狠的两个人落荒而逃，他整理了下自己的衣领，大口大口地喘气："谢谢。"

沈迟注视着他："他们为什么找你要钱？"

"我母亲在医院化疗，我哥在外地打工，家里的钱都是我保管。"施梁回答，忽然不安地问，"他们以后不会找你麻烦吧？"

"他们不敢。"

少年戴上耳机，继续向前走。

施梁望着少年瘦高的背影，在心底再一次说了句"谢谢"，他把脸上的血迹擦了擦，走向医院。

可再怎么擦依然有痕迹，病床上的母亲担忧地望着他："是不是又被欺负了？"

"没有。"他慌忙摇头，"有同学帮了我。"

"是上次那个同学吗？"母亲问。

施梁小声地"嗯"了一声。

"那要好好谢谢人家，家里值钱的东西都卖完了。"母亲看向手上的插管神色晦暗，像想起什么似的开口，"你舅妈送了一筐橘子过来，还一个没动，你给你同学送过去吧。"

施梁眼神带着亮光，点了点头。

沈迟早已回到房间，坐在电脑前登上直播，将直播间名字改为"冲刺亚服前十"，开启排位赛。

"亚服前十！"

"我记得仔仔之前说不打排位，要打就打亚服前十，没想到前十近在眼前了。"

"突然想起了欠小鱼干跑路的余声，真想让他看看亚服前五十算什么，我们仔仔要冲刺亚服前十了。"

这个游戏越到高分段竞争越激烈，沈迟也不能保证一定会胜利，他只能让自己专注在每一局游戏中，不敢有丝毫松懈。

雨林图由于地图小、节奏快，在前期是上分利器，可到后期也成了弊端，对手实力差距小，运气不好，指不定就"落地成盒"了。

蓝恒忍不住问："要不跳野区吧？"

"很真实了。"

"有这反应的是打排位的我没错了。"

"我家仔仔排位还没跳过野区。"

"谁叫老蓝害怕呢。"

雨林图物资丰富，即便跳野区资源也不少，只是搜集要费时间，不过胜在安全，故沈迟没什么意见，点击跟随蓝恒跳伞。

他们跳在了萨米东面的海边，有三四栋茅草屋，他进到屋中拿了把QBZ步枪。

"这把枪不错的，我用过，很稳定。"

"只能说满配不错，不是高配置还是不太行。射速太慢，对于中远距离的射击来说很吃亏。"

"雨林图也不大，近距离够用就行了。"

野区发育慢，屏幕上传来其他人的击杀信息，蓝恒在掩体后观察："前面好像是苏柏，他加入了一个职业选手的组排队伍，队伍里至少有两名职业选手。"

排位赛难度高，因为打得小心翼翼，也不如娱乐赛精彩，不少主播直接找职业选手带自己上分，苏柏便是其中之一。

见少年没什么反应，蓝恒提醒道："苏柏自己也是平台大主播，订阅人数超过五十万。"

"前面的队伍有两名职业选手和一名主播，虽然顶尖的职业选手不会有时间来带人上分，可就算是普通职业选手，这个阵容无疑也是可怕的，不是我们能打过的。"

他言下之意是别招惹，Late似乎也听进去了，瞄着镜头没有反驳。

蓝恒松了口气，他开口道："那我们换北面转移进圈，路边正好有车。"

"别说老蓝害怕了，换我我也害怕。"

"避开比较稳妥，决赛圈避不开也没什么办法了，拿不了第一，至少能进前三。"

"同意，上分要紧。"

可令蓝恒惊讶的是，Late却没有走向车，而是无声地跟在苏柏的队伍后，他只好硬着头皮跟了上去。

"仔仔不会是想打吧？"

"请将这句换成肯定句。"

"但对面两名职业选手，人数还占优势，我想不出有赢的可能，主播这么自信吗？"

"是小战队的二队成员，应该比正式选手水平差，也不是没赢的可能……好的，我在做梦。"

蓝恒和 Late 一起打游戏的时间不短，可连他都猜不出少年的意图，只能跟在少年身后。

他猜想 Late 打算在缩圈时展开进攻，然而圈缩了一轮又一轮，少年半点没有攻击的意向。

"这么久了都没开火，应该不是要打吧？"

"难道是因为最危险的地方是最安全的地方？"

"好像很有道理，这么长时间，苏柏他们都没发现后面跟了两个探头探脑的人？"

蓝恒也是这么想的，然而他还没把悬着的心放下，就见 Late 向东北方向扔了一个烟幕弹！

白色的烟幕在雨林间弥漫开，他听见窸窸窣窣的脚步声，心想：不会有人吧？

他不禁向烟幕后望去，还真有两个人，被吸引注意的不止他，还有苏柏的队伍，很快两支队伍便交火了。

"这个操作怎么这么眼熟？"

"是不是要过去名正言顺地'劝架'了？"

"嗯……是我们仔仔能干出来的事。"

蓝恒猜出 Late 的意图，立马开口说："我去侧面拉枪线。"

他说这话时也做好了舍身赴死的准备，毕竟职业选手的架不是那么好掺和的，可令他意外的是，少年冷声道："打中间戴帽子的。"

"那是苏柏吧？"

"苏柏是实力最差的，打他没毛病，看来仔仔准备很充分。"

"毕竟尾随不是白尾随的。"

"心疼苏柏一秒。"

蓝恒从来没有撞上过职业选手的组队，不免紧张，打了好几枪都打不中苏柏，他带着歉意开口道："我手有点抖。"

少年不以为意地说："没关系。"

蓝恒第一次见 Late 这么体贴，正受宠若惊地想说"谢谢"时，又听见 Late 说了句："本来就是让你去吸引他们注意力的。"

蓝恒心想：所以根本没指望我能打中是吗？

"请把'蓝恒惨'打在公屏上。"

"蓝恒惨。"

"老蓝该有作为'工具人'的自觉了。"

或许是没了压力，蓝恒终于击倒了苏柏，他的队友立马去扶苏柏，以至于连烟幕弹都没扔。

一直没动的 Late 这时才动了，抬起枪口对准苏柏身旁的人，子弹沿着同一条轨迹干净利落地击杀了对手。

弹幕沸腾了。

"为什么我觉得职业选手也挺好打的？"

"因为带苏柏上分，他们肯定要分心护着苏柏。"

"仔仔其实是芝麻馅的吧？！"

"仔仔从头到尾都是黑的吧？不过仔仔在我心目中就是话少枪狠的酷哥。"

解决完最后一名职业选手，少年才瞄准残血的苏柏，或许是太过惊慌，对方逃跑时连走位都忘了，将自己彻底暴露于枪口之下。

他轻松地一枪带走对手，挑眉问："五十万粉丝的主播就是这水平？"

"论如何凭本事得罪人。"

"我们仔仔游戏不止打得好，嘲讽的话说得也很好，我为此忧心忡忡。"

"不过有一说一，苏柏的实力确实不怎么样。"

毕竟是在同一个平台，直播间的粉丝是有重叠的，苏柏的粉丝忍不住小声解释。

"想说一下，小柏不是技术主播哟。"

"虽然小柏游戏打得不太好，但我很喜欢看他直播，每个人喜好不同吧。"

"我也是。"

蓝恒赶紧打圆场："游戏玩得好的主播不少，但长得好看的就少了，你看看多少人敢开摄像头？更何况苏柏直播有意思，五十万粉丝不奇怪。"

"我印象中老蓝是没开过摄像头的。"

"这波圆场我给满分。"

"可以理解，游戏主播很少有长得好看的，长得好看的一般都早早露脸了，小鱼干不香吗？"

"话虽如此，我好想看仔仔开摄像头。"

沈迟的视线停在了小鱼干上，正在这个时候，他听见楼下有人叫他的名字。

他暂停直播，向落地窗走去，瘦小的施梁抱着满满一大筐橘子出现在楼下，少年疑惑地下了楼。

施梁的额头上渗出了汗滴，抱着橘子不好意思地开口："我不知道你住哪一层，只好在楼下喊你的名字。"

"这是乡下刚摘来的本地橘子，现在市面上都还买不到。"施梁将盛着橘子的竹编织筐朝他的方向递了递,"很甜的。"

"不用。"沈迟皱了皱眉。

可施梁把竹筐放在地上就跑了,沈迟低头望着满满一筐的橘子,只能抱回了房间。

来边城前他收到过很多礼物,来到边城后便没收到过什么礼物,他看不出情绪地剥开了一个橘子,果然很甜。

少年拿起放在桌边的手机。

沈迟:"有人送了我一大筐橘子,我一个人肯定吃不完,给你寄一半过去。"

其实也不是吃不完,只是他没什么东西可以拿出手,这么甜的橘子也想让严雪宵尝一尝,虽然邮费要二十,但他觉得不亏。

严雪宵正在图书馆看书,他的鼻梁上架着一副薄薄的金丝边眼镜,衬得整个人的气质越发清冷。

他收到少年的消息,翻书的动作停了停,客气地回复了一句。

严雪宵:"谢谢。"

他的目光再次投向书本,可屏幕上又传来一条语气纠结的消息。

沈迟:"你觉得我要不要开摄像头直播?观众会希望我开吗?"

严雪宵从没见过沈迟,他的眼前浮现出少年的模样,大概是只独立的小狼崽,眼神冷冷的,脸上有道打架留下的疤,不讨人喜欢,也没想过讨人喜欢。

可一晃眼沈迟的形象又消失了,如同幻影。

青年闭了闭眼,轻轻敲字发了过去。

严雪宵:"他们会希望你开。"

休息时间结束,蓝恒准备开始下一局游戏,见 Late 迟迟没有动静,便大着胆子在队内语音催促:"准备一下?"

可他听到的回答却是:"我开个摄像头。"

蓝恒以为自己听错了,可对方说完便离开了游戏,他意识到沈迟好像是真的要开摄像头。

他不由得疑惑,怎么突然要开摄像头了,拖动直播间进度条往回看时,发现少年别的没听进去,露脸能挣小鱼干的话倒是完全听进去了。

"仔仔的本体是小鱼干没错了。"

"兴奋中又有一丝忐忑,从平时表现来看的话,仔仔长得会不会比较凶?"

"对技术主播宽容一下，即便声音再好听，十个主播九个都是黑眼圈重得不行的宅男，不要问我的经验从哪儿来的。"

"毕竟不是靠脸吃饭的，仔仔肯定和苏柏还是不能比，大家可以把期待值放低点。"

电脑前的少年对着任夺给的手册，认真调试直播软件，好不容易调整好参数，在开启摄像头的前一刻停住了，脸上带着不易发现的紧张。

因为上午没课，亚当十点才起床，他准备出门去图书馆时，正好撞上回宿舍的青年。

在他的印象中，Yan 总是很晚才回宿舍，他打完招呼问："今天这么早回来，是有什么东西忘拿了吗？"

严雪宵轻声回答："有事。"

亚当还想再问他什么时候方便来还借的原版书时，青年已经走远了。

他不禁愣了愣，平时很少见做什么事都不紧不慢的 Yan 这么匆忙，他心想：那一定是十分重要的事。

其实严雪宵只是回到宿舍，拉开椅子坐下，打开直播。

直播间的摄像头还未开启，画面一片漆黑，只能听见少年浅浅的呼吸声，像隐匿在黑暗洞穴中的小狼崽，正谨慎地观察人群，确定要不要钻出来。

严雪宵静静地等待着。

一分钟、两分钟、三分钟……

终于，一张少年的面容出现在了屏幕的右下角。

少年有一头张扬的红发，比发色更夺目的是相貌，琥珀色的眼带着明亮的光，肤色苍白得像是从未见过太阳，泛着些不真实感。

只是薄卫衣的边缘处露出些线头，或许是皮肤太敏感，被线头摩擦的地方微微发红，可见他穿的衣服面料并不好。

严雪宵的视线在屏幕上停了停，他不喜欢红发，可不知为什么，此时他觉得红发和少年很配。

他的视线从屏幕上挪开，翻开桌上的笔记本，提笔在空白处描摹，纸页上出现了一个红头发的狼耳少年，惟妙惟肖。

原本热闹的直播间骤然安静了，沈迟握紧鼠标，正当他犹豫要不要关上摄像头时，直播间沸腾了。

"天哪！这长相我爱了，太好看了吧！"

"红毛仔仔好好看，姐姐要给你投小鱼干！"

"仔仔看着好小，感觉有点可爱。"

"仔仔，和姐姐谈恋爱吗？"

最后一名用户忽然被严雪宵禁言了，虽然不知道为什么被禁言了，但沈迟的脑子里只有一个念头，严雪宵也在看自己的直播。

他低头看着自己的旧衣服，脑子里闪过一个念头，自己该换件衣服的。

临睡前，他默默在床上数小鱼干，今天收到了足足一千条小鱼干，破了单日的最高纪录。

少年把手机放在怀里，安静地睡着了，垂下的睫毛又长又浓。

泽州这边还是下午，宿舍楼下停了一辆黑色的车，司机恭敬地下车为后座的人拉开车门："夫人，到了。"

黑色的车门敞开，严夫人从车上走下来，去了严雪宵的宿舍。

宿舍并不宽敞，书整整齐齐地摆满了靠墙的书架，显得宿舍空间更为狭小，女人的眼里流露出了心疼。

不过她的目光很快便停在了书架上的几本书上，倒不是因为书多，她知道自己的儿子喜欢看书，除了哲学书，也对其他学科感兴趣。可书架上摆着的竟然是烹饪食谱，有《如何做一道菜》《从零开始学习传统美食》《青少年营养知识》……

这些烹饪食谱书摆在书架外侧，明显是常常翻阅的，大概因为吃不惯学校的食物所以尝试自己做饭吧。没想到严雪宵不仅住宿舍还得自己做饭，她立马心疼地问："过得还习惯吗？"

关上电脑的青年递给她一杯温水，情绪淡淡地答："挺习惯的。"

严夫人看到衣柜里还是上一季的衣服，开口问道："天气转凉了，需要我给你挑几件衣服吗？"

不过她都能猜到她儿子会说"没必要"，然而令她没想到的是，严雪宵答应了。

严夫人愣了愣，一开始还没反应过来，可望着一向不喜欢去商场的儿子先她一步出了门，她这才慢半拍地走出宿舍，面容上浮现着浓浓的惊讶。

司机将他们送至一个商业广场，两人经过一家青少年服装店，严夫人想要和儿子拉近关系，开口道："你弟弟昨天还吵着要和我一块儿来看哥哥，要不是他今天上课，我就带他来了，还好你骆叔叔替我把他哄住了。"

严雪宵平静地答："他是不想上课。"

严夫人无奈，或许是不在父母身边长大的缘故，严雪宵很早就不用人操心了，仿佛从来便是这样表面客气实则冷淡的性子，和他们的关系也不亲近。

她继续向前走，可严雪宵却在店门口停住了，她不禁停下脚步。

这个商场中大多是奢侈品牌，来往的客人不多，店员从店里出来，问道："先生，要不要进来看看？我们的牌子很受青少年喜欢的。"

青年踏进店内。

店员出声询问："您是给家里的小朋友挑吗？有没有喜欢的款式？"

"他皮肤敏感，面料要柔软，最好是纯羊绒的。"严雪宵答道。

"那我推荐这一款羊绒毛衣，原料来自安第斯山羊，毛质细腻，在舒适度上您完全可以放心。"

仍停留在店外的严夫人一脸愕然地看着严雪宵和店员有来有往地攀谈，严雪宵明显是提前做了功课，他在店员的带领下浏览商品，眼里流露出感兴趣的神色。

最后她看见自己向来清冷的儿子在毛茸茸的猫猫帽前，彻底走不动路了。

半晌，严夫人压下心中的诧异，望着显然是给少年穿的一件衣服，走进店摸了摸猫耳帽："这帽子真好看，是给弟弟买的吧？"

她斟酌着提醒道："你弟弟知道你给他买东西一定很高兴，但弟弟才上小学五年级，这衣服对他来说，是不是有点大了？"

严雪宵眼也没抬："不是给他买的。"

听到回答，严夫人愣住了："不是给弟弟买的，那还能是给谁买的？"

结账的时候，是严雪宵自己付的钱。

严夫人好奇又不敢多问，在一旁欲言又止。

严雪宵看到她的反应，轻轻瞥了她一眼："就一个条件不太好的小朋友。"

严夫人叹了口气，儿子心善，自己日子过得都清贫，还要资助贫困儿童。

严雪宵像是看不见她的目光似的，转头对店员说："麻烦剪掉商标。"

蓝恒和任州坐在电脑前吃饭，蓝恒望向首页推荐上少年那张格外出色的脸，即便神色冷冷淡淡，也掩不住眉眼的优越。

蓝恒无法将这张脸和枪狠话不多的 Late 联系到一起，看到照片他连称呼都变了，从 Late 变成了仔仔："早知道仔仔长这样，我肯定劝他开摄像头，这模样赶超苏柏不是梦。"

"可能性不大。"任夺听笑了。

不过虽然如此，小猫直播的首页突然推荐了沈迟的直播间，任夺猜多半是因为主播赏心悦目。

　　季舒在书桌前做着试卷。

　　他专心地在草稿纸上计算，即便手边就是电脑也没多看一眼，他不会像沈迟一样，将时间浪费在无谓的事上。

　　正在这个时候，季舒听见门外传来杯盏被打翻的响动，他停下笔向门外走去。

　　"小迟呢？"

　　刚从医院回来的沈老太太在客厅四处翻找，即便神智都不清醒了，头发斑白的老太太依然在叫沈迟的小名。

　　季舒低下头，听说沈老太太是最疼沈迟的人，如果不是沈老太太突然中风进了医院，说不定沈迟还可以留在沈家。

　　沈夫人在旁边一言不发，由着老太太翻找，似乎是因为怎么也找不到而绝望了，老太太颤抖着手问："你们是不是把我的小迟丢了？"

　　"我总听见他在外面敲门，一个人淋雨等在外面，衣服都湿了，你也不给他开门。"老太太的眼圈慢慢红了。

　　"那都是过去的事了。"沈夫人皱了皱眉，拨通家庭医生的电话，"您该回医院了。"

　　"我不回，回了就没人给小迟开门了。"老太太说什么也不让人近身，颤颤巍巍地走去厨房，"他口味挑，最喜欢我做的酱肉丝。"

　　沈夫人冷淡开口："他已经被亲生父母接走了，被照顾得很好，不会再回来了，我还是送您回医院吧。"

　　老太太茫然地立在原地，嗫嚅着唇没说话，忽然从衣服夹层里翻出一张银行卡，递给沈夫人："你把这张卡给小迟，密码是他生日。"

　　"小迟没吃过什么苦，在外面不习惯的。"老太太握着沈夫人的手，絮絮叨叨地道，"不能给他吃辣的；他皮肤容易过敏，衣服也不能买材质差的；他喜欢玩游戏，要给他买台好电脑；他不太会和人打交道，要经常请同学到家里玩……"

　　"好了，我知道。"沈夫人抽出了手，"只要您回医院，我会把卡交给他。"

　　像是怕她反悔般，沈老太太主动朝门口走去："我马上回。"

　　只不过走到门边，在医护人员的搀扶下，老太太回了好几次头："你一定要给小迟。"

　　沈夫人微微颔首。

　　待沈老太太离开，季舒小心翼翼地问："您要去边城吗？"

"老太太糊涂了，她的积蓄可不少。"沈夫人随手把卡给了季舒，"你是她亲孙子，收着吧。"

季舒的心脏怦怦直跳，接卡的手在发烫，他转身向楼上的书房走去，在拐角时，鼓起勇气问："我可不可以把旧衣服寄给贫困山区的孩子？"

沈夫人看了他一眼，继续插着花："随你。"

周日上午，裹在被子里的沈迟是被一阵敲门声吵醒的，他走到门前看了看，猫眼后是季爸的脸。

少年盯了一阵没开门，只是问："什么事？"

"天变冷了，小舒给你寄过来一箱衣服，都是好衣服。"季爸从地上抱起衣物箱，"他说只穿过一次，有的穿都没穿过，开门我给你拿进来。"

少年的语气骤然冷漠："我不穿别人穿过的衣服。"

季爸语塞，只好把衣物箱拿回了家，季妈从医院做完检查出来，他把箱子放到桌上问季妈："没什么问题吧？"

季妈摇头："医生说不要活动得太剧烈。"

"以后摆摊我一个人去就行，你在家里歇着。"季爸不放心地说。

见季妈的目光落在衣物箱上，季爸叹了口气："小舒想着边城冬天冷，给小迟寄过来一箱衣服，这些在边城买都买不到，小迟偏不要。"

"下次就别收了。"季妈声音温柔。

"我也不是自己想收。"季爸解释道，"只是我上次看到小迟从燕城带来的衣服都起线头了，怪心疼的。"

窗外下起淅淅沥沥的雨，原本寒冷的边城更冷了，沈迟坐在电脑前直播，握着鼠标的手异常冰冷。

"今天操作有点僵硬。"

"是不是太冷了？仔仔的手都冻青了。"

"外套穿得太薄了，赶紧加件厚外套。"

少年的目光在最后一条留言上顿了一下，他只带了春夏的薄衣物来边城，并没有厚实的外套。他抿了口热水，继续直播。

中途休息时，一条来自养崽小店的消息忽然出现在手机上，他的注意力不由得被吸引过去——冬季衣物清仓处理。

沈迟点开页面，衣物整箱出售，因为是瑕疵商品，没有商标，甚至连尺码都没标注，价格也要四百五十元，怎么看怎么不靠谱。

只不过折合到每件衣服上还是便宜的，算下来一件只要三四十，他没舍得关闭界面，而是谨慎地问。

【沈迟】如果不满意可以退货吗？

【养崽小店】可以。

少年看了一阵回复，下单了。

他以前很喜欢冬天，因为可以去滑雪。现在他不喜欢冬天，因为冬天的衣服太贵了，买一件都要上百。

他只能寄希望于养崽小店真的能发给他一箱冬天的衣服，不需要太好，缩水起球也没关系，只要没那么薄，足够他过一个还算温暖的冬天就好了。

养崽小店的发货速度比沈迟想象中还要快，据店主说是因为在边城建了仓库，当天晚上他就收到了一大箱衣服。

沈迟抱着快递箱进门，用小刀小心地拆开快递，箱子里的衣服叠得整整齐齐。

虽然衣服没有商标，但质地出奇柔软，有针织毛衣、派克服、睡衣、围巾……

他本来还担心尺码问题，可穿到身上十分合身，像是为他量身定做的一般，悬了一天的心终于放下了。

少年换上了针织毛衣，原本冰冷的身体渐渐温暖起来，大概是心理作用，沈迟觉得比他过去穿的毛衣还要舒适。

箱子里还有一个毛茸茸的白色猫耳帽，他是不会戴这种东西的，盯了一会儿把帽子放进了衣柜最底层。

他坐到桌前打开电脑，登上直播。

"仔仔终于穿毛衣了。"

"米白色的毛衣好好看，今天是毛茸茸的仔仔。"

"今天还要继续打排位吗？"

沈迟打开游戏回答："今天继续。"

他没想过戴那个猫耳帽，但直播到深夜，周围的温度慢慢变低，只好从衣柜最底层翻出帽子戴上了。

少年戴着毛茸茸的白色猫耳帽，张扬的红发顺从地垂下，尖尖的猫耳朵也是泛红的。他琥珀色的眼睛半垂着，浓密的睫毛在眼尾投下浅浅的阴影，真的就像一只漂亮的小猫。

即便没什么表情，直播间的观众依旧很兴奋。

"啊、啊、啊……是从头到尾都毛茸茸的仔仔呀！"

"这样的仔仔我想拥有十个!"

"猫猫崽,好喜欢。"

"可爱的仔仔,姐姐的心都要化了。"

少年不习惯这样的评论,便把帽子摘了下来,正在这时手机亮了,一条消息浮现在屏幕上,对方发来一句。

严雪宵:"帽子很可爱。"

少年面无表情地把猫耳帽重新戴上了。

结束直播后,戴着帽子的沈迟整个人窝在软乎乎的棉被里,这是他一天中最放松的时刻,什么都不用想,少年打着哈欠趴在枕头上打字。

沈迟:"寄给你的橘子收到了吗?"

严雪宵望向放在桌上的橘子,两人相隔的距离太过遥远,他收到橘子已经是四天后了。辗转寄来的边城橘已经皱巴巴的,他的视线落回屏幕上。

严雪宵:"收到了。"

沈迟:"甜吗?"

严雪宵看着快递箱中皱巴巴的橘子,剥了一个尝了尝,失去不少水分的橘子已经不甜了,干涩无味。

他顿了顿回复道。

严雪宵:"挺甜的。"

远在边城的少年看见手机上的消息,即便不知道自己到底为什么高兴,可躺在床上时还是弯了弯浅瞳色的眼。

"还没有你哥哥的消息吗?"病床上的女人虚弱地问,因为长年累月在病床上躺着,身体瘦得像是骨架上覆盖了一层泛青的皮。

"工地信号不好,不方便打电话。"施梁给母亲喂药的手僵了僵。

喂完药他走出病房拨了一个电话,等了很长的时间,电话那边仍然无人接听。

施梁正要挂断时,电话忽然被接通了,他提了整整两个月的心终于放下:"哥哥,你什么时候寄钱回家?医院这边实在没办法拖了,说再不把三万交了就要停止治疗。"

然而电话那边传来的并不是他哥哥施然的声音,而是一个中年人不标准的普通话:"伢子,你哥哥落矿井里了,人还没找到,虽然有存活可能,但也别抱太大希望。"

施梁的脑袋"嗡"的一声,眼前阵阵发黑,他只知道哥哥在南方工地上打工,却不知道哥哥原来是在危险的矿井工作。

他握紧手机，霎时不知道母亲的医药费要怎么办了，家里能借钱的亲戚都借了个遍，能卖的东西也卖完了。

"你家里的情况我听你哥哥说过，抚恤金没多少，你母亲生病需要钱，我最近有个短活需要人手，这样吧，你去医院体检，没什么问题的话，我明天就来接你，当面给你五万。"

施梁闻言，看着手上的医药单，低头说了声"好"。

第二天，沈迟背着书包走到教室，刚一坐下手机上便传来一条消息。

小猫直播："全明星邀请赛将于今晚七点开始，由国内最大的直播平台帝企鹅主办，邀请赛选手大部分都是职业选手，可以说是下半年关注度最高的赛事之一，有兴趣参加吗？"

少年扬眉回了句。

亚洲第一枪神："找不到人？"

屏幕那边的杭士奇尴尬地咳了声，全明星邀请赛确实是关注度最高的赛事不假，可因为参与的大多是职业选手，主播去了往往只能"落地成盒"做陪衬，所以没人愿意去。

有上次打交道的经验，他试探着开口。

小猫直播："进前十给三千条小鱼干。"

少年很快回复了他。

亚洲第一枪神："三万。"

杭士奇忍痛答应了，安慰自己这只是权宜之计，参赛队伍都是好不容易凑齐的，他不信自家平台的队伍真能进前十。

沈迟按灭手机，他没有戴上耳机趴在桌上补觉，而是打开历年比赛视频。这时他的胳膊被轻轻推了推，他神情冷淡地抬头。

"今天你的作业还没交。"英语课代表抱着一沓作业，声音越来越小。

沈迟不习惯让女孩子为难，交上去一本空白的作业。

待英语课代表走后，庄州向前排望去："施梁平时是最早到教室的，还能帮你把作业写完，今天怎么还没来？"

沈迟朝施梁的座位看了一眼，收回了目光。

施梁一整天都没来学校。

施梁为人腼腆，没什么朋友，庄州忧心忡忡地说："我打他电话都打不通，该不会出什么事了吧?"

沈迟依然在看视频。

庄州不禁想,沈迟的性子比看起来还冷,即便施梁给他鞍前马后地当小弟,他对施梁的事也漠不关心。

他的脑子里刚刚闪过这个念头,忽然衣领就被揪起来往外拉。

庄州吓了一大跳,心道:难不成沈迟还知道我心里在想什么?

他颤抖着问:"去、去哪儿?"

"职高。"少年冷冷地回答。

最后一节课,两个人光明正大地从教室里出来,背后传来王老师的声音:"当着我的面就敢翘课吗?"

今天不是庄州第一次翘课,但是这是他第一次为堵人而翘课。他陪着沈迟站在校门边,衣服后背都被汗水打湿了。

两个职高男生走出校门,庄州看着沈迟冷漠地走向两个男生,他硬着头皮跟了上去。

他本以为是场鏖战,可没想到两个高高大大的男生抱紧手中的书包慌张地说道:"这可是学校门口,我可以告老师的。"

沈迟像是没听到般,离得更近了,问道:"施梁哪儿去了?"

"我们没找过他。"一个男生慌忙开口,"和我们无关,而且我们再怎么也只是要钱,其他事我们不做的。"

庄州头一次听到有人把抢钱说得这么委屈,而沈迟显然不为所动。

两个职高男生欲哭无泪:"我们帮你问问。"

听到他们的话,庄州的心稍稍放下,没有谁比他们对边城更熟的了。

不知过了多久,一个男生挂断电话,对沈迟开口:"有人看到施梁和一个外地人往火车站去了。"

"那我们快去吧。"庄州说道。

沈迟看了眼手机上的时间,已经六点半了,如果他此时赶去火车站,会来不及回去参加邀请赛,不过他还是关了手机,走向火车站。

庄州是在售票厅看见施梁的,施梁身边站了个民工打扮的矮个子中年人。庄州向施梁跑去,望见施梁手中的票问:"你买票去哪儿?"

施梁低下头:"去外地打工。"

"打工能挣多少钱,"庄州劝道,"你不是说要考大城市的大学吗?"

施梁不作声，他身边的中年人将庄州从上往下打量了一番："上学没出路，我这儿虽然是体力活，但跟我混一个月，至少这个数。"

中年人用手比了一个"五"。

"五千？"

中年人笑了，露出因为吸烟染黄的牙："五万。"

"你问小梁，第一次见面我是不是就给了他五万，足够交他母亲的住院费了。"说着他话锋一转，"不过我们不是什么人都招，只招信得过的人，还得先去医院体检，身体过关了才收。看在你们是小梁朋友的份上，你们要想来也可以一起走。"

沈迟安静地听着，站在庄州身后没说话，只是在临走时拉住了施梁："他不可靠。"

"我知道。"施梁的声音很微弱，低着头，语气听起来快哭了，"谢谢你一直以来的照顾，真的很感谢，如果还有机会见面，我还给你送橘子，边城的橘子最好吃了。"

沈迟最后见到的只是施梁的背影，即便明知不可靠，一向胆怯的男生还是毅然和那个人走了。

少年垂下头，整个人站在阴影中，他到了边城才发现，生存原本就是一件无比残酷的事，足以打破对未来的所有幻想。

邀请赛准时开始。

"小猫直播怎么少了一个人？"

"少不少也无所谓，反正都是垫底的命，今天的队伍只有小猫直播是纯主播队吧，其他平台都有职业选手，话说我觉得小猫直播越来越走下坡路了。"

"Late亚服最新排名是第十四名，不少职业选手也打不出这成绩，我觉得不能唯职业论。"

"主播整天都在打排位，职业选手要训练能一样吗？说不定是他不想垫底，自己放弃了。"

电脑前的严雪宵一边看书一边听着直播，从七点等到十二点也没等到少年出场，他合上手中的书。

沈迟回到房子时，第一天的比赛已经结束了，小猫队成了垫底的一支队伍。

他没来得及开灯，房间里一片漆黑，手机上闪过一条消息，像是划破寒夜的光芒。

严雪宵："出了什么事？"

或许是在黑暗中没人能看见，白天沮丧的情绪就不可抑制地在胸腔中蔓延。

沈迟："给我送橘子的朋友打工去了，他说一个月可以挣五万，我不知道什么工作才能有这么高的工资，可能因为没什么朋友，我挺担心他的。"

隔了很长的一段时间，对方问了句。

严雪宵："名字？"

沈迟不知道为什么严雪宵要名字，可还是发过去了。

沈迟："施梁。"

次日沈迟很晚才到学校，王老师比平时格外严肃地站在讲台上："同学们，我说过很多次，考不上大学不要紧，任何时候都不能放弃自己，更不能走上违法犯罪的道路，做任何决定前想想自己的家人，天上不会掉馅饼。"

沈迟坐到座位上，庄州开口："夜里抓到跨国走私的团伙，带头的就是昨天那个中年人，听说他们什么都做，还走私器官。"

沈迟戴上耳机的手僵住了，他的脑子空白了两秒，迅速想到一个可能，声音发涩地问："施梁呢？"

"施梁都躺在手术台上了，还好警察去得及时，人已经送回来了，现在还在医院做检查。"庄州心有余悸地回答。

少年面无表情地听着，可僵住的手悄无声息地放松了，他戴上耳机，沉默地看着昨天的比赛视频。

"我昨晚可是一夜没睡，就为了你这事。"官山疑惑地问，"你怎么得到的线索，突然要我救一个无关紧要的人？"

电话那边传来青年平静的声音："橘子的谢礼。"

"橘子才多少钱？"官山不信。

"我家小孩儿难得有几个朋友。"严雪宵顿了顿答道，"不想他伤心。"

官山腹诽，没见过严雪宵对谁这么上心过。

"你寒假回来吗？"他随口一问。

他知道严雪宵和家里关系淡漠，已经两年没回国了，他问这话时也没抱太大希望。

然而令他没想到的是，青年没有如往常一般否认，而是说了句："看时间。"

另一边的林斯年坐在餐桌前浏览新闻，他的目光落在一条新闻上停住了，西北省成功抓捕一伙跨国走私的团伙,救下了手术台上的学生。

他惊讶地放下切三明治的刀叉,他记得这个案子,倒不是因为案子本身有多特别,而是因为施然。

在他的梦中,施然的亲弟弟死在手术台上,后来的施然成了有"疯狗"之称的凶徒,连严家人都敢下手。林斯年发现现实的轨迹和梦里的并不相同,好像发生了偏转。

滴答、滴答……

施然听见了久违的水声,费力地睁开眼,然而黑暗的矿井中什么也没有,他的唇干燥得发白,甚至想咬破手臂品尝血液的滋味。

一个声音在对他说"睡过去吧",他差点就睡了过去,可想起母亲还躺在医院,弟弟还要上大学……他得让弟弟上个好大学,他再一次将铁丝绕成的绳索拧在手上向上爬,鲜血模糊了他手掌,可他依然没有松开向上爬的手。

一个处于死亡边缘的人以惊人的力气爬出了废弃矿井,遍体鳞伤,手上没有一处是完好的,躺在地面上淌着血。

不记得过了多久,他的眼前出现了一个连工头见了也要恭恭敬敬的人:"命挺硬,以后跟我干吧。"

医院里,施梁接到了一个陌生的电话,里面传来熟悉的声音:"梁梁,家里没出什么事吧?"

他听到声音的那一刻眼圈泛红:"哥,我打你电话,接电话的人说你掉进矿井了。"

"没什么事,爬出来了。"施然低声说,"他的话你千万不要信,他手上的活不正经,把我的东西都卷跑了。

"我以后不在矿井了,要去更远的地方,钱会按时打回来,你照顾好自己和妈妈。"

施梁不想让哥哥担心,没有说自己差点出事,只是吸着鼻子"嗯"了一声。挂上电话,他给沈迟和庄州一人送了筐刚采的橘子。

沈迟背着书包走到门边,低头看见一筐满满当当的橘子,他蹙了蹙眉,最终还是把橘子搬进门。

整个房间都弥漫着柑橘气息,他望着满桌的橘子,打开手机。

沈迟:"我昨天说的朋友被警察送回来了,又给我送橘子,其实我一个人根本吃不了这么多,他只要帮我写作业就行了。"

他以为严雪宵会问他朋友为什么被送回来,可对方的关注点却在他身上。

严雪宵:"作业最好自己做。"

红头发的少年盯了好半天屏幕,大概是不想让对方失望,他打开书包,端端正正地坐在桌前,第一次做起了作业。

即便大部分题都不会做,他还是靠燕深的《提分宝典》把选择题连蒙带猜地做完了。

他写完作业,一边吃着橘子,一边登上游戏,此时邀请赛第二天的比赛即将开始。

"拜伦的论文上了SSCI,昨天向我打听你的消息。"亚当将借的原版书还给严雪宵,"你收到录用通知了吗?"

"没有。"青年说着递给他一杯水。

亚当说了声"谢谢",接过水。Yan是最早写完论文的,向来被拜伦视为对手。

他小心翼翼地问道:"是被拒绝了吗?你投的哪家刊物?"

"*Philosophical Review*(《哲学评论》)。"

听到期刊名,亚当心下愕然,*Philosophical Review*作为哲学专业的顶级期刊,在上面发表四五篇论文便可以在大学获得终身教职,至今还没有H国人的文章被收录,难度可想而知。

论文不能一稿多投,加之审稿期漫长,即便是拜伦也只敢投普通C刊,而Yan却是云淡风轻地投了顶级期刊。

他这个时候才发现青年骨子里蕴藏的自信,Yan根本没把拜伦当成对手。

亚当喝完一杯水准备走时,忽然望见桌上的橘子,心想:橘子看起来已经不新鲜了,Yan竟然没有丢掉……

察觉到亚当的视线,青年没有说什么,他从书架上取下一本书递给亚当,说道:"这个版本的《申辩篇》你应该没看过。"

亚当拿着书走出宿舍后,严雪宵坐在电脑前,一边吃着橘子,一边打开直播。

苏柏完全是被拉来凑数的,他亚服排位都是让人带着打上去的,他深刻明白自己的真实段位最多白金,不过与队友许成、蓝恒不同,他赛前看着弹幕很是镇定。

"小猫队今天倒是没缺人。"

"倒数第二是银狐队吧?两个难兄难弟又撞到一块儿了。"

"别说银狐队友！这次银狐队都是职业选手，即便是倒数第二，也和只拿十分的倒数第一有本质区别。"

第一场比赛是随机地图帕拉莫，地图里有一座火山，从山顶流淌出岩浆，比起以往的地图，最大区别就是这是动态地图，每次开局都有细节上的不同。

"这太考验运营了。"

"昨天打这个图小猫队'落地成盒'。"

"老地图还好，主播玩得也熟，看起来差距没太大，但是在新地图，职业选手完全就是无敌状态，两边意识反应差得太多了。"

"同意，昨天小猫队拿倒数第一还能说是因为缺人，今天拿倒数第一就只能承认技不如人了。"

"怎么又是帕拉莫，要不要我假装掉线？"蓝恒鬼鬼祟祟地问，不过他紧接着想到一个问题，"队内语音不会直播出去吧？"

沈迟冷漠："会的。"

"假装掉线我可是听见了。"

"我也听到了！"

"小猫队不管什么原因掉线，一律要被视为消极应赛。"

蓝恒立马变了口风："昨天只是对地图不熟悉，今天保一争二。"

"突然这么有追求？"

"不，他说的是保倒数第一争倒数第二，不过倒数第一有什么保的必要吗？"

"我都不好意思说我是小猫直播的会员。"

苏柏的心态放得很平，反正也打不过别的队，随便打打吧，正好欣赏一下新地图。

"观众朋友们，你们现在看到的是新地图帕拉莫，从地图航线上可以看到，主城的位置每次都会发生变化。"苏柏索性干起了老本行开始直播。

"这是比赛直播间吧？"

"再三确认我没进错直播间。"

"哈哈哈，敬业主播在线讲解。"

蓝恒也顺口解说："从空中可以看到有十二支队伍跳了主城，战局很激烈，到底是哪十二支队伍呢？下面我们将去地图上一探究竟。"

"果然全员主播队。"

"抢解说词了。"

"解说的脸都黑了。"

许成是抱着学习的目的来参赛的,他看着郊游两人组深吸了一口气,问沈迟:"你的意见呢?"

沈迟跟上蓝恒:"走吧。"

"我感受到了许成心里的绝望。"

"Late 也被老蓝带坏了。"

"猫猫祟!"

沈迟不反对,许成也只能跟上,四个人从地图边缘落地,开始朝中心区探索。

"欢迎收看旅游频道。"

"主播带你走进火山之城帕拉莫。"

"不刺激不收钱。"

丁辉是一名刚退役的职业选手,此次和方升泉一同担任邀请赛的解说,他望着屏幕里的画面皱了皱眉:"比赛毕竟是比赛,小猫队未免太不认真了。"

方升泉根据前两次解说总结出经验,只要碰到 Late,夸就好了,于是说道:"你以为他们在观光,其实他们在收集对手信息。"

"解说忽悠得我差点信了。"

"我怀疑方老师收了小猫直播的钱。"

"不用怀疑,方老师肯定收了钱。"

"不过小猫队这局运气还挺好的,都没遇上什么战斗,都存活十五分钟了。"

"这一片是岩浆,经过岩浆无论是人还是载具都会掉血,"小导游苏柏忽然停下解说,躲到队伍后面,"西北坡上有人。"

沈迟看了眼:"银狐队。"

"咦,他们是怎么知道的?!"

"不可能还真是在收集信息吧。"

"可能碰巧说对了。"

"我被吓到。"

听到"银狐队"三个字,许成虽然不想承认自己比别人差,但是不得不出声提醒:"银狐队四个人都是职业选手,正面攻击很难。"

为了保住排名分,队伍几人做出了一致的绕路决定,沈迟殿后。

"把心酸打在公屏上。"

"总比被团灭好。"

"绕吧,绕吧,避战是王道。"

可谁也没想到,殿后的沈迟离开前往银狐队所在的坡上抛过去一个烟幕弹,南坡的另一支强队循烟而去,数分钟后银狐队被团灭,沈迟抽身离开。

小猫队继续快快乐乐地郊游。

"我收回之前说的心酸。"

"银狐队才是真的心酸,安安静静地趴山头上招谁惹谁了。"

"如何争取倒数第二?把倒数第二拉到倒数第一就行了。"

苏柏望着远方的战局不禁嘀咕:"我怎么感觉这操作这么眼熟。"

蓝恒为了队伍的和谐着想,还是没告诉苏柏,Late 上一次就是这么对付他的。

执行着损人利己的战术,小猫队颤颤巍巍地从倒数第一爬到倒数第三,不过其他平台没一个恭喜他们的。

"进步了两名是挺不容易的,但可能是错觉吧,总觉得这个倒数第三有点名不副实。"

"不是错觉。"

"我银狐队又垫底了,看得我差点背过气。"

"明天小猫队肯定要被其他队针对了,总不可能这么躺着进前十。"

结束了六场比赛,回到现实的少年躺在狭小的床上,理智告诉他该睡觉了,可他盯着天花板,打开了手机。

沈迟:"你在干什么?"

他想问严雪宵有没有看比赛,但怕得到否定的答案,正犹豫时,手机上传来一条消息。

严雪宵:"刚看完你比赛。"

少年的脸红了红,原来真的有人会看他的每一场比赛。

严雪宵关了手机看书,忽然对面那头小狼崽又拐弯抹角地发来一段话。

沈迟:"你每天这么忙,半夜还看我比赛,平时除了兼职还要学习,你还有时间做别的事吗?你男朋友会不会有意见?"

青年静静看着屏幕。

严雪宵:"你想问什么?"

仿佛是被道破心思般,对面那头小狼崽钻回了洞里,隔了很长时间才鼓起勇气从洞里钻出来,得寸进尺地问了一句。

沈迟:"你现在……有男朋友吗?"

大概是几次三番地打听太过分,沈迟久久没收到回复,他一直拿着手机,想要说的话打了几遍又删除了。过了很久，对方像是无可奈何般发来一句。

严雪宵："你多少岁了？"

虽然沈迟不明白对方为什么问年纪，但他仍压下心里的疑惑回答。

沈迟："十八，成年了。"

在发过去的下一秒，沈迟收到一条消息。

严雪宵："十八岁应该好好读书。"

完全把他当小孩儿的语气，沈迟趴着的头发垂到枕头上，直到一条消息猝不及防地出现在他眼前。

严雪宵："目前没有。"

裹在被子里的少年松了口气，眼睛亮亮的，睡前只有一个念头——她没有男朋友。

第二天，杭士奇走到办公室坐下，他不太关注邀请赛，决赛前他瞥见排名吓了一跳，都倒数第三了。

他的心瞬间就提了起来，今天是比赛日最后一天，进了前十可要付三万元。

"小猫直播昨天的行为惹得天怒人怨，今天估计不敢顶风作案了。"

"听说好几支队伍都研究了他们的跳点和进圈路线，他们应该不会像昨天一样顺利了。"

"这能不研究吗？谁知道他们会不会突然扔个烟幕弹娱乐一下，倒数第三也怕啊。"

"本来 TP 第一毫无悬念，其他几支队伍的排名也稳定了，小猫直播或成为最能给人意外的，我形容这支队伍为奇迹。"

见都是不看好小猫直播的声音，杭士奇生气之余，提着的心倒是放下了。昨天能到倒数第三已经是奇迹了，但奇迹总不能次次发生。

决赛即将开始，丁辉依次点评各支队伍，点评到小猫队时只说了一句话："全凭取巧。"

方升泉反驳："只要不违反比赛规则的战术都是合理的，况且小猫队不是没实力，亚服排名是有目共睹的，只是队伍需要磨合。"

"这话听着怎么这么耳熟，昨天蓝恒好像也说拿倒数是对地图不熟悉。"

"我以为只有外行才迷信亚服排名，没想到解说也迷信，亚服什么环境人人都知道，进前二十的多少有水分。"

"小猫直播下血本了。"

"方老师恐晚节不保。"

第一局依然是火山图帕拉莫，与观众们想象中被集火不同，小猫队在地图西南方的野区跳下，队内仍是轻松的郊游氛围。

"说好的被狙呢？"

"不能怪其他队伍，别的队伍都是跳主城，进圈路径很好把握，但小猫队全跳野区，这谁能狙得准。"

"淡淡的惆怅。"

"同样惆怅。"

小猫队经过密室时，苏柏停下来介绍："在帕拉莫中，有八个固定地点的密室，密室里存有珍贵物资，有一秒扶队员的紧急救援套。密室需要钥匙打开，不过钥匙在地图中十分稀少。"

沈迟搜出一把钥匙："是这个吗？"

"苏柏：我不要面子的吗？"

"小猫队这运气让人嫉妒了！"

"果然人品和运气没什么关系。"

"其他队快来，团灭小猫队不仅可以消除后顾之忧，还能获得密室钥匙，这么好的机会还在等什么！"

如同听到观众心声般，另一座山头的帝企鹅队发现了小猫队的存在，用枪口对准了停在原地的苏柏。

"苏柏的意识是真的不行，我打游戏都不敢停在原地不动，这不上赶着送人头分吗？"

"他们的关系应该挺好的。"

"倒也不是，Late公开嘲讽过苏柏超过五十万粉丝就这水平，还和许成争过首页榜。"

"这还能组队也不容易。"

眼看战斗一触即发，导播将镜头切给了小猫队与帝企鹅队，丁辉看了方升泉一眼，开口道："帝企鹅队作为排名第二的队伍，与第一仅有六分之差，队伍成员都是职业选手，这场战斗没什么悬念。"

方升泉看着画面叹了口气："这场小猫队比较可惜，如果这个时候被团灭，一分的排名分也拿不到。"

"小猫队终于被制裁了。"

"正义之光——帝企鹅队。"

"我宣布我爱上帝企鹅队了。"

苏柏很快被打至半血,小猫队退到密室,听到手雷被拉开的声音,许成紧张地握紧鼠标,问沈迟:"这要怎么办?"

沈迟朝外扔了一个烟幕弹:"苏柏先走。"

"苏柏是实力最差的吧。"

"真没必要。"

"小猫队换个指挥吧。"

苏柏知道自己实力差,第一次承担起前锋的作用,受宠若惊地提着枪走出密室,他尽力躲藏,可即便在烟幕遮掩下,他还是被对方发现了踪迹。

"我知道苏柏实力差,但不知道这么差。"

"这有什么参赛的必要?"

"不管有没有必要,我已经准备好录小猫队被团灭的视频了。"

"比赛永远用实力说话,小猫队的好运到此为止了。"丁辉总结了一句。

可他的话音刚落,战局就发生了逆转!镜头一直追踪着手忙脚乱的苏柏,不知道什么时候,小猫队的 Late 和许成绕到了帝企鹅队后侧。

苏柏被击杀。

蓝恒被击杀。

紧接着帝企鹅队两人被击杀!

弹幕一片寂静,还是方升泉打破了沉默:"小猫队的二换二相当精彩,一举从强队手上拿下两个人头分,可惜的是帝企鹅队离冠军又远了一步。"

"我怎么感觉苏柏就是个诱饵。"

"我也有这个感觉。"

"帝企鹅队实惨。"

"我算是看出来了,避着小猫队走就行,反正他们也拿不了什么分,要是遇上了他们准被咬上一口。"

成功狙杀强队成员后,许成心中的紧张慢慢消失,而苏柏也获得了成就感,在接下来的五场比赛中扮演诱饵越来越得心应手,任谁看了他都忍不住想追上去打一枪。

"平心而论,换个人效果说不定还没这么好。"

"毕竟不是谁都弱得这么浑然天成。"

"建议下届邀请赛禁止小猫队参赛。"

"请不要嫌弃平台,禁止 Late 参赛就好。"

小猫队的分数不断攀升，从第十五、第十四一直到第十二，最后定格在了第十。

对于职业队伍而言，总共十八支队伍参赛，第十名并不是什么好成绩，可对于一支没人看好的纯主播队，这个成绩称得上奇迹了。

"看来方老师真没收钱，丁辉打比赛不错，解说还是嫩了点。"

"银狐队很生气。"

"帝企鹅队也有意见，和冠军就差两分，如果没有小猫队，冠军是谁还不好说。"

"心疼其他队。"

虽然其他平台对排名颇有微词，但小猫直播的观众很兴奋，纷纷去官博的一条微博下庆祝。

布偶猫：小破猫第十！

英短蓝白：小猫怎么还不发微博？急死我了。

银渐层：太低调了不习惯。

电脑前的杭士奇看着第十名的成绩陷入沉思，怎么就能得第十？他归结于别的队伍太失败了，不仅连累他要给沈迟投三万条小鱼干，还要强颜欢笑发微博。

小猫直播：祝贺小猫队在邀请赛上取得第十名的好成绩。

赛后主持人采访："小猫队成员全由主播组成，比赛中可以说是将运营发挥到极致了，我注意到 Late 你的直播间头像还是初始头像，是不忘初心方得始终的意思吗？"

少年冷声答："懒得换。"

"凭实力冷场的仔仔。"

"好了下一个。"

"好想看仔仔换自己的头像啊，肯定很可爱，但感觉他不会换。"

"我也超想看！"

沈迟的手腕像是被抽走所有力气，渗出一层薄薄的细汗，拿起水杯都困难，他比平日更沉默，问题都是蓝恒和苏柏在回答。

"今天仔仔好沉默。"

"拿了第十不高兴吗？"

"可能因为没拿第一？"

"第十没奖杯。"

沈迟打开水杯时，水已经变凉了，他嘴唇发干，犹豫了下还是喝了口冷水，握水杯的手也是冷的。

他把收到的三万条小鱼干都转给了沈家,感觉肩上沉沉的担子变轻了点儿。他想,如果还完钱,他应该可以换个好点的杯子。

他拧好瓶盖放下水杯,严雪宵发来一张图片,他点开图片的那一刻,嘴角不自觉地弯了弯。

或许是觉得他没拿上奖杯难过,严雪宵在纸上画的是一只抱着小奖杯的红毛小狼崽,全身上下都是毛茸茸的。

他默默换上新头像。

"头像怎么换了?"

"不是说懒得换吗?"

"好可爱的红毛仔仔!"

"我只想知道是哪位画师画的?!"

大概是昨天喝了冰水,沈迟起床时有轻微的咳嗽,头也有点昏沉。他热了杯牛奶,抱着,只抿了一口就出了门。

他路过三中校门边,远远望见早点摊上只有季爸一个人,没发现季妈的身影。

沈迟叫住走在前面的施梁,望着早点摊问:"你最近都在那儿买早餐?"

施梁点头:"是的,我天天买。"

"最近摊上只有一个人吗?"

"只有叔叔一个人。"施梁回忆着说,"叔叔说阿姨在家养身体,应该不是大问题,忙是忙,可他都是笑着的。"

沈迟垂下头,什么也没说。

一旁的庄州拽了下施梁的胳膊,示意他别再往下说了,施梁不安地问:"我说错什么了吗?"

"那是他爸妈。"庄州小声地说道。

施梁看着沈迟离去的背影愣住了,他看沈迟明明是富贵人家的打扮,毛衣柔软而昂贵,天冷了还会戴上毛茸茸的帽子,还以为他被家里人照顾得很好。

他这才想起沈迟孤零零地住在出租屋,如果是他母亲的话,肯定舍不得他一个人去外面住。

可沈迟的爸妈似乎并未不舍,刚刚少年身上的情绪,应该是难过吧。

施梁慢一步到了教室,走到沈迟的座位旁,熟练地拿出自己的作业:"我帮你写。"

少年打开书包,正要将作业递到施梁手中,瞥见课桌边的手机,抽回手:"我自己写。"

庄州缓缓地眨了眨眼，以为自己听错了，语气愕然地问："怎么突然自己写作业了？"

沈迟冷声回答："作业最好自己做。"

这话一听便不是沈迟的语气，庄州心里的疑惑更浓了，忍不住问："谁和你说的？"

少年握笔的手顿了顿："别人说的。"

庄州从未见过沈迟肯听谁的话，老王来了也不会多给一个眼神，心道：该不会是网恋对象吧？！一想到要被劝着写作业，他瞬间对网恋没什么期待了。

还没开始上课，坐在前排的男生在打电话，声音传到后排都能听见："你们那儿冷吗？

"我就知道冷，秋冬容易感冒，你要照顾好身体。"

正写作业的沈迟皱了皱眉，庄州赶紧解释："关心女朋友的身体挺正常的，显得体贴、关心人，很能提升女生对你的好感。"

庄州还有一句没说，以沈迟目前的正确率，前排打不打电话对写作业干扰不大。

见沈迟没反驳，庄州悬着的心落地了，从沈迟神情冷淡的模样来看，大概率这人是会对女孩子说多喝热水的"直男"。

想到庄州最后一句话，少年的耳朵竖了起来，翻出微信，点开严雪宵的头像。

沈迟："你所在的城市冷吗？"

严雪宵："还好。"

和预想的回答不太一样，少年打字的手一停，不过至少没说不冷，他思考了一会儿，继续说下去。

沈迟："秋冬容易感冒，你要照顾好身体。"

隔了一阵，对方发来一句。

严雪宵："你感冒了？"

不知道话题怎么落到自己身上了，少年怔了怔，十分费劲地想要怎么回复。

沈迟："只是有点着凉，你记得多喝热水，不要喝冷水。"

手机那边，严雪宵看着屏幕，对方像是觉得语气不够关切，撤回了消息，重新发了一条。

沈迟："多喝热水哦。"

青年轻轻挑起英挺的眉，他拿起手边的茶杯，喝了一口热茶。

接着，严雪宵放下手中的红茶，打开电脑搜索——小孩儿着凉怎么办？

沈迟下午回到房子，收到了养崽小店的上新消息，他点开消息。

店铺里上架了新款保温杯，每天喝完五杯水在朋友圈打卡一周便可以返全款，但价格要一百二十元。

不知道是不是他的错觉，养崽小店的东西卖得越来越贵了，可又刚好在他能承受的范围以内。

【沈迟】不打折吗？

店主很快回复了他。

【养崽小店】品牌推广，不打折。

保温杯要一百二十元，如果加上打卡返现四舍五入就是不要钱，本地仓库发货，应该明天就能到。沈迟犹豫了一下，最后还是下了单。

他登上直播，不知不觉间他直播间的关注数涨到了七万，他像往常一样打开游戏。

他如今的排名是亚服第十二名，只差两名便可以完成进亚服前十的目标，按现在的进度，最多明天就可以完成。

"亚服前十冲呀！"

"垃圾余声过来看，仔仔要进前十了。"

"又是讨厌余声的一天。"

"邀请赛过来的，主播的技术很不错，关注了。"

蓝恒还没上线，他选择单人四排，随机匹配到雨林。他在祭坛上做了标记跳下，今天跳祭坛的人格外多。

"这次的版本更新祭坛了吗？怎么跳的人比军事基地还多，都超过二十人了。"

"没有更新。"

"这就奇怪了，可以预感将是一场血战。"

因为祭坛分上下两层，掩体少，沈迟只好临时改变跳点，在祭坛边缘的房区落地。

他跳的位置很隐蔽，照理说不会被发现，然而敌人像能预判到他的行动般，他刚一落地就被集火攻击了。

katty 使用 AKM 击杀了你。

望着变灰的屏幕，沈迟握紧鼠标。

"震惊了，第一次看到 Late 落地成盒。"

"难得仔仔和我一样。"

"可惜仔仔掉分了。"

沈迟抿了抿薄唇,点开下一局游戏,这一局依然是雨林,他没有选择热门跳点,而是谨慎地在野区跳下,可刚一落地,又是毫无预兆地被两支队伍集火击杀。

他握紧鼠标,即便是弹幕也察觉出不对了。

"野区落地就遇到两支队伍?"

"他们靠得这么近都不互相攻击的,只打仔仔,也太奇怪了。"

"不会是有人恶意狙杀吧?"

在帝企鹅直播的一个热门直播间中,司庭的声音透着愉悦:"那红毛小子又死了。"

"死得好。"

"谁叫他狙掉了帝企鹅的冠军。"

"直播间名称还叫冲亚服前十,这下得掉出前二十。"

"掉出前二十还不够,起码让这小子掉出前五十。"

蓝恒一上线就被集火攻击,排名掉了好几名,即便他不冲亚服排位,这情况也大大影响了直播效果。

他立刻反应过来,是有人恶意狙击。恶意狙击在直播中不少见,这些人和主播同时段进入游戏,目的不是为了取胜,而是为了击杀主播获得快感。

蓝恒耐着性子在直播间中说:"各位老哥还打得开心吗?要是开心,麻烦高抬贵手。"

"老蓝真是没脾气。"

"还能怎么办?根本直播不下去,观众耐心再好,也不想看到主播每把都'落地成盒'吧。"

"听说 Late 被狙得更凶,好几个队一起狙。"

蓝恒的话说完,打开下一局时果然没几个人围攻他了,他松了口气,看到最后一条留言,点开了 Late 的直播间。

小猫直播不是大平台,人气最高的苏柏也不过百万关注数,这些人狙杀也就想出个气,伸手不打笑脸人,像他这样把腰弯下来就没事了,毕竟他还要靠直播吃饭。

可 Late 依旧沉默地打游戏,腰直直地挺着,甚至在一次又一次的围攻下存活的时间越来越长,同时也引来了更多的攻击,蓝恒不由得叹了口气。

沈迟坐在电脑前,他的排名从第十二落到了第二十,他依旧一言不发,落地便乘上载具,将敌人甩在身后。

"这下那些人追不上了。"

"决赛圈遇到怎么办？仔仔好憋屈。"

"决赛圈再说吧，反正现在仔仔满地图跑，那些人窥屏也跟不上，好歹能喘口气。"

"不过怎么忽然掉头了？！"

沈迟掉头往回开，因为主驾驶位的人无法攻击，他极快地切换到副驾驶位，扫射路边的敌人，在对方没反应过来时又切换到主驾驶位上，扬长而去。

"这波反杀！"

"看得我舒服了。"

"那人是不是帝企鹅的大主播？我记得好像叫司庭开，组队还打不过，真的丢人。"

沈迟坐在车上收了枪："不和小丑计较。"

他正打算消灭余下敌人时，一条系统消息出现在直播间中，随即直播画面变为一片漆黑。

您的直播间因为当事人举报人身攻击被封禁。

直播间的粉丝震怒了。

"仔仔是真的被盯上了。"

"我忍不住了！"

"当事人举报？这规则玩得很厉害呀，搞恶意狙击还好意思举报人身攻击，仔仔说的难道不是事实吗？"

少年看着黑屏了的直播间闭了闭眼，克制着自己的情绪，他还差沈家九十万，不知道什么时候能还完，只有每天数着小鱼干，不断告诉自己快还完了，才能睡好觉。

蓝恒向他发来消息："你别太着急，第一次封禁不是永久封禁，一般只是一周不能直播而已。"

屏幕那边的少年没说话，蓝恒特别担心 Late 的心态被搞崩，在直播间说出什么不该说的。直播间人多，主播的一言一行都要谨慎，全网封杀不是闹着玩的。

他本想劝沈迟服软，可少年却一如既往地沉默，他想到此幕地心软了，说到底沈迟还是个孩子，只会尽自己的全力打游戏。

游戏对于沈迟来说，是只要练习就会有回报的，可有些事却不会像游戏这样，刚刚成年的他要面临现实世界的残酷。

空气异常安静，忽然间他听见少年的语气透着开心，说了一句："上线了。"

"你朋友吗？"蓝恒不禁问。

少年垂眼，很轻地"嗯"了一声。

沈迟望着好友列表里的严雪宵，如果换成平时，他一定会发送邀请，可这次他没发邀请，他不想对方误会，于是打开微信解释。

沈迟："有人在针对我，如果你和我组队的话会掉分，下次有机会再一起玩吧。"

对方应该是知道了直播间发生的事，淡淡发来一句。

严雪宵："我知道。"

沈迟心里微微松了口气，继续登上游戏，可下一秒，屏幕上浮现出一条消息。

Yan 向你发来组队邀请。

他第一次收到严雪宵的组队邀请。

严雪宵出现在队伍中，沈迟才后知后觉想起："排位赛组队有段位限制。"

他的话音刚落下，瞄见了严雪宵的段位，不知什么时候升到了钻石，刚好可以一起排位。

对方仿佛看出他的疑惑，屏幕上现出文字。

"请了'代打'。"

沈迟不了解代打行业，但知道从青铜到大师再怎么也要几百元，他不禁问："你怎么会找'代打'？"

排位都是按段位匹配的,高段位并不意味着游戏体验好，相反打得更小心翼翼，不少主播会特意开小号打"鱼塘局[1]"。

隔了一阵，对方发来回复。

"陪你玩。"

沈迟看着屏幕一怔，他没想到会是这个答案，握紧鼠标，故作镇定地说："代打费挺贵的，下次我帮你打。"

他怕严雪宵以为他想赚钱，补充了一句："不收钱。"

电脑前的严雪宵心道：是只陪着玩皮球便会悄悄摇尾巴的小狼狗。

紧接着他的视线转到司庭开的名字上，眼神冷了下来。

"那小子直播间被封了。"司庭开靠在椅子上，开了罐啤酒。

"封得好。"

---

1. **鱼塘局**：指在排位中高分段玩家绕过游戏的排位保护机制，与低分段玩家对抗并轻松赢得胜利的对局。

"这种主播能有什么出息？看他一头红毛就知道，说不定是个混混。"

"他还在排位，这次多了一个同伴。"

"继续狙。"

司庭开了一罐啤酒喝下肚，登上游戏。对方直播间被封禁，他无法卡时间开游戏，不过粉丝人数多，有心总能碰上。

他原以为多出来那人是请来的外援，可看了录屏才知道水平至多青铜，他啧啧称奇。

直播间有人记录排名，Late 的亚服排名不断下滑，连前三十都没保住，跌出前五十只是时间问题。

"让他跌！"

"我翻出了他以前说要打就打亚服前十的截图，这个跌法还亚服前十？"

"跌出前五十我刷礼物。"

"展望一下，他会跌出亚服百名外。"

司庭开望着满屏的打赏消息，心情愉悦，正当他准备再开一罐啤酒时，收到了一条陌生人的私信，看名字是 Late 组队的朋友。

【Yan】恶意狙杀违反游戏规则。

司庭开笑了，违反游戏规则算什么，PUBG 官方每周永久封禁的违规账号就近十万，他本来就是娱乐向的主播，根本不怕举报，大不了开小号。

至于帝企鹅平台，他心里也是有数的，作为国内最大的直播平台，和战战兢兢的小猫直播不同，只要不碰敏感话题，官方对大主播都是睁一只眼闭一只眼。

【司庭开】违反规则的人多了去了，兄弟你不会这么天真吧？送你一句话，在这里没有公平可言。

对面只是发来一句。

【Yan】如你所愿。

看到这句话，司庭开有点困惑，不过对方没再说话，他压下心中的疑惑继续直播。

可他刚回到直播没多久，忽然接到一个电话，是帝企鹅官方打来的，他马上接通了："有什么事吗？"

他的话音刚落，便听到电话里严厉的声音："你的行为对平台造成了极坏的影响，直播间封禁三个月。"

司庭开半晌没缓过神来。

他和 Late 没什么过节，代表帝企鹅参加邀请赛的又不是他，拿不拿冠军对他没什么影响。他只是看平台对小猫队有怨气的人多，趁势而为组织狙杀。

他承认他确实是故意的，从中获取了不少打赏收入，可要说他对平台造成了恶劣影响他是不服气的，他直播间的热度明明都不足以登上首页。

今天的打赏收入与三个月不能直播的损失比起来完全是杯水车薪，司庭开脱口而出："这不公平。"

他说完这话才意识到自己刚刚还说过，社会上没有公平可言。

"好了。"电话那边像是失去了耐心，"言尽于此，再有下次永久封禁。"

帝企鹅直播的负责人挂断电话摇了摇头，司庭开是正处于上升期的主播，可谁叫他惹到了不该招惹的人。

司庭开望着自己骤然漆黑的直播间，唯一的安慰是 Late 也被封禁了，小猫直播管理严格，封禁都是一个月起步。

他点开 Late 的直播间，然而令他意外的是，封禁的标志已经没了，他忍不住拨通审核员的电话。

"贵网站的签约主播 Late 对我进行人身攻击，规定惩处封禁直播间，为什么才一小时，他的直播间就恢复了？"

03 号审核员接了电话，Late 是他看着一步步成长的，他礼貌地回答："规定上说是封禁直播间，封禁一小时也是封，而且我们之前的工作也有疏漏。"

"没有核实您是不是'小丑'。"

司庭开差点一口气噎过去，他算看出来了，小猫直播的人都是一丘之貉，他现在的感觉只有后悔，非常后悔！

"我让秘书处理了。"严济坐在车上说，"不过封禁三个月真的够吗？"

虽然不知道那名主播怎么惹到他侄子了，但严家人一向气量不大，按他说就该永久封禁。

"够了。"

严济叹了口气，他侄子还是学生气重，做事喜欢留余地，他试探着问："看在给你帮忙的份上，你寒假要回国吧？"

青年顿了顿，看着电脑屏幕"嗯"了声。

屏幕的另一边，沈迟打着排位，他从一开始的被动迎敌到现在已经可以绝地反击了，房子里的严雪宵一动不动。

幸好恶意狙杀的人这会儿似乎消失了，严雪宵没被击杀，沈迟分出心神正想问严雪宵为什么不动时，画面上浮现出一条消息。

"抱歉，刚刚有事处理。"

"没事。"沈迟望着消息晃了晃神，没注意到有敌人潜伏在塔上，猝不及防被击杀，这是他第一次比严雪宵先被击杀。

如果队员换作其他人，他一定会毫不犹豫地离开游戏开始下一局，可他望着严雪宵的名字，依然留在游戏中，目不转睛地盯着屏幕。

"集装箱上有狙击枪消音器。"

"左边坡上有人。"

"三级头盔。"

少年像探路的小狗狗，在队伍语音中出声提醒，自己都没察觉到自己有多耐心。

严雪宵不常打游戏，沈迟以前也能看出他不是太专注，往往游戏没到一半就死了，可这一局严雪宵出乎意料地投入，坚持到了决赛圈。

即便最后没有获胜，少年仍忍不住说："你这局打得很好，怎么突然这么认真？"

过了一阵，对方平淡地回答。

"让你多休息一会儿。"

沈迟的心脏猛地跳了跳。

他不是一个会说话的人，以前也并不觉得有什么，可他现在突然在意起自己不会说话的事，冷淡地回应："哦。"

两厢沉默着，一个念头划过沈迟的脑海，他屏住呼吸问："我能听听你的声音吗？"

他还没听过严雪宵的声音。

对方回了句。

"在图书馆。"

接着严雪宵便下线离开了。

沈迟不知道是不是因为自己刚刚太冷淡了，他打开微信，郑重地如同写一封信般，输入了长长的一段文字——

严雪宵你好：

我是通过网吧墙上的小广告认识你的，你是我的第一个虚拟女友，也是唯一一个。五百元是我当时全部的积蓄，我特别担心自己被骗，幸好没有。你比我想象中还要好，我没见过你的照片，但我想你一定清纯漂亮，我见过的所有人都不如你。

他写到一半，一条消息出现在屏幕上——你的直播间已被解封。

少年放下手机，登上直播。

"仔仔！"

"普天同庆，司庭开的直播间被封禁三个月。"

"仔仔是在和谁玩游戏？"

"上次那个朋友吗？"

沈迟正准备点头，然而目光落在严雪宵因为下线而变灰的头像上，鬼使神差地冒出一个念头——虚拟女友可以算女朋友吧？

反正她也没有男朋友，她又不知道自己说了什么。

红头发的少年望着屏幕，鼓起勇气开口："介绍一下，我女朋友。"

可就在下一秒，从图书馆赶回宿舍的严雪宵上线了，他坐在电脑前，轻轻打开了麦克风。

"仔仔什么时候有女朋友了？妈妈怎么不知道？"

"一觉醒来仔仔就脱单了？！"

"怎么认识的？"

少年谨慎地回答："网上认识的。"

"居然还是网恋！"

"网恋不是风险很高吗？仔仔别被骗了。"

"相信仔仔的眼光。"

严雪宵望着屏幕微微蹙眉。

电脑前的少年惴惴不安地说完话，忽然瞥见严雪宵的麦克风打开了。

沈迟不知道对方是什么时候上线的，以及有没有听到他的话，呼吸像滚落到地板上的玻璃珠般不再平稳，他尽力克制着自己的呼吸声。

正在这个时候，他听到耳机里传来低低的声音："纠正一下——我们是朋友。"

音色很好听，清冷得仿若海面沉寂的月色。沈迟的大脑一片空白。

直播间仅安静了片刻。

"啊！啊？"

"这明明是男声啊？"

"听声音年纪还比仔仔大。"

"说好的妹子呢？仔仔在和我们开玩笑吧！"

沈迟完全没想过虚拟女友是个男生假扮的，敢开麦却忘了开变声器吧。过了很长一段时间，他的大脑才从茫然的状态中恢复过来。

他的视线缓缓从电脑滑落到手机上，望着屏幕上写到一半的文字，紧握手机。

他突然觉得自己很可笑，以为自己在"她"心目中是特别的，然而那个会对他说晚安、会每天看他直播、会给他画小奖杯的温柔女生并不存在，陪伴他的只是一个虚影，他不知道对方哪句话是真哪句话是假，或许，这一切全都是假的。

少年垂下头把文字全删了，接着发过去一句。

沈迟："我不喜欢被人骗。"

他还记得自己在得知自己从小被抱错后害怕被送走，晚上躺在床上不敢闭眼，怕再一睁眼就到了陌生的边城。他已经不记得那段时间是怎么熬过去的了。

女人微笑着说带他出国，他抱着行李箱坐在座位上，当女人消失在他的视线里，他这才意识到，自己被抛弃了。

他不想被抛弃，他站在家门外，没人给他开门，外面下了很大的雨，他浑身上下的衣服都湿透了，旁人怜悯地看着他，只有奶奶会给他开门。

后来，奶奶也离开了。

少年垂下眼，沉默地删除了严雪宵的微信，原本想向心动小铺的客服投诉，可想了想还是没有点开。

严雪宵望着屏幕上的消息轻轻抿唇，他打了长长的一段话发过去，屏幕上却收到一条消息——请先发送好友验证，对方验证通过后才能聊天。

他看不出情绪地合上手机，看了眼手表，从宿舍走到咖啡厅。

瑞文走进咖啡店，望见吧台上擦拭杯子的青年，惊讶地说："你的钱用完了吗？"

"原本想多存点钱。"严雪宵的声音听不出喜怒。

"我听说你在养小孩儿，是你弟弟吗？"瑞文第一次察觉出青年的情绪似乎和平日不太一样，他小心翼翼地说，"养孩子是很费钱，你家小孩儿还好吗？"

青年停下擦拭杯子的手，望着一直没有动静的手机，不咸不淡地开口："白养了。"

CHAPTER 05

第五章

此间
月色

在庄州看来，沈迟是个很准时的人，所谓的准时是指从不早到也不晚到，刚好在铃声响的前一秒进入教室。

可今天沈迟却迟到了。

少年昨晚似乎睡得不好，眼底的青黑比平时更重了，冷着一张脸，坐到位置上也不说话。

施梁悄声问他："是不是出什么事了？"

庄州压低声音："我看像是受打击了，之前整天手机不离手，今天一条消息都没发过。"

"那要怎么办？"施梁语气担忧。

庄州没什么安慰人的经验，他点开了一名情感博主的微博，认真钻研后笃定开口："要让他认识新朋友。"

听到庄州的话，施梁打开手机，手机里是个穿白裙子的女生照片，他朝沈迟的方向递了递："她叫林醉，是红姐从乡下接来的女儿。"

庄州不认识红姐，好奇地看了一眼，即便照片模糊，依然能看出女生气质出尘，他下意识地说了句："好清纯。"

他的话音刚落下，少年就冷冷地看了过来。他不明白"清纯"这个词怎么了，不过情感博客上说这种人心情是琢磨不透的，于是他立马收了声。

以前沈迟觉得上课的时间过得很快，戴着耳机趴在桌上一天就过去了，可今天的时间过得格外漫长。

施梁收了手机，走回座位前突然想起了什么，开口："对了，我昨天在医院看见你妈妈住院了，不过没顾得上问是什么病，你要不要去看看她？"

沈迟头也没抬。

"不去也没关系。"施梁观察着沈迟的表情,怯生生地说,"我看她的状况,应该不是什么大病。"

少年无所谓地戴上耳机趴在桌上,只是他下课后回出租屋的路上,忽然脚步顿了顿,走到学校门口的水果店。

"买水果吗?"老板热情地打招呼,"要不要看看橘子,边城橘正好应季,十元三斤。"

"果篮多少钱?"

"果篮就要贵点了。"老板看出他是个学生,委婉劝道,"什么水果都有,一个篮子就要一百四十元。"

听到价格沈迟顿了顿,说:"给我拿一个。"

"那好。"老板将摆在最里层的果篮递给他,"买这么贵的是要送人吧?我们店里的水果新鲜,他尝了一定特别高兴。"

沈迟没应声,付了钱拿上果篮走向医院。

县医院里的人不多,只不过沈迟走到医院门口才想起,他并不知道季妈在哪个病房。

他正要转身离去时,突然瞥见前方的季爸扶着季妈出了病房,他的脚步停了停,跟了上去。

季爸和季妈的速度并不快,他很容易就跟在了他们身后,他手中的果篮往前伸了伸,可始终没有触碰身前的两个人。

少年的嘴唇张了张,刚要开口时,季爸和季妈在一个科室前停下了,他们的距离很近,近到可以听到两人的说话声。

"我可以一个人进去。"季妈无奈道。

"医生说你是高龄产妇,家人要小心照顾,而且我看育儿书上说,胎儿有自己的意识,让他多熟悉下爸爸也好。"季爸小心地摸了摸季妈的肚子,"不管是男是女,生下来都是小宝贝。"

"好了。"季妈摇头道。

他们身后的少年提着果篮一言不发。

恍若有感应似的,季妈转过头,少年立马转身离开,没有让两人发现自己,颤着手把果篮放在了病房门口。

少年缓慢走出医院，一个人站在大树下的阴影里，消瘦的身躯显得更为单薄。

他面无表情地靠在灰尘弥漫的墙上，衣服上沾染上墙灰也没有在意。

没有人会在意他。

他不知道要怎么讨人喜欢，也没人教过他要怎么讨人喜欢，所以没人会要他。

他原本以为自己麻木了，可他依然有些喘不上气，如同沉入漆黑的海底。

海底异常黑暗，听不到任何声音，心跳也似乎停止跳动了，像是与世界隔绝。

他想这样也好。

他不知道站了多久，忽然一个陌生的电话来电出现在手机上，寂静消失了，一个低沉的声音在他耳边响起。

"我从来不是什么虚拟女友，是你错加我的号码，怕你伤心就没说，并且……"电话那边顿了顿，语气平静地说，"我一个月的时间可不止值五百。"

少年听出严雪宵的语气不像是在说假话，他握紧了手机。他想：对方应该很生气吧，自己一声不吭就删了好友，连解释的机会都没给。

他半垂下眼："你是在和我告别吗？"

"今天我家长也不要我了，我妈妈怀孕了，他们会有新的小孩儿，会比我更听话比我更懂事，抱歉让你和我这样的人相处。"

良久的沉默过后，他无比清晰地听见了一句："他们不要，我要。"

晦暗的海底没有一丝光，沉船残骸浸在海水里静静生锈，少年慢慢仰头，看见尽头是温柔的月亮。

"以后我是你的家长。"

或许是海面上的月光太温柔，哪怕知道只是安慰，少年依旧循着光从昏暗的阴影中走出来，握着手机默默在心里叫了声"哥"。

是的，他想，他有了一个哥哥。

走回出租屋的路上，沈迟准备搜索心动小铺，映入眼帘的是一条边城九月的新闻——为迎接诚信九月活动，省公安查封了一批违规出售虚拟恋人的店铺，如手机伴侣、心动小铺……该类店铺收取顾客财物后便卷款消失，希望广大市民提高防范诈骗意识，积极举报不诚信行为。

他停住脚步，想起在网吧时庄州提醒过他，自己却未曾在意。

沈迟重新添加严雪宵为好友，看着手机有许多话想说，但打了长长的一段话又删了，手把红发抓成一团，最后只发了一句话。

沈迟："我直播了。"

他若无其事地回到出租屋登上账号，可眼神一直瞄着手机，打开游戏的前一刻，他收到了一条回复。

严雪宵："在看。"

他的不安瞬间消失了，戴上耳机进入游戏，因为被针对排名掉出前三十，昨天通宵上分只拉回到第十九名，他得尽快把名次提上去。

"本来差点就进前十了，现在又要重新打一遍，为仔仔感到生气。"

"可以去司庭开的直播间打卡，看着直播间被封三个月就不气了。"

"我不仅不气，而且简直感觉神清气爽。"

"仔仔，亚服前十冲啊！"

他和蓝恒双人四排，打到深夜回到亚服第十五名，距离前十还有五名的距离。

排名越往上打越难，前十的位置几乎被固定了，并且在他冲排名的同时，还有一个人也在冲排名。

"叶宁。"蓝恒认出了那人，"之前是FY的职业选手，最近在帝企鹅当主播，联盟第一突击手，如今联盟的最高击杀纪录就是他保持的，退役挺可惜的。"

沈迟问了句："为什么退役？"

"他这人心气高，没去成豪门战队，觉得夺冠无望就不打了。不过因为拉不到赞助，FY这样的弱队开工资都困难。"蓝恒感叹。

"小俱乐部吧，大俱乐部年薪过千万的职业选手也不少。"

"任何行业都是做到顶尖的人最挣钱，世界冠军炙手可热，普通职业选手真挣不了什么钱，听说FY每个月工资就三千，还不如当主播。"

"也不止小俱乐部，不少大俱乐部都关闭PUBG分部了，游戏外挂横行，老玩家流失严重，我现在只看主播玩，不会自己玩。"

"如果国服过审，加强对外挂的检测会有转机吧。"

沈迟看着屏幕没说话，继续打排位，他从第十五名打到第十一名，而叶宁从第十四到了第十，第九名是加微信卖挂的，分数很难超过。

这也就意味着，如果想进亚服前十必须超过叶宁，沈迟冷静地点开下一局游戏。

游戏开局没多久，屏幕上传来叶宁的击杀信息，他与叶宁出现在同一局游戏中。

"我看过叶宁的比赛，突击是真的强。"

"仔仔更擅长远狙吧，忽然担忧仔仔的决赛圈，突击手的优势太大了。"

"仔仔的哥哥不来加油吗？"

看到最后一条留言，少年抬枪的手顿了顿，不过很快将注意力重新投入游戏中。

仿佛互有默契，他们在前期没有遭遇，当决赛圈只剩下两个人时，沈迟在心里默默想，另一个就是叶宁了。

他身穿吉利服匍匐在草地上，几乎与地面融为一体，为了不暴露，他舍弃了体积大的三级包。

"三级包太显眼了，二级包好隐藏很多。"

"不过换了包，投掷物也装不了多少，只有两个烟幕弹、三个手雷。"

"每次我看决赛圈都紧张。"

可沈迟却听到手雷拉开的声音。

"叶宁怎么知道地上有人？！"

"这要怎么办？"

"别慌，说不定叶宁在使诈。"

手雷精准地向沈迟投来，他迅速朝前方扔了一个烟幕弹，躲进烟幕里，可即便如此，在对方的攻击下，他仍被打至残血。

观战的蓝恒也被吓了一跳，不明白离这么远，叶宁是怎么看到人的。

虽然他参加过邀请赛，可职业选手的水平也有高有低，叶宁很明显就是第一梯队的职业选手，带来的压迫力太大了。

沈迟给自己打了医药包："地形变了。"

"地形哪有变化？"

"树的阴影不对，多出一块阴影。"

"观察得也太仔细了吧！"

"不然职业选手天天训练干什么？！和普通人的差别远远不止枪法方面。"

蓝恒的心提了起来，离亚服前十就差一名，这一局将会直接影响排位结果："那还要继续趴着吗？"

"继续。"少年换了一个位置匍匐。

不知道是不是蓝恒的错觉，他并没有听出少年声音中带有紧张，反而隐隐泛着一丝碰到对手的兴奋，这是他从未遇到过的。

"万一又被发现怎么办？"

"一直趴着也不是办法，决赛圈缩得越来越小了，好担心仔仔。"

"不行，看得我太紧张了，我先不看了，十分钟后再来看结果。"

叶宁比蓝恒想得更有耐心，如果他是叶宁，这时肯定不耐烦了，可叶宁的节奏丝毫没有被打乱，总能精准定位 Late 的位置扔手雷。

"仔仔的烟幕弹用完了。"

"医药包也没了。"

"仔仔只有薄薄的一丝血。"

"要被击杀了吗？"

叶宁没再投掷手雷，而是提着枪在草地搜索，而一直匍匐在草丛中的少年躲到了掩体后，像是能预判到对方举动般，提前拉开手雷往前方投掷。

叶宁身形太快，第一个手雷没投中。

少年立刻调整方向又扔了一个，没等手雷爆炸，紧接着又是一个，手雷骤然在空中爆炸成碎片，产生爆炸伤害。就这样，沈迟以残血完成反杀，第一次登上亚服第十名。

直播间沸腾了。

"看到仔仔的名字了！"

"啊！啊！太不容易了，从九月底一直打到现在，姐姐给你投小鱼干。"

"余声你看到了吗？我们仔仔亚服前十说进就进。"

"真的太不容易了。"

蓝恒这个时候才反应过来，决赛圈是投掷物的战场，Late 一直没扔雷，不是避战，而是在消耗叶宁的投掷物，并且在不动声色地降低对方戒备。

他发现经过帝企鹅针对狙杀后的 Late 打法比之前更成熟，他无法形容自己的感受，Late 像是直直刺入敌人心脏的匕首，一次比一次锋利。

蓝恒终于知道为什么任夺说 Late 会比许成走得更远了，Late 以惊人的速度在进步，一切挫折终将为寒光开刃。

"你接到稿件收录通知了吗？"下课后亚当悄声问，"我知道有家 C 刊过稿快，要不要试试？"

他的语气很小心，因为知道 *Philosophical Review* 的要求不是一般高。

青年语气平淡："接到了。"

亚当正想安慰，听到青年的这个回答差点从座位上站起来，*Philosophical Review* 还没有如此年轻的发表者，这意味着青年的前途会一片坦荡。

可坐在他身旁的青年似乎没当一回事，只是静静看着手机屏幕。

亚当意识到青年只是单纯地热爱自己的专业而已，是他太世俗了，不禁带着点羡慕地想：这大概就是优越的出身养出的底气吧。

低头看着手机的青年忽然笑了，他很少看见 Yan 有如此的笑容，狭长的眼弯起好看的弧度，若有若无的距离感似乎也消失了。

他不由得看向屏幕，上次见过的那位小主播登上了亚服第十名。

亚当不怎么看PUBG，但也知道这的确是一个令人瞩目的成绩，只是他不理解，为什么此刻的Yan好像比自己的论文被 *Philosophical Review* 收录还要开心。

屏幕中的少年到晚上十二点半还没有睡，而是还在直播。

严雪宵轻轻蹙眉，打开微信发过去一句。

严雪宵："还不睡？"

沈迟："今天直播晚了，需要补时长，不然要被扣钱。"

青年眉头轻轻皱了皱，关了手机，走出教室拨通小猫直播的客服电话。

"有什么可以帮助您的吗？"客服礼貌的声音出现在电话里。

"你好，可以知道签约主播的直播时长吗？"他淡淡地问。

"这个是可以的，我们平台的主播一天需要保证五小时直播时长。"

严雪宵平静地说："对于兼职主播来说，这个时间太长了，建议直播时间减少到三小时。"

似乎没想到他会提这个意见，客服耐着性子回答："感谢您提出宝贵的建议，但您可能不清楚直播这个行业，每天要求五个小时的时长不算多，当然如果您是老板的话可以想改就改。"

挂了电话，严雪宵搜索小猫直播的市值，小猫直播注册资本一千万，经过三轮融资，即便随着直播红利期的过去开始走下坡路，市值也达到了七亿元。

青年本想继续看下去，可当他的视线落到七亿这个数字上时，默默地将页面关掉了。

第二天早上，王老师走进教室，瞄见后排空着的座位，站在讲台上出声教育其他人："现在有的同学迟到、早退，毫无纪律性，拿自己的前途开玩笑，我必须要严厉批评。"

沈迟戴着耳机出现在门口，眼底带着黑眼圈，像是没听到他的话一般，眼也没抬地经过讲台。

教室里瞬间安静，王老师下不来台，重重咳了一声，说："沈迟，你今天放学来我办公室一趟。"

少年冷漠地抬头。

王老师立马改口："交流下师生感情。"

下课后，王老师特意堵在教室门口，对背着松松垮垮的书包朝校门走去的沈迟说:"就知道你不会来办公室,该说的话我也说了,你还不知道考大学的重要性吗?这样吧,你回去让你爸妈给我打个电话……"

"没有。"少年垂眼。

"你开学时是你爸帮你来报到的。"王老师气笑了,"你不让你家长给我打电话,我明天就上门了。"

听到最后一句话,沈迟的身体僵了僵,接过了王老师写着电话号码的纸条。

少年捏着纸条走回房子,盯着纸条上的号码,对着号码拍了一张照。

沈迟:"老师让家长打电话,你能帮我打吗?应该不用太长时间,是这个号码。"

过了很长的一阵,他也没收到回复。

沈迟:"不方便也没事。"

边城的下午是泽州的凌晨,严雪宵醒来后看见屏幕上的消息,视线停了停,拨通了号码。

王老师接到电话时正在吃饭,见是A国拨来的境外号码,警觉地开口:"我下载了反诈App,不管你说什么我都不会相信的。"

可与他想象中不同,手机中传来的是纯正的中文:"我是沈迟的家长。"

"你是他什么人?"王老师有些狐疑地问。

"我是他哥哥。"电话那边答道。

王老师放下戒备,没顾得上吃饭,边听电话边翻出沈迟的成绩单:"这孩子你真得好好批评他了。

"上课不听课,两次小考都是全年级倒数第一,七科总分加起来不到两百。最近作业做得也很差,没一道题是对的,还爱迟到。

"说起来你们家长也是,给孩子取个什么名字不好,偏偏叫沈迟,这不就是会迟到吗?该叫沈早。"

王老师说一句叹一口气:"这孩子聪明,虽然我对每个家长都这么说,但沈迟是真的聪明。底子不错,记忆力也好,课文听两遍就会背。我不知道他为什么来了边城,但他要是这样下去,就算复读也考不上大学,那以后还有什么出路?"

见对面没说话,王老师颇有经验地开口:"我知道当家长的现在肯定很生气,谁都想要成绩好的孩子,但我还是提倡素质教育,动手就不用了,该批评就批评。"

严雪宵静静地听着,电话挂断后打开直播。

沈迟已经在直播了。

"今天好准时!"

"晚上 PCL[1] 秋季赛决赛，仔仔不看吗？我已经开两个直播间了。"

"仔仔不考虑打职业吗？"

"职业还是太难了，线下赛和线上赛两个世界。"

电脑前的沈迟握紧鼠标，他没想过自己的未来，他现在只想快点挣钱，如果还完钱，他想试着成为一名职业选手。

他直播到晚上十二点，准备从座位上起身时，一个电话打了进来，他看着名字坐回位置上，接通电话小声地问："你现在有空吗？有空的话能不能帮我给老师打个电话。"

"打了。"手机里传来青年平静的答复。

"哦。"他松了口气，想到一个问题，谨慎地问，"老师是不是说我的成绩很差？"

"是。"对方平静开口，"我希望你清楚，你继续这样不听课，是考不上大学的，荒废的是你自己的时间。如果想以游戏为生，当主播并不适合你，而职业电竞又很残酷，伴随病痛、压力……一群同样有天赋的天才争夺为数不多的荣誉，冠军只有一个。"

对方明显做了功课，将弊端一一列在他面前，沈迟垂下头无法反驳。

然而下一秒，他听到严雪宵清冷的声音响起："但我认为，你未来会成为一名很棒的职业选手。"

第一次有人对沈迟说，你会成为很棒的职业选手。像是被温柔地摸了摸脑袋，少年立刻低下头，下意识地掩饰自己发红的眼圈。

他看着手机上显示的归属地，压着声问："你在 A 国吗？"

"半工半读。"

他问了句："大学吗？"

"哲学系研究生。"

在沈迟看来，哲学就是清贫的代名词，他忽然感觉身上挣钱的担子更重了："你会回国吗？"

"会继续读博。"

通话结束后，沈迟破天荒地从书包里拿出地理书，翻到了世界地图那一页。以前 A 国对于他而言只是一张飞机票的距离，可现在的他发现，A 国离他非常遥远，隔着太平洋，整整一万四千公里的距离。

---

1. PCL：PUBG CHAMPIONS LEAGUE 的缩写，绝地求生冠军联赛。

翌日，沈迟到了学校。

站在教室门口的王老师仔仔细细看了他半天："看来没挨揍，昨天你哥该说的都和你说了吧？"

少年点头。

王老师松了口气："你哥大老远在A国还要和我打电话，你可不要辜负他的期望。"

少年垂下眼"嗯"了一声，第一次笃定地把内心的想法说出口："我想成为一名职业电竞选手。"

听到他的话，王老师差点一口气背过去。

沈迟见到王老师的反应，疑惑地走进教室，他刚要戴上耳机，一条消息出现在了屏幕上，他的手顿住了——帝企鹅杯单人赛火热报名中，冠军奖励高达十万元，更有机会赴现场观看PCG世界邀请赛总决赛。

少年的目光落在十万元奖金上，迅速点开页面，因为不是联盟举办的官方赛，所以比赛没有什么参赛限制，于是他提交了报名申请。

"省城开了第一家日料店，周日要不要一起去吃？"座位边的庄州问施梁。

"那不是很贵吗？"

日料多为海鲜，边城位于内陆，海鲜的价格更是昂贵，施梁从小到大都没吃过日料，也从没动过这个念头。

"我抢了一张打折券。"庄州从兜里掏出一张券，不确定地说，"午餐满三百减一百五，省着点吃的话，每个人五十左右吧。"

施梁看向沈迟："你去吗？"

沈迟看了眼手机上出现的比赛信息："有比赛。"

庄州心想：有比赛还这么轻松？

施梁的声音听起来比沈迟还兴奋："那我们可以看完比赛再去吃饭。"

施梁又转头问庄州："看比赛需要准备什么？"

沈迟没吃过人均五十的日料，他以前习惯只吃蓝鳍金枪鱼的大腹，但今时不同往日。他望着庄州和施梁眼里的期待，点头同意了。

帝企鹅论坛里在讨论单人赛参赛名单，比赛还未开始，本来不会有太大的讨论热度，但其中一个人的名字实在太打眼。

【北极贝】Late？帝企鹅的冠军不就是他狙没的吗？本帝企鹅会员有意见了。

【帽带企鹅】不会他拿冠军吧？

【磷虾】应该不会，这次邀请了不少职业选手参赛，还轮不到一个主播拿冠军。

【寄居蟹】听楼上这么说，我心就踏实了。

帝企鹅杯单人赛分西北、西南、东北、东南、中部五个赛区，各赛区分别角逐出前二十参加全国总决赛，西北区的比赛地点定在省城最大的网吧。

周日上午六点，沈迟望着面前举着横幅的两人，忽然后悔答应他们一起去吃日料了。

"有什么问题吗？"施梁紧张地看着横幅，手上还举着"沈迟加油"的小旗子。

"我还借来了相机。"庄州从包里拿出一个年头久远的老式相机，"这可是你第一次参加线下比赛，当然要郑重。"

沈迟掀起眼，终究什么也没说："没问题。"

三个人坐上去省城的公交车。

省城里，王老师穿着明显小一个号的西装和相亲对象走在路上，局促地介绍自己："我在边城当老师，你别看我长得老，其实我今年才四十，还是'一枝花'的年纪。"

听到最后一句话，相亲对象顿了下，委婉地切换话题："我记得边城那边的学校学风不太好吧，教育资源也不行，你有没有想过跳槽到省城的学校来？"

"看问题不能只看表象。"王老师擦了擦额头上的汗，"虽然基础教育水平差点，但我们学校的学生还是很勤奋好学的，周末都主动在学校上自习。"

"那是你们学校的学生吧？"相亲对象忽然问。

王老师心里咯噔一下，浮现出不好的预感。他循着相亲对象的目光望去，三个穿着印有进修班标志文化衫的小子大摇大摆地走进了网吧，看背影怎么看怎么眼熟。

走进网吧的庄州感受到身后有像刀子一样的目光，忍不住说："我怎么感觉有人在看我们？"

沈迟不以为然："那是你的错觉。"

比赛在网吧举行，不仅场地面积小，还要交三个小时的上网费，特别是后一条规定令选手怨声载道，沈迟所在的D组有不少选手放弃参赛。

沈迟从未参加过线下赛，不免有点紧张，签完名走到座位时，拿出手机发了条消息。

沈迟:"我到省城参加比赛了,比赛完和朋友去吃日料。"

对方问了句。

严雪宵:"日料?"

沈迟:"不是很贵的日料,虽然不知道味道怎么样,但我朋友有满三百减一百五的打折券,挺便宜的。"

隔了一阵,他收到一句回复。

严雪宵:"比赛加油。"

即便只是简单的一句鼓励,沈迟的心却蓦地踏实很多。他收起手机,深深地吸了一口气,向标着选手号码的座位走去。

小组赛主办方为了节约成本,直播间只请了一名解说:"D组来的人不太多,七十五名选手坐到了比赛席上,离比赛开始还有五分钟,让我们看一看比赛现场的画面。"

段世说这话只是走个过场而已,网吧的环境没什么可展示的,然而导播切到近景时,他有些惊讶。

比赛席外,大家都安安静静地坐着,可却有两个人举着红底白字的横幅,上面写着"Late必夺第一"。

"Late的亲友团吗?"

"有参加全国总决赛的气势。"

"不过网吧的电脑不行啊,东南赛区清一色的外星人。"

沈迟对电脑好坏没什么感觉,他刚来边城时,在边城网吧用的电脑更差,他用纸巾在带有污渍的键盘上擦了擦,比赛前熟悉了下键盘手感。

进入比赛后他残存的紧张感消失得无影无踪,大部分参赛选手都是普通玩家,给他的压力甚至不如冲亚服排位时高。

不过小组赛的积分关乎赛区晋级,得分越高对后面的比赛越有利,所以沈迟没有丝毫怠慢,专注投入比赛。

一开始,比赛直播间中的段世认真解说比赛:"大部分选手都选择热门跳点,机场的人尤其多,Late迅速捡起地上的一把枪,和一名选手正面对上,趁对方没反应过来击杀了这名选手。"

"拐角出现一个人,Late再一次击杀。"

"Late又一次击杀!"

到后来他说得累了,喝了口水,碰到Late直接说:"提前恭喜Late锁定D组冠军。"

"二十三杀！Late 厉害。"

"是 D 组选手水平不行吗？我怎么感觉他比以前更厉害了，之前最高纪录好像也就二十二杀。"

"能参加比赛的人水平都不低，只不过 Late 的实力太强了，这看起来像在打鱼塘局。"

"路人和主播差距还是挺大的，东南赛区也有几个主播参赛三十杀，职业选手更不用说。"

网吧没有大屏显示比赛画面，在比赛席外应援的庄州和施梁不知道比赛进行得怎么样，紧张地仰着脖子朝沈迟的方向看。

小组赛六场比赛，上午十一点时比赛结束，沈迟摘下耳机，面无表情地从比赛席离开。

施梁和庄州立马围上来，庄州把沈迟的水杯递给他，小心翼翼地问："怎么样，能晋级吗？"

见沈迟没回答，施梁立马补充："发挥得不好，也没关系。"

沈迟抿了口水，拧好杯盖："第一。"

庄州和施梁提着的心终于放下了，一脸喜色地走出网吧，而小猫直播的论坛上也纷纷议论起来。

【银渐层】仔仔太厉害了。

【蓝猫】猫猫崽真棒！

【大橘为重】仔仔是什么"神仙仔仔"？！

沈迟看着毫无动静的手机，望着论坛上的讨论，忍不住打开微信，发过去一条消息。

瑞文带着电脑坐在咖啡馆里，问收拾着桌面的青年："联储再次降息，这周股市大幅上扬，你觉得现在是投资 A 国股市的时机吗？"

"靴子落地便没有压力了。"严雪宵端走咖啡杯。

"你不看好后市？"瑞文不禁坐直身体。

他和 Yan 认识的时间并不长，可青年身上有种沉稳的气质，做空原油赚取数十万美金后，他以为对方会趁势而上，可青年并未进行任何投资。

"不看好。"

回答得格外直接，没有留下任何余地，瑞文闻言打定主意，开盘后减一半仓避开风险。

严雪宵洗完杯子，一个电话打了进来，电话里传来官山的声音："给你订好了。"

"谢了。"

他挂断电话，一条未读消息浮现在屏幕上。

沈迟："我拿了小组赛第一。"

仿佛是怕他看不见一般，对方又发了一次，仿佛是在骄傲地仰着脑袋想求表扬，青年不知道该如何表扬，视线停留了片刻，打开了论坛。

另一边的沈迟发完消息，惴惴不安地等待着，一边想小组赛第一也没有多了不起，一边又想，那还是挺了不起的。

正在这个时候，手机屏幕上不停闪动，他收到了接二连三的消息。

严雪宵："仔仔太厉害了。"

严雪宵："猫猫崽真棒！"

严雪宵："是什么'神仙仔仔'？"

虽然明知道对方是从论坛上抄来的，但少年还是开心得不得了。

去日料店的路上，庄州转头望见握着手机的沈迟，诧异地问："你在傻笑什么？"

少年戴上耳机，声音冷淡："你看错了。"

庄州半信半疑地转回头，他刚刚明明看见沈迟笑了。

他们按照地图走到日料店门口，日料店的名字叫"松见"，是省城唯一一家日料店。

店里环境清幽，写着日文的竹制菜名悬挂在墙上，满满的和风扑面而来，可店里一个客人也没有。

庄州小声说："看来生意不太好。"

施梁也点头。

穿着蓝色和服的服务生带领他们到位置上坐下，将菜单递给他们："您好，请问需要什么呢？"

沈迟坐到位置上随手翻开菜单，最便宜的乌冬面就要六十八，少年的视线停在价格上，面无表情地合上菜单："下午是不是还有课？"

庄州反应极快："走吧。"

施梁迷惑，下午明明没课，不过听到要走也松了口气，一顿饭五十元对他而言已经很贵了，没想到这里的菜价更贵。

菜单上的价格太过昂贵，不是他们能负担得起的，学校对面的小吃店也没什么不好的。

看到他们站起身，侍应生连忙说："有一桌预定的客人临时不来了，你们愿意以三百元买下他们的菜吗？"

像是怕他们不答应般，侍应生又说了句："主厨对食物的新鲜度要求很严格，店里现在只有你们一桌客人，如果你们不同意就只能扔了。"

庄州迅速开口，看向沈迟："下午我记得没课，是不是你记错了？"

红头发的少年矜持地答复："记错了。"

服务生带着他们进了一个包厢，包厢的木桌上摆满了琳琅满目的食物，有金枪鱼大腹寿司、松叶蟹、鳗鱼烧……还有冒着热气的寿喜锅。

服务生立在一旁，依次为他们介绍："这道是胡椒豆腐，豆腐上是新鲜的海胆……"

施梁感觉自己在做梦，原本以为自己吃不惯刺身，可牡丹虾泛着淡淡的甘甜，沾上研磨的新鲜山葵，他从没吃过这么好吃的东西，因为舍不得，所以吃得异常慢。

沈迟随意地拿起金枪鱼大腹寿司，他一贯口味挑剔，但寿司口感细腻，香味浓郁，意外地新鲜，只是他扫了一圈，问道："没有酒吗？"

按理说，吃日料都会搭配合适的酒。

侍应生带着歉意说："上一位客人没有点酒。"

尽管没有酒，三人仍然开开心心地享用了这一餐，每个人的肚子都吃得圆鼓鼓的，快吃完时，沈迟走出包厢买了单。

当他们离开后，服务生担忧地问老板："不会亏吗？"

"有人替他们买单了。"老板笑眯眯地说，"连食材都是空运过来的，我这辈子还没用过这么好的食材。"

由于他们吃饭的时间太长，错过了前一班车，最后一班车发车晚，直到下午六点三个人才坐上回边城的大巴车。沈迟打开手机给严雪宵发消息。

沈迟："那家日料特别好吃，如果你来边城的话，我请你吃。"

对方回复了他。

严雪宵："好。"

大巴车缓缓启动，沈迟将头靠在大巴车的车窗上，看着省城逐渐消失在视线里，他发了句。

沈迟："要是有甜品就好了，以前我奶奶带我去吃日料，总会给我买甜品，但我已经很久没见过她了，不知道她是不是已经忘了我。"

大巴车开了三小时，最后停在了边城的汽车站，此时天已经全黑了，零零散散的路灯在路面投下阴影。

"我回家了，再不回去我母亲要担心了。"

"我也回去了。"

沈迟半垂下眼，分别后一个人向居民楼走去。他走进漆黑的楼道，声控灯坏了还没修，他打开手机手电筒，借着光上楼，走到门前准备开门时，忽然脚下被什么东西绊了一下。

他弯下腰，发现那是一个用口袋装着的小盒子，少年开门走进屋，谨慎地拆开盒子，在打开的一瞬间愣住了。

一个小草莓蛋糕出现在了他眼前，盒子边附了一张小卡片，他颤着手打开卡片，上面写着：*奶奶希望你开开心心的*。

即便知道蛋糕是严雪宵送的，他还是低下了头，眼圈微不可察地红了。沈迟回到房间里，慢慢地吃着蛋糕，半点都没剩下。

吃完蛋糕，沈迟翻出通讯录，找到严雪宵的名字，跨国电话太贵，想了想还是没有拨，打开微信拨通了语音电话。

电话接通后，他很长时间没说话，严雪宵同样静静地没有说话，仿佛是在无声地抚慰沈迟。

沈迟："你平时上课是不是很忙？"

似乎知道他在想什么，青年答："接你电话还是有时间的。"

听到这话的一瞬间，少年捏紧手机，像是所有的任性都会被满足，他忽然问："你为什么会学哲学呢？"

在不少人心中，哲学就是无用的学科。

隔了一阵，电话里传来严雪宵清冷的声音："整个哲学的发展史可以说是对世界本源的探究史，从泰勒斯水生万物到笛卡尔心物二元论，再到尼采重估一切价值。"

他平静地说："哲学就是一群好奇的人抬头看世界，这本身就是一件令人激动到战栗的事。"

虽然沈迟无法全部理解，但或许是草莓蛋糕残留的香气太甜蜜，又或许是严雪宵描述得太浪漫，他突然想要接近严雪宵所说的那个哲学世界。

少年坐在书桌前，第一次翻开了政治书的哲学部分。

周一，上课前王老师站在讲台上厉声道："现在有的同学完全没把学习当回事，周末不在家学习，成群结队跑去网吧，这周我们会重点抓这件事，不光是上课期间，放学时间也绝不允许出现在网吧。"

庄州刚补完作业，听到这句话纳闷道："老王是不是更年期到了？"

前排的男生用书遮下半张脸，转过头小声开口："听说他昨天相亲失败了。"

"那就不奇怪了。"庄州突然担忧起沈迟下周西北赛区的晋级赛，不过比赛是在省城的网吧，王老师应该不至于管那么远吧，想到这里，他提着的心又放下了。

下午边城的医院里，季妈躺在病床上："我觉得还是要和小迟说一下。"

季爸剥橘子的手一停，委婉地说："小迟的性子你清楚，我怕他情绪激动做出什么事。"

他不是没把小迟当自己的孩子，可那孩子看自己的目光总是不亲近，性子沉默又冷淡，他打心眼里害怕那个孩子，听到季妈怀孕的消息他没觉得有负担，反而松了口气。

季妈望着他。

季爸把橘子递给她，叹了口气："我给他打个电话，你好好休息，医生说你现在不能激动。"

季爸走出病房，拨通了沈迟的电话，过了一阵，电话被接通，他出声问："小迟，最近过得还好吧？"

"有事直接说就行。"

他带了一丝紧张，开口道："我和你妈妈想和你说一件事，你妈妈她怀孕两个月了，因为知道得太突然所以没和你说。"

少年似乎并不惊讶，语气比上一次见面更冷："你们没必要和我说。"

季爸小心翼翼地问："你是不是生气了？你千万别多想，我们留下这个孩子是不希望你一个人孤孤单单的，以后他也是你的亲人。"

少年冷声说："你们想要怎样都与我无关，下次打扰我前，麻烦先把一万三还清。"

季爸本欲再说些什么，可听到最后一句话，就什么也说不出了，终究是他们亏欠了这个孩子。

沈迟垂下眼删除了季爸的号码，关掉手机往前走，没注意到有人在居民楼前拉起铁丝晾衣服，他径直撞上了晾衣服的铁丝。

白色纱帘挂在铁丝上，被风轻轻柔柔地吹起，层层叠叠的纱帘中，一个穿着洁白裙子的女生慌忙走过来，她有双大而明亮的眼。

女生望见他停住了,无声地看着他额头上的红印,似乎在问要不要紧。

他没有说话,只是帮女生把纱帘拾了起来,重新悬挂在铁丝上。

沈迟挂好后才回到出租屋,他看着空空荡荡的房子,情绪不明地在椅子上坐了许久,以至于忘了直播,等到回过神正要打开电脑时,严雪宵的电话打了进来。

"发生了什么事?"

少年戴上耳机,尽可能地让自己的声音听起来毫无异常:"没发生什么,马上直播。"

对方没说话,似乎在等待。

少年只能开口道:"他们找我了。"

过了一阵,严雪宵的声音从电话那边传来:"不用为不值得的事难过。"

周五沈迟接到一个快递电话,他不记得自己买过东西,疑惑地走到校门边取快递,取回快递后将大大的快递箱放在桌上。

"你买了什么?"庄州好奇地问。

"我哥寄来的。"沈迟看了眼快递单。

"肯定是书。"前排的男生有经验地推断,"全套的练习册,家长送东西最喜欢送教辅资料,过年我哥送了我整整两套,说做一套收藏一套。"

对此庄州深有体会,每次他爸妈去省城进货,总要给他捎两本新出的教辅资料。

沈迟拆开快递,发现是最新款的游戏主机,配有手柄和屏幕,可以将屏幕挂在墙上用手柄玩游戏。

"国外首发国内暂时还买不到。"前排男生说道,"我羡慕了。"

"我也羡慕了。"庄州终于明白沈迟为什么没有女朋友了,有买新款主机的哥哥,时间都被游戏挤得满满的,哪有心思想别的。

沈迟把东西仔细收好:"我哥比较穷。"他顿了顿又说,"不过对我很好。"

沈迟望着快递箱叹了口气,游戏主机价格贵,A 国的物价又高,他真担心严雪宵能不能养活自己。想到这儿,他打开微信,毫不犹豫地将这个月的工资转了过去。

瑞文走进咖啡店,庆幸自己前两天听从了 Yan 的建议,将手上的股票抛售了一半,因为接下来一周内股市发生了三次熔断。

当股指波幅达到熔断点时交易所暂时停止交易,这意味着联储的刺激措施彻底失效,市场进入无序状态。

他相信 Yan 一定提前做空了，此次获利至少百万，他不禁问："你要投资黄金吗？"

在市场恐慌情绪蔓延的当下，黄金无疑会成为最佳的避险资产，事实上截至今天，金价还在不停上涨。

"主要是股市。"严雪宵将咖啡递给瑞文。

"可现在市场完全是非理性的。"瑞文喝了口拿铁，心有余悸地开口，"我持有一家新药公司的股票，季报营收增长175%，股价回到半年前了。"

"正是因为如此。"

瑞文愣了愣，过了阵明白过来，投资者恐慌程度最高时也是优质资产被低估的时候，道理谁都明白，只不过入市，需要的不仅仅是判断力，更是决断力。

严雪宵的手机忽然响了，他划开屏幕，沈迟向他转来五千元的生活费，明明他自己一个月的生活费也才五百。

他敛下狭长的眼眸，浓密的睫毛在眼底投下阴影，神色浮现出一丝少见的困惑。

瑞文第一次见到青年如此模样，他不由得问："有什么发愁的事吗？或许我可以帮到你。"

严雪宵看着屏幕，语气里听不出情绪："家里大人出了点事，怕弟弟难过。"

瑞文笑笑："可以试下转移他的注意力，他有喜欢的东西吗？"

严雪宵轻轻答道："嗯，给他买了游戏机。"

周六举办西北赛区晋级赛，小组赛出线的一百名选手将会共同角逐二十个参与决赛的名额，沈迟在网吧前的公交车站下了车。

然而他的脚步顿住了，因为王老师正站在网吧门口，好像在等什么人。他等了一会儿，离比赛开始只有十分钟，王老师依然在门口徘徊。

一向是好学生的施梁只好硬着头皮走到王老师身边打招呼，吸引王老师的注意，庄州和沈迟迅速从王老师背后溜进网吧。

沈迟坐到比赛席上时，离比赛开始只有五分钟了，他是最后一名到场的选手。

直播间里的段世介绍着晋级赛情况："目前得分最高的选手是 Late，六场小组赛获得 185 分，蒋旭 124 分居于第二……"

"蒋旭还是职业选手，这分差拉得太恐怖了。"

"西北的电竞氛围不浓吧，一支战队都没有，上周我看了小组赛，水平真不如东部赛区，顶多算水友赛的水平。"

"就算是水友赛，Late 平均一局击杀二十人，水平稳定得有点恐怖了。"

"决赛才看得出来真水平。"

直播镜头推到比赛现场，现场增设了大屏幕，庄州独自举着横幅为沈迟加油打气，却没发现王老师意识到不对，此时也进入了网吧，正阴恻恻地站在他身后。

一无所知的沈迟坐到位置上，戴上耳机。

第一局是海岛图，航线偏东北，他选择地图边缘的 G 港跳下，虽然位于海岛边缘，但 G 港资源并不算少，落地常会伴随战斗，他落在东北部角落的集装箱上。

"我还以为 Late 会跳学校。"

"选择 G 港比较保守吧。"

"稳妥。"

"G 港位于航线头部跳点，跳伞的选手也比较多，我们可以看到落地不到五分钟 G 港便爆发了两场战斗，Late 成功击杀五名选手。"段世继续解说。

"落地得五分！这未免太强了。"

"没人看好蒋旭吗？他打得很轻松，没有刻意追求击杀数，现在也拿三分了。"

"他的做法更职业些，比赛前二十晋级，换句话说只要晋级就行，保存实力。"

沈迟习惯每场比赛都高度专注，喜欢在游戏中用尽全力击败对手的感觉，他从海岛边缘向安全区慢慢转移，同时清剿敌人，确保自己身后是安全的。

直至决赛圈只剩下两个人，他们都匍匐在麦田圈中，看不见对方的身影，沈迟不再继续活动。

段世心里不免为 Late 可惜，因为另一人是蒋旭，虽然根据以往蒋旭参赛的表现来说，他的节奏看起来慢慢悠悠的，但他反应力惊人，进攻起来完全不会给对手思考的时间。

"职业选手的压迫力还是很强的，从没见过 Late 脸上的表情这么凝重。"

"这红毛小子一直都面无表情，不过帝企鹅里居然有 Late 的粉丝吗？"

"队伍被渗透了。"

"靠你了，蒋旭。"

蒋旭没把这场比赛放在心上，晋级赛于他而言只是小打小闹，他从草丛中站起身，靠到掩体后，一眼便看到了西南方的 Late。

开镜出枪一气呵成，时间在他眼中变得很慢，足以让他格外从容地瞄准对手，甚至预判对手走位。

"蒋旭的反应真的快，我都没注意到地上阴影不对。"

"恭喜蒋旭拿下第一场的胜利。"

"重点不是拿下胜利，而是打破 Late 六连胜纪录。"

然而蒋旭按下射击时，变故骤然发生，对方向掩体后跑去，他预料到了对方的动作，但没预料到对方能精准躲避子弹，Late 手部的操作细到令人发指。

他只是惊讶了一会儿，便被对方捕捉到机会，子弹密密麻麻射来，最后一枚手雷直接将他带走！

"唉。"

"唉声叹气，这么好的机会都没把握住，蒋旭你失去我这个粉丝了。"

"七连胜！"

比赛继续进行，西北赛区作为冠军竞争力最低的赛区，直播间的观众并不多，但随着沈迟的连胜，直播间的热度越来越高，甚至登上了帝企鹅的直播首页。

最后一秒，沈迟以十二连胜结束比赛，每次击杀数都保持在二十人以上，作为西北赛区第一名进入全国赛。直播间一片哗然，段世激动地问："有什么想说的吗？"

少年的手腕发抖，他垂着眼说："意料之中。"

"好气哦。"

"Late 一如既往地'拉仇恨'。"

"拿了西北赛区第一就这样，千万不能让他拿总冠军。"

"我觉得他还是没经历过东部赛区的'毒打'。"

不仅是直播间，比赛现场也一片喧哗，一名路人走出网吧仍在感叹："西北也要出一个冠军了，Late 是个打职业的好苗子，前途一片光明。"

听到他的话，从庄州身后悄悄离开的王老师骄傲地说："他是我学生。"

蒋旭的朋友安慰蒋旭："你今天状态不是很好，第二名也不错了，别放在心上，不过现在的年轻选手确实厉害。"

蒋旭摇头道："他那种打法，手会废的。"

他今天避其锋芒，只是觉得为这种比赛拼尽全力没必要，毕竟要为决赛养精蓄锐。电竞选手的职业生涯何其短暂，他不会把时间浪费在不值得的比赛上。

沈迟在座位上坐了一阵，手肘上传来的疼痛才消失，庄州担忧地问："你手没问题吧？"

"老毛病了。"

此时的沈迟格外意气风发，他走出网吧，拨通了一个语音电话："我晋级了，西北地区第一名，决赛拿冠军给你看……"

他说到最后一句停了一下，如果换作其他人一定会说他白日做梦，可严雪宵清冷的声音在他耳边响起："我等着。"

语气是那样温柔而笃定。

少年的心里骤然涌起一股暖流，挂断电话后仍未能平息，他抑制不住地发过去一条消息。

沈迟："我能……看看你的照片吗？"

过了一阵，他并没有等到答复。

少年垂下头，正要关掉手机时，忽然一条消息浮现在屏幕上——对方向你发来视频邀请。

沈迟的大脑空白了两秒，慢半拍站起身，对着庄州和施梁说："我出去一下。"

他没有见过严雪宵，也无从想象对方的样子，他走到网吧无人的角落，心里不知为什么比打比赛还紧张。

他深吸了一口气，同意了视频邀请。

屏幕中出现了一个身穿白衬衫的青年，肤色白皙，凤眼狭长分明，隔着屏幕都能感受到他身上带着若有若无的距离感，那距离感仿佛入纸不晕的松烟墨。

少年张了张嘴，却什么也没有说。

严雪宵轻声问他："你怎么左手拿手机？"

明明只是一个简单的问题，可沈迟的呼吸依然被打乱，慌忙答道："右手有点累。"

严雪宵淡淡地开口道："我继续工作了。"

沈迟这才意识到严雪宵的手边搁着咖啡店的店员服，于是他镇定地关闭了视频。

周一上课，王老师抱着厚厚的习题册走到讲台上："上周大家表现不错，都在认真学习。"

讲台下庄州开口："王老师该换眼镜了，我们在网吧待了一上午他都没发现。"

沈迟懒懒地点头。

"上课前我还要说一件事，燕城一家大医院愿意免费为我们学校的学生进行全面体检，时间就在放小长假的前一天。那天上午九点大家空腹在操场集合。"王老师看向沈迟，"有些同学不要迟到，不要因为取得了一点成绩就沾沾自喜。"

庄州看着刚公布的考试成绩单，沈迟的名字牢牢占据最后一位，他不禁迷惑道："倒数第一也算成绩吗？"

"老王心，海底针。"前排的男生转头说。

沈迟对于体检没什么感觉，那天抽血时眼皮都没抬，做完体检回到家，直播结束后便坐上了去往燕城参加比赛的火车。

决赛分为两天，为了将运气因素及场外因素的影响控制在最低，一天会进行六场比赛，两天总共十二场，排名由积分决定，强度显而易见。

为了保证第二天九点前能到达比赛场馆，沈迟没有选择最便宜的绿皮火车，而是买了普快坐票。

火车上的人很多，他坐的位置离厕所近，廉价香烟的味道弥漫在空气里，他皱了皱眉，将怀里的包抱得更紧了。

他的睡眠很浅，独自一人坐火车，怕包被偷也不敢睡沉，直到凌晨两三点才睡着。

周六早上七点，列车停在首都燕城，听到播报站点的语音少年骤然清醒。他从硬邦邦的座椅上站起时，腿已经麻了，他僵硬地下了火车。

蒋旭提早一周到了燕城，他从酒店出发，享用完丰盛的晚餐，抵达决赛场馆。

进入决赛的大部分都是职业选手，最受瞩目的无疑是东南赛区的第一名周亭川，SWL青训营出身，接受的是国内最为系统科学的训练，刚入联盟一年便成为SWL主力，实力可见一斑。

蒋旭的视线从周亭川身上离开，望见沈迟背着包孤零零地走到位置上坐下，拧开水杯喝了口水。他注意到沈迟的手指指节分明，是一双弹钢琴的手。

如果要他评价沈迟的打法，只有一句话形容，那就是完全的野路子打法，因为手速与意识过人，其他人没有模仿的可能性。他突然很好奇，周亭川对上沈迟，究竟谁赢谁输。

比赛虽未正式开始，但已经开始直播了，作为不常见的单人赛，直播间的热度很高，迅速登上帝企鹅的首页。

"周亭川加油！"

"我说周亭川是冠军，应该没人有意见吧？"

"没意见。"

"反正我选周亭川赢。"

"基本都看好周亭川吧，不过居然有几个人选Late赢，有周亭川在，想想也不可能呀。"

电脑前的严雪宵放下书，轻轻皱眉，注册了帝企鹅账号，这是他第一次参与赛前投票。

这次比赛是由段世和方升泉搭档解说，段世介绍着选手情况："在竞争激烈的东南赛区，周亭川拿下 174 分以第一名晋级决赛，实力有目共睹，他夺冠的呼声也是最大的。"

他说到最后一句话时，看了眼投注页面，"咦"了一声："说错了一点，如今 Late 的投票数是最高的。"

弹幕沸腾了。

"Late 的人气这么高吗？"

"羡慕了。"

"小红毛那个长相，受女生喜欢不奇怪，不过电子竞技用实力说话。"

离比赛开始不到五分钟，镜头缓缓扫过各名选手，一百名来自全国各地的选手依次入场，方升泉不是对每一个人都十分熟悉。

他望见拉开比赛座椅的少年，与身旁容光焕发的职业选手形成鲜明对比："Late 看起来比较疲惫。"

"西北赛区的人来这儿确实路途较远。"段世解释道，"希望不会对接下来的比赛产生影响。"

"他不太重视吧，昨天还在直播。"

"买张机票也就几小时的航程。"

"蒋旭也是西北的，提前一周便到燕城住在酒店里了。今天才到的话，休息不好怪不了别人。"

晚上九点，比赛正式开始。

与常规四人赛不同，百名选手单人赛，同一时刻有爆发数场战斗的可能，导播自然而然将主要镜头集中在了明星选手周亭川身上。

"周亭川今天的状态很好。"方升泉点评道，"不管是节奏还是意识都没问题，这是位没有短板的选手。"

"蒋旭的发挥也好了不少。"段世接话道，"不过很可惜，正面撞上周亭川，被一波带走。"

段世的话音落下，画面中爆发了新战斗，周亭川敏锐地发现埋伏在山坡上的 Late，用 AWM 一枪击杀对方。

"Late 很可惜，对地形的熟悉程度还是不够，没进前十拿不到排名分。"方升泉话里带着惋惜。

"这就是业余和职业的差别吧。"段世开口,"对细节的把控,往往成为决定战局的关键。"

"小姐姐们的票砸水里了。"

"心疼一秒。"

"不用心疼,之后的比赛又砸了。"

三场比赛下来,周亭川拿下 75 分位于第一,沈迟 43 分居于第二十,成绩说不上好也说不上差。

"西北赛区的水平真心不行,第一名到决赛只是第二十名。"

"我感觉 Late 第一场被击杀后就走神了,后面两场比赛发挥不太好。"

"比赛经验太少的问题,估计自信心也被打击了,他在西北赛区算拔尖,放在一群职业选手中就普普通通了。"

中场休息半小时,沈迟走到休息室打开背包拿出水杯,喝了口水,接着打开手机。

"他在干什么?"

"下半场沙漠图,好像是在背沙漠地形。"

"这么短的时间记得下来吗?"

"地形他肯定记得的,只须记细节,不过也很难记了。"

沈迟仿佛回到了小时候背钢琴谱的日子,压力反而让他冷静,他把沙漠图从最西的监狱浏览到最东的军事基地,细到把每一棵树、每一块石头的位置都印在脑海中。

下半场开始前五分钟,他闭上眼默背了一遍,然后关了手机,再次进入赛场。

"Late 完全没休息。"

"真能记住吗?"

"能记下来还打什么游戏?建议直接去考燕大。"

"Late 的压力有点大。"方升泉委婉地开口,"希望接下来的比赛他能调整好心态,我个人还是看好他的。"

中场休息过后,比赛有条不紊地进行,周亭川的积分不断增加,始终占据着积分榜第一位,获得决赛六连胜。

但更令方升泉惊讶的是,Late 以惊人的击杀分不知不觉从第二十名上升到了第七名!

"导播没给镜头我迷惑了，Late 上半场不是还排在第二十吗，怎么突然蹿到第七了？"

"我也记得是第二十。"

"是不是计分出了问题？"

方升泉也迷惑不解，让导播回放，画面中出现 Late 的第一视角，依然是开镜射击，似乎与之前没什么不同，可回放几次便可以看出差别。

"他发现敌人的速度更快了。"方升泉点评，语气中透出明显的赞许，"躲藏的位置也更隐蔽了，对地图的细节把控提升了。"

"他真的记下了。"

"好奇他的智商。"

"他进步好快，我记得一开始看他直播就是好一点的主播水平，难怪当初 SWL 向他抛橄榄枝。可惜他没答应，要是接受系统训练，说不定现在水平不比周亭川差。"

比赛结束，选手们纷纷离开赛场，沈迟坐在座位上，藏在衣袖下的右手微不可察地战栗，颤抖的时间比任何一次都长。

蒋旭留意到沈迟的手，递给他一瓶矿泉水，打开瓶盖："你知道腱鞘炎吗？这是常见的职业病，早期还能自然恢复，后期严重的话就要告别赛场了。"

沈迟没接他递来的水。

"周亭川，你今天看见了，是这个赛场上统治级别的选手，想胜他需要付出十二分力气。"蒋旭的话点到即止，"冠军奖金不过十万，不值得。"

沈迟抿了抿唇。

"至于世界赛门票，世界赛每年都有。"蒋旭把水搁在桌上，"去 A 国洛城看现场和看网上转播没什么差别。"

一直沉默的少年第一次生涩地开口："A 国？"

蒋旭虽然不知道 A 国有什么特别的地方，但他还是耐心回答："今年决赛在 A 国洛城。"

"谢谢。"

沈迟突然站起身，走到休息室，左手拿起包，向场馆边的旅馆走去。

旅馆的墙上贴满了小广告，房间狭窄没有窗户，散发着阴冷潮湿的气味。黑暗中的少年翻着世界地图，指尖落在大洋彼岸的那片大陆，A 国离他似乎……不再遥不可及。

"沈迟的体检结果出来了。"官山看着电脑上的体检报告,"轻微贫血还好,腱鞘炎再不治就要影响日常生活了。"

电话那边沉默了很长一会儿才说道:"我刚拍下一方明田黄章。"

"你什么时候这么有钱了,现在咖啡店的工资都开得这么高吗?"官山酸里酸气地问。

"投资赚了一点。"

虽然青年语气平淡,但能买得起明代印章,当然不是只赚了一点而已。官山想要明田黄章很久了,不禁说:"还要我做什么?说吧。"

"白天带他去燕城玩玩。"电话里冷淡的声音蓦地放柔了,"他在边城吃过许多苦。"

官山一怔,他还没见过严雪宵这么温柔地对待一个人,即便是体检也是托他为全校的学生体检,想不动声色地将少年护在羽翼下。

次日早上,沈迟是被手腕疼醒的,或许是昨天太过疲惫,他没有像往常一样休息好,手腕一阵阵地发疼。

他走到旅馆前台退了房,坐公交到医院检查,与边城冷清的县医院不同,燕城每个医院的人都很多,他从七点一直等到九点半。

"腱鞘炎。"医生看着他拍的片子,头也没抬地说,"玩手机、玩电脑久了最容易得这个病,年纪轻轻却这么不爱惜身体。"

少年垂着头坐在医院冰冷的凳子上,声音干涩得不像是自己能发出来的:"还能打游戏吗?"

"肯定打不了。"医生开出诊疗单,"先保守治疗,痛的话打个封闭针,不过右手一个月不要进行任何剧烈活动。这病容易留下病根,你年纪小,休息个一年半载,还有自然康复的可能。"

少年抬起头:"打封闭吧。"

消炎镇定药物注射到手部,沈迟却没有任何痛感,好像不是自己的手一般,他只是冷眼旁观。

然而走出医院时,他的胸腔仿佛蒙上了一层浸湿的纸透不过气,残存的氧气消失殆尽,他从指尖到整个身躯都在颤抖。

他只想打游戏,也只会打游戏,但现在游戏好像也不能打了,黑暗中的光亮又要熄灭了。此刻明明是白天,少年的眼前却看不到一丝光。

从他到边城的那一刻,就不该有什么期待,他没有更好的未来,也不会有更好的未来,他的人生烂得不能再烂了。

少年闭上眼,就在他堕入黑暗前,电话响了,他睁开眼猛然清醒,看着屏幕上的名字接通了电话。

"医生说我有腱鞘炎。"他扶在栏杆上,尽力语气平静地叙述,"好之前不能再打游戏了,如果……还能好的话。"

电话里传来严雪宵冷静的声音:"我会给你找最好的医生。"

仿佛看出沈迟的不安,严雪宵又一字一句说:"沈迟,有哥哥在。"

沈迟握住手机,这是他唯一可以握住的东西,将他从死水中拽上岸。

"你现在的情况不适合比赛,今天我让朋友带你在燕城玩。"青年温柔地问,"好吗?"

医院里,官山脱下白大褂拨通沈迟的电话:"沈迟你好,我是你哥的朋友,我开车来接你。"

他走出医院时,转院的沈老太太恰好被推进病房,她焦急地问:"我听见有人在喊小迟的名字,小迟是不是来燕城了?他肯定想吃我做的酱肉丝。"

"您听错了。"沈夫人淡淡说,"他在边城,怎么可能认识官医生。"

论家世,官家并不算显赫,但她知道官家和严家是世交,最重要的是,如果能通过官家和严家搭上关系,哪怕沾上一点关系,沈家都会受用不尽。

官山开车载着沈迟到了一家餐厅,严雪宵叮嘱过他,沈迟不能吃辣,所以他点的都是偏甜的燕城菜,说道:"你别拘束,看看有什么想吃的吗?"

沈迟摇头。

少年不是一个话多的人,算得上沉默,这顿饭吃得很安静。吃完饭,少年拒绝了官山去景点玩的提议,戴着耳机看手机。

一开始官山也没放在心上,听说沈迟是在燕城长大的,该去的地方都去了,没兴趣去景点也是正常的。

直到他无意中瞥见少年手机上正在播放的比赛视频,他心里忽然有种不太好的预感,果然少年摘下耳机站起身:"谢谢你的款待,我得去比赛了。"

"你现在不能比赛。"

听见他的话,少年顿了一下,却依然离开了。官山终于知道严雪宵为什么会对沈迟另眼相待了,这少年身上分明有着严雪宵的影子——当初的严雪宵也是头也不回地离开了严家。

沈迟走到比赛场馆，看到手机上严雪宵打来的电话，少年垂下头，关掉手机，坐在比赛座椅上。

比赛直播间中的段世调整好耳麦问："方老师，你怎么看最后一天的决赛？"

"不出意外的话，周亭川会拿下此次比赛的冠军，这是一位几乎没有短板的选手。"方升泉回答。

"请把'意外'两个字去掉。"

"没悬念。"

"Late 有可能吗？"

"你忘了他昨天被周亭川一枪带走？"

比赛准时开始，沈迟戴上主办方统一发放的耳机，右手打了封闭感受不到任何疼痛，他的状态甚至比昨天更好。他深吸一口气，慢慢握紧鼠标。

周亭川是一个反应敏锐的对手，对上他，但凡出一点错，都会被攻击，所以沈迟不能出错，不能出半点错。

沈迟坐在比赛席上，大脑像一台精密运转的仪器飞速转动，所有细节他都没有放过，游戏里的画面无比清楚地浮现在脑海中。

"落地七杀！"

"今天小红毛是不是不太开心？"

"他一直都面无表情。"

沈迟的分数不断往上爬，即便从昨天的第七名升到第二名也并未在意，他的眼中只有冠军。

段世是西北人，与经济发达的东部沿海相比，西北地区是"电竞荒漠"，他出于私心，希望冠军是西北人的，因此最后一局比赛他忍不住屏住呼吸。

方升泉见惯了大场面，远比段世淡定："比分只相差五分，最后一局很关键，两名选手风格不同，周亭川的打法更稳，Late 的打法更出其不意，都有可能夺冠。"

"谁都不得罪。"

"方老师这圆场打得好。"

"我还是看好周亭川，要是随便一个主播就能赢职业队员，我觉得联盟比赛没有办下去的必要了。"

比赛进行到决赛圈，场上只剩沈迟和周亭川两个人，枪声骤然停止，周围静得不可思议，直到子弹冷不防向沈迟袭来。

沈迟白天都在看周亭川过去的比赛视频，一个人的战术风格可能会变，但下意识的反应不会变，他闭了闭眼，默默回忆。

他从枪声的方向确定对方位置，朝身前扔了一个烟幕弹。他躲在烟幕弹后，在烟幕即将散去的前一秒，抓住对方观察两侧的工夫，一枪带走了周亭川。

全场一片哗然，连方升泉也愣住了，段世是第一个从发愣中回过神来的，声音激动得有些破音："他使用烟幕弹吸引对方注意力，紧接着瞬狙，没开镜直接击中对方，拿下本次比赛的总冠军！"

"周亭川竟然输了？！"

"不怪周亭川，这打法太放飞自我了，正常人都不会停在烟幕弹后吧，后面还接的是'神经枪'，要不是线下赛，我都怀疑 Late 开挂了。"

"拿下冠军是实力。"

"天赋也很可怕。"

从小猫杯开始，方升泉便一直看好 Late，但他从未想过镜头中神情冷漠的少年能够击败周亭川获得冠军。他毫不掩饰自己的赞赏："恭喜联盟史上多出一颗冉冉升起的新星。"

"头一次见方老师这么夸人。"

"豪门战队肯定在联系 Late 了。"

"还是对 Late 说一声恭喜。"

"恭喜红毛仔仔。"

比赛会场喧闹，灯光集中在红头发的少年身上，他的脸上带着少见的笑容，电脑前的严雪宵看着少年藏在衣袖下的右手，黑白分明的眼里却没有丝毫笑意。

沈迟左手拿着手机，对着明亮的奖杯拍了张照，将拍好的照片发了过去。

沈迟："奖杯。"

严雪宵问了句。

严雪宵："为什么还要打？"

收到回复的少年垂着头，他不知道自己的手能不能康复，可能永远都不能了，但他离冠军从未如此接近过，大概也是最后一次这么接近。

他拥有的东西不多，他想给严雪宵看看冠军奖杯，说好了就一定要做到，这是他为数不多可以拿出手的东西了。

严雪宵望着手机屏幕，对面那头小狼崽似乎察觉到他生气了，隔了一会儿，小心翼翼地又发了一句。

沈迟："给你看冠军。"

看到消息的那一刻，青年敛下眼里看不清的情绪，淡色的唇抿成薄薄的一条线。

之前在沈家时办理的签证还没过期，沈迟第一时间坐上了飞往洛城的飞机，因为手不能提重物，他没有回边城带行李，只背了一个背包。

云层从舷窗外飞速掠过，少年一眨不眨地注视着舷窗外，他清楚地知道自己正从太平洋上方飞过，一万四千公里的距离正慢慢变短，一想到这点他似乎也没那么难过了。

长达十三个小时的奔波，他走到机场，拨通严雪宵的语音电话，可电话那边一直没人接，他缓慢发了条消息。

沈迟："我到洛城了。"

可依然没人回复。

独自来到异国的少年抱着背包，戴着耳机坐在椅子上等了很久，他想对方对自己一定很失望吧，他对这种失望并不陌生，大概就是先是失望最后两人变成相互憎厌的陌生人的过程。

少年眼里重新燃起的光慢慢熄灭，他站了起来，鼓起勇气又拨过去一个电话，这一次电话终于拨通了，面无表情的少年小声问："连你也不想理我了吗？"

空气中带着沉默，接着他听见身后出现一阵脚步声，青年清冷的声音在他身后响起，还残留着呼吸声："没说不理你。"

听到声音的下一秒，沈迟的感官像是被放大，周围的一切无比清晰，无论是松木冷冽的气息，还是窗外夜幕弥漫的荧光。

在他缓缓转过身的那一刻，世界骤然静止，所有的声音消失了。

青年比他足足高一个头，投下的阴影从上往下覆盖住他，他笼罩在阴影中，没来由地感到紧张，迅速低下头。

忽然间，他的头顶落下一只手，温柔地揉了揉少年的脑袋，他抬起头，正好对上一双狭长漆黑的眼，青年低声问："怎么不理人了？"

沈迟还没来得及否认，严雪宵便开口解释道："从泽州过来晚了。"

少年由于初次见面产生的不安感，因这句话消失得无影无踪。他从背包的内层拿出赛事主办方送的门票："我有两张门票，要一起去看吗？"

他又鼓起勇气补充了一句："如果你没什么事的话……"

严雪宵轻轻"嗯"了声。

普大的报告厅中，拜伦代表哲学院做着报告，他的声音带着特有的倨傲，台下坐着的不乏教科书上出现的人物。

"Yan放弃这次机会真的太可惜了。"座位上一名女生语气遗憾地说道,"突然就请假离开了,要不然做报告的是他才对。"

"应该是很重要的事吧。"亚当回答,不过他想,以Yan的性子,说不定只是将这次当作一次普通报告吧。

严雪宵和沈迟坐在PGC[1]的比赛席上,他们坐在第五排,正好可以平视展馆中的大屏幕,不需要仰头便能看见。

今晚十六支队伍将进行最后一天的比赛,即使比赛还未开始,观众席上就已经坐满了肤色各异的人,脸上满是激动。

比赛还没开始,沈迟低头吃着草莓蛋糕,因为严雪宵要求他右手戴上医用护腕,所以腕部活动被牢牢限制,他只能用左手不熟练地拿勺子。

直到比赛开始前一刻他才吃完蛋糕,他向严雪宵介绍:"参赛的都是各赛区的一流队伍,积分排第一的是K国队,其次是EU的一支队伍,第三是我们国家的队伍,每个队的风格都不同……"他身旁的人静静听着。

这时比赛开始了,沈迟的注意力瞬间被比赛吸引。

沈迟专注地看比赛,EU和A国作为FPS强势赛区,典型的特点是喜欢"对枪"。要是在转移途中碰上人,其他国家的队伍会有所顾忌,但他们往往会停下"对枪"。

K国队正好相反,最出名的是他们的运营式打法。运营的目的只有一个,尽可能保证有生力量进决赛圈。

两种打法都是把自身优势发挥到极致,没有优劣之分,但从结果来看,K国队连续五次夺得世界冠军,与运营的策略不无关系。

看比赛时少年的眼里透着微不可察的羡慕,中场休息时严雪宵走出座位。

"我把沈迟的片子给丁教授看了,他现在的手伤只要避免劳累就能治,但能不能打比赛丁教授也不能肯定。"电话那边的官山叹了口气,"其实打不打比赛有这么重要吗?"

"于他而言很重要。"严雪宵平静地说。

"没见你对谁这么上心过。"官山想起了什么,提醒道,"泽州的私立学校需要父母的资产证明以及高中三年的成绩单,而且如果语言不过关,需要上一年的语言学校,总之挺麻烦的,并且他还有自己的亲人朋友,让他跟着你到陌生的地方会不会太自私了?"

---

1. PGC:PUBG GLOBAL CHAMPIONSHIP 的缩写,绝地求生全球总决赛。

严雪宵敛目，挂了电话，他再回来时，手上多了杯少年喜欢喝的苏打水。

比赛进行到下半场，沈迟没有意识到严雪宵的离开，他接过苏打水小口地喝着，视线没从屏幕上离开过。

现场解说是外国人，解说中夹杂的专业词语太多他听不懂，但他能看出本国的两支队伍在压力下频频失误，一开始的锐气消失不见，少年的声音听不出情绪："输了。"

国内也在直播世界赛，方升泉和另一名解说搭档，方升泉对着镜头开口："国内两支队伍可能不太适应世界赛节奏，虽然上半场发挥不太好，但下半场还是有机会翻盘的。"

另一名解说赞同道："比赛刷圈都会'排水'，可以说是提前占据'天命圈'，作为提前进入安全区的队伍还是有极大优势的。"

然而解说的话音刚落下，两支H国队伍接连被团灭，意味着无缘前三。

比赛落幕，两支国内战队没能进入前三，沈迟连眼皮都没抬。对于这个结果，他并没有意外，只是他望见其中一名选手摘下耳机时眼圈都是红的，感触良多。

走出场馆时，沈迟垂下头说："每个人付出的努力都不比别人少，没拿到冠军会很难过吧？奖杯看着轻，但拿到手里时是沉甸甸的。"

他身旁的严雪宵停下脚步说："你还会拿的。"

沈迟低头没说话，医生只是说有可能完全康复，他太清楚比赛的激烈程度，一点点的手伤在赛场上都是致命的。

"还疼吗？"严雪宵望着他的手问。

少年垂眼说："打了封闭已经不疼了。医生说我不能再打游戏，可是我不知道自己不打游戏还能干什么，一坐在电脑前，我就只需要考虑输赢。离了游戏我好像什么也不会。"他的声音发闷，"就算复读也不到一年了，难道还能去考燕大吗？"

下一秒，他听见严雪宵平淡开口："燕大是我母校。"

燕大是国内最好的大学，他忽然意识到严雪宵说在普大读研并不是开玩笑。

夜风冰凉，刮在少年苍白的脸上，他一直以为一万四千公里的距离很遥远，坐飞机也要坐十三个小时，可他发现有什么东西比从边城到A国更遥远。

"你想要做什么都能做好，不管从什么时候开始努力都不算晚，所以……"严雪宵顿了顿道，"假如你的目标是燕大，我相信你也能考上。"

听到最后一句话，少年抬起了头。就算在燕城时，他也从来没想过要上燕大，身边也没人觉得他能考上燕大，或许对方只是随口一提，但他站在冰冷的夜风中，仿佛看到了划破黑暗的光明。

"燕城大学"四个字第一次在他脑中浮现。想要努力一次拼一拼燕大——即便这个念头不切实际,让他无法宣之于口,可他想站在严雪宵身边,想要离他再近一些。

心中的那种期冀越来越盛,像是要冲出胸膛,他稳住情绪和严雪宵告别:"订了一点的机票,我去机场了。"

"我送你。"青年淡淡地说。

他们到了机场,沈迟从背包里翻出奖杯,语气满不在乎地说:"给你,反正我拿着也没什么用。"

严雪宵的目光从他的背包转到奖杯上,背包里只有水杯、发旧的耳机以及充电线。

明明自己也没什么东西,却想把最重要的东西给他,严雪宵的视线过了很长时间才挪开。

"谢谢。"青年注视着他,一字一句地开口,"很珍贵的礼物。"

沈迟低头笑了笑,正要说话时背包被拎走了,仿佛看出他的困惑,严雪宵平静地说:"哥帮你拿着。"

沈迟仿佛没在意地"哦"了声,继续向前走,中途严雪宵离开了一小会儿,他走向候机厅,步伐越来越慢,想要尽力延长时间。

或许是离别来得太突然,沈迟停住脚步,故作镇定地问:"你会来边城看我吗?"

空气异常安静,两人相对沉默了一会儿,青年用力拍了拍他的肩,回答说:"会。"

他听见严雪宵像哄小孩儿般温柔地问:"你能好好照顾自己,是吗?"

他记得自己点了点头,背上包走向安检的地方,飞机落地后他才发现背包重了,拉开拉链,原本空荡荡的背包被零食塞满了。

严雪宵看出他喜欢吃甜食,包里有一罐多种口味的水果糖、蔓越莓饼干、草莓蛋糕……还有一个崭新的白色耳机。

红头发的少年独自一人坐在机场,戴上耳机打开蛋糕盒子,虽然和之前的蛋糕是一个牌子的,可不知道为什么,尝了一口他觉得没有他想象中的甜,反而带着淡淡的酸涩。

他不喜欢冬天,但现在无比期盼寒假的到来,因为那时候就可以再次见到严雪宵了。

沈迟坐火车从燕城回到边城火车站，他右手需要休养不能做饭，接下来一个月他都得在外面吃，如果每天吃七元钱的盒饭应该只需要花五百。

他戴着耳机，在心里默默盘算着，走出站口时庄州的声音在前方响起："沈迟。"沈迟摘下耳机。

"你还没吃饭吧？我爸妈让你到我们家吃饭。"庄州不好意思地说，"不知道你喜欢吃什么，我们买了排骨还有鱼，都是按燕城口味做的。"

他看了庄州一眼，终究没拒绝，跟着庄州回去了。

庄州家是学校门外开杂货店的，杂货店楼上就是住处，庄妈妈热情地给他们开门："你就是州州的同学小迟吧，皮肤可真白。"

沈迟没有接话，边城深居西北腹地，风沙大日照强，皮肤白似乎是一件很不可思议的事，他对庄妈妈的话已经见怪不怪了。

庄爸爸从厨房里端出一盘糖醋鱼："小迟坐了三天火车肯定饿了，你们别拉着他在门边说话了，赶紧进来吃饭吧。"

庄州的家并不大，弥漫着他从未见过的烟火气，沈迟低下头，坐在凳子上。

"你哥说了，以后你就在我们家吃饭。"庄妈妈给他夹了一筷子鱼肉。

"我哥？"沈迟抬起头。

"你哥在A国上学不方便照顾你。"庄妈妈望向他的手，"你一个没成年的孩子，手又受伤了，老吃外面的饭怎么行，都是地沟油做的。"

"妈，你别天天看朋友圈。"庄州反驳道，"哪有这么多地沟油……"

庄州的话还没说完，庄妈妈的"眼刀"便飞了过来，他只能把话咽了回去，安静吃饭。

少年停下手中的筷子问："多少钱？"

"不要钱。"庄妈妈立马开口，怕少年不信，她又继续说道，"州州对画画感兴趣，但边城是小地方，请不到好的绘画老师。你哥介绍了燕大美院退休的教授，这可帮了我们大忙，以后你想吃什么尽管说。"

"就是。"庄爸爸感叹道，"边城没人走艺术生这条路，和教授谈了谈，我们心里就踏实多了。"

沈迟没说话，空气一瞬间便安静了，庄州正欲替沈迟解释，庄妈妈开口道："我听你哥说你是个好孩子，只是话少点，你慢慢吃，不要有压力。"

沈迟说不出是什么感受，严雪宵面面俱到，替他都考虑到了，沈迟默默地吃饭。

吃完饭，他走到厨房洗碗，庄爸爸拦下了他："怎么能让小孩子洗碗？你们现在要好好学习备战高考,其他的事有大人。"

沈迟走出厨房,他听到庄爸爸和庄妈妈的声音从门内传来:"是个好孩子,就是太客气了。"

"他手腕细的,我不是亲妈看了都心疼,你明早到菜市场买点肉,好好给他补补。"

少年单薄的身躯微不可察地颤了颤,停了一会儿向楼下走去。

杭士奇是在沈迟的直播间公告上看到停播通知的,他忙拨电话过去表示亲切慰问:"我看到你患腱鞘炎了,没什么大事吧?"

电话里传来少年冷淡的声音:"没有。"

杭士奇松了口气,继续说道:"小猫直播是人性化的公司,但合同上规定要播满五小时,公司也没办法,不能因为你生病就对你特殊照顾,不然其他主播也有意见。"

过了一会儿,他听到少年答:"清楚了。"

杭士奇悬着的心终于放下了,正要去其他主播的房间,忽然瞥见少年开了摄像头,他没想到沈迟的动作这么快,还以为要继续养两天,他心里忽然不落忍了。

"仔仔的手还好吗?好担心。"

"唉,本来以为仔仔这次拿了冠军出名就能去打职业。腱鞘炎很难治的吧,以后打不了比赛怎么办?我心都要碎了。"

"告别直播吗?不要啊。"

"把所有小鱼干都给仔仔了,仔仔好好治病,一定要回来,我们等着你。"

然而下一秒,杭士奇的那点不忍心就消失得无影无踪,因为少年坐在书桌前翻开了数学练习册,开始直播做题,原本依依不舍的直播氛围被打破。

"咦,仔仔不走吗?"

"第一次看主播直播学习的。"

"倒也不是不可以,但小破猫不是一个游戏网站吗?估计他们会纠结仔仔的直播分区该归到单机游戏区还是桌游区。"

"仔仔还是学霸吗?果然优秀的人做什么都优秀。"

沈迟摘下笔帽,翻开练习册开始做题,可时间过去了半小时,一道题也没做出来,期中考的成绩单还从习题册中掉落。

"倒数第一?"

"倒回去看了,语文三十,数学四十,英语八十,历史三十,政治五十,地理五十,六科加起来不到三百分,好点的专科都上不了,看来仔仔成绩随我。"

"仔仔打游戏很厉害,学习不好也是正常的,没事的,时间还来得及,考个大学够了。"

"仔仔有想考的大学吗?要不要定个目标?学习更有动力吧。"

看到最后一个问题,沈迟轻声说:"燕大。"

直播间沉默了。

"我没听错吧,燕大?"

"哪个燕大?"

"国内只有一所大学叫燕大,不过这句话从Late嘴里说出来我竟然不觉得奇怪。"

"毕竟是说要打排位就要打亚服前十的人。"

"我不管,仔仔加油考,我把全部的小鱼干都投给仔仔。"

次日,燕大附中复读班。

作为名校,燕大附中不仅有偌大的图书馆,还有专业的羽毛球馆,每间教室门口有专门的显示屏,用来记载班级情况和课程安排。

在整洁明亮的教室里学生安静地坐在讲台下,只听得见老师授课的声音。

"高考只有两百天出头,你们都是要冲燕大的尖子生,老师希望大家继续加油,用满意的高考成绩给自己的这一年画上一个完美的句号。"

季舒低头做卷子,他一直都是以燕大为目标,从没考虑过别的学校。

另一边的边城。

已经七点了,校园里依然走着大批悠闲地拿着早饭的学生。

今天燕深没来,老旧的教室中吵吵闹闹,吵得庄州连赶作业都赶不下去,但当沈迟进来后冷冷扫了一眼,教室瞬间安静。

王老师拿着课本走进教室,在黑板上写着:"今天我们复习宾语从句,大家抬头看黑板上的例句,麦克把他感恩节准备吃的火鸡给了我,同学们可能好奇,西方人为什么感恩节会吃火鸡……"

王老师讲着讲着总会跑题,对此庄州已经见怪不怪了,然而只听他身边的少年皱眉开口:"讲课。"

教室原本就极静,所有人都听见了沈迟的声音,王老师还是头一次被学生提要求,悻悻地收回话题继续教语法,心里忍不住嘀咕:沈迟这是转性了?

因为某个坐在后排的学生，这节英语课从学生到老师都诡异地保持了一个异常良好的学习氛围。

"下周月考多准备准备，离高考越来越近了，本科我就不指望你们了，争取考个专科。"临到下课，王老师仍心心念念没说完的话，"大家有兴趣可以多了解一下感恩节，这个节日是西方传统节日，A国从十一月的第四个星期四开始会放四天假。"

听到最后一句话，沈迟蓦地抬起头，下课后他收拾背包前调整了下护腕。

一旁的施梁以为他左手收拾东西不方便要换右手，赶紧开口："你哥说了，不能取下护腕。"

少年细密的眼睫颤动了下，即便他和严雪宵隔着遥远的距离，可严雪宵却在生活中无处不在。

沈迟从庄州家吃完饭回到家，边城下雪了，他戴着厚厚的浅色围巾，拨通语音电话："下周月考。"

电话里传来青年的声音："好好考。"

他深吸了一口气，下半张脸藏在围巾里问："我听说A国感恩节会放假，如果我月考及格了，你会回来吗？"

在周围弥漫的雪色中，他听到对方答了句："不一定。"

即便没有得到肯定的答复，但还是有希望的，沈迟加快了回家的步伐，坐在书桌前看书。

"我居然在游戏网站看主播直播学习。"

"给刚来的报一下进度，昨天仔仔看的是高一上册的地理书，今天已经看到高一下册了。"

"云家长。"

"下周快月考了，突然担忧仔仔成绩，没考好会不会请家长？"

"请勿担忧，我们仔仔已经没有下降空间了，怎么考都不会退步。"

太长时间没有看书，少年看着看着就闭上了眼，过了一阵他又挣扎着爬起来，反复多次后最终趴在桌上睡着了，呼吸像小猫般浅浅的。

"我感受到仔仔的挣扎了。"

"看书看睡着可太真实了。"

"慢慢来，仔仔今天回家看了四小时书，比昨天有进步，明天就能把高一地理看完了。"

"仔仔的睫毛好长。"

电脑边的严雪宵看着屏幕中的睡颜，静静打开手机，提前订了张感恩节回国的机票。

沈迟早上六点就醒了，他喝完燕麦粥本想在桌前看书，可为了节省电费，他裹上围巾出门向学校走去。

他第一个到教室，教室里空无一人，格外安静，他像浸在水里的海绵般拼命吸收知识。

第一节课是地理课，沈迟起初还会耐心听，但地理老师只会照着课本念，还带着浓浓的边城口音，他索性戴上耳机自己看。

王老师远远地望见这一幕，下课后走上讲台苦口婆心地劝诫道："我们虽然是成人进修班，崇尚自律和宽松的教育环境，对学生管得没那么严，但大家都是奔着高考去的，上课还是要好好听讲，尽量不要戴耳机。"

见少年无动于衷，王老师不得不恐吓道："不然被送去所谓的魔鬼训练营，早上五点半起晚上十二点睡，还没有周末，你们说恐不恐怖？"

沈迟听到这话终于抬头，认真地问："哪里可以报名？"

王老师："……"

看来王老师也不了解训练营，沈迟打开手机查魔鬼训练营的介绍，国内各个大型辅导机构都有开设，训练营全程封闭，会不定期请名师授课。

大部分营员成绩有显著提升，当然费用也很高昂，动辄四五万起。他仔细挑选了家价格适中的，两百天课程包食宿四万八，确定后向严雪宵发了条消息。

沈迟："学校老师教得不行，感觉不如自己看书效率高，月考后我打算报燕城的燕京特训营。"

严雪宵收到消息，他在电脑上查了查，走出图书馆拨通一个电话："你知道燕京特训营吗？"

官山是在车里接到严雪宵电话的，想也没想，答道："知道，我一个朋友开的，效果是真不错，学员基本都能上重本。"

"实行军事化管理，每天五点半起床，六点上早自习，很受家长欢迎，报名的人越来越多，我那朋友年初还问我要不要投资。"官山继续说，"你家小朋友要报吗？"

严雪宵高中虽然通过竞赛保送燕大，但官山想，严雪宵应该清楚高考的残酷性，一分就能甩掉三千人，在训练营受的这点苦不算什么。

然而青年答了句:"不报。"

电话挂断后,官山才后知后觉地明白过来,严雪宵是心疼了。他从前还会想,严雪宵当了家长是什么样的,现在终于明白了,严雪宵属于溺爱型的,舍不得小朋友吃苦。

沈迟晚上回到家做题,看的进度比他预料中要慢不少,他只是囫囵吞枣地背书,习题册上的题目做着很吃力,一个小时也没做完一个章节。

他望向墙面上挂着的日历,光是看地理就占据了他大部分时间,离月考只有七天,其他六科他完全没有时间看。

他抿了抿唇,开始思考要不要提前去训练营,这时手机上突然浮现出一条视频通话邀请,看清名字后,他的手顿了顿,同意了邀请。

或许因为不常视频,他望着屏幕中严雪宵的脸格外紧张,仿佛能感受到视频中人冷冽的气息。他故作镇定地开口:"有什么事吗?"

严雪宵语气温和:"我问了你想报的那个特训营。"

"怎么样?"他不禁问。

"每年招生人数多,难以兼顾每个学员。"手机那边顿了顿,说,"并且只能保证上重本。"

虽然不知道招生人数多和保证能上重本怎么成了缺点,但听着好像也有道理,沈迟垂下脑袋:"一对一辅导对我来说太贵了。"

即便是县城的老师,一对一辅导每节课的价格也要两百,他算了下,现在离高考还有两百天,他根本支付不起高昂的补课费。

他一直低着头,没有察觉到对方的视线一直停在自己身上,直至听到一句:"我教你。"

红头发的少年猛地抬起头,这才注意到严雪宵的手边放着厚厚一摞高考资料,显然是提前准备的。

沈迟的胸腔内弥漫着陌生的情绪,浓密的睫毛细微地颤了颤,接着打开地理书。

与他想象中不同,严雪宵没有按教科书的教学思路走,而是根据一张张地图讲解,从地形图到气候图再到洋流图。

沈迟只需要专注地听着,各种类型的世界地图便慢慢在他脑海中成形,他可以轻易地将每个地方的地形、气候以及周边的洋流对应起来。繁杂的知识在脑海中慢慢变得脉络清晰,而时间也过去了两小时。

"高中地理的核心在地图。"严雪宵的声音有些哑,"你能画出今天讲的地图吗？"

沈迟轻轻点头，他右手戴了护腕无法握笔，他用左手缓慢地在纸面勾勒出大洲的轮廓。

他喜欢画地图，会让他觉得A国近在咫尺，他落下最后一笔后，听见严雪宵的声音："画完把课后题做了。"

沈迟"哦"了一声，翻开空白的习题册。

泽州还是白天，光从窗户外投在严雪宵轮廓分明的面容上，狭长的凤眼勾出好看的弧度。

不知道是不是沈迟的错觉，习题册上的题目变简单了，他只花半小时就全部做完了，还检查了一遍。

他对完书后的答案，三十道题做对二十道。沈迟缓缓吐了一口气，捏笔的手悄然松开，低着头说："做完了。"

屏幕中的青年点了点头。

沈迟镇定地合上手中的习题册："我困了。"

他关上视频躺上床，入夜的边城一片静谧，少年趴在被窝里，胳膊枕着头默背地图，一种温暖的感觉无比真切地从心底涌上来。

接下来的四天里，沈迟学完了地理这门课的所有内容，这并不是一件容易的事，书桌边堆了一沓一沓的草稿纸。

这也意味着课程系统变得清晰，学科脉络通过地图的形式呈现在他脑海中，知识不是分散的而是串联的，他以为这就是结束时，严雪宵寄来了一个打印机。

沈迟望着桌面上厚厚的一沓题目目光有些呆滞，他预感要打印的习题会很多，但没想过有这么多。在反复的练习下，他对地图的记忆更加深刻，能够快速对应一个地区所有的知识点。

严雪宵给出的题目也出奇地适合他的学习进度，每天他都能在晚上十一点半做完题。做完题的时间是他一天中最放松的时刻。

王老师把考场座位表贴在墙壁上："早自习过后就开始月考，大家看下自己的考场，另外把桌上的书该收拾的收拾起来，该搬的搬。"

他的话音落下，讲台下有人问："王老师，这次考试难吗？"

王老师瞥了眼走廊，确认没其他老师经过后，咳了声说："给你们透个底，总体来说比较简单，给你们提升自信用的。不过地理用的是省重点的内部卷，做好题目难的准备,文综可以放到最后做。"

"考一次少一次,大家好好考。"王老师鼓励道,"把每一次考试都当作高考对待,上了考场才有好心态。"

沈迟走到座位表前,视线从最顶端滑到最末尾,皱了皱眉说:"没有我名字。"

"你的右手一个月不能活动,这次考试就不用参加了。"王老师的语气十分关切。

既能保护手腕,还能有效提高班级平均分,他没想过沈迟会拒绝,然而下一秒,他听见少年冷静地说:"用左手写。"

周围人看沈迟的目光瞬间变了,王老师劝道:"选择填空可以左手写,作文怎么办,要不还是别考了吧,就一次月考而已。"

少年面无表情地把他之前的话重复了一遍:"考一次少一次,大家好好考,把每一次考试都当作高考对待,上了考场才有好心态。"

王老师:"……"

沈迟如愿以偿参加了月考,由于其他考场没他的位置,所以他被安排在办公室的特殊考场,先做了选择填空,接着打开笔帽,缓慢地用左手书写。

时间不知不觉过去,他的字迹变得越来越流畅,最后一门考文综,地理历史政治各一百分,他历史政治没来得及看,所以先做地理。

题目比课后习题要难不少,不过考的大部分只是单一的知识点,他做惯了严雪宵出的题,省重点的考卷题目在他眼中反而简单一些,考试的心态甚至比平时还要轻松,只花了半小时就做完了地理部分。

铃声响起,长达两天的月考结束,沈迟站起来,轻轻吐了口气,向办公室外走去。

办公室里老师在批改昨天考完的试卷,语文老师对着王老师说:"你们班学生这次作文写得挺不错的,特别是施梁,善于观察生活,文笔令人动容,不过怎么用的都是一个例子?"

王老师好奇地问:"什么例子?"

沈迟也停住脚步。

"给你看看施梁的,他是这么写的。"语文老师翻开试卷,"在人类社会的发展史中,坚持是永恒的话题,此时此刻我坐在考场中,想起了我身残志坚的好朋友,即便右手患了腱鞘炎他也要坚持上考场,用左手书写一份答卷。"

沈迟的脸瞬间"黑"了。

放学后沈迟回到出租屋，登上直播，作为小猫直播唯一的学习主播，直播间里的人比他自己还要关心月考。

"仔仔考得怎么样？"

"感觉能考多少分？"

"刚考完就问成绩，一看就不会当家长，猫猫是要不要放松一下？"

他也不知道自己考得怎么样，除了地理有把握，其他科目大部分题目都不会做，都是模模糊糊有个印象，凭感觉选的，不过这次作文他是认认真真写完的，语文应该能及格。

沈迟的视线从屏幕上的游戏画面移开，没有放松，因为他知道，学习的过程只要一停下来就伴随着遗忘。

他拿出一沓新的白纸，像往常般默画地图，只是画到北美洲时格外细致，连海岸线细微的棱角都画得清清楚楚。

沈迟一直以为自己不紧张，可当他听到庄州说月考成绩出来了后，还是屏住呼吸，第一个走出教室。

成绩公布在一楼的通告栏上，他瞥见自己的名字出现在中间，他缓缓望向分数。

语文八十五，数学四十五，英语九十七，政治五十七，历史五十四，地理九十七，总分四百四十五，离四百五十分及格只差五分。

还差了五分……

他的头慢慢垂下。

一边的庄州小心翼翼地问："这个成绩你还不满意吗？我听说省一中地理最高分也才九十六，你考得比省重点的学生还高。"

沈迟也不知道自己为什么不开心，没人想来边城这样的城市，没什么景点，也没什么美食，只有酱肉丝还算好吃，特产只有本地橘子和腊肉，连旅店都破破烂烂的。

即便严雪宵来了，也没有什么可招待的，然而望着分数，他的胸腔闷得慌。他好像从未如此盼望一个人的到来，在西北边城踮起脚尖，翘首以盼。

沈迟压着情绪垂下眼，拨通了一个电话："月考成绩出来了，我只考了四百四十五分，你……"

他尽量让自己的语气听不出什么异样，这句话还未说完，严雪宵清冷的声音在他耳边响起："我在你学校门口。"

穿着深灰色大衣的青年站在校门边，一个家长见他是生面孔，不免疑惑地问：

"你是来接人的吗?"

严雪宵淡淡地"嗯"了一声:"接我弟弟。"

学校并不大,沈迟从教学楼跑到校门口只用了五分钟,他即将走出校门时,瞥见一旁窗户上的反光,忽然间顿住了。

窗户上映出他的脸,穿着松松垮垮的运动服,一头格格不入的红发,怎么看怎么像个坏学生。

他对着镜子将衣服穿得整整齐齐,施梁体力差,过了一会儿才跟上来,他盯着玻璃窗问施梁:"现在染回黑发来得及吗?"

施梁对沈迟突然想染发的事感到奇怪,不过他无从回答:"没染过。"

现在肯定是来不及了,沈迟将视线移开,望见站在校门边的严雪宵。此时的光线出奇地好,严雪宵站在日光里,面容看不太分明。

他深呼吸了一会儿,紧张地向校门外走去,每一步都比上一步更犹豫。

就在他即将走到严雪宵面前时,施梁忽然跑过来说:"你要是急着染发的话,可以去学校对面那家理发店。"

少年面无表情,却微微地有些不自在,待施梁离开后,他强调了一句:"只是想换个发色,不是今天才想换的。"

严雪宵眯了眯眼说道:"挺可爱的。"

"王老师提前和我说了你这次的月考成绩。"严雪宵停了一阵,继续说,"四百四十五分。"

满分七百五十分,四百四十五分在边城算是一个不错的成绩,但在燕城只是末尾水准。

一只骨节分明的手落了下来,严雪宵揉了揉沈迟一头张扬的红发,温柔地说:"考得很好。"

少年的不安顿时消失得无影无踪。

季舒由司机接送下课,他握着成绩单走进别墅,沈夫人坐在花厅插花,瞥了他一眼问:"月考成绩出来了?"

"出来了。"季舒的声音异常小,"只考了六百四十分。"

"比上次退步了。"沈夫人的语气依然柔和,"不过只是一次月考,你不需要太放在心上。"

听到这句话,季舒捏着成绩单的手终于放松,正要去餐厅时,沈夫人轻描淡写地说:"厨房熬的汤还差火候,看完书再吃吧。"

季舒不敢违背,只能走向书房,复读班课程任务重,上完一上午的课他满身疲倦,翻开书一个字也看不进去,不过他也只能在书桌前端正地坐着。

沈迟带着严雪宵参观了校园,参观完后他问:"你喜欢吃寿司吗?我上次和朋友去了省城的一家寿司店,烹饪手法一般,但东西很新鲜。"

"你是东道主。"严雪宵看着破旧的操场,垂眸说,"你说了算。"

第一次当东道主的沈迟认认真真地规划路线,边城到省城有大巴车,但来回要四五个小时,他在路边叫了车,司机载他们到广场门口,两人下了车向寿司店走去。

"欢迎光临。"

招待他们的依然是上次那名服务生,带领他们走进包厢,沈迟将菜单递给严雪宵:"你点吧。"

"有什么推荐的吗?"青年问。

"白松露沙拉、金枪鱼大腹、松叶蟹、玉子烧、北极贝刺身、寿喜锅、乌冬面都好吃。"沈迟想也没想回答道。

"要这些。"严雪宵对着服务生说。

服务生记下菜名,他还记得上次这名红头发的少年想喝酒,便体贴地问沈迟:"您想要什么酒吗?"

顶着一头红毛的少年毫无说服力地否认道:"我不喝酒。"

严雪宵瞥了少年一眼,对服务员说道:"两杯果汁。"

服务生拿着菜单走出了包间,没过多久,菜便按顺序上来了。

沈迟右手戴着护腕不方便,虽然用左手也能吃饭,但碰到松叶蟹时没办法打开蟹腿,他也没受影响,继续吃其他菜。

严雪宵吃饭时很安静,沈迟也默默吃着,忽然间,一个小碗出现在了他的手边。

碗里不是别的,正是拆好的青蟹肉,蟹肉如松针般散开,他愣了愣,冷声掩下自己的无措:"我不是小孩儿了,能自己吃。"

"知道。"青年温和地问,"能不能请你帮我吃完?"

沈迟低下头,勉为其难地接受了,说道:"可以。"

他蘸着研磨好的山葵小口小口地吃青蟹肉,味道没有上一次的好,可菜品依然鲜嫩,泛着淡淡的甘甜,少年琥珀色的眼睛笑得弯弯的。

他低头吃着蟹肉,两个人的包厢格外静谧,在吃最后一口刺身时蘸的山葵太多,鼻腔里充斥着辛辣的气息，他立即端起桌边的一杯饮料。

沈迟察觉到严雪宵的目光，有些尴尬，打算转移对方的注意力。他打开书包，拿出月考发下的数学试卷解释："我想起有道题不会做，突然想试试。"

"我看看。"青年清冷的声音从上方传来。

他没想过严雪宵会当真，他只能硬着头皮将卷子递给严雪宵，不过老师讲了遍答案，还没来得及讲推导过程，卷子上的题他也确实不会。

"坐过来。"青年忽然说。

严雪宵看着坐在对面，别扭地扭着头看试卷的少年，屈起手指在他那一侧的座位上敲了敲，又平静地说："坐到这边来。"

这顿饭花了两千六百元，沈迟走到前台正要结账时，服务生看着严雪宵礼貌地说："这位先生买过单了。"

"你不是说我是东道主吗？"他问严雪宵。

严雪宵十分自然地伸出手摸了摸他的头发，语气如同是在安抚："那就请我去吃别的。"

沈迟下意识地点了点头，他们从省城回到边城，他想带严雪宵去吃酱肉丝，走到网吧门口却发现，摊位上空空荡荡的，摊主下午没有出摊。

他不由得垂下头："这家酱肉丝很好吃的，是边城最好吃的酱肉丝。"

严雪宵看了眼腕表上的时间。

沈迟抬头时留意到这一举动，小心翼翼地问："你有别的事吗？"

"我没有。"

他听见青年这么说，在心里松了口气，紧接着听见一句："但你得回学校了。"

沈迟意识到今天是周五，他要上一整天的课，想也没想回答道："我可以请假。"

见严雪宵不作声，他补充道："学校教得不好，我平时在学校都是自己看书，少去半天也没关系，你有想去的地方吗？"

青年"嗯"了一声，似乎是同意了，可他还没来得及放松，就听严雪宵思考后说道："去你住的地方看看。"

沈迟猛地咳嗽了一声，最终还是带着严雪宵走到他租的房子。

居民楼的灯终于修好了，昏黄的灯光映出斑驳脱落的墙面，地面上堆积着五颜六色的小广告，像是二十世纪会出现的场景。

他们走上楼时，恰好燕深父子从楼上下来，与他们擦肩而过。严雪宵的视线瞥向燕深父子,沈迟低声道:"我同学和他爸爸。"

严雪宵若有所思地收回目光。

沈迟住在二楼最末尾的一间屋子,他走在前面打开门,窗户透进来的光将房间照得通明,只不过墙壁破损,窗框的木头摇摇欲坠,风吹过时发出"嘎吱嘎吱"的动静。

感受到身边人的目光从渗水潮湿的天花板经过简陋的塑料家具,最后落到他身上,夹杂着他看不透的情绪,沈迟出声解释道:"只能租到这样的房子了。"

静默了一阵,狭小的空间里只有他们两个人,他不知道严雪宵为什么想来他住的地方,捏着椅子问:"你是不是觉得很破?"

久违的紧张感开始翻涌,正在这个时候,青年淡淡开口:"上课。"

CHAPTER 06

失落雨季

第六章

自从知道 Late 得了腱鞘炎的消息，蓝恒便无比惋惜，在竞争激烈的直播行业，主播同质化严重，一个月不直播便会被遗忘。

即便大家都在调侃 Late 转型成学习区主播，他也很清楚，Late 只不过是被迫履行合同罢了，看直播是为了放松，没人愿意看学习直播。

然而当他点开 Late 直播间时惊讶了，数万人守在直播间，热度比一般的游戏主播还高。

"今天出月考成绩吧。"

"云家长焦急等成绩中……"

"一个星期 Late 都在看地理，其他科看运气，地理上个七十应该不难，保佑我家仔仔不倒数。"

"慢慢来，不要给仔仔太大压力。"

不仅如此，当少年登上直播贴了自己的分数后，直播间里的粉丝们开始一本正经地复盘分析。

"仔仔太棒啦！只差五分及格，妈妈给你投小鱼干！"

"不知道这次考试难度，不过四百四十五分离燕大的分数线还差不少，建议仔仔请一个好的辅导老师。"

"很贵吧，仔仔请不起。"

"可惜我成绩不好，给仔仔补不了课。"

起初蓝恒还疑惑一个学习直播为什么能有人观看，比起引人注目的游戏直播，学习直播根本没什么优势，可他看了半小时便明白了。

屏幕中的少年开始上课，浓密的睫毛垂下，专注地听着课，背脊挺直，整个人散发着蓬勃的生命力,十分有感染力,让人忍不住期待他的未来。

望着少年惊人的专注力,连蓝恒也不由得想,他考上燕大说不定真有戏。

沈迟坐在桌前听严雪宵讲高中数学,青年的语气不疾不徐,省去证明推导,在纸上列明公式。

"仔仔基础不好,不讲证明推导真的可以吗?"

"现在最缺的就是时间吧,讲了大概率也听不懂,每次在数学课上听睡着的我有发言权。"

"是我没错了。"

整整一周都在记忆繁复的世界地图,公式只有短短一页,背公式对于沈迟来说并不困难。

他可以很轻易地将公式从头背到尾,但即便如此,他仅仅只是记住了,完全不会做题。

仿佛知道他的困惑,青年写完公式开始讲解题型,每种题型都有对应例题,几乎囊括了所有考过的题型。

"这个归纳好全面。"

"突然感觉自己的函数有救了,不说了先记笔记。"

"跟仔仔一起学习。"

"前面一小半没听到,求录播。"

沈迟在数学上没什么天赋,因为需要长期计算游戏中的弹道轨迹,只有速算还算好,他开始默默记例题,将每个步骤熟记于心,不知不觉四个小时便过去了。

严雪宵抿了口水对他说:"把课后题做了。"

他翻开习题册,做之前又回忆了一遍例题,接着才打开笔帽开始做题。

尽管题目都似曾相识,可他做题的速度仍像蜗牛般缓慢,光是辨别题型便需要很长的时间,可严雪宵却没有催促。

时间一分一秒过去,用了一个下午他才做完课后习题,然而吃过晚饭严雪宵又递过来一份习题。

他深呼吸了一会儿,认命地接过习题。青年伸出一只手,安慰似的在他的红发上揉了揉:"专心做题。"

"说起来没人觉得老师的声音有点耳熟吗?第一次听就感觉在哪儿听过。"

"是不是哥哥的声音?"

"我说仔仔怎么舍得请老师了。"

这次的题型和课后题没太大差异,不少题目只是变了数字。可与刚开始的练习不同，他做题的速度大大加快，可以迅速将题目与例题一一对应，答案自然而然出现在他脑海里。

沈迟做题做到晚上九点，窗外一片漆黑，做完题后严雪宵站起身，沈迟呼吸一滞，没合上书便站起来："你今天就要走了吗？"

"今天不走。"严雪宵平静地答道。

听到这话的那一刻，沈迟整个人慢慢放松，然而严雪宵继续说："明天走。"

他藏在衣袖下的手慢慢握紧，第一次见面只相处了一天，第二次见面只能相处两天，下一次见面又不知道要过多久，不舍的情绪渐渐涌上胸膛。

他鼓起勇气说："太晚了，边城晚上也不安全，你住我这儿吧。"

严雪宵继续向门外走去，他的动作仿佛是无声的拒绝。

"你觉得房子太破了吗？"沈迟跟在严雪宵身后，小声问，"我以后可以买大房子。"

一阵沉默。

关了灯，房间一片黑暗，严雪宵还是留了下来，他的声音在不大的空间里响起："你喜欢什么样的房子？"

沈迟想了一会儿回答："大房子，卧室有落地窗，窗帘要完全遮光，要有单独的游戏室。"

"记住了。"严雪宵的语气格外认真。

沈迟醒来时，房间里空空荡荡的，他闻见酱肉丝的味道，穿着宽松的睡衣走到厨房。

原本冷清的厨房被烟火气环绕，气质出尘的青年卷起衬衣袖口，系着蓝格子围裙做酱肉丝饼。

严雪宵将做好的酱肉丝饼端到桌上，沈迟坐在桌前吃着酱肉丝饼，酱汁浓郁唇齿留香，眼睛弯了弯："好吃。"

他把满满一大份酱肉丝饼都吃完了，下意识地问："今天还要上课吗？"

严雪宵说话温温和和，却比王老师更严格，多半还是要上课的，然而青年的视线落在他的右手上："带你去燕城看医生。"

感恩节的假期并不长，严雪宵回国全是为了他，沈迟垂着头"嗯"了声，连带着头顶几根飞扬的红发也听话地趴下了。

燕城别墅中，沈夫人坐在餐桌前："医生说你奶奶的病情又加重了，清醒的时间越来越短，下午我去医院就不送你了。"

"我也去吧。"季舒开口。

沈夫人瞥了他一眼："你现在要做的是备战高考，其他事不用你操心。"

季舒不敢再说话，低头吃饭。

"手腕在慢慢恢复。"丁教授望着电脑上的片子，"这一个月还不能摘护腕，避免剧烈运动刺激到手腕伤处，休息半年到一年是最好的，落下病根就是一辈子的事。"

医院科室中，沈迟抬头，故作镇定地问："以后还能打游戏吗？"

"别人不敢保证，我可以保证。"丁教授回答，"只要你坚持治疗，打游戏不会有影响，但要定期来复诊。"

听到医生的话，沈迟心中重重的石头仿佛落地了，因为紧张而挺得笔直的背终于放松，悄悄将右手的护腕调整得更稳固。

走出科室时，他向医院门口走去，突然身旁的严雪宵温声问："你想见你奶奶吗？"

沈迟的身体僵住了，在知道被抱错到被送回边城前的那段时间里，只有奶奶护着他，可后来，奶奶也不要他了。他垂下眼没有说话，最终很轻地"嗯"了一声。

他想问问奶奶为什么不要自己了，于是跟着严雪宵走进一间病房，然而看见的却是一个躺在病床上的干瘦老人，与记忆中的沈老夫人截然不同……

沈迟停住了脚步。

"小迟来了。"沈老太太的嗓音哑得厉害，望见他颤着声问，"我的小迟来看我了。"

"他们没骗我，没把我的小迟送走。"老太太显然已经意识不清醒了，瞳孔浑浊，"明明我昨天还给你开门，你全身都淋湿了，我给你熬姜汤，放了糖的，不难喝。"

沈迟垂头走到病床边："已经是很久以前的事了。"

"已经……过了很久吗？"老太太的语气变得迟疑，她仔仔细细打量少年，瞥见他右手的护腕问，"小迟的手怎么受伤了？"

沈迟不想让奶奶担心，他跪坐在床边，毛茸茸的脑袋在老太太的手上蹭了蹭："没受伤。"

"脸也瘦了。"老太太看他的目光流露出心疼，"小迟一定受了很多苦。"

"没有。"少年低声道。

严雪宵的视线静静停在少年身上，或许是察觉到他的视线，老太太向他望过来："小迟，他是谁？"

沈迟毫不犹豫地回答："我哥。"

"小迟没有哥哥。"老太太摇头，"我可没老糊涂，是不是遇到骗子了？"

"不是。"少年有些窘迫，结结巴巴地说，"是我哥，我哥是个特别好的人。"

老太太却没理会他的话，对着严雪宵说道："小迟生下来轻得像小狗崽一样，我怕还以为养不活了，后来变着花样给他做各种好吃的才养好了身体。他挑食，喜欢吃甜的，家里要有烤箱做蛋糕。"

"他脾气不好，喜欢和人打架，平时要看着他点儿。"老太太不停念叨着，"他不理你不是真的生气，只是想你哄哄他，摸摸他的头就很高兴。他年纪小，你这个当哥哥的多让着他。"

老太太慢慢地嘱咐着，说到最后她不知从哪儿取出一枚看起来有点岁月痕迹的祖母绿宝石，朝严雪宵招了招手："这是我给你的见面礼。"

严雪宵没接："太贵重了。"

老太太看起来眼眶都要红了，声音哽咽："知道你不缺东西，但你收了我才放心，我走了就没人疼小迟了。"

站在病房外的官山忽然觉得老太太并不是真的不清醒，恐怕是认出严雪宵了，知道自己活不长，想在清醒时把疼爱的孙子托付给可以依靠的人。

严雪宵敛了敛眸，无声接过。

老太太轻轻松了口气，不舍地摸了摸少年的头："好了，不留你了。"

少年沉默地站起身。

当沈夫人走进医院，望见少年的身影在一个人的陪伴下没入人群，以为自己看错了。她压下疑惑，走向沈老太太的病房。

老太太活不长了，身上弥漫着行将就木的气息，意识到她的到来，躺在病床上睁开眼："好好对小迟，那孩子活得不容易，对他好于你而言也有好处。"

沈夫人没有接话，她不觉得一个被遗弃在边城的孩子会给她带来什么好处。沈老太太的脸上流露出失望，闭上眼没再说一句话。

从医院离开后，沈迟隐忍了一路的情绪突然爆发了，眼圈都红了，带着鼻音说："我奶奶没有不要我。"

燕城下起了雪，严雪宵撑起长柄黑伞，低头替他裹好围巾，语气认真地开口道："她只是生病了。"

他们撑伞行走在雪中，发丝间沾上风雪，本该觉得冷，可在严雪宵身边的沈迟却并不觉得寒冷，他甚至希望时间可以过慢一点，再慢一点。

只不过他没发现，严雪宵撑伞的方向一直是向自己这边倾斜的，倘若从雪地上空看，可以看到严雪宵的半个身体都在伞外。

到了机场，沈迟向严雪宵告别，由于压抑着离别的情绪，语气显得格外生硬："不送你进去了，我也要去火车站了。"

他的话音落下，像是怕被叫住般，不待严雪宵回复便转身向机场外走去，又不是最后一次见面，没什么舍不得的，反正寒假也快到了。

可刚刚走了几步，红头发的少年又转回身，抱了抱严雪宵。

他结结巴巴地问："寒假会回来吧？"

严雪宵揉了揉他的脑袋，对他轻声说了什么，之后转身离开。

沈迟望着严雪宵离去的背影，下意识地摸了摸自己的额头。

深夜，官山脱下白大褂，从燕城医院下班，正要走出侧门，一个人挡在他身前，身上弥漫着浓浓的血腥味。

那人将一个用牛皮纸捆扎的方砖递向他，嗓子像烟熏过般沙哑："谢谢您救了我弟弟。"

他瞥了眼便知道其中是什么东西，撑开伞踏入雪地，懒洋洋地出声："不收红包。"

"不是红包。"那人仍站定在他身前，语气谦卑而恭敬，"我是施梁的哥哥，如果不是您联系警方救了我弟弟，我恐怕再也见不到他了，抱歉现在才打听到您的消息。"

"你要谢就谢严家。"官山的脚步一停，"我还没有这么大的面子。"

"哪个严家？"那人的语气带着一丝古怪。

"难道燕城还有第二个严家吗？"官山反问，狐狸眼的医生没再停留，撑伞离开了。

雪地中只剩下施然一个人，他捏紧手中的牛皮纸，久久没有离去。

沈迟从燕城回到边城后的一个月，没浪费任何时间，每时每刻都在学习，严雪宵告诉他数学三分在学七分在练，练习重要，对错题的反思更重要。

抄写错题太费时间,为了方便归纳他直接将错题剪贴在活页本上,沈迟每天都是第一个到最后一个走的,书桌上堆的书比寒冬的积雪更厚。

似乎是不想被他超过般,燕深离开教室的时间也越来越晚,接着是施梁、庄州……晚上十一点教室依然灯火通明,半个班的人都没离开。

王老师透过小窗望见这一幕,镜片上升起雾气,动作很轻地离开了。第二天他打电话给在省一中任教的朋友:"老陈,听说你们学校昨天考了套押题数学卷……"

电话那边的陈老师正往杯子里泡茶,听了他的话笑了下说道:"怎么突然问起这个?"

王老师点头:"省里就属你们出题水平高,去年押中两道真题,这不马上就期末考了,想让我们这儿的学生也见见世面。"

"出题水平是高,但题目难度也大,我们班只有十个人及格,最高分才九十八。"陈老师拿着批改过的试卷,"考难了反倒伤孩子自信。"

"不过你想用就用吧。"陈老师叹了口气,还是把卷子发了过去。

王老师说了句"谢谢",收到试题后立马跑去打印,之后拿着试卷到了教室:"今天考套数学卷子,是省一中出的题,题目比较难,大家做好心理准备。"

卷子开始分发,沈迟从课代表手中接过卷子,他之前都是分模块练习的,这是他第一次做完整的数学试卷。

他打开笔,从第一道选择题开始做,省一中的出题水平确实比边城的学校高出不少,出的都是之前没见过的新题,但万变不离其宗,对知识点的考察仍然固定,没有超出严雪宵给的范围。

他有条不紊做着,只用了半小时就做完了选择填空,翻开试卷做大题,大题总体难度不高,可出题人故意将难题放到了前面,他识破了出题人的意图,没犹豫地从后往前做。

沈迟考完后广播通知去操场跑步,原本他们学校的操场原本是坑坑洼洼的水泥地,是没办法跑步的,可不知道什么人资助学校修了塑胶操场,校长恨不得天天拉他们去跑步。

沈迟懒懒散散地跑在队伍末尾,他身边的庄州问:"这次的数学,你感觉考得怎么样?"

"考得一般。"沈迟答道。

庄州正想说自己也发挥得不好时,就听见少年面无表情地说了句:"也就一百二吧。"

庄州："……"

不仅是他无语凝噎,后面的人也开始窃窃私语,感受到身后探询的视线,他红着脸拉了拉沈迟："我们还是跑快点好。"

老师批改数学试卷的速度很快,不到下午成绩便出来了。王老师正在和那位给他题的陈老师交流,陈老师说："平均分三十四,我说没必要考你还不信。"

见王老师一时没说话,他又安慰道："高考毕竟是选拔性考试,不是所有人都能通过高考成为医生和律师,总有人要去工地上干活,更何况你带的还是成人进修班,杂七杂八什么人都有。"

"边城的学生真的不如省城的吗?省城的学生可以心无旁骛地学习,而我们学校的学生大部分高中读到一半就辍学打工了,至于燕城……"

陈老师说："燕城的学生补课费上万很常见,复读是为了冲名校,可这在边城却是难以想象的。与这些家庭所付出的相比,老师能做的太少了。与其劝不适合的人一次又一次高考,不如尽早让他们接触社会、适应社会。"

在他看来,在边城读这种成人进修班的人,无疑是不适合参加高考的,光一个燕深考了五年都没考上大学,他实在看不出有什么继续读下去的价值。

他的话音刚刚落下,听到王老师说了句："一百二十一分。"

陈老师疑惑问："什么一百二十一分?"

"我们班有学生考了一百二十一分。"王老师语气透着激动,圆脸庞的中年人高兴得像个小孩儿。

下午上数学课前,课代表将批改后的试卷发到每个人手中,接到卷子的人神色凝重。

当最后发到沈迟的试卷时课代表愣住了,以为自己看错了,他确认自己没看错后,深吸了一口气才念出分数："沈迟,一百二十一分。"

所有人的目光都惊讶地朝沈迟看了过去,长相凶狠的燕深来回把自己的《提分宝典》翻了好几遍,想知道沈迟为什么能脱胎换骨。

庄州忍不住夸道："考第一名也太厉害了。"

少年云淡风轻地说："还行。"

庄州："……"

尽管庄州认为沈迟这个回应很拉仇恨,但其他人看向沈迟的目光更钦佩了,坐在前排的施梁有感而发写下作文《我身残志坚的好朋友》。

沈迟回到家打开直播，他准备拿出练习题前，望见书包中的手机，镇定地移开视线，可不一会儿还是没忍住打开手机发了条消息。

沈迟："我们今天考数学了，用的是省一中的模拟题，我考了一百二十一。"

严雪宵从图书馆出来，划开屏幕上的消息，像是怕他看不见一般，对面那头小狼崽特意勾画出重点，悄悄竖起耳朵想要人夸他。

沈迟："考了最高分，得了第一名。"

青年挑了挑英挺的眉，打开小猫直播。

今天是PUBG冬季杯平台主播赛决赛的最后一天，首页滚动播放着赛事回放，比赛的氛围热烈浓厚，等待在比赛直播间的观众津津有味地讨论着比赛结果，直到首页不断出现同一个用户的打赏。

恭喜Late数学成绩进步。

平台上所有人都能看到这条消息，直播间的观众沉默了，赛事的紧张气氛荡然无存。

"我们仔仔好棒！"

"不过这打赏力度是不是太夸张了？差点以为Late夺冠了，正想问他不是退游了吗？定睛一看原来是为数学成绩。"

"要是拿了满分，不得把小破猫买下来？！我羡慕了。"

"认出来了，打赏的是哥哥！"

"哥哥也太溺爱仔仔了吧。"

沈迟戴上耳机看到的便是这一幕，全网站都知道他数学进步了，打赏要扣手续费，他心疼地计算着小鱼干。

他哥什么都好，就是花钱太大方，他都想到他哥往后的日子要过得多拮据了，他忍不住打开微信提醒。

沈迟："平台会扣手续费不划算，A国物价高，你要多存钱。"

见对方没有答复，少年重重叹了口气。

沈迟："不存也没关系。"

沈迟："你是我哥，以后我养你。"

严雪宵走回宿舍，少年发完消息转来这个月的生活费，青年望着最后一句话，蓦地轻轻一笑。

沈迟坐在书桌前背单词，数学补了足足一个月的课，但对于英语这门学科，严雪宵却出乎意料地只让他背单词。

他买了涵盖所有大纲中要求掌握的词汇的单词书，每天背一个单元，遗忘在所难免，比起背新单词的时间，他把绝大部分时间都花在了复习上，尽可能地减缓遗忘速度。

对于他而言，学习没有捷径，只有一遍又一遍地记忆，他背完单词起身时已经快十二点了，忽然收到了一条消息。

小猫直播："你愿意解说冬季杯最后一场比赛吗？"

电脑那边的杭士奇忐忑地等着回复，沈迟是小猫直播唯一一个带薪学习的签约主播，属于老合同下的漏网之鱼。

可能是今天的打赏实在太引人注目，恰好解说临时走了，他只得赶紧拉沈迟上场，证明一下这还是游戏直播平台。

亚洲第一枪神："不愿意。"

杭士奇对于这个答案早有预料，别人不了解沈迟，他还不了解吗？眼看最后一场比赛快开始了，他发过去一条消息。

小猫直播："一千条小鱼干。"

然而小鱼干第一次不好使了。

亚洲第一枪神："没兴趣。"

他讶异地发现沈迟还真是一心向学，在小鱼干面前都不动摇，他不抱希望地又发过去一句。

小猫直播："下周五就是圣诞节了，挣小鱼干买圣诞礼物不好吗？"

少年垂下眼。

虽然冬季杯最后一场比赛还未开始，其中一名解说也临时离开，但帝企鹅队积分遥遥领先，冠军没什么悬念，论坛中有人提到 Late。

【北极贝】你们还记得 Late 吗？听说因为腱鞘炎退游了，现在转型学习主播，今天看到他上首页挺唏嘘的。

底下众多回复。

【梭子蟹】记得，他拿了单人赛冠军后就没声了，我还以为会成为职业选手，没想到年纪轻轻手就伤了，遗憾不能在赛场上看到他。

【安康鱼】我看过他的直播，直播强度太大了。怎么说呢，之前我不喜欢他的为人，说话做事太张扬了，现在想想也没必要和他计较。

【夜光水母】同意，这个岁数的男生猫狗都嫌，我们平台的应该都是明理的人，该大度点。

大家讨论得十分理性，直到比赛开始，场外解说换成了Late，直播间安静了一会儿，但大家还是能保持平和。

"居然是Late，他跑来解说挺意外的。"

"不知道红毛仔现在看比赛什么想法，心里肯定很不是滋味吧，别人打比赛，自己只能在旁边看着。"

"本帝企鹅会员很大度，建议主办方多发点工资，转型学习主播不容易，我看他直播间的人气还没上过十万。"

比赛直播间的另一名解说是方升泉，他压下心里对Late的惋惜，为活跃气氛，说道："听说你最近都在准备高考，这次为了送人圣诞礼物才答应解说的。"

屏幕中的少年嘴巴张了张又闭上，没有否认。

阶梯教室中的严雪宵敛下眸，关了视频翻开书。

沈迟对此一无所知，他戴着耳机观看比赛战局，帝企鹅队得分最高。

方升泉也最看好帝企鹅队："最后一局帝企鹅运气不太好，军事基地跳不到，不过他们果断选择在豪宅跳下，这个点他们也是很熟悉的。"

"这里本来是银狐队的地盘吧？"

"这支队伍实力挺弱的，连小猫队都打不过，不知道会不会坚持跳豪宅。"

"是我的话不会和帝企鹅硬碰硬，帝企鹅冬季杯的状态太好了。"

然而令所有人没想到的是，在落地速度慢于帝企鹅队的情况下，银狐队仍然选择在豪宅跳下，方升泉摇头："银狐队无论是枪法还是配合都不如帝企鹅队。"

一直没说话的沈迟这时却出声了："帝企鹅队危险了。"

"帝企鹅队打个银狐队还危险？解说明显针对帝企鹅。"

"淡定……我们都是成年人，他可能太久没打游戏，跟不上节奏了。"

"不和小红毛计较。"

"反正庆祝帝企鹅队夺冠的啤酒我都买好了。"

如果说漫长的解说生涯教会了方升泉什么，那最重要的一点就是话不要说太满，他没有坚持自己的看法，而是模棱两可地说了句："两支队伍都各有优势。"

"说到打圆场，我还是佩服方老师。"

"两队是各有优势，但显然我们帝企鹅队是压倒性的优势。"

"解说会说话就多说点儿。"

弹幕全然没将银狐队放在眼里，赛场上的帝企鹅队也不负众望，击杀掉银狐队两人，可银狐队剩下的两名队员像是消失了一般，从帝企鹅队的视角看全然找不到踪迹，子弹却从四面八方射来，帝企鹅队被削减三人。

帝企鹅队提前退出冠军的角逐，弹幕一片哗然。

"怎么可能？！"

"银狐队会隐身？"

"我的啤酒白买了。"

"这是怎么回事？"饶是方升泉观察战局无数，此时也深深迷惑了。

"卡在这一版本的视觉死角，银狐队没把握是不会跳的。"少年冷冷回答，"如果帝企鹅有耐心点便不难发现，但帝企鹅已经被顺利击杀两人的优势影响了判断，连轻敌这样的低级错误都会犯。"

听见沈迟的话，方升泉心里更觉可惜，如果没有手伤，他相信在不久的将来，一定会在世界赛场上见识到沈迟的风采。

"话是这样没错，可为什么听他说出来就好气，本来我还蛮同情他的手。"

"瞬间不同情了，嘴这么毒，心里一定很苦吧。"

"突然庆幸他手伤了，要不然留在联盟多少队伍要被他说。"

"上天让他好好学习，争取复习一年考个好大学，找份正正经经的工作，别祸害 PUBG。"

比赛落幕，方升泉随口问："决定复读参加高考，有什么目标大学吗？"

他偶尔去过 Late 的直播间，印象中成绩不是太好，高中的课程还得从头学起，能提二三十分便很不容易了。

谁知道少年毫不犹豫地回答道："燕大。"

"什么？"

"我专门回去翻了翻他的成绩和排名，就那样还敢吹自己考燕大？"

"截图了，以后 Late 说别人我就翻这张图出来。"

"真能吹，当谁没上过高中一样。"

沈迟摘了耳机，杭士奇投的一千条小鱼干到账，本着能省就省的原则，他打开手机，翻出养崽小店的微信。

【沈迟】店长，你可以帮忙代购吗？想在圣诞节送我朋友一条项链，价格在一千左右，希望到货时间能早点。

严雪宵坐在教室里上课，望见沈迟发来的消息，凤眼眯了眯，过了一阵子发过去一句。

【养崽小店】一千元买不到好项链。

少年收到消息，觉得说得有道理，犹豫了一阵，在手机上打字问了句。

【沈迟】拍立得呢？

对方很快回复了他。

【养崽小店】实际使用率低。

他一连说了好几个礼物都被驳回了，店长明里暗里都在说圣诞礼物不仅不值得送，反而让人困扰，沈迟不知不觉就被说服了。

【沈迟】因为是很重要的人，他不在国内，所以想在圣诞节给他一个惊喜，如果让他困扰的话，那我还是不送了吧。

他发完消息准备关上手机睡觉，隔了很长时间，漆黑的屏幕上浮现出一条消息——

【养崽小店】你送什么他都会很喜欢。

虽然不知道为什么店主的态度突然转变，但沈迟无疑受到了鼓舞，他压下心中的疑惑，想来想去还是衣服更实用，便问了一句。

【沈迟】你有推荐的衣服款式吗？

手机那边的严雪宵打开男装网站，浏览着页面，鼠标缓缓滑动，直到视线落在一件衣服上，顿了顿发过去一张图片。

沈迟点开图片，衬衫的款式他很喜欢，价格也在预算内，他没犹豫便做了决定。

【沈迟】就这件吧。

因为要解说比赛，早上起晚了点，沈迟边喝牛奶边走上楼梯，王老师似乎在教室的墙面上贴东西。

他往墙上瞄了一眼，王老师把数学考试的成绩打印出来了，分数后不仅有名字还有照片。沈迟面无表情撕下了成绩单。

另一个复读班在他们班对面，沈迟正要走进教室，就听见那个班的学生在门边窃窃私语。

"他考了一百二十一分？"

"看着不像。"

"我们班昨天提前考了，他是不是作弊？"

沈迟卷起袖子转过身，不过他还没有说话，擦黑板的燕深便一言不发地将粉笔盒朝对面班级门口重重扔去，几个议论沈迟的学生被溅了一脸粉笔灰，但一句话也不敢说。

抱着练习册的英语课代表从门边经过,即便她只考了二十三分,仍高傲开口:"最高分才九十八分的班,是我都不好意思说话。"

庄州立马帮腔:"羡慕也是正常的。"

一旁的施梁也怯怯地将滚落到自家班级门口的粉笔头扔到对面去。

沈迟却没出声,庄州刚疑心他是不是受到打击时,却望见红发飞扬的少年众目睽睽下将撕下的成绩单贴在对面墙上。

庄州心道:太狠了。

上课铃声响起,他们回到座位上,王老师抱着英语书走进教室:"大家这段时间学习都很努力,可以适当放松一下,下周学校将举行圣诞晚会,希望大家踊跃报名。"

第一次集体活动大家都很兴奋,都在议论自己扮演的角色,下课后班长统计到沈迟时,少年正戴着耳机背单词。

班长戳了戳少年,大着胆子问:"你想扮演什么角色?班委会去省城统一租借服装。"

沈迟连耳机也没摘:"圣诞树。"

"是因为圣诞树装饰好看吗?"庄州好奇地问。

沈迟翻开下一页书:"不用动可以背单词。"

班长肃然起敬,将沈迟的要求排在了第一位,庄州发现沈迟是真的变了,以前的沈迟眼里死气沉沉,看不到半点对未来的期望,像是刻意将自己放逐在死水中。

现在的沈迟虽然也冷冰冰不爱说话,但整个人散发着蓬勃的朝气,不再排斥与人接触,眼中是光明的未来。

十二月底,圣诞节到来,夜晚的校园里,步道的树上挂满了小彩灯,黑板报上贴着纸壳剪成的圣诞老人。

"跑遍了省城也没找到圣诞树的衣服,厂家说这个想法很有想象力。"班长抱歉地对沈迟说,"给你换了雪橇犬的装扮,不用表演,只用站在雪橇边,你看行不行?"

沈迟望见班长额头上渗出的汗,盯了一会儿发带,面无表情地戴上了。

班长松了口气,晚会事多,他又忙别的事去了。

沈迟戴着狗狗发带靠在道具雪橇上,默默地看着单词书,不过不知道为什么,女同学总塞零食给他，连燕深也给他塞零食。

他以为燕深要对他说什么，可燕深一副欲言又止的模样，凶巴巴地把零食塞给他后就走了。

沈迟低头看着自己衣服口袋里满满一口袋的零食，担忧还能不能装得下，正在这个时候，王老师拿着相机走到教室后面，举着扬声器说："大家看镜头。"

他被施梁和庄州拉着在人群边缘抬头看向镜头，拍了在边城的第一张集体照。

沈迟回到家已经是晚上十一点了，刚要打开门时看到一个纸箱放在门前，他抱着快递箱进门，用小刀拆开快递。

箱子里是一件长款衬衫，卡片上写着"圣诞快乐"，不用看落款便知道是严雪宵送他的，

款式与他送严雪宵的相仿，只是纽扣不同，他也没多想。

沈迟匆匆洗了一个澡，试了试衬衣，尺寸很合适，他刚系上第三颗扣子，还没来得及系第二颗，放在桌面上的手机便响了。

沈迟接通视频电话，电话中出现严雪宵的脸，穿的正是他送的衬衫。他用毛巾擦了擦潮湿的头发，立马开口："圣诞快乐。"

严雪宵笑着说："圣诞快乐。"

沈迟只听见对方说了一句话，视频通话便被挂断，屏幕一片漆黑，心道：看来他哥信号不好。

试完衬衫后他才发现自己洗澡前忘记摘雪橇犬发带了，他取下发带换上睡衣打开电脑直播，直播间中的节日气氛高涨，他做完一套数学题后，应大家请求打开了一款圣诞小游戏。

游戏的名字叫《圣诞小屋》，玩家可以设计一个属于自己的小屋，操作简单，他可以用左手缓慢操作。

"云家长痛心疾首，以后不许给仔仔推荐游戏。"

"今天是圣诞节！"

"亲爱的我给你算算，圣诞节过了是元旦，元旦过了是春节，春节过了又是元宵节，节日可太多了。"

"那玩一会儿是可以的吧？"

沈迟也没打算玩很久，他很少玩建筑类游戏，只是凭着自己的喜好盖房子，他盖了一栋别墅，卧室有一整面落地窗，别墅内部采光很好，还专门盖了间游戏室，这是他理想中的房子，最后他慢慢添加圣诞装扮。

"发现了，仔仔的审美就是'大'。"

"仔仔想买这样的房子吗？"

"先不说地理位置，这么一栋别墅在哪儿都不便宜吧？一般也住不了这么大，可以买小点的。"

少年沉声道："慢慢攒钱。"

"考燕大！买大房子！"

"看来我们仔仔很想买大房子了。"

"哥哥在吗？麻烦给仔仔买套房，我亲自去给你们装修。"

"你和一个学哲学的交往了？"瑞文走在路上和朋友打着电话，街边到处都是装扮精美的圣诞树。

"这专业还真不一定清贫，我一个朋友就是哲学系的，上个月在跌停潮做空赚了上百万美元……"

瑞文这句话还没说完，目光落在咖啡店中的青年身上停住了，他挂了电话向店内走去，打过招呼后迟疑地问："你的钱都用完了吗？"

穿着蓝色店员服的青年在店门口装扮着半人高的圣诞树，淡淡地"嗯"了声："现金用完了。"

话外之意应该是还有股票，但即便如此，瑞文也惊讶于青年的花钱速度，他知道青年有弟弟要养，不禁感叹养弟弟真费钱，还好他只需要独善其身。

正在两人说话的时候，一个矮矮瘦瘦的人从对面的汉堡店被踹了出来，看面孔不是本地人，被打得浑身是伤，瑞文望着那人说："连句英文都不会说，不像是正经来路的。"

这种事其实并不少见，以 Yan 的性子也不是愿意理会的人，可今天他似乎心情不错，递给了那人一块面包。

严雪宵继续装饰圣诞树，装饰好走进店时，他的电话响了，电话里传来一个谦卑的声音："您好，您上周买的别墅，我们将会尽快提供设计图稿，您对房子的设计有什么要求呢？"

青年敛下漆黑的眼眸，一字一句地说。

"卧室要有落地窗。"

"采光通透。"

"还要有游戏室。"

沈迟直播完趴在床上，看着手机上的日历，还有一个月才放寒假，这意味着他还有一个月才有可能见到严雪宵。

不知为什么，他总觉得时间过得格外慢，明明上次见面是在一个月前，可感觉像是很久没见面了。

少年握紧手机，点开微信拨通严雪宵的电话，声音听起来满不在意："对了，送你的衬衫你还喜欢吗？"

电话那边答了句："喜欢。"

他紧握手机的手慢慢松弛，刚想挂断电话，听见严雪宵也问了句："你呢？"

"我也喜欢。"

翌日，边城。

"爸让我给你带的。"季姑妈从乡下带来一筐土鸡蛋，进了门叮嘱季妈，"说让你好好补身体，生个大胖孙子。"

"孩子是男是女都一样。"季妈给季姑妈倒了杯水。

"反正都比小迟好。"季姑妈猛灌了一口热水，"今天走在路上看到他，你能相信吗？他看都没看我一眼，指望他养老是指不上的，再生一个现在是辛苦，至少以后有奔头。"

季妈没接季姑妈的话："小迟他也不容易。"

"你别给他说话，今天我可是看见了，他戴的耳机都是好牌子，身上穿的衣服也是新衣服，我是他姑妈隔着一层关系就算了，也没见他给你们买。"

季姑妈回忆起早上见面的场景，忍不住抱怨道："他天天打游戏，成绩考专科都够呛，以后说不定还会伸手找你们要钱。"

季妈无奈地摇摇头。

沈迟走进教室，把雪橇犬发带还给班长，坐在位置上做题。

他争分夺秒地看书，每一天对他而言没什么不同，只不过每天回到家都会撕下一页日历，默默数着放寒假的日子。

不知不觉间，他把严雪宵布置的练习册全做完了，用过的草稿纸他也没舍得扔，打算卖废品，堆在房间足有半人高，在期末考试前一天，他终于能摘下医用护腕了。

期末考试在一个大雪天来临，学校说要按高考的标准进行全真模拟，可翻来覆去还是那几个监考老师，都是熟面孔。

沈迟按照考号走进考场，监考的是隔壁班的班主任老师，考场上坐着的大部分也是隔壁班的学生。

考试前五分钟,老师宣读考场规则后拆开密封袋:"我不知道别的老师怎么样,但我对考试纪律抓得很严,一经发现作弊,我会做开除处理。"

说到最后一句话时,那个老师望了沈迟一眼,考场上其他人的目光也纷纷落到沈迟身上,但当沈迟的眼神扫视一圈后,周围人立马转过头不敢再看,端端正正地坐在桌前准备考试。

下午考数学,沈迟翻开试卷先浏览了一遍题目,试题对于知识点的考察单一,题目都是老题,他可以断定是自己学校出的题,难度比起严雪宵出的题低太多。

再简单的试卷也有压轴题,他不能保证所有题都会做,但他尽量保证会做的题都做对,即便如此他也只花了一个小时便做完题目,将试卷交到讲台上。

监考老师讶异地问:"做完了?"

这套题是他花了一周的时间出的,虽然和省一中的出题水平不能比,但他自觉还是挺满意的。

少年眼也没抬:"太简单了。"

他不说这句话还好,说完这句话,原本试卷翻得哗啦作响的教室瞬间静默了,监考老师怕自己班的学生被影响心态,赶紧朝沈迟挥了挥手:"交完卷就赶紧走。"

沈迟慢吞吞地收拾好笔,出了教室,走到安静的楼道里拿出英语单词书背单词,刚买时崭新的单词书被翻得破破烂烂的,他也从第一单元背到了最后一单元。

考试持续两天,第二天上午考英语,他的大部分时间花在了数学上,他连套完整的英语试卷都没做过,对英语并没有什么信心,语法填空全靠语感。

不过当他做到阅读理解时,文段不再全然陌生,虽然语法掌握得不够全面,可因为背过一遍大纲中的单词,能蒙出大意选择答案。

下午考完最后一门文综,期末考试便结束了,沈迟回到家没打开直播网站前,直播间的气氛一片祥和。

"等仔仔上线别急着问结果。"

"期末考试而已。"

"对啊,又不是没考过。"

"请各位云家长放平心态。"

然而当他登上直播,直播间瞬间沸腾了。

"仔仔!考得怎么样?"

"题难不难?"

"全校第一有希望吗?"

如果是在燕城，考全校第一的难度不比考燕城大学小，但是在边城，他没记错的话，上次月考最高分不过四百七十八，他估了下自己的分数："问题不大。"

"仔仔进步好大。"

"乐观点说，Late 离名牌大学又近了一小步呢！"

"所以大概多少分呢？"

"四百八十多分。"他诚实地回答。

"嗯，努力这么久才四百多分吗？"

"看来仔仔的学校不太好。"

"突然又开始担心起来了。"

二十五号考试结束，距考试成绩出来有三天的时间，天气越来越冷，出租屋暖气不足，沈迟看书的地方也从书桌前转移到了床上。

成绩出来那天，少年挣扎着下床，戴上毛茸茸的猫猫帽去学校公告栏看成绩。

他不想撞上别人，于是特意挑了没人的饭点，一路鬼鬼祟祟地到了学校，谁知道刚踏进校门便被燕深叫住了："沈迟。"

燕深似乎是刚看完成绩，粗声粗气地向沈迟开口问道："很久之前我就有件事想问你。"

沈迟回过头，他注意燕深也挺久了，这人总是有意无意地送自己小零食，像是另有所图，他谨慎回答："问吧。"

燕深的欲言又止更加深了他的想法，正想说现在不带人上分，然而下一秒，他便听见燕深不好意思地问："我看到你成绩进步很大，方便问下你的辅导机构在哪儿找的吗？"

沈迟缓缓眨了眨眼，没想到是这个问题，虽然他面无表情，但语气里明显带着骄傲："没找辅导机构，我哥教我的。"

燕深闻言没再多问，走进了风雪中。

沈迟继续向公告栏走去，公告栏上贴了长长的名单，他的视线从名单的末尾到了最前面，终于在第一行找到了自己的名字。

考完他心里就有数了，只要是自己复习过的科目，成绩就不会差。只是他的目标是半年以后的高考，在这里考第一不算什么，如果想要上燕大，就必须在省内排名进入前十，他还有很长的一段路要走。

真正让他意外的是自己的分数，数学一百三十五分，英语一百零三分，语文七十五分，政治五十四分，历史五十八分，地理八十五分，总分第一次上了五百。

难怪和他不熟的燕深会向他打听辅导机构……身后若隐若现的脚步声传来，他深吸了一口气，裹紧头上戴的帽子，向后转身。

他没预料到身后有人，撞上那人，小腿有点抽筋。他正要站直身体，忽然闻见熟悉的松木气息，他僵硬地仰头，严雪宵线条分明的下颌线映入他琥珀色的瞳孔。

漫天的大雪似乎在这一刻停住，耳边呼啸的风声也骤然消失，铺天盖地都是严雪宵清冷的气息。

严雪宵垂下眼，望着少年，什么也没说，只是轻轻摸了摸少年的猫耳朵。

沈迟拽着严雪宵的衣角问："你们放假了吗？"

A国学校一月开学，寒假时间与国内寒假恰好错开，他还以为严雪宵不会回来了，只是默默期待渺茫的可能性，默默想着严雪宵或许会来看他，或许不会。

对方低低"嗯"了声，语气平静地问："还能走吗？"

这一刻沈迟才想起抽筋的小腿，他带着鼻音说："不能走了。"

下一秒，严雪宵蹲下了身。

在边城的漫天风雪中，严雪宵背着沈迟一步步向家走去，静得只听得见雪的声音。

A国，泽州。

"Yan今天没来上课吗？"同班的女生好奇地问亚当，她从来没见青年缺过课，即便在刚过去不久的寒假，也是坐在图书馆写论文。

"学分修满了。"亚当走出图书馆的同时解释道。

女生的眼里透出惊讶，修满学分意味着完成了研究生阶段的课程，换句话说短短一年半的时间，严雪宵便取得了难度极高的哲学硕士学位。

亚当很理解她此刻的心情，当他知道这个消息时也深感讶异，提前修满学分的难度还是其次。

普大哲学系研究生以培养博士为主，通过博士生资格考核便可直接进入博士课程学习，博士生秋季开学，看起来没提前修满学分的必要，他不知道为什么Yan会提前修满学分回国。

不过他想，大概Yan是有很重要的事吧。

边城大多数学生在寒假都会忙着打工补贴家用，向来没有补课的传统。一到寒假，校门口便冷冷清清的，季爸摆早点的摊子从学校门口转到了菜市场。

收摊时旁边人对他说："你真会养孩子,也没见你管,念书念得这么好。"

季爸以为那人在说季舒,脸上浮现出一抹怀念:"我和他妈平时都忙,那孩子从小就听话,读书从不用操心,明年能考上燕大吧。"

提到季舒,他不自觉地想到沈迟,不是自己养的到底不亲,现在想起那天沈迟说的话他都寒心,完全是对陌生人的口吻,听不出半点亲近。

季爸摇摇头,沈迟这样冷漠古怪的性子只会把身边的人推远,他们如今也无暇顾及他,只希望沈迟不要越陷越深。

他收摊往回走时,经过校门口,望见一个生面孔的英俊青年背着少年向前走,那少年戴着帽子乖乖趴在青年背上,侧脸看起来有些像沈迟。

一晃眼,人便消失在了巷子里,他摇摇头,心想:自己一定是看错了,他记忆中的沈迟从来都是冷冰冰的模样。

沈迟一直被背到了家门口,被放下来后,他低下头用钥匙打开门。

今天的天气更冷了,屋里也不暖和,他裹了裹衣服,给严雪宵倒了杯热水,随口问了句:"你从省城过来的吗?"

边城交通偏僻没有机场,火车站都是近几年修的,省里只有省城有机场,没有国际航班,坐飞机需要从燕城机场转机,不过再怎么也比从燕城坐火车到边城方便。

青年抿了口热水:"坐的火车。"

他意识到他哥变穷了,从燕城坐飞机四小时便可以到省城,但坐最快的火车也要一天,无论是心理还是身体上都无比疲惫,他哥还背着他走了一路,半点看不出疲累。

他垂下眼不知道在想什么,突然走到储物柜前,打开柜子,将攒的小零食都抱在了桌上,有他最喜欢的果冻、草莓干、牛奶麦片……

少年将满满一桌的小零食朝严雪宵的方向推了推,意思是都给你,可显然对方没明白过来,严雪宵揉了揉他的一头红发:"做完题再吃。"

他只能"哦"了声,没留意到身边的青年唇角轻轻弯了弯,他坐在书桌前翻开习题册,开始今天的直播。

"每天一蹲。"

"日常祈求仔仔进步。"

"不要给仔仔压力,就算最后考不上燕大,上个别的大学姐姐也很满意。"

在众多云家长中,一个帝企鹅直播过来的用户每天都会定时打卡,看着满屏看好的弹幕终于忍不住问。

"不是，你们真认为他能考燕大？五百分不到的成绩上重本都难。而且就算是四百多分的'青铜局'竞争也很激烈，差一分就是好几百人。"

少年放在桌上的手机振了振，视线落到最后一条留言上，他贴上王老师发来的成绩。

直播间的云家长们瞬间扬眉吐气。

"我们仔仔真棒！"

"仔仔比上次足足高了四十分，段位成功从'青铜'晋级到五百分的'白银'，说好的小鱼干你们不要忘了。"

"谁不给谁就是余声。"

沈迟本来也没当真，发完图片便继续做题，可帝企鹅视频过来的用户真来投送了小鱼干，一个接一个地打赏出现在直播间。

短短半小时他便收到了上千条小鱼干，挤进了打赏榜最末位，在一众游戏主播中显得格格不入。

"帝企鹅用户属实是有钱。"

"小猫直播唯一官方认证的学习主播。"

"亚服前十冲刺高考。"

沈迟望着意外得来的小鱼干默默地想，可以给他哥买机票了，他翻开习题册下一页，继续做今天的练习。

一边的严雪宵打开电脑写论文。

这是一种很奇妙的感觉，曾经只能出现在视频中的人近在眼前，他忍不住抬眼瞄了瞄严雪宵，或许是因为屋里冷，少年偷偷往身边人的方向挪，没被发现，又挪了一点。

"是我的错觉吗？感觉仔仔的椅子越来越靠右。"

"左边是不是有人？"

"是哥哥吗？！"

"我还没见过哥哥的样子。"

严雪宵看屏幕很专注，感觉没被发现，少年又悄悄挪了一点，可他刚挪到一半，忽然被一只修长白皙的手按住了椅子，青年清冷的声音传来："坐好。"

"这声音我爱了！"

"是哥哥没错了。"

"看见哥哥的手了！"

望着弹幕，少年关了直播，心虚地为自己辩解，但说得没有丝毫底气："因为太冷了。"

他的话音刚落，额头上猝不及防落下一只手，他听到严雪宵说了句："是很冷。"

他松了口气，可这口气还没彻底放下，严雪宵已经脱下自己的外套，给浑身冷冰冰的他穿上。

青年的外套很厚实，像是靠近了寒夜里升起的微弱火光，他僵硬的身体慢慢放松下来，握紧手中的笔。

正在这个时候，突然有人敲门。

沈迟迅速走到门边，打开门后怔了怔："燕深？"

燕深的脸上有一道长长的疤痕，显得整个人格外凶厉，他刻意压轻声音，别别扭扭地开口："想请你哥补课。"

见沈迟没回答，燕深拿出一沓皱巴巴的钱，语气格外生硬："够不够？"

悄悄跟在燕深身后的燕建国"哎哟"一声，叹了口气，哪有这样求人帮忙的，他忙走到门边："我是燕深的父亲，只要他能考上大学，补课费多少我都出。"

燕建国将一个个崭新的盒子小心翼翼递给沈迟，无比讨好地说："这是最新款鼠标，这是配套的键盘耳机，专门去省城买的，你看看喜不喜欢，或者你看上了哪家的东西，我帮你弄到手。"

少年原本表情稍稍松动，听到最后一句话，抬头看了燕建国一眼，面无表情地问："我的电脑上次是不是你拿的？"

少年冷冷的目光刺来，燕建国额头上的冷汗立马冒出，他慌忙解释。

"我是拿过你的电脑，但看到你倒在地上就把你送医院了，电脑也听阿深的还回来了。"

燕建国还特意强调了一句："医药费都是我出的。"

见沈迟的神情丝毫未变，他忙摸着口袋，将身上所有的钱都掏出来了："今天买了东西，身上只有这么多了，如果不够的话，我下次……"

"不关你的事。"燕深打断了他的话。

沈迟望着燕建国递来的零零散散的钱与脸上讨好的笑容，垂下浓密的睫毛，突然很羡慕燕深。

"我问问我哥。"他转身进了房间。

严雪宵从椅子上站了起来，望着墙壁上圣诞夜拍的照片，照片中的少年靠在雪橇边，衣服口袋里被塞了满满的小零食，看起来被照顾得很好。

"他是你同学？"严雪宵问了句。

沈迟点了点头。

燕深站在门边，青年的视线投在他身上，带着全然的淡漠，然而更令他感觉无地自容的是，他无比清楚地意识到，自己是一个小偷的儿子。哪怕与燕建国断绝关系，也不能改变这一事实。

他明白青年眼神中的含义，没有好人家的家长愿意自家小孩儿和一个小偷的儿子来往，他心里最后的一丝奢望散去，缓慢地转过身，腰背依然挺得笔直。

沈迟扯了扯严雪宵的衣袖，严雪宵瞥了他一眼，轻轻说了句："进来吧。"

燕深想要离开的步伐骤然停住了，眼里闪过一丝不可置信，脸上的伤疤显得更凶了，燕建国急忙道谢："谢谢沈老师。"

"我哥姓严。"沈迟纠正道。

虽然不知道兄弟俩为什么一个姓沈一个姓严，但燕建国立马改口："谢谢严老师。"

燕深的手紧紧握成拳，跟着沈迟走进房间，拘束地坐在椅子上，严雪宵拿出一张白纸："我没有照顾你的时间，你听不懂可以录音。"

"我明白。"

燕深点头，如果不是沈迟，他根本没有旁听的资格，更不敢生出打扰的想法。

"今天讲语法。"严雪宵在白纸上落笔，"五种简单句，主谓、主谓宾、主系表……任何长的句子都是简单句的变形。"

沈迟背了两个月的单词，今天第一次接触语法，对他来说语法是最晦涩的部分，可听着严雪宵将句子拆分成不同部分，他感觉好像也没那么难。

而燕深对英语课的印象依旧停留在王老师一遍遍读课文上，去除课文只有语法，虽然听起来很吃力，但他对照着记下的笔记，复杂纷繁的语法在逻辑清晰的框架下逐渐变得简明易懂。

望见燕深认真看笔记，门口的燕建国揩了揩眼角，将手上提的东西悄悄放在门边，随后蹑手蹑脚地关上门。

"把后面的题做了。"严雪宵喝了口水。

燕深打开习题册，在第一题后圈住 B，边上的沈迟提醒："选 C。"

青年撩了撩眼皮："选 A。"

如同上课讲小话被发现般，沈迟和燕深不约而同地低下了头，开始安静做题。

休息时，沈迟瞥见电脑上的新闻，A 国股票涨幅创下新高，他不了解股市，不过看严雪宵的表情，应该是件很开心的事。

到了晚上，燕深从椅子上站起来，沈迟记东西比他快，习题做到后面几乎可以保证全对，虽然他只对了几道，可这都是他思考后做出来的，且与以前相比这已经是不可思议的正确率了，他打算回去再听几遍录音。

长相凶狠的大男孩捏着习题册的手颤了颤，他深吸了一口气，站起身别扭地出声："谢谢严老师。"

"东西拿回去。"严雪宵淡淡地说。

"是。"

燕深拎起门边的礼品袋，他见过社会上的不少人，严老师谈吐温和，可偶尔流露出的压迫感却是他从未见过的，他在课上根本不敢分心，更遑论走神。

燕深走出门，燕建国正缩着脖子等在门口，见燕深提着东西出来忙问："怎么样？"

"严老师教得很好。"燕深低头说，"他不收你的东西，你拿回去，以后不要管我的事。"

"那就好……"

燕建国揩了揩眼角的泪水，燕深不让他跟着，他走到走廊边便停住了，一边担心燕深上完课饿不饿，一边想要不要给燕深买本单词书。

正在这个时候，一个电话打了进来，是一个陌生的号码，他盯了一会儿，接通电话。

"燕建国，曾因为故意杀人未遂致人重伤入狱，因为狱中表现良好提早出狱，出狱后因盗窃进看守所十二次，妻子卧床多年，儿子常与社会人士来往。"

电话那边准确说出了他的信息，他的眼神瞬间变冷："你找我什么事？"

"有桩挣钱的买卖想和你谈谈。"

沈迟在桌上做题，今天学完所有类型的从句，眼皮沉沉地往下坠，听到身后传来的脚步声，他立马抬头："我没睡。"

严雪宵坐到他身边，递给他一杯温牛奶。

沈迟喝了一口，清醒了不少，练习册上的每个字母在脑海中印得清清楚楚，可一道题都看不进去。

"看来是困了。"严雪宵看着他说。

两人的视线猝不及防地撞在一起，严雪宵收回目光，从椅子上站起来，沈迟立马问："你要走了吗？"

严雪宵低低"嗯"了声:"刚租了房。"

沈迟的头慢慢垂下,他的房子太小了,待在这儿确实委屈他哥。虽说知道不可能,但如果可以和哥哥一直待在一起就好了。

"那我送你出门。"他的声音发闷,隐藏着不可言说的情绪。

他从椅子上站起身,送严雪宵到门边,刚要转身时手腕被拽住,严雪宵望着他平静地问:"这里条件太差,要和我一起住吗?"

沈迟的心情重新雀跃起来,想也没想回答道:"要。"

沈迟收拾好大包小包,跟着严雪宵出了门,在黑暗中他们走出了居民楼,寒冷的夜风无声无息地掠过他身旁,他却浑然不觉,一直跟着严雪宵往南走,直至走到学校边的一栋楼前。

他知道这栋楼,是边城唯一一栋有电梯的高楼,楼里还有保安,他租房时问过这里,一个月一千五的价格在房价低迷的边城是最昂贵的。

他们乘电梯到了最高层,严雪宵按密码锁开了门,整洁明亮的房间映入沈迟的眼帘,打开灯,红头发的少年抱着背包在房门口停住了。

房子是两室一厅,站在阳台可以俯视半座边城,与他狭小的出租屋截然不同。他听见严雪宵的声音自他头顶上方传来:"临时租的房子,没有落地窗,也没有游戏室。"

"不过,"在寒冷的边城,容貌夺目的青年注视着他,顿了顿说,"以后会有的。"严雪宵的语气无比笃定。

沈迟想,那种房子一定很贵,望着严雪宵漆黑的眼没有把话说出口,而是默默点头,将带来的东西搬进新家。

他住的房间没有落地窗,但有整面墙的飘窗,屋子里暖气开得很足,透明的玻璃上升起白色的雾气。

少年换好睡衣睡在大床上,不用将自己蜷缩成一团,也不用在被子上盖上厚实的外套,冰冷的小腿逐渐生出暖意,全身上下都是温暖的。

第二天,沈迟很早便醒了,他在自己的床上躺了半小时,装作刚睡醒的样子,揉着眼睛走到餐桌前坐下,故作镇定地问好:"早上好。"

严雪宵抬起眼:"早上好。"

餐桌上的牛奶是热好的,他拿起自己的杯子喝了一大口,抬头看向严雪宵。

青年边吃早饭,边拿着一本德文书在看,他咬下吐司片的一角问:"你在看什么？"

"康德的《纯粹理性批判》。"

沈迟只在政治书上看到过康德，知道他是客观唯心主义学者，他好奇地问："你能给我说说他吗？"

"康德被誉为西方哲学的蓄水池。"严雪宵缓声开口道，"他一生都没离开过他出生的城市，过着离群索居的生活，他毕生致力于为人类理性找到依据，为古典主义哲学画上句号，开启认识论的时代。"

虽然听不太懂，但少年很认真地记下了，他也想了解严雪宵的世界。

吃完早饭后，手机响了，沈迟划开屏幕，电话那边传来庄州的声音："你没在家吗？我和施梁敲了半天门没人应。"

"搬家了。"他边收拾桌子边说。

"搬去哪儿了？"庄州立马问，"省城开了家鬼屋，本来想问你去不去玩。"

沈迟挂断电话盯了一会儿屏幕，将地址发给庄州，也没忘发给燕深。

早上八点燕深来了后，他们准时开始上课，上完课做练习时，门铃突然响了。

沈迟走到门边打开门，庄州和施梁提着东西站在门外，庄州将礼盒递给他："恭喜你搬新家，数码店打折，我就给你买了一个固态硬盘。"

施梁也腼腆地把手里的袋子递向他："不知道你喜不喜欢这个护腕。"

从来没收到过乔迁礼物的沈迟下意识地向严雪宵望去，严雪宵看他的目光带着鼓励，他抿了抿唇，接过礼物："谢谢。"

"我还在上课。"或许是觉得自己的语气太冷，少年思考了一阵问："你们要来听吗？"

庄州："……"

他第一次收到听课的邀请，不过沈迟难得邀请人，他和施梁对视后，小心翼翼地进门。

庄州没想到燕深也在，坐在椅子上的青年应该是沈迟的哥哥，长相和沈迟没有丝毫相似之处，一双凤眼透出清贵的气质，眉眼如墨般漆黑，带着若有若无的距离感。

说不出为什么，他只看了一眼便收回目光，燕深在专心地做语法题，自从沈迟学习进步后，燕深又回到了倒数第一。

但令庄州意外的是，燕深的语法题不仅没有如他预想的那般全军覆没，反而二十道题对了十道，还都是定语从句题。他再瞄了一眼沈迟的习题册，做过的题目都是对的，说明严雪宵是真的会教。

他听见燕深叫严老师，便也跟着叫严老师，见严雪宵没反对，拉着施梁在沈迟旁边的座位坐下。

今天学的是句子时态，他以前也花钱去省城的补习班上过课，但都是学得零零散散，从来没放在一起集中理解过。青年将十六种句子时态总结在一张表上，模模糊糊的知识点顿时在他脑中构建起了框架。

庄州记笔记的手就没停过，休息时他才停下笔对沈迟说："PUBG更新版本了，出了新枪械，你现在能打了吗？"

沈迟看向自己的手腕，经过近两个月的治疗手腕已经不疼了，不过医生还是建议他休息半年以上，听到庄州的话，他淡淡道："也不是不能打。"

庄州刚想约他一起打游戏，就见严雪宵的视线望了过来，他不由得打了个冷战："我想起来我在网上看到过，腱鞘炎还是要多休息，还是等高考完我们再打。"

他说完这段话，那道冷冷的目光才消失，青年的神情依然温和。

在接下来的时间里，庄州不敢提"游戏"两个字，坐直身体认真听课，完全没有分神。

或许是因为上课，时间过得格外快，一眨眼便到了晚饭时间，沈迟的脑中冒出热气腾腾的关东煮画面，肚子小声叫了一会儿，下意识地在习题册上写了"关东煮"三个字。

还没来得及把这个词画掉，严雪宵便卷着书在他的脑袋上敲了敲，意识到被发现的少年赶紧专心做题。

上课结束后，燕深站起来沉默地鞠躬，庄州和施梁也起身道别："严老师再见。"

三个人离开后，严雪宵走向厨房，打开冰箱拿出食材，沈迟在一边洗青菜："今天吃什么？"

青年淡淡地说："关东煮。"

沈迟洗菜的手一顿，大概是自己的错觉，好像自己说过的每句话，严雪宵都会记得。

而庄州走出门按下电梯，忽然发现自己的笔记本忘拿了，他让施梁按住电梯，跑回门边敲了敲门："沈迟，我……"

门开了。

开门的却不是沈迟，而是上课时不苟言笑的严老师，青年系着格子围裙，庄州说到一半的话咽了回去，主动关上门。

燕城，严邸。

殷秘书陪着严照走入书房，与外人想象的击钟陈鼎不同，严照的书房陈设器物都是半旧的，只不过墙面上的字画无一不是大家之作。

"刚看到一张生面孔。"严照开口。

"高伯乡下来的子侄，见过高伯便走。"殷秘书恭敬地回答，他知道严照生性多疑，家里从不用生人。

严照若有所思，坐在椅子上问："查到了吗？"

"查到了。"殷秘书将一份没拆封的文件放到沉木桌上，组织着语言，"雪宵在燕城机场出现过，目前在边城和一个朋友住在一起。"

翻开书桌上沈迟的资料，望着一头红发的少年，向来喜怒不形于色的严照眉头拧成了深深的"川"字，显然极为不满意。

站立在一旁的殷秘书心里不禁犯嘀咕，他还是第一次看到严照这个表情，仿佛是遇到了什么棘手的事。

下午沈迟坐在椅子上掐着时间做题，严雪宵去超市前给他们几个人布置了厚厚一沓真题。

望见沈迟的字迹工整隽秀，座位旁的庄州看了看自己歪歪扭扭的字，压低声音问了句："你能帮我抄封信吗？"

沈迟眼皮都没抬："不能。"

对于这个答案庄州竟然没有多意外，他揣度着沈迟的喜好开口："明天请你吃草莓味小蛋糕。"

少年终于舍得抬头看他一眼。

"两份。"

面对沈迟的狮子大开口，庄州忍痛点头，四下环顾一圈，确定没人后他偷偷摸摸打开手机，给沈迟发过去一段长文字，还从桌底递去一张粉色的信纸。

"你千万别告诉别人。"庄州嘱咐道。

沈迟望见粉色信纸挑了挑眉，正在这个时候，不常响的门铃被按响了，有人在门外。

虽然不知道有谁会上门拜访，他还是从座位上站起来，将纸夹在习题册中，走过去开了门。

穿着破旧军大衣的燕建国站在门外，瑟缩着脖子显得人更矮了，被冻得青紫的手中提着一个袋子："读书辛苦，知道你们还没下课，特意做了红糖锅盔来给你们垫垫肚子。"

少年的眼神落到其貌不扬的锅盔上，燕建国焦急地开口："我做饼好吃，不信你问阿深，以前阿深吃我做的饼能吃半锅。"

座位上的燕深一言不发，没有出言拒绝，沈迟看了眼燕深，从矮个子中年人手中接过还冒着热气的锅盔。

"不打扰你们学习了，明天我再来。"

楼道寒冷，待少年接过东西后，燕建国立马眉开眼笑，搓着冻僵的手关上门，一边盘算明天带什么饼一边向家的方向走去，沈迟眼光高，他要把饼的模样做得好看点。

严老师不肯接受补课费，礼物也不收，他从没见过这么好的人，只能送点吃的表示心意。

居民楼楼道的灯又坏了，需要打着手电筒摸索上楼，他刚刚走上楼梯，看见门是开着的，门内传来断断续续的交谈声。

交谈声令他安心不少，燕建国关了手电筒踏进屋子，但他一踏进门便看到一个陌生人坐在沙发上，似乎等他很久了，此时微笑着向他打招呼："你好。"

盲眼的妻子以为是燕深回来了："阿深，家里来客人了。"

那人从沙发上站起来，语气里带着若有若无的危险："上次说的买卖考虑好了吗？老板给的时间不多。"

"一个老人活不了多久。"燕建国下意识地将妻子护在身后。

"那不是你该管的事，他是挡住别人的路了，不该问的别问，我找到你也是因为你嘴严。"

那人打量着墙面上悬挂的照片："真可惜，我来还以为能看见你儿子，你儿子还在读书吧，补习费开支不少，当父亲的还是得为孩子多考虑。"

燕建国看向照片，泛黄的照片上是女人抱着一个男孩儿，那时他还没有坐牢，他还有一个幸福的家庭，每天都会给儿子做红糖锅盔，厨房里环绕着温暖的烟火气。

读出潜台词下的威胁，燕建国握紧手点了点头，他眼里闪过一丝茫然，明天好像不能给孩子们带饼了。

沈迟走回自己的位置，将装有锅盔的袋子放在桌上打开，红糖混着面饼的香气弥漫在开着暖气的屋子里。

"闻着好香。"

庄州伸手拿了一个，施梁也要了半个，连坐在最边上的燕深也低着头吃了一个，到处都是甜滋滋的红糖味道。

沈迟对于甜的东西没有抵抗力,咬开酥软的面皮后是红糖内馅,少年琥珀色的眼弯了弯。

他们分着吃了锅盔,还给严雪宵留了一份。少年吃完划开屏幕,点开庄州发来的消息:

> 小醉你好,第一次看到你是在照片上,第二次见到你是在校门边。你穿着白裙子出现在我面前的那一刻,满足了我对美的所有幻想。我也不知道为什么想写信,大概就是想告诉你,你是我见过最美好的女孩子,与你认识我很高兴。

沈迟回忆了一下,班上没有叫小醉的女生,原来的房东红姐倒有个女儿叫林醉,不知道是不是庄州口中的小醉,他曾在居民楼前见过她一面。

他本来不想写的,但没能抵挡住草莓小蛋糕的诱惑,提笔在粉红色的信纸上誊写。

直播间监督学习的观众警惕起来。

"仔仔在写什么?让姐姐也看看!"

"粉红色的信纸,不会是情书吧?看这偷偷摸摸的样子够呛。"

"祈求不要被哥哥发现。"

"我听见开门声了。"

他刚誊写到一半,严雪宵回来了,沈迟没有再写,顺手把信纸夹进习题册,继续做题。

少年专心致志地做着题,做完后便将作业呈上去批改,只不过忘了习题册后还夹着粉色的信纸。

严雪宵没吃锅盔,他翻开习题册,视线落在粉色的信纸上停住了,敛下眸一句话也没说,看不出喜怒地合上习题册。

沈迟看着青年的动作欲言又止,明明他是第一个交上去的,却是最后一个被批改的。

当其他人走后,青年才开始批改他的习题,他不由得紧张地问:"是不是错得很多?"

严雪宵只是淡淡瞥了他一眼,座位上的少年更紧张了,不过他走过去看到自己做的题都对了,提着的心才放下。

他拿回习题册正要放回桌上，一张粉色的信纸轻飘飘掉在地板上，他背对着严雪宵迅速从地上捡起，刚才不会被严雪宵看到了吧，这个念头只是一闪而过。

　　他坐在座位上做阅读，今天学完所有语法，原本纷繁复杂的语法在他脑中形成一个清晰的框架，长难句迎刃而解。

　　不过存在的问题是阅读速度慢，他得慢慢分析句子成分，往往七分钟的阅读要十分钟才能读完，他只能通过一篇篇阅读提升速度，但提升得并不明显。

　　他一直做到很晚，之后回到自己房间，关灯上床，这时严雪宵轻轻推开门进来。

　　少年没想到严雪宵这个时间还没睡，结结巴巴为自己的晚睡找补："天气冷。"

　　严雪宵声音平静："有暖气。"

　　眼看着晚睡的理由被不留情面地戳穿，少年想不到其他话，决定抱着被子装死，把毛茸茸的脑袋藏进被子里，闷声闷气地回答："我已经睡着了。"

　　又是一阵沉寂，沈迟松了口气，在温暖的被子中安心不少，可刚要闭上眼时听见青年情绪不明地问了句："小醉很好看？"

　　小醉是谁？

　　沈迟的脑袋转了好几圈，慢半拍地想起小醉是庄州的暗恋对象，他立马解释："那封情书不是我的，是我帮庄州写的，他答应明天给我带两个草莓小蛋糕。不过那个女生确实挺好看，穿着白裙子漂漂亮亮的……"

　　他认真地介绍着小醉的模样，可话还未说完，蒙在脑袋上的被子突然被扯下。

　　严雪宵俯下身，对他轻语："高考前不准谈恋爱。"

　　黑暗中他看不见严雪宵的神情，少年应了声，感受到身边人离开，松了口气的同时又生出微不可察的怅然。

　　自己明明已经成年了，可在严雪宵心中，他好像永远是小孩子。他闭上眼沉沉睡去。

　　边城，火车西站。

　　高伯在侄子的搀扶下缓缓走出出站口，老人看着熟悉的火车站："这么多年边城还是没变。"

　　"没什么发展，前些年说要搞旅游开发也没动静了。"侄子扶着高伯，"迁坟这种事我们小辈办就可以了，不用麻烦您老人家亲自从严家来。"

　　"迁坟是大事。"

　　高伯咳嗽了声，目不转睛地打量自己的故乡，他在严家待了半辈子，已经很久没回来过了。

在火车站边的燕建国脸色复杂地看着头发花白的老人,他不知道为什么有人会花二十万买一条老人的命,还要他掩人耳目,装作寻仇报复。

此前他以扒窃为生,知道该如何不动声色地接近一个人,不引起别人的注意划开包。

燕建国悄无声息地走到老人身后,从衣服下抽出一把磨得锋利的刀,他只需要用这把刀划开老人的咽喉就完成任务了。

只不过他的手在颤抖,刀刚刚抽出来就掉在了地上,老人的侄子转头看见他的脸:"燕建国你想干什么?!"

燕建国慌得忘记捡地上的刀。

"上次偷东西没被我打够?"侄子脸上闪过浓浓的厌恶,"有手有脚不工作,难怪连你儿子都看不起你。"

侄子转头向高伯说:"您别担心,只是一个小偷。"

高伯在严家工作了半辈子,望着地面上锋利的刀刃,心下升起提防:"我看祭祖的事还是你们办,我先回严家了。"

看着高伯转身进入火车站,燕建国悄悄松了口气,他从地上捡起刀时,一个人出现在他面前,用冰冷的口吻地说道:"成事不足败事有余的东西。"

早上八点上课,墙面上的时针已经指向七点四十分,沈迟坐在床上依然没有起床。

"还不起床?"

穿着白衬衫的青年走过来坐在他旁边。

沈迟想起昨天自己最后说的那句话,越想越觉得不对,当下犹豫着要不要再解释一下,最后还是没有开口。

庄州他们已经来了,沈迟拉开椅子坐下,把写完的情书递给庄州。

庄州立刻将情书小心地装进书包内层,接着从书包里拿出两个草莓味的小蛋糕递给他。

少年面无表情,把蛋糕盒子放在一边,深吸了一口气,逼迫自己沉浸在艰涩的题目中,专心做英语题,不让自己分心想其他事。

学完语法又经过两天时间的练习,他在严密的语法框架上建立语感,不需要分析句子成分便能读懂句意,阅读速度从十分钟慢慢缩短到五分钟,这意味着他可以迅速完成英语试卷。

临下课时，施梁更正完错题，收好自己的东西，朝门边望了一眼："送红糖锅盔的叔叔今天没来，他做的锅盔真的挺好吃。"

燕深望向门口，离开的时间比往日晚了点，但仍没人按门铃，他低下头没有再停留，照常向严雪宵鞠了一躬后，离开了温暖的屋子。

他背着书包向居民楼走去，地面上覆满厚厚的积雪，忽然听见有什么东西在身后窸窸窣窣响动，他停下脚步。

蓝色的垃圾桶里有声音传出，一只被冻得青紫的手从垃圾桶盖下露了出来，手上还戴着一枚粗制滥造的婚戒。

似有预感般，燕深皱着眉打开垃圾桶盖，桶盖上全是雪，他的手微微发颤。

一个鼻青脸肿的矮个子男人出现在了桶底，右手手掌已经变了形。

燕深的目光从燕建国的手掌移到他的脸上，冷声问道："你又偷东西了？"

燕建国慢慢恢复清醒，有人给他二十万要他做事，他想给儿子好的生活条件，即便是把自己折进去也好，但最后关头他还是放弃了。放弃当然会有代价，他被痛打一顿丢进垃圾桶里。燕建国的喉咙因为发干而有强烈的灼烧感，他闭上眼"嗯"了一声："不偷了。"

"嘴里没一句真话。"

燕深将燕建国扛在肩上，一步步向医院走去，到底发生了什么他没有再问，因为这也不是他这样的人能过问的。

早上林斯年坐在餐桌边，准时打开新闻，梦中当天曝出的边城杀人案震惊全国，他清楚地记得行凶者姓燕，严家的老管家高伯死于此案。

这一远在边城的案件在后来被猜测为严家夺权的开端，对严照忠心耿耿的老管家回乡当天亡故，从不用生人的严家紧接着进了新人，很难说与日后严照的身亡没有什么关系。

然而国内新闻风平浪静，严照依然出现在经济论坛上，现实轨迹好像真的变了，林斯年松了口气，将温热的橙汁一饮而尽，只是心里仍存着担忧，严氏长达三年的内部争斗真的会轻易过去吗？

红头发的少年毫无察觉地在苦寒的边城学习，用过的草稿纸如同地面的积雪越来越厚。

他坐在餐桌上吃酱肉丝饼，旁边的严雪宵端着咖啡坐过来，他迅速吃完早餐说："我去背书了。"

自从情书的事后,他总是有种做贼心虚的感觉,这段时间能一个人待着就一个人。

正当他准备起身时,青年伸手在他头上摸了摸。

沈迟走到书桌前坐下,展开单词书掩着自己的脸,他没注意到的是,青年注视着他的背影若有所思。

房子里只有他们两个人,墙面上的时钟缓慢走动,沈迟感觉时间过得格外慢,连呼吸都变得绵长。

背完一遍单词后,同学们陆陆续续到了,他将头抬了起来。燕深是最后一个到的,据说是因为照顾住院的燕建国。

边城地方小,燕建国小偷小摸习惯了,也没人真的计较,因为计较了也没用,顶多是被关几天,出来还会再犯。

不知道是什么人会把燕建国打进医院,连右手都打折了,具体的燕建国避之不谈。

沈迟垂下眸,人到齐后开始上课,他没时间继续想而是认真听课,他们从早上九点上到晚上八点,学完了一遍中国历史。

上完课是自习时间,他默写完今天的笔记便掐着时间做数学模拟卷,卡在一道数学大题上,想了半天也没想出该怎么做,解析上只说了句由此可证。

他试着用铅笔在图形上勾勒辅助线,不知为什么他无法静下心画出正确的辅助线,图形上密密麻麻全是铅笔画出的线段。

眼看着时间一点一滴过去,坐在椅子上的沈迟不得不求助严雪宵:"这道题该怎么做?"

他话音落下,严雪宵自然地俯下身,拿起笔缓缓在图上连出一条辅助线,好听的声音在他耳边响起:"懂了吗?"

沈迟回答:"听、听懂了。"

严雪宵离开了。

一旁的庄州频频看向沈迟,察觉到庄州探询的目光,少年冷冰冰地说:"你想说什么?"

庄州欲言又止:"你最近挺不对劲的。"

沈迟抿了抿唇没有说话,将手中的笔捏得更紧了。

"压力太大了吧。"庄州的声音压得更低了,"要不要我给你分享一部电影看看?"

"什么电影?"

庄州答道:"很温馨的,你看了会喜欢的。"

庄州发来一个链接,沈迟没有立即打开,他专心做着数学试卷。直到结束一天疲惫的学习后,他换好睡衣躺在床上,望着天花板发了一会儿呆,顺手打开网站。

直到电影结束,少年面无表情地关了手机,影片中家庭和睦的温馨画面依然留在他的脑海中,闭了闭眼依然挥之不去,甚至越来越清晰,他不由得落下泪来。

他走出房间,坐回桌边做试卷,强行将自己沉浸在题目中。

严雪宵走出房间煮咖啡,沈迟立马收好刚做到一半的卷子,从椅子上站起来,若无其事地朝卧室走去。

庆幸的是严雪宵并未叫住他,他走到门边松了口气,然而手刚刚放在门把手上,青年的声音便从他身后响起:"你怎么了?"

心虚的沈迟毫无底气地反驳:"没什么。"他意识到自己话中的底气不足,又补充了一句,"真的没什么。"

他哥辛辛苦苦帮他补课,他知道自己不该在这个时候胡思乱想的,如果他哥知道自己因为一场电影而落泪,一定会觉得他很软弱吧,一定会离他远远的吧,他不敢想象他哥有天会厌恶他。

严雪宵淡淡地对他说:"过来。"

他的身体一僵,硬着头皮跟严雪宵走进房间,低着头不敢抬起,惴惴不安地问:"有什么事吗?"

严雪宵抿了口咖啡,将今天批改的习题册递给他,错题都被勾画出来,还在题目后标注了知识点。

见是习题册,他不由得放心了,站在一旁问了句:"还有什么事吗?没什么事的话……"

他的话还未说完,下一秒便被严雪宵打断,只听严雪宵用安慰的语气对他说:"好了,那没什么。"

就算知道严雪宵并没有说他,可沈迟心底那点担心始终没有完全消散。时间不知不觉过去,最后一天上完课,严雪宵说了句:"我明天走。"

沈迟怔住了,他没想到寒假会过得这么快。他紧紧捏着手中的笔,嗓子发涩,却什么也说不出来。

"庄州的书忘拿了。"他匆匆从座位站起来转身出门,压着翻滚的情绪说,"我去拿给他。"

他在门口停了一会儿,才调整好状态走到楼下,随意地将书递给庄州,庄州把书装进书包里,问:"明天严老师是不是要走了?"

见沈迟垂着眼默认,庄州开口说:"那我要告诉施梁他们,这段时间多亏严老师上课,贵的礼物严老师不肯收,只能送点特产了,也不知道他喜欢什么。

"严老师喜欢看书,不过看的书都是外文书,我也不知道该买哪本,你说他会喜欢橘子吗?不过橘子不方便带上飞机,得晒成橘子干,我妈倒是做了腊肉。"

相比于庄州挑礼物的兴奋,沈迟沉默着一句话也没说,不知道在想什么。

庄州滔滔不绝时察觉到沈迟情绪低落,他立马止住话头,换了一个新话题:"你今晚参加雾火节吗?好多人都会去,小醉也会来。"

"雾火节?"

沈迟眼里闪过疑惑,他从来没听说过这个日子,高考越来越近,他每天都沉浸在书卷里,连春节都过得很简单,只是贴了张对联吃了顿饭。

"才想起你不是边城本地人。"庄州耐心解释,"雾火节是边城传统节日,在二月的最后一天用火光驱散夜雾迎接光明,比春节还热闹,也不知道严老师会不会来,他回 A 国的话,有可能会错过雾火节。"

其实他还有一句话省去没说,雾火节也是边城传统节日,人们戴着面具走在灯火下。

庄州的话音刚刚落下,便看见沈迟迅速离开了,速度快得不可思议,一晃神就不见了。

平时学校晨练时沈迟跑圈都是懒洋洋的,速度只比身体瘦弱的施梁稍快一点儿,他从来不知道沈迟能跑这么快。

沈迟从楼下匆匆跑回家,胸膛还微微喘着气,他望着收拾行李的严雪宵,垂着琥珀色的眼问:"今晚雾火节你要来吗?"

青年语气平淡:"不一定。"

这已经是很温和的拒绝了,沈迟的胸膛闷得透不过气,他垂着头走出门,青年正定定地注视着他离开。

接到严雪宵电话时,官山穿上白大褂正准备上班:"青春期的男生叛逆挺正常的,高考压力大,不想家长干涉自己的生活,我们都是从高考过来的。不对,我想起来你是保送的,反正多给他时间调整。"

电话那边传来青年的一句:"知道了。"

官山在心里叹气,严雪宵自己当家长就算了,现在他不仅需要帮着照看沈迟的腱鞘炎，还要承担心理咨询的工作，趁严雪宵没挂断电话前他提醒："你父亲知道你回国的消息了。"

他和严雪宵从小就认识，知道严雪宵和严照的关系不好，因为严雪宵执意念哲学，他们的关系更是降至冰点，如果让严照知道严雪宵在边城养了只小狼崽，说不定会大动干戈。

严雪宵挂断电话，官山摇了摇头，只希望严照工作忙没时间去边城，要不然他可能也会因为包庇被揪出来批评。

傍晚，沈迟戴着围巾一个人来到广场，远远地望见庄州他们也没过去，广场四周围了许许多多穿着边城传统蓝色服饰的人，正载歌载舞。

广场上戴着鬼怪面具的小孩子卖着廉价的红绳："把红绳送给在乎的人，可以保佑他万事顺遂。"

沈迟向来不信这种东西，花五块钱买一根也嫌贵，他裹着衣服站在广场上张望，仍存着两分期待，可望了半天也没望见严雪宵的身影。

天色逐渐黯淡，黑暗中的烛台上放着火把，开始只是点亮一小片，如同是夜里燃起微弱的荧光，后来整座城市都被通明的火焰环绕。

沈迟突然想起自己第一天来边城时，觉得这座破败狭小的城市毫无可取之处，他无比渴望回到燕城，可肃穆端庄的燕城不会有如此辉煌而热烈的火光。

他沿着广场走，中途碰上和小醉走在一起的庄州，小醉穿着白裙子，庄州手里拿着在夜色中发光的荧光棒。庄州好奇地问沈迟："严老师没和你一起来吗？刚还看见他一个人出门了。"

听见庄州的话，沈迟握紧手机，原来他哥不是没时间，只是不想来，他面无表情地回答："没有。"

"要不你和我们一起吧，前面有射气球游戏，还可以套圈。"庄州开口邀请。

沈迟望了庄州身边的女生一眼，他知道庄州喜欢小醉，于是拒绝了庄州同行的邀请，独自一人向广场深处走去。

此时，他对于向来热衷的射击游戏也不感兴趣了，只感觉胸腔里堵得慌，有什么东西沉沉地压在心底。

广场边开着集市，摊主热情地吆喝着："要来一碗糯米酒吗？满满一碗只要两元。"

如果他哥在他身边他肯定不敢喝，但今天严雪宵不在，沈迟买了碗糯米酒，他喝了一碗，糯米酒的味道甜滋滋的，又喝了一碗，握着的手机始终没有响过。

他平时可以喝两瓶啤酒不喘气，所以低估了糯米酒的酒精含量，足足喝了四碗。走出集市后酒劲上来，他头有点晕，看火焰都生出重影，脚步有点不稳。

　　在对面的人群中，他似乎隐隐约约看见了严雪宵的面容，但他觉得自己一定是看错了，这个时候严雪宵应该在家收拾明天回 A 国的行李。

　　正在他思考要不要回家时，整片火焰突然消失，整座城市陷入无尽的黑暗，沸腾的人声也止住了。

　　他不喜欢黑暗，因为总会让他联想到狭小逼仄的空间，他下意识地捏紧自己的衣角，忽然一只冰凉的手抓住了他的手臂。

　　黑暗中西北的秦腔高昂响起，下一秒火焰骤然亮起，火光中他望见了严雪宵夺目的面容。

　　那张脸太出色，他差点以为是幻觉，直到感受到真实的温度："我以为你不来了。"

　　片刻的沉默过后，严雪宵低下头，又很快站直身体，说了句："喝酒了。"

　　沈迟下意识地迅速回答："以后不喝了。"

　　空气再次沉寂，秦腔若即若离，他鼓起勇气问："哥，你有没有生气？"

　　一只熟悉的手落在他的脑袋上，温柔地揉了揉他的红发："没舍得。"

　　无形中距离像是被拉近了，仿佛他们从未有过隔阂，在遍地火焰中他们并肩而行。

　　戴着鬼怪面具的孩童分发着卖不出去的红绳，沈迟手里也被塞了两根红绳，或许是糯米酒的后劲上来了，他的大脑晕晕沉沉，捏着红绳问："哥，你今后有什么打算吗？"

　　这不是他第一次问严雪宵这个问题，每一次都带着小心翼翼，怕自己还不够好，没办法跟上严雪宵的脚步，严雪宵就离他远去了。

　　严雪宵静静注视他半响，挪开视线开口："对无法言说之物应保持沉默。"

　　沈迟不明白这句话的意思，不确定他是有打算还是没有，但在向往光明的火焰中，他藏在心底的想法再也无法逃避，可以确定的一点是，他不想离开像哥哥一样的严雪宵。

　　或许是黑暗中的人贪恋温暖，他想离严雪宵更近一点，无法遏制地从心底生出贪婪，不想再次被抛弃，不愿接受与亲人分离，但不知道严雪宵会不会厌恶这样的自己。

　　他不敢再问，想在严雪宵左手悄悄系上红绳，似乎如此，他就真的有了一个哥哥，而他哥也不会离开他了。

他的动作小心翼翼，可严雪宵似乎有所察觉，转过头，将他的举动尽收眼底。

沈迟的心顿时提到嗓子眼，他还没来得及解释，严雪宵就轻轻按住红绳，自己系上了。

即便红绳不代表什么，但沈迟仍然很欢喜，看着严雪宵手腕上的红绳，心里充满了安全感。

往后，这个人就是属于他一个人的哥哥。

沈迟醒来时严雪宵已经离开了，少年望着手腕间的红绳，分不清梦境真假，大概是自己系上的吧。

他没多想，换下睡衣下楼，庄州三个人站在路边目送严雪宵的车远去，交流着各自送的礼物："我送了我妈妈今年做的腊肉。"

"我送了橘子干。"

连燕深也开口了："送了钢笔。"

听见大家的礼物，沈迟握紧拳头，他什么也没送，自己一向醒得早，偏偏今天起晚了。

他垂着头回到屋子，严雪宵的行李都带走了，只有一本雅斯贝尔斯的《存在哲学》放在书桌上，他翻了两页，不仅没看懂反而昏昏欲睡，刚把书放回桌上手机就响了。

沈迟以为是严雪宵打来的电话，忙划开屏幕，然而电话那边传来一个陌生的声音："我是严雪宵的父亲，他或许没向你提起过我，但我知道你，比你以为的更清楚。"

不待他出声，电话那边继续开口："从小逃课、染发、打架，被放逐到边城，你有想过自己的未来吗？"

沈迟立马坐在书桌前翻开单词书，想也没想地回答："上燕大。"

对面的声音没有丝毫波澜："就当你想考燕大，希望你说到做到。你们的事我已经知道了。"

少年愣住了，严雪宵的爸爸知道严雪宵要做他哥哥了吗？他犹豫了一阵，叫了声："爸爸。"

像是没预料般，电话那边沉默了一会儿，不知道是不是沈迟的错觉，再说话时对方的语气缓和了不少："不用叫我爸爸。不过雪宵从小到大没什么朋友，如果你真的认了他做哥哥，记得要互相照顾，不能给他添麻烦。你记住，雪宵看书的时候不喜欢人打扰，他不能喝酒，爱喝茶，不要乱动他的茶具，他喜欢浅色，不要给他买深色的衣服……"

"记住了。"

怕对方不信，沈迟一条条背了一遍，似乎确认他记住后电话才挂断。

电话结束后沈迟继续在书桌前背单词，这时忽然门铃响了，他打开门，收到了一份未署名的快递。

他用小刀小心翼翼地拆开包裹，里面是一套崭新的笔墨砚台，砚台下放着一封行书写的寄语，笔力沉稳遒劲：**夫君子之行，静以修身，俭以养德。**

王老师临时被拉来陪人参观校园，听说是位燕城来的大人物。他知道这不是第一次有大人物往穷苦的边城跑。

他不甚热情地介绍着："这是教学楼，二十年前修的，十年前地震翻新了一次。"

"前面是塑胶操场，今年刚建的。"他指了指前面踢足球的学生，"学生去操场的热情比去教学楼大。"

"为什么？他们对上课没热情？"

王老师心道这还用问吗？但看在校长面子上，他耐着性子解释："学校师资力量不行，大部分学生家庭条件差，有的读着读着看不到希望就退学了，剩下的学生很多就算复读也没什么用。"

他倒没说假话，每个学期都有辍学的，高考是最公平的考试，但不是每个孩子都能坐在考场上。

"我会聘请最好的老师。"男人缓声道。

王老师听到身旁人的话收回思绪，他接待过的人不少，第一次听到口气这么大的，全国最好的老师都在燕城，没人愿意来边城教成人进修班，况且他们学校也根本拿不出这笔钱。

"那教学楼破了也能翻修吗？"他开玩笑地说道，"教室的监控也不够用，如果可以的话顺便再修个草坪。"

"可以。"男人的语气丝毫不在意。

当秘书过来签订合同时，王老师才意识到男人不是开玩笑，他不禁问："有什么需要我们做的吗？"

"沈迟这个孩子和父母生分，平时没人管教。"男人皱眉道，"麻烦你多看顾着点他，押着他好好读书，但不要影响别人家的孩子学习。"

王老师从言谈中听出了长辈口吻，正想再问口中的别人家到底是哪家时，男人已经坐上一辆低调的黑色帕加尼。

上车后，坐在严照身边的殷秘书问："您是认下沈迟了吗？"

"等他能上燕大再说。"严照不置可否。

殷秘书腹诽，不仅给人家学校捐钱，赠的字也是《诫子书》里的句子，摆明了是当儿子养了。严照最为护短，就没见他对外人这么用心过，亏自己来边城前还担心了半天。

"让阿文查的事查到了吗？"

殷秘书敛了神色，来学校只是顺路，严照口中说的阿文是严家养子严文，与严照情同兄弟，是他最信任的左膀右臂，比他们更早来到边城调查。

"查到了，高伯的侄子前段时间过来说要迁祖坟，高伯回边城祭祖，看监控是一个叫燕建国的人想对高伯动手，不过这人胆子小，刀掉在地面上，但凡他藏好点都还有机会。"殷秘书摇头。

"这人是聪明人，不想蹚浑水。"严照的语气慢慢变冷，"他背后的人是想往严家插钉子，这事谁也别告诉，特别是骆书，他身体不好。"

殷秘书说了声"是"。

"郑安瞒着您在做过界的生意，会不会是他？"殷秘书不禁问，郑安游走于灰色地带，手段是出了名地毒辣，即便是严照也不敢轻易对他发难。

"订张回燕城的机票。"

严照的声音里满是疲惫，然而殷秘书却听出了其中的肃杀之意，燕城严氏要迎来大清洗了。可对付郑安并不是一件容易的事，濒死的鳄鱼也会重重咬上敌人一口。

值得庆幸的是，这件事郑安还不知道，可以打郑安一个措手不及。严照抬头望向窗外，车开至机场时天色阴沉沉的，是不吉之兆。

数日之后，燕城郑宅。

郑安讨好地握着手里的电话："严先生，警方都过来检查好几遍了，您看我真没沾那玩意儿，给我一个机会行吗？"

他的央求显然没有丝毫效果，郑安挂断电话后，脸上的讨好之意消失得无影无踪，对着手下的人说："东西确定处理干净了吗？"

"早处理了。"

"要不要亲自去找严先生解释？"许信担忧地说，他很清楚严照的性子，恐怕这件事不会轻易被放下，幸好他们提前收到消息，早有准备。

"摆明了狡兔死走狗烹。"郑安忽然笑了，眼里闪过狠厉，"都说我是严家养的一条狗,严家就这么了不起吗?"

许信心下凛然,读出了其中的危险意味,突然后悔蹚这趟浑水了。郑安的胆子比他想的大多了,这次是准备破釜沉舟了。

他跟着郑安没有退路,想必严照也不会放过他,只能寄希望于郑安准备充分,以及另一个人的消息准确,毕竟严照再厉害也有软肋。

沈迟坐在翻新过的教室中上课,灰扑扑的墙面被刷上了白漆,教室焕然一新,连任课老师也换了,听说是燕城过来的名师。

开学第一天便举行了排名考试,上一次模拟考还是期末考,那时他大部分学科都没复习过,而这次他已经学完了所有学科,在脑子里有完整的知识框架,考完便猜到自己多少分。

公布成绩前庄州问:"考得怎么样?"

少年依然看着书:"第一。"

寒假前的沈迟可能还要靠运气蒙题,而现在的沈迟却是实打实地自信。

庄州:"你全校第一应该没问题。"

他这个评价自诩已经是带有恭维性质的评价了,谁知少年一挑眉,不满意地说:"全县第一。"

庄州本以为沈迟在说笑,可没想到排名公布后,少年的成绩果真排在了县内第一,全省排名甚至进了一千!

庄州压下内心的愕然,正准备说恭喜,少年却低下头抵在桌沿发消息,根本没空搭理他。

沈迟克制着发过去一条消息。

沈迟:"模拟考试考了全县第一。"

泽州的咖啡店内,瑞文望着眼含笑意的青年好奇地问:"什么事这么高兴?"

"家里弟弟考了第一。"青年轻轻开口。

虽然青年收敛了眼里的笑意,但瑞文想,那一定是个很受人宠爱的小孩儿。正在这个时候,一个瘦成皮包骨的混血男人握着手中的面包,不安地走进咖啡店。

"他一直在找你。"

瑞文认出这人是圣诞夜被扔出对面汉堡店的偷渡客,连英文也不会说,自从被青年施舍过一块儿面包便天天在咖啡店等待,似乎是想还当天的面包。

严雪宵没有接面包,淡淡地说了句:"不用。"

阿裴局促地站在严雪宵面前，他没有名字，母亲是名白人，没有正当职业，他父亲是位姓裴的水手。他从小在动荡中长大，好不容易才争取到来A国的机会。

他望着穿白衬衫的青年，忽然感觉自己身上特别脏，连带着面包上也沾了灰尘，终于收回手走出咖啡店，不过仍固执地站在店外。

另一边的沈迟没收到回复，忍不住下课后跑到教学楼背面，戴上耳机拨通视频电话。

隔了一阵，电话里出现严雪宵的脸，他视线下移，望见青年袖下的红绳，顿时将成绩的事抛诸脑后，满心想着什么时候能见面。

天气还有点冷，沈迟将自己的下半张脸藏在温暖厚实的围巾下，装作若无其事地问："边城雪停了，你那边天气好吗？"

似乎是知道他的想法般，视频中的青年看着他，平静道："明天回去。"

一想到严雪宵明天会回来，沈迟的心几乎飞了出去，开心得不行。

他挂断电话后回到教室，翻开单词书依然无法静下心来。中午回家时他的手机一振，小猫直播的工作人员发来一条消息。

小猫直播："决赛队伍有个主播罢录，你能替补上场吗？"

沈迟看着手机屏幕，此刻只有游戏能让他冷静下来，他轻轻吐了口气，回了条消息。

亚洲第一枪神："能。"

收到回复的杭士奇愣住了，这才意识到自己发错了人，即便过去的沈迟是亚服前十，但他已经小半年没碰游戏了，根本谈不上有啥手感。

沈迟不知道杭士奇心中所想，他登录比赛直播间，右手康复后他也没上过游戏，此时指尖落在键盘上是全然陌生的触感，比赛还未开始，他得缓慢地适应。

下午面试完的严雪宵从报告厅中走出，在厅外旁听的亚当递了瓶水过去，不禁感慨Yan天生就是做学术的料子。

对于严雪宵发表在 *Philosophical Review* 上的论文，导师们与其说评价，不如说是探讨，他们相信，站在他们面前的这个人，未来会在学术界大放异彩。

"谢谢。"严雪宵接过水。

两人从报告厅往外走，亚当望着学校正门开玩笑地问："你要从菲茨鲁道夫门走出去吗？"

菲茨鲁道夫门是普大的正门,因为有通过此门无法毕业的说法,普大的学生一生只有一次走出此门的机会,那便是毕业那天。

严雪宵抿了口水:"以后一起走。"

亚当笑着点头,拿到硕士学位对青年而言的确算不上毕业,或许他还能成为最年轻的客座教授也说不定。他会由衷地为自己这个东方朋友感到骄傲,只是那时他并不知道,没有这个机会了。

回到宿舍楼,他见严雪宵往箱子里收拾东西,停下脚步问:"你不住宿舍了吗?"

"买的房子装修好了。"

亚当不免好奇地问:"是什么样的?"

青年缓缓开口:"三层的山间别墅,卧室有一整面落地窗。

"采光很好,南北通透。

"还有一间游戏室。"

对方的语气虽淡淡的,但亚当能感受到对方是真的开心,他热情地说:"我帮你。"

他帮严雪宵收拾宿舍的东西,绝大部分都是哲学书,剩下的便是茶具、素描纸之类的,但青年放置得最小心的是一个奖杯。

奖杯的材质并不好,因为氧化显得灰扑扑的,却被青年安置在箱中最柔软妥帖的位置。

宿舍的东西收拾完毕,亚当走出宿舍,语气不甚在意地道:"下学期见。"

严雪宵走出校门,坐上一辆低调的黑色宾利,严济坐在副驾驶位上,惴惴不安问坐在后排的青年:"你在A国买房,以后不会都在A国住了吧?"

见严雪宵没出声,他忙劝道:"你别看你爸平时对你严厉,其实他什么都依着你和你母亲,你要学哲学也没真拦你。他上次醉了还和我说,好久没听你叫一声爸爸了,要不哪天回家一趟?你母亲一直催你回家。"

严济问最后一句话时没抱什么希望,他侄子两年没回过家了,但他竟听见他侄子轻轻"嗯"了声。

严济不禁松了口气,他大哥要是知道严雪宵愿意回家一定很开心,卡他预算也不会动真格了。他说道:"也不用急着回去,最近严家比较乱。"

严雪宵掀起眼帘:"严家乱?"

"你爸会处理好的。"

严济没有回答。严雪宵最不像严家人，来 A 国读书后一直两耳不闻窗外事，包括他大哥严照在内都不会把严氏那些麻烦事说给严雪宵听。

车子缓缓启动，望着暗沉的天色，严济没来由地一阵心悸，像是危险来临前的直觉，他不想惊动严雪宵，低声打了个电话："多派点人跟在后面。"

就在严雪宵上车后不久，阿裴从校门口的咖啡店外追逐离去的车辆，神色无比激动，喉咙里喊着异国话语。

驾车行驶在路面上的瑞文一眼认出了阿裴，可人又怎么能追上车，瑞文叹了口气，停下车比画："坐上来。"

阿裴坐上车，从小生活在朝不保夕的环境，使得他能觉察出那种危险降临前的紧绷感，直觉告诉他刚刚坐车离开的人会有危险。

他还记得那天的圣诞夜，他跟着蛇头第一次来到 A 国，浸在繁华都市中眼花缭乱。

可他很快意识到自己没钱，也不会说英文，因为没钱买汉堡被扔出店，在热闹的圣诞节饿得奄奄一息。他躺在冰冷的雪地中想，如果有人给他一口吃的……

如果有人能给他一口吃的，他这条命就是那个人的了。

当时这个念头刚刚闪过，一个容色夺目的青年就递给了他一个汉堡，他从未见过那样的人物，像是活在光明中，连太阳都不忍心在他身上留下一点阴影。

望着前方开上山的黑色车队，阿裴不停用手势催促瑞文开快点，再快点。

决赛开始，沈迟坐在电脑前渐渐熟悉了键盘，他跟随队伍在 P 城跳下，脑中的地图清晰浮现在眼前。

有队伍比他们先跳，枪声此起彼伏地在他耳边响起，他没有丝毫犹豫，落地后捡起一把 AKM，在枪声中穿梭。

时间慢慢过去，圈刷在地图的东北方向，他们没有再收集物资，而是坐上车向学校转移。有人埋伏在学校楼顶，他们猝不及防，车胎被打爆了，不得不提前下车。

山顶埋伏的狙击手枪法又狠又准，片刻后队伍中只剩下沈迟一个人，他独自以残血状态进入学校。

沈迟穿梭在空荡荡的学校里，拾起一把 98K，给枪换好子弹。

游戏界面左上角的人数不停减少，最后只剩下两个人，沈迟知道那个人在学校楼顶，他贴着墙面向楼顶移动。

他无法判断对手的确切位置，即便毒气渐渐笼罩，他能做的只有静静等待，等待一个最好的时机。

少年屏住呼吸，坐在座位上的身体绷得笔直，终于他瞄见掩体后出现一个穿吉利服的身影。

他打开倍镜，枪口对准倍镜中的人，他戴着耳机听不到任何声音，心中只有一个念头，那就是击杀对手。

"砰"的一声，在万众瞩目中沈迟狙杀了敌人，阳光照在他的面庞上，像是过去的黑暗不复存在。

泽州，瑞文望着前方的积雪停下车，他的车还没停稳，车中矮瘦的混血男人便打开车门冲下车，往山顶跑去。

阿裴不知道自己跑了多久，天已经彻底暗了，夜色中他循着浓烟而去，看见一辆黑色的宾利停在路边，车身已经损坏，电台里咿咿呀呀播放着消息："今日晚八点五十分，严照返回燕城途中不幸车祸身亡，严文在家中藏匿毒品被捕。"

他意识到自己来晚了，汽油的味道越来越浓，他突然有一瞬的胆怯，但稍停了停便继续往前跑。

雪夜之下，严雪宵的面容在黑暗中看不分明，身后滚滚浓烟，小心珍藏的哲学书尽数被毁，青年的白衬衣浸满血污，血滴答、滴答地往下滴。

严雪宵的脸上残留着血迹，眼底看不出情绪。

严济顾不上腿部传来的疼痛，他第一次在看着严雪宵时感受到恐惧，他从小看着长大的侄子似乎瞬间变了一个人。

他还没来得及多想，当救护车赶到时，严雪宵倒在地上，青年伤口处的血迹染红了整件白衬衣，他这才意识到他侄子受了多严重的伤。

阿裴焦急地围着医生，看着医护人员把青年放到担架上，他望见青年闭着眼，似乎在说什么。

他费力地在脑中搜索单词，忽然灵光一现，重新跑回被撞的车子处，从后座的手提箱中找到一个破破烂烂的奖杯。

奖杯的杯身已经被灼烧成一片漆黑，他不知道这是什么重要的东西，但还是小心地放在青年身边。

事实证明他的举动没有错，当他把奖杯放在青年身侧那的一刻，青年眉间的郁色被抚平了。

林斯年知道严家出事的消息已经是两天以后了，严氏家主严照车祸身亡，严照的左膀右臂严文当日被捕入狱，严济在国外遭遇袭击双腿残疾，只是未曾听闻有关严雪宵的任何消息。

林夫人坐在餐桌前感叹："严家从前多鼎盛，如今死的死，残的残，入狱的入狱，只留下性子温和的严雪宵，他资历轻，恐怕压不住严照留下的老臣。"

林斯年没说话，因为他知道严雪宵执掌的严家才是如日中天的严家，梦中遇袭的不止严济一人，如今的严雪宵应该在国外生死不明，但为了稳定人心将消息瞒得死死的。

他跟随母亲参加严照的葬礼，因为严家无人，仪式由严照生前的好友骆书主持，葬礼上的气氛暗流涌动，除了严夫人抱着严文的孩子真心在哭，其余人各有心思，尤其是郑安一脸玩味的表情。

他明白这意味着严家夺权的正式开始，在上一辈的斗争中，林家成为权力斗争的牺牲品，他能做的仅仅是让林家不牵涉其中，不踏入那个旋涡。

林斯年望着严照的黑白遗像忽然有种不真实感，之前在严氏旧邸上见过的人变成了一张冷冰冰的相片。关于严照的死因众说纷纭，没人相信这仅是一场事故，怎么会有一辆车突然朝江里冲去。

严家的劲敌人太多，也没人猜到是谁下的手，有说郑安的，有说严文的，甚至还有人说严夫人的，在林斯年看来他们都有可能。

他隐隐感觉到他所做的梦有的事是可以改变的，有的事是不可以改变的，比如严照的死亡，比如咖啡店里那名清冷青年终会成为一手遮天的严氏家主。

只不过与梦中精心密谋的死局相比，现实中严照的死算得上仓促，不过仓促意味着会留下更多痕迹，或许严氏的争斗会结束得更早。

林斯年陪伴母亲送完花圈，走出灵堂时听见有人在小声议论严照。亡者成为谈资，这在过去的严家是难以想象的，他心中蓦地生起人走茶凉之感。

"严照这个儿子未免太冷情了，听说在国外读书。虽说父子关系向来不好，但连父亲葬礼都不参加……"

"严照就是太惯他这个儿子了，只会读书，能接管严家吗？"

"严家的胃口太大了，什么生意都要分一杯羹，不明白盛极必衰这个道理，我看燕城的天也该变变了。"

林斯年走出严邸，心里浮出一个念头，当严雪宵回国那天，燕城的天才真的要变了。

边城的沈迟在学校上晚自习，他翻开手机上的日历，离严雪宵说要回来的日子已经过去一周，可严雪宵依然没有消息，他把头抵在桌沿拨打电话。

没等电话拨通，王老师走过来敲了敲课桌："虽然现在是自习时间，但不意味着可以玩手机，虚心使人进步，骄傲使人退步，不能因为取得一点成绩就沾沾自喜。"

听见最后一句话，庄州不禁腹诽，沾沾自喜的是王老师才对，沈迟一模的成绩都快够到一本线了。

不过他担忧地望向身旁关掉手机的少年，这一周沈迟的状态确实不太对，像是怕错过什么消息，总是握着手机。

天气回暖，班上的同学都换上了薄外套，庄州的视线落在沈迟手中紧握的手机上。待王老师走后，他低声问："你怎么了？"

他知道沈迟有多看重游戏，但即便确诊腱鞘炎也没像现在这样反常，这段时间他像是被抽走了魂。

"没什么。"少年面无表情地反驳。

他只是不知道为什么他哥不接他电话。

晚课后，庄州收拾书包往外走，正想问沈迟要不要去校门口买夜宵时，就见少年立刻拿起手机走到教室外。

沈迟站在走廊上拨打严雪宵的电话，电话里永远是无人接通的声音，每一声都让他捏紧手机一分。

指节捏得青白，少年眼里亮起的光一点点消失，可他抿了抿唇，仍然站在寒冷的走廊里继续拨打号码，手腕的红绳轻轻摇晃。

他的失神表现得太明显，连燕深都过来问他："是不是出什么事了？"

沈迟若无其事地摇头，固执地相信他哥不是不想接他的电话，而是不能接。

一天、两天、一个月……

沈迟每天都会给严雪宵打电话，他想告诉他哥，他会考上燕大，会给他哥买大房子，会一辈子对他哥好。

只是电话始终都没有接通。

无论他发多少条微信消息，屏幕依然安安静静，没有回信。他开始寄信，一封封信寄往A国，却如同石沉大海般，收不到任何回复，严雪宵就这样在他的生活中消失了。

他甚至攒钱去过A国的普大，然而校方却说没有严雪宵这个人，有关他的一切似乎在一夕之间被抹去了所有痕迹。

这个时候他才发现，其实自己一点也不了解严雪宵，他的家世、背景以及生平他全都不知道,他突然感觉自己十分渺小,除了读书以外,他什么都做不了,也不知道还能做什么。

他活在闭塞的边城里,比以前还要努力学习,好不容易圆一点的脸庞迅速变得清瘦,他看着镜子中的自己越来越陌生。

沈迟为了保证足够的精力,每晚十二点按时睡觉,早上五点起床背书,做的笔记被翻烂了,他不得不重新默写,但寒假记下的笔记却舍不得扔,只因为那些有严雪宵的笔迹。

他不知疲惫地复习知识点,因为他觉得或许严雪宵会回来看看他,因为他想严雪宵问他成绩时,他能骄傲地说出第一……他想严雪宵为他骄傲,说不定就会带走他了,他不用再孤零零地留在边城。

他只是想待在他哥身边而已。

他的考试成绩越来越好,或许是怕他污染游戏区,小猫直播特意开辟了学习区。直播间从一开始没人看好他考燕大到后来积极向他推荐燕大专业,从刚开始的鼓励变为了担忧。

"仔仔要注意身体,瘦了这么多,心疼死了。"

"现在的成绩已经很好了,不考燕大也能上名牌大学,没必要太拼,身体最重要。"

"看得我好心疼。"

"哎,高考太辛苦了。"

他并不觉得自己辛苦,复习时是最轻松的时刻,可以将自己沉浸在历年的题目中,不用思考他哥为什么不联系他——无论是什么原因,都让他难以面对。

日子一天天过去,学校多了个瘸腿的保安,新来的保安很负责,每天都最后一个离开学校,沈迟走出校门时望见保安室暖黄的光线,总会莫名地安心。

庄妈妈每晚会送来煲好的汤,怕他不爱吃饭,换着花样给他做,虽然他还是没能打通严雪宵的电话,但每天发消息已经成了习惯,他知道自己内心依然存着希望,希望严雪宵能联系他。即便这希望越来越渺茫。

沈迟:"二模进全省前五百了。"

沈迟:"三模进了全省前一百名,我还学会做酱肉丝了,等你回来我可以做给你吃。"

沈迟:"你还会回来吗?"

高考的时间一天比一天近,季舒和沈夫人探望过病房中的沈老太太,老太太拿着手机一个劲儿地叫沈迟的名字，走出病房时沈夫人的眼里闪过一抹厌恶。

"你奶奶活不长了。"

沈夫人的声音没有任何波动，季舒知道他母亲不喜欢沈迟，连带着对沈老太太也有些不满。他不敢提多来看沈老太太的话，低着头走出气氛压抑的医院。

为了证明自己不像沈迟一样不学无术，季舒以燕大为目标，比以前更努力地学习，压力也比之前大得多。开始是做错一道题晚上连觉都睡不好，到后来往往要凌晨三四点才能睡着，白天更是无法集中精力。他有时感觉现在的自己比在边城还累，可他不愿意回到那个贫穷破败的小县城，不明白当初的自己怎么能忍受。

沈迟渐渐习惯了一个人的生活，边城到省城路途遥远，他每个月只能在去医院复诊时看奶奶一次。不过自从他教会奶奶用智能机后，每天都会和奶奶视频通话。

奶奶用智能机用得不太熟练，每次在护士的帮忙下接通视频的速度都很慢，甚至以为他住在手机里，抱怨他怎么不出来，沈迟只能哄着奶奶说下次给她带糖，记性不好的老太太又会眉开眼笑。

然而视频中的奶奶日渐虚弱，一天比一天瘦，记忆力也更差了，反反复复念叨着从前的事，说要给他做酱肉丝："我们小迟要好好长大呀。"

他垂着头，"嗯"了一声。

他会听奶奶的话好好长大，考上燕大，买一座大房子，把奶奶接来一起住，如果他哥在就更好了。

他以为日子会这么继续下去，直到有天屏幕中出现了沈夫人漠然的脸："她昨天已经去世了，没什么可以留给你的，不要再来打扰我们。"

沈迟登时立在原地，说不清什么感受，只觉心脏像是被一只手攥住，疼得他喘不过气，那只手拽着他跌入黑暗的海底，被无数海水吞没。

原来真正难过的时候是哭不出来的，他茫然地捏紧了手中装糖的小袋子。再也没办法给奶奶带糖了，他甚至没办法去见奶奶最后一面。

他在原地站了许久，之后拨了一个电话，电话那边依然无人接听。少年声音发涩，喃喃自语地问："是我做错什么了吗？

"我都会慢慢改的，我会自己做饭，会自己看书，会一个人照顾好自己，不需要你花太多心思。

"你只需要做我哥哥。

"奶奶去世了，只有我一个人了。"他的眼眶慢慢红了，"我还没有考上燕大，还没有给你买大房子，你不可以不要我。"

电话那边是长长的静默，衣着单薄的少年颤着声，将一直不敢问的问题问出了口："哥，你不要我了吗？"

电话那头始终无人回应。

少年终于安静地关了手机，从严雪宵的房子搬了出去，搬回自己的出租屋，把自己关在狭小的房间中，缩进黑暗的角落。

黑暗的房间里看不到一丝光，像是回到被抛弃在火车站的时候，他一个人抱着行李箱坐在椅子上，怎么等也等不到接他的人。

他浸在一片幽暗里什么也不想做，只想一个人安静待着，可他闭上眼时，仿佛听见奶奶对着他说："小迟要好好长大呀。"

他的眼圈微微湿润，幻觉中青年的手温柔地摸了摸他的头，如同月光照入死水，将处于水底的他唤醒。

A国，纽州。

餐厅两端放置着大理石挂钟，餐桌上的鱼类产自西岸，葡萄酒则是餐厅从世界各地酒窖淘来的，今天准备的这支是勃艮第出产的蒙塔榭。

"今天不谈公事。"习惯了应酬的郑安显然看不上度数低的辅餐酒，往对面推了推那杯伏特加，"喝完再谈。"

一个混血面容的年轻人用不熟练的中文开口说道："他目前的身体状况不能喝烈酒。"

"年轻人怎么喝不了酒？"郑安有点不满地叹了口气，"还是学哲学的清高，看不上我们这些老人也正常，你父亲还在的时候就从不会拒绝。"

严雪宵拿起酒杯，一杯又一杯地喝着伏特加。

阿裘见过青年过去淡泊恣意的模样，他想，要是严雪宵的父亲还在，其他人根本不敢在严雪宵面前这么放肆。

他还记得严雪宵刚知道严照死讯时，一滴眼泪都没留，但他看见严雪宵在父亲的遗像前长跪了一夜。

"我记得你去年还去了边城。"郑安若无其事地问，"那孩子叫沈迟吧？"

"他是谁？"严雪宵抬起狭长的凤眼。

郑安看他反应不似有假，想他应该早忘了被抛弃在边城的那个孩子，便没再多问。他不愿意和骆书那个病秧子打交道，严雪宵回国掌权倒也行，只不过他一直没摸清严雪宵的软肋。一边想着，他一边又朝青年递了杯伏特加。

严雪宵喝完整瓶伏特加向餐厅外走去,在走出餐厅的那一刻,神色骤然变冷,阿裴担忧地问:"你身体才好,喝这么多酒没事吧?"

肤色苍白的青年沉默不语,仿佛透着夜色在看一个人,阿裴知道他在想念一个人,只是现下不敢将这个名字宣之于口。

日子一天天过去,阿裴看着严雪宵在黑暗中蛰伏,从温和清冷的青年变成喜怒不形于色的男人,唯一没变的是——他手腕上仍系着根破旧的红绳。

距高考还有六十九天。

距高考还有六十八天。

距高考还有六十七天。

……

沈迟没来过学校。

王老师每天来到教室,都会先望向那张空空荡荡的课桌椅,眼里写满了浓浓的担忧。

距离高考还有五十九天的时候,少年终于出现在教室,讲台上的王老师眼圈一下子红了,他迅速低头揩眼泪,装作是在擦眼镜。

"你吓死我了,突然把自己关在房间里。"庄州望着专注看书的少年,提着的心放下了。

施梁红着眼哽咽开口:"我们在你家门外轮番喊你的名字,王老师知道都急死了,学校的保安差点踹门,燕深都要去找他爸爸开锁了,没发生什么大事吧?"

"没有。"

沈迟平静地坐在座位上做题,他把自己关在房间的那十天忽然想通了——没有人会永远陪在他身边,因为感受过光的温暖,所以即便在黑暗中也不再惧怕。

关心他的人也希望他能变成更好的人,他不应该成为任何人的负担,这大概就是所谓的成长。过去的经历转化为支撑他的力量,让他能够独自走出黑暗。

如果严雪宵现在站在他面前,他也能坦然说一句"谢谢",即便他猝不及防地消失在自己的生命中,可曾经向他伸出的手是真的,曾经的关怀是真的,曾经的光也是真的。

沈迟重新投入到紧张的备考中,不浪费一分一秒,在边城迎接高考的到来。最后一次模拟考试,沈迟的成绩名列全省第三十五名,看到成绩的那刻,王老师比他还紧张,猛擦额头上的汗。

班上的同学们默契地不打扰他学习，只要他在看书就会放轻动作。桌面上的水杯总会有人默默地替他接满，他走出教室时听见身后的同学语气骄傲地向别人介绍他。

"沈迟复读是要考燕大的。"

"人家不仅学习好，游戏也打得很好，只是不爱说话。"

沈迟向前走的脚步顿了顿，他和班上同学相处不多，以为不会有人喜欢冷冰冰的自己，不过现在他想，他也有了很好的同学。

高考第一天，边城这边是一个雨天，水泥地上全是雨水，幸好教学楼翻新过，不至于考试时漏雨。学校周围的路上都摆着"禁止社会车辆通行"的牌子。

庄妈妈送沈迟和庄州去考场，给他们一人塞了支去庙里祈过福的笔，沈迟接过笔："谢谢阿姨。"

庄妈妈的眼圈红了红："谢什么，难道要你一个小孩子孤零零地上考场？"

给他送伞的王老师反反复复地确认他准考证有没有带，连燕建国也怕他低血糖在考场上晕倒，给他送了巧克力。

沈迟抿了抿唇，其实他的身边从来不乏细微的善意，只是过去的他没有发现。

他走进考场找到座位坐下，原本以为自己会紧张，可坐在座位上的他异常镇定。他看了自己手腕间的红绳一眼，收回了目光。

第一门考的是语文，他答题的速度说不上快，但每个字都写得工整无比。作文题目给了一段关于康德生平的叙述性文字，要求围绕中心思想自拟主题。他的面前浮现出严雪宵的面容，于是下意识地写下第一句：

> 德国古典哲学家康德曾说过，世界上有两件东西能震撼人们的心灵：一件是我们心中崇高的道德标准；另一件是我们头顶灿烂的星空。

两天的高考不知不觉就过去了，沈迟走出考场时忘了拿放在教室外的伞，边城被层层叠叠的雨水所覆盖，空气中弥漫着潮湿闷热的气息。

保卫处的瘸腿保安递给他一把伞，他没接，独自从雨中走回家，带着如释重负的轻松。

沈迟回到家，庄妈妈昨天送了他一个新手机，他换了新号码，将旧手机以及严雪宵留下的所有东西装进一个箱子。

漫长的备考结束后，他看着箱中的东西，骤然感到陌生，好像他的生命中从未出现过严雪宵这个人,他也从来不认识一个在 A 国读哲学的研究生。

一直只有他一个人。

沈迟的视线落至手腕,最后将腕间的红绳也解下放进箱子里,扣上箱锁,像是彻底释怀般松了口气。

边城连绵的雨停了,像是他漫长的青春期,以及无疾而终的思念,都随着时间消散了……

这一切全都结束了。

【向光 第一册·正文完】

EXTRA CHAPTER

如果,
番外篇
年少

三月的燕城一直下着连绵的雨，伴随最后一门考试结束，学生们爆发出一阵欢呼，边讨论假期安排边收拾课本。

那时的沈迟坐在后座，全身上下穿着显眼的名牌，散发出生人勿近的气质。

坐他后面的同学堆着笑脸问："沈爷放假去哪儿玩啊？"

"回家。"

这个回答令问者意外，因为沈迟的父母住在西北，大小假期沈迟从没回去过，也没见他爸妈来探望，这个暑假竟然要回家了。

沈迟随意地戴上耳机，拎起昂贵的书包走向校门口。

校门口挤满了撑伞的家长，豪车将路堵得水泄不通，扬起的灰尘令他皱眉。

不过沈迟依然充满期待地等在路边，仰着脖子看一个个车牌，只是怎么也找不到熟悉的。

这一幕落在萧回眼里，他向来看不惯沈迟，偏偏沈迟不缺讨好的人，他不由得嘲讽："你没爸妈管真自由。"

他的话不是胡说，他从没见过沈迟的爸妈来接沈迟，平时也不打电话，比放养好不了多少。

沈迟同样看萧回不顺眼，不落下风地"嗯"了声："你有小妈管。"

萧回气得脸都黑了。

沈迟把萧回气走后，继续倚在栏杆边等待，等来的却是通冰冷的电话。

"本来答应来接你，但我看了上次的月考成绩，你还是自己留在燕城补习吧，免得你奶奶又惯着你。"

沈迟冒出的期待落了空，不自觉地攥紧被挂断的电话，没再企盼家人的到来。

自从他到燕城上学以来,他就很难见到自己的妈妈,对于这点他应该习惯的。

围在他旁边的同学见他心情不好,小心翼翼地问:"要不要去隔壁区的KTV玩?我考了驾照。"

同学说到驾照两个字,语气不免生出些骄傲,没多少高中生能拿到驾照。

沈迟只是平淡地看了一眼,他家里有司机,根本没考虑自己开车。

况且他也不想去乱糟糟的会所,不能理解比起开黑玩游戏,会所里的闹腾有什么意思。

他觉得自己该拒绝的,但冥冥之中,不知道是心情不好还是图新鲜,少年垂下眼答应了。

同学说的会所在著名的渊月路上,这条路上遍布大大小小的酒吧、KTV,华灯初上,一片灯红酒绿。

空气里弥漫着难闻的酒精味,沈迟坐在车里皱了皱鼻子。

同学以为是车身太晃了,赶忙扭头开口:"对不起!我开车有些不熟练。"

沈迟倒不介意对方开车熟不熟练,但他介意对方握着方向盘回头,忍不住提醒:"小心看路。"

谁知一提醒出了问题。

同学本就精神紧张,听到他的声音手忙脚乱,车就像箭一般冲了出去!

前方是摩天高楼,沈迟不想出现在明天的报纸上,他冷静地在对方耳边说。

"踩刹车。"

同学心里更忐忑了,心想沈迟为什么这个时候还能这么冷静。

不过他下意识地听从沈迟的话,车在距离墙面还有两米的距离停下了,此时已经开到了人行道上。

两人见状都松了口气,同学正准备下车检查车身,突然看到沈迟的脸色无比凝重。

他有些慌张地问:"怎么了?"

"车下有个人。"

同学以为自己闯大祸了,不敢去看车下的人,在强烈的恐惧中跑了。

沈迟望着同学的背影皱了皱眉,他其实是想说有人被撞倒了。

车里只留下他一个人,他当然不可能一走了之,便准备下车送伤者去医院。

他打开车门走下车,在皎皎月色下,映入眼帘的是散落的哲学书,再是一截洗得发白的衬衣。

对方大概是个穷学生,沈迟的视线漫不经心地上移,直到望见对方的脸。

那是张极出挑的脸，鼻梁高而挺拔，在冷白色的皮肤上投下阴影。

沈迟把人及时送去了医院，同学的电话始终打不通，尽管医药费对他来说不值一提。

令他烦恼的是医生的话："患者已经苏醒了，经过检查大体是轻伤，没有住院的必要。"

沈迟看向病床上的青年："你家在哪儿？我送你回你的房子。"

严雪宵声音平静："我没有房子。"

这在沈迟看来完全不可思议，一个人怎么可能没有房子，他们班上最穷的同学也有房，他不会是被讹上了吧。

沈迟想到这儿开口："车不是我开的，不信可以去查监控，如果你想赖上我就别想了。"

言下之意便是你别骗我没房子了。

严雪宵静静地望着少年，原来是个娇生惯养的纨绔。

沈迟被这样的视线看得莫名心虚，他把原因归结为对方的眼睛太黑了。

像是望进了一片幽深的夜。

如果这个人像电视上演的那样无理取闹，他倒有理由一走了之，但对方坐着轮椅往外走。

在蓝色墙壁的映照下，青年发白的衬衣格外刺眼，一个人，对方连家人也没有吗？那要怎么照顾自己。

沈迟想到自己空荡荡的家，胸腔下的心脏突然闷闷的，下意识开口。

"你跟我回家吧。"

缓缓驶动的轮椅停下了，严雪宵抬起眼，不明白这小孩儿怎么突然改变主意了。

虽然他和家里闹僵了，需要自己凑留学费用，如今住在小旅馆里，但他也没兴趣住别人家。

"你家人不会同意的。"

这便是委婉的拒绝了，没有家长愿意孩子带陌生人回家。

少年却听不明白他的拒绝，用认真的语气对他说："我一个人住。"

可能是那语气太认真，严雪宵有所触动，回过头说了句"好"。

"好。"

对方的眼睛变得亮亮的，严雪宵这才留意到少年的容貌，酒红色的头发恣意张扬，琥珀色的眼睛圆圆的，皮肤白皙细腻。

他的视线停了停。

沈迟把人带回了燕城别墅，好在保姆林姨有事回家了，不然还真不好解释这人是谁。

"你住这个房间吧。"

他将对方安置在一楼的客房，平时只有林姨在这里午休，谁知青年扫了眼有压痕的床："我不睡别人用过的。"

沈迟顺着对方的视线望去。

床单被子都整洁如新，顶多枕头上有压痕而已，总比住小旅馆好吧。

不过他还是上楼翻出了新床垫，因为不知道其余床套放在哪儿，他把自己宝贝的企鹅床套拿了出来。

小少爷没自己铺过床单，正对着床思考要怎么铺时，轮椅上的人客观评价了句。

"太幼稚了。"

沈迟舔了舔尖尖的虎牙，他把对方接到家里已经仁至义尽了，对方有什么资格嫌弃他的床单？

只是他望着对方手上的擦伤，最后还是心软下来，打电话问林姨其余床套在哪儿，捏着鼻子去拿衣柜顶端的床套。

少年站在椅子上踮脚，仰头抱住柔软的白色被单，有些费力。

严雪宵忽然开口："下次不要带陌生人回家了。"

沈迟对此不以为然，如果不是这个人瘫在轮椅上，他才不会带陌生人回家。

他把取下的床单铺在了床上，接着便上楼玩游戏去了，今天恰好是新赛季排位的日子。

卧室的门被重重关上。

严雪宵望着铺得皱巴巴的床单想，果然是个娇生惯养的小少爷。

不过不讨人厌。

沈迟不知道对方所想，他坐在椅子上打开游戏，只是他还没玩多久就听见楼下的铃声。

刺耳的铃声让他瞬间失误，刚进入地图就被秒杀，他抿了抿发干的唇看向楼下。

沈迟是真的挺生气了，从来只有别人哄他的份，自己从没哄过别人。

他倒要看看对方这次提什么要求。

少年关了游戏走下楼，后悔这么草率把人接回家，明明是个穷学生还挑三拣四的。

他走下楼便看到轮椅上的青年,没好气地问:"你还有什么不满意的?"

对方轻轻把东西递给他。

沈迟这才发现是杯子忘拿了,原本空空的杯子装满了水。

不知道这人怎么接水的。

准备发脾气的沈迟登时偃旗息鼓了,接过水杯后慢半拍问:"你叫什么?"

"严雪宵。"

"我叫沈迟。"

从此空荡荡的别墅里多了一个人。

对沉迷游戏的沈迟来说,家里有没有人差别不大,他们每天的交流仅限于餐桌上。

这天他把外卖拎到餐桌上,打开盒子,里面是简简单单的中餐,本来他想吃中心广场的日料的。

沈迟看向在窗边看书的白衣青年。

谁叫这人要交饭钱,他只能挑便宜的外卖点,免得对方没钱交学费。

沈迟叫醒沉迷看书的青年:"吃饭了。"

严雪宵这才放下哲学原著,转着轮椅来到了餐桌旁:"谢谢。"

沈迟从未见过这么温和客气的人,同龄人向来是大大咧咧的,这人让他莫名有种哥哥的感觉。

正在他吃饭的时候,电话响了,电话那边是沈老太太的声音:"小迟想不想吃酱肉丝?"

沈迟自然想吃奶奶做的酱肉丝,只是他妈妈暑假不让他回家,这时老太太压低了声音:"我悄悄过去。"

沈迟的眼睛瞬间变得亮亮的,无比期待疼他的奶奶过来,下午连喜欢的游戏都不玩了。

严雪宵看着等在客厅的少年,理智告诉他应该继续翻书,但他还是过去说了句"恭喜"。

沈迟没听到严雪宵这句话,他的注意力都放在奶奶什么时候到上,快到时间才忽然想起来。

"你藏在房间别出来。"

在沈迟话音落下的刹那,那个穷学生静静地盯着他,像是在控诉自己莫名其妙成了见不得光的客人。

沈迟面对他的目光有些心虚，还好对方没说什么便回了房间，他一个人坐在沙发上等待。

不知多久，他的手机响了。

沈迟兴冲冲地接通了电话，电话那边却是女人冰冷的声音："我把你留在燕城是让你好好学习的，不是为了让没文化的老太太耽误你，等你考及格再见她吧。"

沈迟想说他奶奶不是没文化的老太太，他奶奶会给他做好吃的酱肉丝，知道怎么编好看的竹笼，对面的人却挂断了。

他对着不知所云的书本发呆，他已经很久没有考及格过了，产生了自暴自弃的想法。

身后传来轮椅转动的声音，他以为严雪宵是想看他笑话，不料青年的声音在他身后响起："我来辅导你。"

沈迟坐在桃花木的书桌前，他不觉得这个大学生能教会自己，毕竟请来的名师都铩羽而归。

估计是为了报恩吧。

他漫不经心地听严雪宵讲课，只是听着听着忽然认真了，对方讲历史时旁征博引。

沈迟不知不觉就听入神了，不过无奈他的基础太薄弱，课后习题全军覆没。

如果是他妈妈，应该已经开始批评他了，白衬衫的青年却垂下漆黑的眼："是我讲得不够好。"

沈迟闻言格外不好意思，明明是他基础太差了。

他不由得打起精神听课，这次他终于做对了。

严雪宵看着努力做题的少年，其实他也不知道为什么伸手，大概是觉得客厅里的少年太寂寞了。

缺爱的孩子但凡受到鼓励便会很开心。

严雪宵揉了揉小少爷的红毛："你真厉害。"

从未被母亲夸奖的沈迟愣住了，明明他该面无表情地推开对方，但耳朵尖却忍不住红了。

他便是这样习惯了有严雪宵的日子，整个暑假他都在认真上课，排位只打到了差劲的钻石。

不过每次的习题从瞎猜到全部正确，下次测验他应该能及格了。

沈迟心满意足地放下书，走出书房时听到严雪宵在打电话，他的脚步停住了。

青年平静地对电话那边的人说:"学费我自己能挣。"

原来连学费也没有吗?

沈迟的胸口闷闷的。

他噔噔噔跑到楼上,把自己的零花钱给了严雪宵。

严雪宵望着面前的少年怔了怔。

他当然不能收小孩子的东西,只是弯下腰认真注视着少年。

"谢谢你。"

沈迟被那样真诚的视线看得不好意思了。

这种不好意思持续到开学,沈迟用心完成了开学考试,所有人都认为他会继续"吊车尾"。

直到考试结果出来。

本来倒数的他排名班级前列,同学们朝他投来钦佩的眼光,他妈妈主动说要来接他。

沈迟向严雪宵分享自己的快乐,分享完毕后听到对方说要出国读研了。

他以为严雪宵会在国内读书,那样他可以经常找对方玩,没想到严雪宵要出国。

他突然觉得没那么开心了。

严雪宵去机场那天是周末,别扭的沈迟什么也没说,只是想,普大有什么好的。

倒是严雪宵温柔地拥抱了一下他。

沈迟以为自己能平静地接受对方离开,毕竟两个人之前只是陌生人而已,但他回到别墅后却不习惯了。

明明严雪宵不是话多的人,大多数时间都是在窗边静静看书,却令他有种难言的安心感。

沈迟把自己心底的情绪归为不习惯,对方出国后估计就会忘了自己,他面无表情地打开电脑玩游戏。

他一直玩到了凌晨三点,正准备点个外卖继续玩,这时严雪宵发来了语音。

"又熬夜玩游戏了?"

他准备点外卖的手停住了,下意识地关了电脑,好像他们没有分隔那么远。

他们每天都会在网上联系,沈迟经常邮去好吃的东西,担心对方在国外不适应,不过对方每次都会回礼。

沈迟最开心的事便是收到国外的包裹,包裹里全是青少年喜欢的东西。

他数着厚重的日历,希望自己能快快长大。

他原本对出国没什么兴趣，但他开始花时间学习英语，以后他也要去美国留学。

直到有天家里来了个人。

沈迟是在自己的生日派对上看到季舒的。

他站在楼梯上看着陌生的同龄人。

那天的事他已经记不太清了，只记得自己被告知不是沈家的孩子，他穿着漂亮的小西装被隔绝在沈家门外。

"原来是个冒牌货。"不知道多少人这么对他讲，但他不想离开自己的家。

只是沈夫人始终没有开门，他敏感地察觉到沈夫人讨厌自己，他不知道往后要怎么办。

自己就这样被抛弃了吗？

沈迟下意识地拨通严雪宵的电话："我好像没有家了。"

"那要不要到我家来？"

他本以为自己无比冷静，但听到对方声音的那刻还是眼角泛红，望着紧闭的大门"嗯"了声。

沈夫人坐在椅子上插花。

她知道沈迟执拗地守在门外，但她只想甩掉这个讨厌的孩子，就像修剪无用的花枝。

不过他守在门外是挺麻烦的，她思考着要不要把人丢到车站，谁知用人结结巴巴地开口："小少爷被接走了。"

沈夫人对此有些意外。

她以为季家没钱来接沈迟，想不到这么快就来接人了，以为他是什么金贵的宝贝吗？

正当她准备嗤笑的时候，用人憋出了下句话。

"接走他的是严家。"

沈夫人登时没了插花的心情，谁不知道严家有权有势，沈迟不知怎么竟入了严家的眼，怕不是接下来要对付沈家。

但这个时候已经晚了。

沈迟做好了吃苦受罪的准备，毕竟他哥是个穷学生，估计要用零花钱补贴家用。

谁知严雪宵竟是严家的继承人，他突然觉得傻的是他自己，因此坐在车上格外不高兴。

接沈迟的严济是个人精:"雪宵这孩子打小就独立,因为读书的事和家里闹矛盾,留学的钱都是打工挣的,为了你才找到我。"

　　沈迟听完这番话,好像又期待见到严雪宵了。

　　严济见此松了口气。

　　他从没见过自家侄子对谁这么上心,要不是因为在美国回不来,怕是他自己就找上沈家了,沈家这次恐怕不好过。

　　沈迟只是放松地坐在车上。

　　严济帮他办理好了留学手续,没多久他就去了泽州上学,当年分别的人在机场等他。

　　印象里的青年愈发温和如玉。

　　三年后。

　　沈迟坐在电脑前直播,开镜狙击说得上是行云流水,拿下二十个人头结束直播。

　　他直播完便去找严雪宵了,留校的严雪宵放下手里的哲学书,两个人坐在窗边晒太阳。

　　岁月仿佛无尽绵长。

【番外完】

图书在版编目（CIP）数据

向光 / 山柚子著. —武汉：长江出版社，2023.4
ISBN 978-7-5492-8739-0

Ⅰ.①向… Ⅱ.①山… Ⅲ.①长篇小说—中国—当代 Ⅳ.① I247.5

中国版本图书馆 CIP 数据核字（2023）第 045332 号

向光 / 山柚子 著

出　　版	长江出版社
	（武汉市解放大道 1863 号）
选题策划	林　璧
市场发行	长江出版社发行部
网　　址	http://www.cjpress.com.cn
责任编辑	李剑月
特约编辑	林　璧
印　　刷	北京盛通印刷股份有限公司
版　　次	2023 年 4 月第 1 版
印　　次	2023 年 4 月第 1 次印刷
开　　本	700mm × 1000mm　1/16
印　　张	21.5
字　　数	385 千字
书　　号	ISBN 978-7-5492-8739-0
定　　价	49.80 元

版权所有　盗版必究（举报电话：027-82926804）
（如发现印装质量问题，请寄本社调换，电话 027-82926804）

N